钱锺书集

钱锺书集

写在人生边上
人生边上的边上
石语

生活·讀書·新知 三联书店

Copyright © 2019 by SDX Joint Publishing Company.
All Rights Reserved.
本作品版权由生活·读书·新知三联书店所有。
未经许可，不得翻印。

图书在版编目（CIP）数据

写在人生边上；人生边上的边上；石语／钱锺书著．—2版．—北京：生活·读书·新知三联书店，2019.10（2024.6重印）
（钱锺书集）
ISBN 978-7-108-06598-8

Ⅰ．①写⋯　Ⅱ．①钱⋯　Ⅲ．①散文集－中国－当代　Ⅳ．①I267

中国版本图书馆 CIP 数据核字（2019）第 091565 号

责任编辑	冯金红
装帧设计	陆智昌
责任印制	董　欢
出版发行	生活·讀書·新知 三联书店
	（北京市东城区美术馆东街 22 号 100010）
网　　址	www.sdxjpc.com
经　　销	新华书店
印　　刷	山东临沂新华印刷物流集团有限责任公司
版　　次	2002 年 10 月北京第 1 版
	2019 年 10 月北京第 2 版
	2024 年 6 月北京第 40 次印刷
开　　本	880 毫米 × 1230 毫米　1/32　印张 15.625
字　　数	291 千字
印　　数	373,001－378,000 册
定　　价	68.00 元

（印装查询：01064002715；邮购查询：01084010542）

出 版 说 明

钱锺书先生(一九一〇——一九九八年)是当代中国著名的学者、作家。他的著述,如广为传播的《谈艺录》、《管锥编》、《围城》等,均已成为二十世纪重要的学术和文学经典。为了比较全面地呈现钱锺书先生的学术思想和文学成就,经作者授权,三联书店组织力量编辑了这套《钱锺书集》。

《钱锺书集》包括下列十种著述:

《谈艺录》、《管锥编》、《宋诗选注》、《七缀集》、《围城》、《人·兽·鬼》、《写在人生边上》、《人生边上的边上》、《石语》、《槐聚诗存》。

这些著述中,凡已正式出版的,我们均据作者的自存本做了校订。其中,《谈艺录》、《管锥编》出版后,作者曾做过多次补订;这些补订在两书再版时均缀于书后。此次结集,我们根据作者的意愿,将各次补订或据作者指示或依文意排入相关章节。另外,我们还订正了少量排印错讹。

《钱锺书集》由钱锺书先生和杨绛先生提供文稿和样书;陆谷孙、罗新璋、董衡巽、薛鸿时和张佩芬诸先生任外文校订;陆文虎先生和马蓉女士分别担任了《谈艺录》和《管锥编》的编辑工作。对以上人士和所有关心、帮助过《钱锺书集》出版的人,我们都表示诚挚的感谢。

生活·讀書·新知三联书店
一九九九年十二月一日

为了满足广大读者的需求,继《钱锺书集》繁体字版之后,我们又出版了这套《钱锺书集》简体字版(《谈艺录》、《管锥编》因作者不同意排简体字版除外)。其间,我们对作者著述的组合作了相应调整,并订正了繁体字版中少量文字和标点的排校错误。

生活·讀書·新知三联书店
二〇〇一年十二月十日

钱锺书对《钱锺书集》的态度
（代　序）

杨　绛

我谨以眷属的身份，向读者说说钱锺书对《钱锺书集》的态度。因为他在病中，不能自己写序。

他不愿意出《全集》，认为自己的作品不值得全部收集。他也不愿意出《选集》，压根儿不愿意出《集》，因为他的作品各式各样，糅合不到一起。作品一一出版就行了，何必再多事出什么《集》。

但从事出版的同志们从读者需求出发，提出了不同意见，大致可归纳为三点。（一）钱锺书的作品，由他点滴授权，在台湾已出了《作品集》。咱们大陆上倒不让出？（二）《谈艺录》、《管锥编》出版后，他曾再三修改，大量增删。出版者为了印刷的方便，《谈艺录》再版时把《补遗》和《补订》附在卷末，《管锥编》的《增订》是另册出版的。读者阅读不便。出《集》重排，可把《补遗》、《补订》和《增订》的段落，一一纳入原文，读者就可以一口气读个完整。（三）尽管自己不出《集》，难保旁人不侵权擅自出《集》。

钱锺书觉得说来也有道理，终于同意出《钱锺书集》。随后他因病住医院,出《钱锺书集》的事就由三联书店和诸位友好协力担任。我是代他和书店并各友好联络的人。

钱锺书绝对不敢以大师自居。他从不厕身大师之列。他不开宗立派,不传授弟子。他绝不号召对他作品进行研究,也不喜旁人为他号召,严肃认真的研究是不用号召的。《钱锺书集》不是他的一家言。《谈艺录》和《管锥编》是他的读书心得,供会心的读者阅读欣赏。他偶尔听到入耳的称许,会惊喜又惊奇。《七缀集》文字比较明白易晓,也同样不是普及性读物。他酷爱诗。我国的旧体诗之外,西洋德、意、英、法原文诗他熟读的真不少,诗的意境是他深有领会的。所以他评价自己的《诗存》只是恰如其分。他对自己的长篇小说《围城》和短篇小说以及散文等创作,都不大满意。尽管电视剧《围城》给原作赢得广泛的读者,他对这部小说确实不大满意。他的早年作品唤不起他多大兴趣。"小时候干的营生"会使他"骇且笑",不过也并不认为见不得人。谁都有个成长的过程,而且,清一色的性格不多见。钱锺书常说自己是"一束矛盾"。本《集》的作品不是洽调一致的,只不过同出钱锺书笔下而已。

钱锺书六十年前曾对我说:他志气不大,但愿竭毕生精力,做做学问。六十年来,他就写了几本书。本《集》收集了他的主要作品。凭他自己说的"志气不大",《钱锺书集》只能是菲薄的奉献。我希望他毕生的虚心和努力,能得到尊重。

一九九七年十一月二十一日

作者在清华大学气象台，
时已开始写作本书的一些文章（一九三二）

作者夫妇赴英国留学途中(一九三五)

石语

辨榻旧素旧稿俄已破碎房中为之检视固尚又余此也册子槐聚记一九九四年四月

作者手迹

总　目　录

写在人生边上 ·· *1*

人生边上的边上 ···································· *57*

石语 ·· *471*

书主人生逸上

书名由作者题签

赠　予

季　康

　　　　　　　　一九四一年六月二十日

志 谢

　　这个集子里的文章,有几篇是发表过的,曾和孙大雨、戴望舒、沈从文、孙毓棠各位先生所主编或筹备的刊物有过关系。

　　陈麟瑞、李健吾两先生曾将全书审阅一遍,并且在出版和印刷方面,不吝惜地给予了帮助。

　　作者远客内地,由杨绛女士在上海收拾,挑选,编定这几篇散文,成为一集。

　　愿他们几位不嫌微末地接受作者的感谢。

目 录

序 ··· 7
魔鬼夜访钱锺书先生 ············ 8
窗 ··· 15
论快乐 ································· 19
说笑 ····································· 23
吃饭 ····································· 27
读《伊索寓言》 ·················· 32
谈教训 ································· 37
一个偏见 ····························· 42
释文盲 ································· 47
论文人 ································· 52

序

人生据说是一部大书。

假使人生真是这样,那末,我们一大半作者只能算是书评家,具有书评家的本领,无须看得几页书,议论早已发了一大堆,书评一篇写完缴卷。

但是,世界上还有一种人。他们觉得看书的目的,并不是为了写批评或介绍。他们有一种业余消遣者的随便和从容,他们不慌不忙地浏览。每到有什么意见,他们随手在书边的空白上注几个字,写一个问号或感叹号,像中国旧书上的眉批,外国书里的 marginalia。这种零星随感并非他们对于整部书的结论。因为是随时批识,先后也许彼此矛盾,说话过火。他们也懒得去理会,反正是消遣,不像书评家负有指导读者、教训作者的重大使命。谁有能力和耐心做那些事呢?

假使人生是一部大书,那末,下面的几篇散文只能算是写在人生边上的。这本书真大!一时不易看完,就是写过的边上也还留下好多空白。

一九三九,二,一八

魔鬼夜访钱锺书先生

"论理你跟我该彼此早认识了,"他说,拣了最近火盆的凳子坐下:"我就是魔鬼;你曾经受我的引诱和试探。"

"不过,你是个实心眼儿的好人!"他说时泛出同情的微笑,"你不会认识我,虽然你上过我的当。你受我引诱时,你只知道我是可爱的女人、可亲信的朋友,甚至是可追求的理想,你没有看出是我。只有拒绝我引诱的人,像耶稣基督,才知道我是谁。今天呢,我们也算有缘。有人家做斋事,打醮祭鬼,请我去坐首席,应酬了半个晚上,多喝了几杯酒,醉眼迷离,想回到我的黑暗的寓处,不料错走进了你的屋子。内地的电灯实在太糟了!你房里竟黑洞洞跟敝处地狱一样!不过还比我那儿冷;我那儿一天到晚生着硫磺火,你这里当然做不到——听说炭价又涨了。"

这时候,我惊奇已定,觉得要尽点主人的义务,对来客说:"承你老人家半夜暗临,蓬荜生黑,十分荣幸!只恨独身作客,没有预备欢迎,抱歉得很!老人家觉得冷么?失陪一会,让我去叫醒佣人来沏壶茶,添些炭。"

"那可不必,"他极客气地阻止我,"我只坐一会儿就要去的。并且,我告诉你——"他那时的表情,亲信而带严重,极像向医生报告隐病时的病人——"反正我是烤火不暖的。我少年时大闹天宫,想夺上帝的位子不料没有成功,反而被贬入寒冰地狱受苦①,好像你们人世从前俄国的革命党,被暴君充配到西伯利亚雪地一样。我通身热度都被寒气逼入心里,变成一个热中冷血的角色。我曾在火炕上坐了三日三夜,屁股还是像窗外的冬夜,深黑地冷……"

我惊异地截断他说:"巴贝独瑞维衣(Barbey D'Aurevilly)不是也曾说……"

"是啊,"他呵呵地笑了:"他在《魔女记》(Les Diaboliques)第五篇里确也曾提起我的火烧不暖的屁股。你看,人怕出名啊!出了名后,你就无秘密可言。什么私事都给采访们去传说,通讯员等去发表。这么一来,把你的自传或忏悔录里的资料硬夺去了②。将来我若做自述,非另外捏造点新奇事实不可。"

"这不是和自传的意义违反了吗?"我问。

他又笑了:"不料你的识见竟平庸得可以做社论。现在是新传记文学的时代。为别人做传记也是自我表现的一种;不妨加入自己的主见,借别人为题目来发挥自己。反过来说,作自传的人往往并无自己可传,就逞心如意地描摹出自己老婆、儿子都认不得的形象,或者东拉西扯地记载交游,传述别人的轶事。所

---

① 密尔顿《失乐园》第一卷就写魔鬼因造反,大闹天堂被贬。但丁《地狱篇》第三十四出写魔鬼在冰里受苦。
② 像卡尔松与文匈合作的《魔鬼》(Garcon & Vinchon: Le Diable)就搜集许多民间关于魔鬼的传说。

以,你要知道一个人的自己,你得看他为别人做的传;你要知道别人,你倒该看他为自己做的传。自传就是别传。"

我听了不由自主地佩服,因而恭恭敬敬地请求道:"你老人家允许我将来引用你这段话么?"

他回答说:"那有什么不可以？只要你引到它时,应用'我的朋友某某说'的公式。"

这使我更高兴了,便谦逊说:"老人家太看得起我了！我配做你的朋友么？"

他的回答颇使我扫兴:"不是我瞧得起你,说你是我的朋友;是你看承我,说我是你的朋友。做文章时,引用到古人的话,不要用引号,表示词必己出,引用今人的话,必须说'我的朋友'——这样你才能招徕朋友。"

他虽然这样直率,我还想敷衍他几句:"承教得很！不料你老人家对于文学写作也是这样的内行。你刚才提起《魔女记》已使我惊佩了。"

他半带怜悯地回答:"怪不得旁人说你跳不出你的阶级意识,难道我就不配看书？我虽属于地狱,在社会的最下层,而从小就有向上的志趣。对于书本也曾用过工夫,尤其是流行的杂志小册子之类。因此歌德称赞我有进步的精神,能随着报纸上所谓'时代的巨轮'一同滚向前去①。因为你是个欢喜看文学书

---

① 歌德《浮士德》第一部《巫灶节》,女巫怪魔鬼形容改变,魔鬼答谓世界文明日新,故亦与之俱进。

的人,所以我对你谈话就讲点文学名著,显得我也有同好,也是内行。反过来说,假使你是个反对看书的多产作家,我当然要改变谈风,对你说我也觉得书是不必看的,只除了你自己做的书——并且,看你的书还嫌人生太短,哪有工夫看什么典籍?我会对科学家谈发明,对历史家谈考古,对政治家谈国际情势,展览会上讲艺术赏鉴,酒席上讲烹调。不但这样,有时我偏要对科学家讲政治,对考古家论文艺,因为反正他们不懂什么,乐得让他们拾点牙慧;对牛弹的琴根本就不用挑选什么好曲子!烹调呢,我往往在茶会上讨论;亦许女主人听我讲得有味,过几天约我吃她自己做的菜,也未可知。这样混了几万年,在人间世也稍微有点名气。但丁赞我善于思辩,歌德说我见多识广①。你到了我的地位,又该骄傲了!我却不然,愈变愈谦逊,时常自谦说:'我不过是个地下鬼!'② 就是他们自谦为'乡下人'的意思,我还恐怕空口说话不足以表示我的谦卑的精神,我把我的身体来作为象征。财主有布袋似的大肚子,表示囊中充实;思想家垂头弯背,形状像标点里的问号,表示对一切发生疑问;所以——"说时,他伸给我看他的右脚,所穿皮鞋的跟似乎特别高——"我的腿是不大方便的③,这象征着我的谦虚,表示我'蹩脚'。我于是

---

① 《地狱篇》第二十七出魔鬼自言为论理学家。《浮士德》第一部《书斋节》,魔鬼自言虽非无所不知,而见闻亦极广博。

② 柯律立治《魔鬼有所思》、骚赛《魔鬼闲行》二诗皆言魔鬼以谦恭饰骄傲。

③ 魔鬼跛足,看勒萨日(Lesage)《魔鬼领导观光记》(*Le Diable Boiteux*)可知。又笛福(Defoe)《魔鬼政治史》(*Political History of the Devil*)第二部第四章可知。

发明了缠小脚和高跟鞋,因为我的残疾有时也需要掩饰,尤其碰到我变为女人的时候。"

我忍不住发问说:"也有瞻仰过你风采的人说,你老人家头角峥嵘,有点像……"

他不等我讲完就回答说:"是的,有时我也现牛相①。这当然还是一种象征。牛惯做牺牲,可以显示'我不入地狱,谁入地狱'的精神;并且,世人好吹牛,而牛决不能自己吹自己,至少生理构造不允许它那样做,所以我的牛形正是谦逊的表现。我不比你们文人学者会假客气。有种人神气活现,你对他恭维,他不推却地接受,好像你还他的债,他只恨你没有附缴利钱。另外一种假作谦虚,人家赞美,他满口说惭愧不敢当,好像上司纳贿,嫌数量太少,原璧退还,好等下属加倍再送。不管债主也好,上司也好,他们终相信世界上还有值得称赞的好人,至少就是他们自己。我的谦虚才是顶彻底的,我觉得自己就无可骄傲,无可赞美,何况其他的人!我一向只遭人咒骂,所以全没有这种虚荣心。不过,我虽非作者,却引起了好多作品。在这一点上,我颇像——"他说时,毫不难为情,真亏他!只有火盆里通红的炭在他的黑脸上弄着光彩,"我颇像一个美丽的女人,自己并不写作,而能引起好多失恋的诗人的灵感,使他们从破裂的心里——不是!从破裂的嗓子里发出歌咏。像拜伦、雪莱等写诗就受到我

---

① 魔鬼常现牛形,《旧约全书·诗篇》第一〇六篇即谓祀鬼者造牛相而敬事之。后世则谓魔鬼现山羊形,笛福详说之。

的启示①。又如现在报章杂志上常常鬼话连篇,这也是受我的感化。"

我说:"我正在奇怪,你老人家怎会有工夫。全世界的报纸,都在讲战争。在这个时候,你老人家该忙着屠杀和侵略,施展你的破坏艺术,怎会忙里偷闲来找我谈天。"

他说:"你颇有逐客之意,是不是?我是该去了,我忘了夜是你们人间世休息的时间。我们今天谈得很畅,我还要跟你解释几句,你说我参与战争,那真是冤枉。我脾气和平,顶反对用武力,相信条约可以解决一切,譬如浮士德跟我歃血为盟,订立出卖灵魂的契约②,双方何等斯文!我当初也是个好勇斗狠的人,自从造反失败,驱逐出天堂,听了我参谋的劝告,悟到角力不如角智③,从此以后我把诱惑来代替斗争。你知道,我是做灵魂生意的。人类的灵魂一部分由上帝挑去,此外全归我。谁料这几十年来,生意清淡得只好喝阴风。一向人类灵魂有好坏之分。好的归上帝保存,坏的由我买卖。到了十九世纪中叶,忽然来了个大变动,除了极少数外,人类几乎全无灵魂。有点灵魂的又都是好人,该归上帝掌管。譬如战士们是有灵魂的,但是他们的灵魂,直接升入天堂,全没有我的份。近代心理学者提倡'没有灵魂的心理学',这种学说在人人有灵魂的古代,决不会发生。到

---

① 骚赛《末日审判》(Vision of Judgment)长诗自序说拜伦、雪莱皆魔鬼派诗人。
② 马洛(Marlowe)《浮士德》(Faustus)记浮士德刺臂出血,并载契约全文。
③ 见《失乐园》第二卷。

了现在,即使有一两个给上帝挑剩的灵魂,往往又臭又脏,不是带着实验室里的药味,就是罩了一层旧书的灰尘,再不然还有刺鼻的铜臭,我有爱洁的脾气,不愿意捡破烂。近代当然也有坏人,但是他们坏得没有性灵,没有人格,不动声色像无机体,富有效率像机械。就是诗人之类,也很使我失望;他们常说表现灵魂,把灵魂全部表现完了,更不留一点儿给我。你说我忙,你怎知道我闲得发慌,我也是近代物质和机械文明的牺牲品,一个失业者,而且我的家庭负担很重,有七百万子孙待我养活①。当然,应酬还是有的,像我这样有声望的人,不会没有应酬,今天就是吃了饭来。在这个年头儿,不愁没有人请你吃饭,只是人不让你用本领来换饭吃。这是一种苦闷。"

他不说了。他的凄凉布满了空气,减退了火盆的温暖。我正想关于我自己的灵魂有所询问,他忽然站起来,说不再坐了,祝我"晚安",还说也许有机会再相见。我开门相送。无边际的夜色在静等着他。他走出了门,消溶而吞并在夜色之中,仿佛一滴雨归于大海。

---

① 魏阿《魔鬼威灵记》(Johann Weier: *De Praestigiis Daemonium*)载小鬼数共计七百四十万五千九百二十六个。

窗

又是春天,窗子可以常开了。春天从窗外进来,人在屋子里坐不住,就从门里出去。不过屋子外的春天太贱了!到处是阳光,不像射破屋里阴深的那样明亮;到处是给太阳晒得懒洋洋的风,不像搅动屋里沉闷的那样有生气。就是鸟语,也似乎琐碎而单薄,需要屋里的寂静来做衬托。我们因此明白,春天是该镶嵌在窗子里看的,好比画配了框子。

同时,我们悟到,门和窗有不同的意义。当然,门是造了让人出进的。但是,窗子有时也可作为进出口用,譬如小偷或小说里私约的情人就喜欢爬窗子。所以窗子和门的根本分别,决不仅是有没有人进来出去。若据赏春一事来看,我们不妨这样说:有了门,我们可以出去;有了窗,我们可以不必出去。窗子打通了大自然和人的隔膜,把风和太阳逗引进来,使屋子里也关着一部分春天,让我们安坐了享受,无须再到外面去找。古代诗人像陶渊明对于窗子的这种精神,颇有会心。《归去来辞》有两句道:"倚南窗以寄傲,审容膝之易安。"不等于说,只要有窗可以凭眺,就是小屋子也住得么?他又说:"夏月虚闲,高卧北窗之下,清风飒至,自谓羲皇上人。"意思是只要窗子透风,小屋子可成极乐世界;他虽然是柴桑人,就近有庐山,也用不着上去避暑。所以,门许我们追求,表示欲望,窗子许我们占领,表示享受。这个分别,不但是住在屋里的人的看法,有时也适用于屋外的来人。一个外来者,打门请进,有所要求,有所询问,他至多是个客人,一切要等主人来决定。反过来说,一个钻窗子进来的人,不管是偷东西还是偷情,早已决心来替你做个暂时的主人,顾不到你的欢迎和拒绝了。缪塞(Musset)在《少年做的是什么梦》(*A quoi rêvent les jeunes filles*)那首诗剧里,有句妙语,略谓父亲开了门,请进了物质上的丈夫(matériel époux),但是理想的爱人(idéal),总是从窗子出进的。换句话说,从前门进来的,只是形式上的女婿,虽然经丈人看中,还待博取小姐自己的欢心;要是从后窗进来的,才是女郎们把灵魂肉体完全交托的真正情人。你进前门,先要经门房通知,再要等主人出现,还得寒暄几句,方能说明来意,既费心思,又费时间,哪像从后窗进来的直捷痛快?好像学问的捷径,在乎书背后的引得,若从前面正文看起,反见得迂远了。这当然只是在社会常态下的分别,到了战争等变态时期,屋子本身就保不住,还讲什么门和窗!

  世界上的屋子全有门,而不开窗的屋子我们还看得到。这指示出窗比门代表更高的人类进化阶段。门是住屋子者的需要,窗多少是一种奢侈。屋子的本意,只像鸟窠兽窟,准备人回来过夜的,把门关上,算是保护。但是墙上开了窗子,收入光明和空气,使我们白天不必到户外去,关了门也可生活。屋子在人生里因此增添了意义,不只是避风雨、过夜的地方,并且有了陈设,挂着书画,是我们从早到晚思想、工作、娱乐、演出人生悲喜剧的场子。门是人的进出口,窗可以说是天的进出口。屋子本是人造了为躲避自然的胁害,而向四垛墙、一个屋顶里,窗引诱了一角天进来,驯服了它,给人利用,好比我们笼络野马,变为家畜一样。从此我们在屋子里就能和自然接触,不必去找光明,换空气,光明和空气会来找到我们。所以,人对于自然的胜利,窗也是一个。不过,这种胜利,有如女人对于男子的胜利,表面上看来好像是让步——人开了窗让风和日光进来占领,谁知道来占领这个地方的就给这个地方占领去了! 我们刚说门是需要,需要是不由人做得主的。譬如我饿了就要吃,渴了就得喝。所以,有人敲门,你总得去开,也许是易卜生所说比你下一代的青年想冲进来,也许像德昆西《论谋杀后闻打门声》(*On the Knocking at the Gate in Macbeth*)所说,光天化日的世界想攻进黑暗罪恶的世界,也许是浪子回家,也许是有人借债(更许是讨债),你愈不知道,怕去开,你愈想知道究竟,愈要去开。甚至每天邮差打门的声音,也使你起了带疑惧的希冀,因为你不知道而又愿知道他带来的是什么消息。门的开关是由不得你的。但是窗呢? 你清早起来,只要把窗幕拉过一边,你就知道窗外有什么东西在招呼着你,是雪,是雾,是雨,还是好太阳,决定要不要开窗子。上面说过窗子算得奢侈品,奢侈品原是在人看情形斟酌增减的。

我常想,窗可以算房屋的眼睛。刘熙《释名》说:"窗,聪也;于内窥外,为聪明也。"正如凯罗(Gottfried Keller)《晚歌》(*Abendlied*)

起句所谓:"双瞳如小窗(Fensterlein),佳景收历历。"同样地只说着一半。眼睛是灵魂的窗户,我们看见外界,同时也让人看到了我们的内心;眼睛往往跟着心在转,所以孟子认为相人莫良于眸子,梅特林克戏剧里的情人接吻时不闭眼,可以看见对方有多少吻要从心里上升到嘴边。我们跟戴黑眼镜的人谈话,总觉得捉摸不住他的用意,仿佛他以假面具相对,就是为此。据爱克曼(Eckermann)记一八三〇年四月五日歌德的谈话,歌德恨一切戴眼镜的人,说他们看得清楚他脸上的皱纹,但是他给他们的玻璃片耀得眼花缭乱,看不出他们的心境。窗子许里面人看出去,同时也许外面人看进来,所以在热闹地方住的人要用窗帘子,替他们私生活做个保障。晚上访人,只要看窗里有无灯光,就约略可以猜到主人在不在家,不必打开了门再问,好比不等人开口,从眼睛里看出他的心思。关窗的作用等于闭眼。天地间有许多景象是要闭了眼才看得见的,譬如梦。假使窗外的人声物态太嘈杂了,关了窗好让灵魂自由地去探胜,安静地默想。有时,关窗和闭眼也有连带关系,你觉得窗外的世界不过尔尔,并不能给与你什么满足,你想回到故乡,你要看见跟你分离的亲友,你只有睡觉,闭了眼向梦里寻去,于是你起来先关了窗。因为只是春天,还留着残冷,窗子也不能镇天镇夜不关的。

论 快 乐

在旧书铺里买回来维尼(Vigny)的《诗人日记》(*Journal d'un poète*),信手翻开,就看见有趣的一条。他说,在法语里,喜乐(bonheur)一个名词是"好"和"钟点"两字拼成,可见好事多磨,只是个把钟头的玩意儿(Si le bonheur n'était qu'une bonne heure!)。我们联想到我们本国话的说法,也同样的意味深永,譬如快活或快乐的快字,就把人生一切乐事的飘瞥难留,极清楚地指示出来。所以我们又慨叹说:"欢娱嫌夜短!"因为人在高兴的时候,活得太快,一到困苦无聊,愈觉得日脚像跛了似的,走得特别慢。德语的沉闷(Langeweile)一词,据字面上直译,就是"长时间"的意思。《西游记》里小猴子对孙行者说:"天上一日,下界一年。"这种神话,确反映着人类的心理。天上比人间舒服欢乐,所以神仙活得快,人间一年在天上只当一日过。从此类推,地狱里比人间更痛苦,日子一定愈加难度。段成式《酉阳杂俎》就说:"鬼言三年,人间三日。"嫌人生短促的人,真是最"快活"的人,反过来说,真快活的人,不管活到多少岁死,只能算是短命夭折。所以,做神仙也并不值得,在凡间已经三十年做了一世的人,在天上还是个初满月的小孩。但是这种"天算",也有占便宜的地方:譬如戴孚《广异记》载崔参军捉狐妖,"以桃枝决五下",长孙无忌说罚讨得太轻,崔答:"五下是人间五百下,殊非小刑。"可见卖老祝寿等等,在地上最为相宜,而刑罚呢,应该到天上去受。

"永远快乐"这句话,不但渺茫得不能实现,并且荒谬得不能成立。快过的决不会永久;我们说永远快乐,正好像说四方的圆形、静止的动作同样地自相矛盾。在高兴的时候,我们的生命加添了迅速,增进了油滑。像浮士德那样,我们空对瞬息即逝的时间喊着说:"逗留一会儿罢!你太美了!"那有什么用?你要永久,你该向痛苦里去找。不讲别的,只要一个失眠的晚上,或者有约不来的下午,或者一课沉闷的听讲——这许多,比一切宗教信仰更有效力,能使你尝到什么叫做"永生"的滋味。人生的刺,就在这里,留恋着不肯快走的,偏是你所不留恋的东西。

快乐在人生里,好比引诱小孩子吃药的方糖,更像跑狗场里引诱狗赛跑的电兔子。几分钟或者几天的快乐赚我们活了一世,忍受着许多痛苦。我们希望它来,希望它留,希望它再来——这三句话概括了整个人类努力的历史。在我们追求和等候的时候,生命又不知不觉地偷度过去。也许我们只是时间消费的筹码,活了一世不过是为那一世的岁月充当殉葬品,根本不会享到快乐。但是我们到死也不明白是上了当,我们还理想死后有个天堂,在那里——谢上帝,也有这一天!我们终于享受到永远的快乐。你看,快乐的引诱,不仅像电兔子和方糖,使我们忍受了人生,而且仿佛钓钩上的鱼饵,竟使我们甘心去死。这样说来,人生虽痛苦,却并不悲观,因为它终抱着快乐的希望;现在的账,我们预支了将来去付。为了快活,我们甚至于愿意慢死。

穆勒曾把"痛苦的苏格拉底"和"快乐的猪"比较。假使猪真知道快活,那末猪和苏格拉底也相去无几了。猪是否能快乐得像人,我们不知道;但是人会容易满足得像猪,我们是常看见的。把快乐分肉体的和精神的两种,这是最糊涂的分析。一切快乐的享受都属于精神的,尽管快乐的原因是肉体上的物质刺激。小孩子初生下来,吃饱了奶就乖乖地睡,并不知道什么是快活,虽然它身体感觉舒服。缘故是小孩子的精神和肉体还没有分化,只是混沌的星云状态。洗一个澡,看一朵花,吃一顿饭,假使你觉得快活,并非全因为澡洗得干净,花开得好,或者菜合你口味,主要因为你心上没有挂碍,轻松的灵魂可以专注肉体的感觉,来欣赏,来审定。要是你精神不痛快,像将离别时的筵席,随它怎样烹调得好,吃来只是土气息、泥滋味。那时刻的灵魂,仿佛害病的眼怕见阳光,撕去皮的伤口怕接触空气,虽然空气和阳光都是好东西。快乐时的你,一定心无愧怍。假如你犯罪而真觉快乐,你那时候一定和有道德、有修养的人同样心安理得。有最洁白的良心,跟全没有良心或有最漆黑的良心,效果是相等的。

发现了快乐由精神来决定,人类文化又进一步。发现这个道理,和发现是非善恶取决于公理而不取决于暴力,一样重要。公理发现以后,从此世界上没有可被武力完全屈服的人。发现了精神是一切快乐的根据,从此痛苦失掉它们的可怕,肉体减少了专制。精神的炼金术能使肉体痛苦都变成快乐的资料。于是,烧了房子,有庆贺的人;一箪食,一瓢饮,有不改其乐的人;千灾百毒,有谈笑自若的人。所以我们前面说,人生虽不快乐,而仍能乐观。譬如从写《先知书》的所罗门直到做《海风》诗的马拉梅(Mallarmé),都觉得文明人的痛苦,是身体困倦。但是偏有人能苦中作乐,从病痛里滤出快活来,使健康的消失有种赔偿。苏东坡诗就说:"因病得闲殊不恶,安心是药更无方。"王丹麓《今世说》也记毛稚黄善病,人以为忧,毛曰:"病味亦佳,第不堪为躁热人道耳!"在着重体育的西洋,我们也可以找着同样达观的人。工愁善病的诺瓦利斯(Novalis)在《碎金集》里建立一种病的哲学,说病是"教人学会休息的女教师"。罗登巴煦(Rodenbach)的诗集《禁锢的生活》(*Les Vies Encloses*)里有专咏病味的一卷,说病是"灵魂的洗涤(épuration)"。身体结实、喜欢活动的人采用了这个观点,就对病痛也感到另有风味。顽健粗壮的十八世纪德国诗人白洛柯斯(B. H. Brockes)第一次害病,觉得是一个"可惊异的大发现(Eine bewunderungswürdige Erfindung)"。对于这种人,人生还有什么威胁?这种快乐把忍受变为享受,是精神对于物质的大胜利。灵魂可以自主——同时也许是自欺。能一贯抱这种态度的人,当然是大哲学家,但是谁知道他不也是个大傻子?

是的,这有点矛盾。矛盾是智慧的代价。这是人生对于人生观开的玩笑。

说　　笑

自从幽默文学提倡以来,卖笑变成了文人的职业。幽默当然用笑来发泄,但是笑未必就表示着幽默。刘继庄《广阳杂记》云:"驴鸣似哭,马嘶如笑。"而马并不以幽默名家,大约因为脸太长的缘故。老实说,一大部分人的笑,也只等于马鸣萧萧,充不得什么幽默。

把幽默来分别人兽,好像亚理士多德是第一个。他在《动物学》里说:"人是惟一能笑的动物。"近代奇人白伦脱(W.S.Blunt)有《笑与死》的一首十四行诗,略谓自然界如飞禽走兽之类,喜怒爱惧,无不发为适当的声音,只缺乏表示幽默的笑声。不过,笑若为表现幽默而设,笑只能算是废物或者奢侈品,因为人类并不都需要笑。禽兽的鸣叫,尽够来表达一般人的情感,怒则狮吼,悲则猿啼,争则蛙噪,遇冤家则如犬之吠影,见爱人则如鸠之呼妇(cooing)。请问多少人真有幽默,需要笑来表现呢?然而造物者已经把笑的能力公平地分给了整个人类,脸上能做出笑容,嗓子里能发出笑声;有了这种本领而不使用,未免可惜。所以,一般人并非因有幽默而笑,是会笑而借笑来掩饰他们的没有幽默。笑的本意,逐渐丧失;本来是幽默丰富的流露,慢慢地变成了幽默贫乏的遮盖。于是你看见傻子的呆笑,瞎子的趁淘笑——还有风行一时的幽默文学。

笑是最流动、最迅速的表情,从眼睛里泛到口角边。东方朔《神异经·东荒经》载车王公投壶不中,"天为之笑",张华注说天笑即是闪电,真是绝顶聪明的想像。据荷兰夫人(Lady Holland)的《追忆录》,薛德尼斯密史(Sidney Smith)也曾说:"电光是天的诙谐(wit)。"笑的确可以说是人面上的电光,眼睛忽然增添了明亮,唇吻间闪烁着牙齿的光芒。我们不能扣留住闪电来代替高悬普照的太阳和月亮,所以我们也不能把笑变为一个固定的、集体的表情。经提倡而产生的幽默,一定是矫揉造作的幽默。这种机械化的笑容,只像骷髅的露齿,算不得活人灵动的姿态。柏格森《笑论》(*Le Rire*)说,一切可笑都起于灵活的事物变成呆板,生动的举止化作机械式(Le mécanique plaque sur le vivant)。所以,复出单调的言动,无不惹笑,像口吃,像口头习惯语,像小孩子的有意模仿大人。老头子常比少年人可笑,就因为老头子不如少年人灵变活动,只是一串僵化的习惯。幽默不能提倡,也是为此。一经提倡,自然流露的弄成模仿的,变化不居的弄成刻板的。这种幽默本身就是幽默的资料,这种笑本身就可笑。一个真有幽默的人别有会心,欣然独笑,冷然微笑,替沉闷的人生透一口气。也许要在几百年后、几万里外,才有另一个人和他隔着时间空间的河岸,莫逆于心,相视而笑。假如一大批人,嘻开了嘴,放宽了嗓子,约齐了时刻,成群结党大笑,那只能算下等游艺场里的滑稽大会串。国货提倡尚且增添了冒牌,何况幽默是不能大批出产的东西。所以,幽默提倡以后,并不产生幽默家,只添了无数弄笔墨的小花脸。挂了幽默的招牌,小花脸当然身价大增,脱离戏场而混进文场;反过来说,为小花脸冒牌以后,幽默品格降低,一大半文艺只能算是"游艺"。小花脸也使我们笑,不错!但是他跟真有幽默者绝然不同。真有幽默的人能笑,我们跟着他笑;假充幽默的小花脸可笑,我们对着他笑。小花脸使我们笑,并非因为他有幽默,正因为我们自己有幽默。

所以,幽默至多是一种脾气,决不能标为主张,更不能当作职业。我们不要忘掉幽默(humour)的拉丁文原意是液体;换句话说,好像贾宝玉心目中的女性,幽默是水做的。把幽默当为一贯的主义或一生的衣食饭碗,那便是液体凝为固体,生物制成标本。就是真有幽默的人,若要卖笑为生,作品便不甚看得,例如马克·吐温(Mark Twain)。自十八世纪末叶以来,德国人好讲幽默,然而愈讲愈不相干,就因为德国人是做香肠的民族,错认幽默也像肉末似的,可以包扎得停停当当,作为现成的精神食料。幽默减少人生的严重性,决不把自己看得严重。真正的幽默是能反躬自笑的,它不但对于人生是幽默的看法,它对于幽默本身也是幽默的看法。提倡幽默作为一个口号、一种标准,正是缺乏幽默的举动;这不是幽默,这是一本正经的宣传幽默,板了面孔的劝笑。我们又联想到马鸣萧萧了!听来声音倒是笑,只是马脸全无笑容,还是拉得长长的,像追悼会上后死的朋友,又像讲学台上的先进的大师。

大凡假充一桩事物,总有两个动机。或出于尊敬,例如俗物尊敬艺术,就收集骨董,附庸风雅。或出于利用,例如坏蛋有所企图,就利用宗教道德,假充正人君子。幽默被假借,想来不出这两个缘故。然而假货毕竟充不得真。西洋成语称笑声清扬者为"银笑",假幽默像掺了铅的伪币,发出重浊呆木的声音,只能算铅笑。不过,"银笑"也许是卖笑得利,笑中有银之意,好比说"书中有黄金屋";姑备一说,供给辞典学者的参考。

吃　饭

　　吃饭有时很像结婚,名义上最主要的东西,其实往往是附属品。吃讲究的饭事实上只是吃菜,正如讨阔佬的小姐,宗旨倒并不在女人。这种主权旁移,包含着一个转了弯的、不甚素朴的人生观。辨味而不是充饥,变成了我们吃饭的目的。舌头代替了肠胃,作为最后或最高的裁判。不过,我们仍然把享受掩饰为需要,不说吃菜,只说吃饭,好比我们研究哲学或艺术,总说为了真和美可以利用一样。有用的东西只能给人利用,所以存在;偏是无用的东西会利用人,替它遮盖和辩护,也能免于抛弃。柏拉图《理想国》里把国家分成三等人,相当于灵魂的三个成分;饥渴吃喝等嗜欲是灵魂里最低贱的成分,等于政治组织里的平民或民众。最巧妙的政治家知道怎样来敷衍民众,把自己的野心装点成民众的意志和福利;请客上馆子去吃菜,还顶着吃饭的名义,这正是舌头对肚子的借口,仿佛说:"你别抱怨,这有你的份!你享着名,我替你出力去干,还亏了你什么?"其实呢,天知道——更有饿瘪的肚子知道——若专为充肠填腹起见,树皮草根跟鸡鸭鱼肉差不了多少!真想不到,在区区消化排泄的生理过程里还需要那么多的政治作用。

古罗马诗人波西蔼斯（Persius）曾慨叹说，肚子发展了人的天才，传授人以技术（Magister artis ingenique largitor Venter）。这个意思经拉柏莱发挥得淋漓尽致，《巨人世家》卷三有赞美肚子的一章，尊为人类的真主宰、各种学问和职业的创始和提倡者，鸟飞，兽走，鱼游，虫爬，以及一切有生之类的一切活动，也都是为了肠胃。人类所有的创造和活动（包括写文章在内），不仅表示头脑的充实，并且证明肠胃的空虚。饱满的肚子最没用，那时候的头脑，迷迷糊糊，只配做痴梦；咱们有一条不成文的法律：吃了午饭睡中觉，就是有力的证据。我们通常把饥饿看得太低了，只说它产生了乞丐、盗贼、娼妓一类的东西，忘记了它也启发过思想、技巧，还有"有饭大家吃"的政治和经济理论。德国古诗人白洛柯斯（B. H. Brockes）做赞美诗，把上帝比作"一个伟大的厨师父（der grosse Speisemeister）"，做饭给全人类吃，还不免带些宗教的稚气。弄饭给我们吃的人，决不是我们真正的主人翁。这样的上帝，不做也罢。只有为他弄了饭来给他吃的人，才支配着我们的行动。譬如一家之主，并不是赚钱养家的父亲，倒是那些乳臭未干、安坐着吃饭的孩子；这一点，当然做孩子时不会悟到，而父亲们也决不甘承认的。拉柏莱的话较有道理。试想，肚子一天到晚要我们把茶饭来向它祭献，它还不是上帝是什么？但是它毕竟是个下流不上台面的东西，一味容纳吸收，不懂得享受和欣赏。人生就因此复杂起来。一方面是有了肠胃而要饭去充实的人，另一方面是有饭而要胃口来吃的人。第一种人生观可以说是吃饭的；第二种不妨唤作吃菜的。第一种人工作、生产、创造,来换饭吃。第二种人利用第一种人活动的结果,来健脾开胃,帮助吃饭而增进食量。所以吃饭时要有音乐,还不够,就有"佳人"、"丽人"之类来劝酒;文雅点就开什么销寒会、销夏会,在席上传观法书名画;甚至赏花游山,把自然名胜来下饭。吃的菜不用说尽量讲究。有这样优裕的物质环境,舌头像身体一般,本来是极随便的,此时也会有贞操和气节了;许多从前惯吃的东西,现在吃了仿佛玷污清白,决不肯再进口。精细到这种田地,似乎应当少吃,实则反而多吃。假使让肚子作主,吃饱就完事,还不失分寸。舌头拣精拣肥,贪嘴不顾性命,结果是肚子倒楣受累,只好忌嘴,舌头也像鲁智深所说"淡出鸟来"。这诚然是它馋得忘了本的报应! 如此看来,吃菜的人生观似乎欠妥。

不过,可口好吃的菜还是值得赞美的。这个世界给人弄得混乱颠倒,到处是磨擦冲突,只有两件最和谐的事物总算是人造的:音乐和烹调。一碗好菜仿佛一支乐曲,也是一种一贯的多元,调和滋味,使相反的分子相成相济,变作可分而不可离的综合。最粗浅的例像白煮蟹和醋、烤鸭和甜酱,或如西菜里烤猪肉(roast pork)和苹果泥(apple sauce)、渗鳖鱼和柠檬片,原来是天涯地角、全不相干的东西,而偏偏有注定的缘分,像佳人和才子、母猪和癞象,结成了天造地设的配偶、相得益彰的眷属。到现在,他们亲热得拆也拆不开。在调味里,也有来伯尼支(Leibniz)的哲学所谓"前定的调和"(Harmonia praestabilita),同时也有前定的不可妥协,譬如胡椒和煮虾蟹、糖醋和炒牛羊肉,正如古音乐里,商角不相协,徵羽不相配。音乐的道理可通于烹饪,孔子早已明白,《论语》记他在齐闻《韶》,"三月不知肉味"。可惜他老先生虽然在《乡党》一章里颇讲究烧菜,还未得吃道三昧,在两种和谐里,偏向音乐。譬如《中庸》讲身心修养,只说"发而中节谓之和",养成音乐化的人格,真是听乐而不知肉味人的话。照我们的意见,完美的人格,"一以贯之"的"吾道",统治尽善的国家,不仅要和谐得像音乐,也该把烹饪的调和悬为理想。在这一点上,我们不追随孔子,而愿意推崇被人忘掉的伊尹。伊尹是中国第一个哲学家厨师,在他眼里,整个人世间好比是做菜的厨房。《吕氏春秋·本味篇》记伊尹以至味说汤,把最伟大的统治哲学讲成惹人垂涎的食谱。这个观念渗透了中国古代的政治意识,所以自从《尚书·说命》起,做宰相总比为"和羹调鼎",老子也说"治国如烹小鲜"。孟子曾赞伊尹为"圣之任者",柳下惠为"圣之和者";这里的文字也许有些错简。其实呢,允许人赤条条相对的柳下惠该算是个放"任"主义者;而伊尹倒当得起"和"字——这个"和"字,当然还带些下厨上灶、调和五味的涵意。

吃饭还有许多社交的功用,譬如联络感情、谈生意经等等,那就是"请吃饭"了。社交的吃饭种类虽然复杂,性质极为简单。把饭给有饭吃的人吃,那是请饭;自己有饭可吃而去吃人家的饭,那是赏面子。交际的微妙不外乎此。反过来说,把饭给与没饭吃的人吃,那是施食;自己无饭可吃而去吃人家的饭,赏面子就一变而为丢脸。这便是慈善救济,算不上交际了。至于请饭时客人数目的多少,男女性别的配比,我们改天再谈。但是趣味洋溢的《老饕年鉴》(*Almanach des Gourmands*)里有一节妙文,不可不在此处一提。这八小本名贵稀罕的奇书在研究吃饭之外,也曾讨论到请饭的问题。大意说:我们吃了人家的饭该有多少天不在背后说主人的坏话,时间的长短按照饭菜的质量而定;所以做人应当多多请客吃饭,并且吃好饭,以增进朋友的感情,减少仇敌的毁谤。这一番议论,我诚恳地介绍给一切不愿彼此成为冤家的朋友,以及愿意彼此变为朋友的冤家。至于我本人呢,恭候诸君的邀请,努力奉行猪八戒对南山大王手下小妖说的话:"不要拉扯,待我一家家吃将来。"

读《伊索寓言》

比我们年轻的人,大概可以分作两类。第一种是和我们年龄相差得极多的小辈,我们能够容忍这种人,并且会喜欢而给以保护;我们可以对他们卖老,我们的年长只增添了我们的尊严。还有一种是比我们年轻得不多的后生,这种人只会惹我们的厌恨以至于嫉忌,他们已失掉尊敬长者的观念,而我们的年龄又不够引起他们对老弱者的怜悯;我们非但不能卖老,还要赶着他们学少,我们的年长反使我们吃亏。这两种态度是到处看得见的。譬如一个近三十的女人,对于十八九岁女孩子的相貌,还肯说好,对于二十三四的少女们,就批判得不留情面了。所以小孩子总能讨大人的喜欢,而大孩子跟小孩子之间就免不了时常冲突。一切人事上的关系,只要涉到年辈资格先后的,全证明了这个分析的正确。

把整个历史来看,古代相当于人类的小孩子时期。先前是幼稚的,经过几千百年的长进,慢慢地到了现代。时代愈古,愈在前,它的历史愈短;时代愈在后,它积的阅历愈深,年龄愈多。所以我们反是我们祖父的老辈,上古三代反不如现代的悠久古老。这样,我们的信而好古的态度,便发生了新意义。我们思慕古代不一定是尊敬祖先,也许只是喜欢小孩子,并非为敬老,也许是卖老。没有老头子肯承认自己是衰朽顽固的,所以我们也相信现代一切,在价值上、品格上都比了古代进步。

这些感想是偶尔翻看《伊索寓言》引起的。是的,《伊索寓言》大可看得。它至少给予我们三重安慰。第一,这是一本古代的书,读了可以增进我们对于现代文明的骄傲。第二,它是一本小孩子读物,看了愈觉得我们是成人了,已超出那些幼稚的见解。第三呢,这部书差不多都是讲禽兽的,从禽兽变到人,你看这中间需要多少进化历程!我们看到这许多蝙蝠、狐狸等的举动言论,大有发迹后访穷朋友、衣锦还故乡的感觉。但是穷朋友要我们帮助,小孩子该我们教导,所以我们看了《伊索寓言》,也觉得有好多浅薄的见解,非加以纠正不可。

例如蝙蝠的故事:蝙蝠碰见鸟就充作鸟,碰见兽就充作兽。人比蝙蝠就聪明多了。他会把蝙蝠的方法反过来施用:在鸟类里偏要充兽,表示脚踏实地;在兽类里偏要充鸟,表示高超出世,向武人卖弄风雅,向文人装作英雄;在上流社会里他是又穷又硬的平民,到了平民中间,他又是屈尊下顾的文化分子:这当然不是蝙蝠,这只是——人。

蚂蚁和促织的故事:一到冬天,蚂蚁把在冬天的米粒出晒;促织饿得半死,向蚂蚁借粮,蚂蚁说:"在夏天唱歌作乐的是你,到现在挨饿,活该!"这故事应该还有下文。据柏拉图《菲得洛斯》(*Phaedrus*)对话篇说,促织进化,变成诗人。照此推论,坐看着诗人穷饿、不肯借钱的人,前身无疑是蚂蚁了。促织饿死了,本身做蚂蚁的粮食;同样,生前养不活自己的大作家,到了死后偏有一大批人靠他生活,譬如,写回忆怀念文字的亲戚和朋友,写研究论文的批评家和学者。

狗和它自己影子的故事:狗衔肉过桥,看见水里的影子,以为是另一只狗也衔着肉,因而放弃了嘴里的肉,跟影子打架,要抢影子衔的肉,结果把嘴里的肉都丢了。这篇寓言的本意是戒贪得,但是我们现在可以应用到旁的方面。据说每个人需要一面镜子,可以常常自照,知道自己是个什么东西。不过,能自知的人根本不用照镜子;不自知的东西,照了镜子也没有用——譬如这只衔肉的狗,照镜以后,反害它大叫大闹,空把自己的影子,当作攻击狂吠的对象。可见有些东西最好不要对镜自照。

天文家的故事:天文家仰面看星象,失足掉在井里,大叫"救命";他的邻居听见了,叹气说:"谁叫他只望着高处,不管地下呢!"只向高处看,不顾脚下的结果,有时是下井,有时是下野或者下台。不过,下去以后,决不说是不小心掉下去的,只说有意去做下属的调查和工作。譬如这位天文家就有很好的借口:坐井观天。真的,我们就是下去以后,眼睛还是向上看的。

乌鸦的故事:上帝要拣最美丽的鸟作禽类的王,乌鸦把孔雀的长毛披在身上,插在尾巴上,到上帝前面去应选,果然为上帝挑中;其他鸟类大怒,把它插上的毛羽都扯下来,依然现出乌鸦的本相。这就是说,披着长头发的,未必就真是艺术家;反过来说,秃顶无发的人,当然未必是学者或思想家,寸草也不生的头脑,你想还会产生什么旁的东西?这个寓言也不就此结束,这只乌鸦借来的羽毛全给人家拔去，现了原形，老羞成怒，提议索性大家把自己天生的毛羽也拔个干净，到那时候，大家光着身子，看真正的孔雀、天鹅等跟乌鸦有何分别。这个遮羞的方法至少人类是常用的。

牛跟蛙的故事：母蛙鼓足了气，问小蛙道："牛有我这样大么？"小蛙答说："请你不要涨了，当心肚子爆裂！"这母蛙真是笨坯！她不该跟牛比伟大的，她应该跟牛比娇小。所以，我们每一种缺陷都有补偿，吝啬说是经济，愚蠢说是诚实，卑鄙说是灵活，无才便说是德。因此世界上没有自认为一无可爱的女人，没有自认为百不如人的男子。这样，彼此各得其所，当然会相安无事。

老婆子和母鸡的故事：老婆子养只母鸡，每天下一个蛋。老婆子贪心不足，希望她一天下两个蛋，加倍喂她。从此鸡愈吃愈肥，不下蛋了——所以戒之在贪。伊索错了！他该说：大胖子往往是小心眼。

狐狸和葡萄的故事：狐狸看见藤上一颗颗已熟的葡萄，用尽方法，弄不到嘴，只好放弃，安慰自己说："这葡萄也许还是酸的，不吃也罢！"他就是吃到了，还要说："这葡萄果然是酸的。"假如他是一只不易满足的狐狸，这句话他对自己说，因为现实终"不够理想"。假如他是一只很感满意的狐狸，这句话他对旁人说，因为诉苦经可以免得旁人来分甜头。

驴子跟狼的故事：驴子见狼，假装腿上受伤，对狼说："脚上有刺，请你拔去了，免得你吃我时舌头被刺。"狼信以为真，专心寻刺，被驴踢伤逃去，因此叹气说："天派我做送命的屠夫的，何苦做治病的医生呢!"这当然幼稚得可笑,他不知道医生也是屠夫的一种。

  这几个例可以证明《伊索寓言》是不宜做现代儿童读物的。卢梭在《爱弥儿》(*Emile*)卷二里反对小孩子读寓言,认为有坏心术,举狐狸骗乌鸦嘴里的肉一则为例,说小孩子看了,不会跟被骗的乌鸦同情,反会羡慕善骗的狐狸。要是真这样,不就证明小孩子的居心本来欠好吗?小孩子该不该读寓言,全看我们成年人在造成什么一个世界、什么一个社会,给小孩子长大了来过活。卢梭认为寓言会把纯朴的小孩教得复杂了,失去了天真,所以要不得。我认为寓言要不得,因为它把纯朴的小孩教得愈简单了,愈幼稚了,以为人事里是非的分别、善恶的果报,也像在禽兽中间一样公平清楚,长大了就处处碰壁上当。缘故是,卢梭是原始主义者(primitivist),主张复古,而我是相信进步的人——虽然并不像寓言里所说的苍蝇,坐在车轮的轴心上,嗡嗡地叫:"车子的前进,都是我的力量。"

谈 教 训

嫌脏所以表示爱洁,因此清洁成癖的人宁可不洗澡,而不愿借用旁人的浴具。秽洁之分结果变成了他人和自己的分别。自以为干净的人,总嫌别人龌龊,甚而觉得自己就是肮脏,还比清洁的旁人好受,往往一身臭汗、满口腥味,还不肯借用旁人使过的牙刷和手巾。这样看来,我们并非爱洁,不过是自爱。"洁身自好"那句成语颇含有深刻的心理观察。老实说,世界上是非善恶邪正等等分别,有时候也不过是人我的差异,正和身体上的秽洁一样。所以,假使自己要充好人,总先把世界上人说得都是坏蛋;自己要充道学,先正颜厉色,说旁人如何不道学或假道学。写到此地,我们想到《聊斋》里女鬼答复狐狸精的话:"你说我不是人,你就算得人么?"

我常奇怪,天下何以有这许多人,自告奋勇来做人类的义务导师,天天发表文章,教训人类。"人这畜生"(That animal called man),居然未可一概抹杀,也竟有能够舍己忘我的。我更奇怪,有这许多人教训人类,何以人类并未改善。这当然好像说,世界上有这许多挂牌的医生,仁心仁术,人类何以还有疾病。不过医生虽然治病,同时也希望人害病:配了苦药水,好讨辣价钱;救人的命正是救他自己的命,非有病人吃药,他不能吃饭。所以,有导师而人性不改善,并不足奇;人性并不能改良而还有人来负训导的责任,那倒是极耐寻味的。反正人是不可教诲的,教训式的文章,于世道人心,虽无实用,总合需要,好比我们生病,就得延医服药,尽管病未必因此治好。假使人类真个学好,无须再领教训,岂不闲杀了这许多人?于是从人生责任说到批评家态度,写成一篇篇的露天传道式的文字,反正文章虽不值钱,纸墨也并不费钱。

人生中年跟道学式的教训似乎有密切的关系。我们单就作家们观察,也看得到这个有趣的事实。有许多文人,到四十左右,忽然挑上救世的担子,对于眼前的一切人事无不加以咒骂纠正。像安诺德、罗斯金、莫理斯(William Morris),以及生存着的爱利恶德(T. S. Eliot)、墨瑞(J. M. Murry)等等就是人人知道的近代英国例子。甚至唯美的王尔德,也临死发善心,讲社会主义。假使我们还要找例子,在自己的朋友里,就看得见。这种可尊敬的转变,目的当然极纯正,为的是拯救世界、教育人类,但是纯正的目的不妨有复杂的动机。义正词严的叫喊,有时是文学创造力衰退的掩饰,有时是对人生绝望的恼怒,有时是改变职业的试探,有时是中年人看见旁人还是少年的忌妒。譬如中年女人,姿色减退,化妆不好,自然减少交际,甘心做正经家庭主妇,并且觉得少年女子的打扮妖形怪状,看不入眼。若南(Jules Janin)说巴尔扎克是发现四十岁女人的哥伦布。四十左右的男人似乎尚待发现。圣如孔子,对于中年人的特征也不甚了解;所以《论语·季氏》章记人生三戒,只说少年好色,壮年好打架,老年好利,忘了说中年好教训。当然也有人从小喜欢说教传道的,这不过表示他们一生下来就是中年,活到六十岁应当庆九十或一百岁。

有一种人的理财学不过是借债不还,所以有一种人的道学,只是教训旁人,并非自己有什么道德。古书上说"能受尽言"的是"善人",见解不免肤浅。真正的善人,有施无受,只许他教训人,从不肯受人教训,这就是所谓"自我牺牲精神"。

从艺术的人生观变到道学的人生观可以说是人生新时期的产生。但是,每一时期的开始同时也是另一时期的没落。譬如在有职业的人的眼里,早餐是今天的开始,吃饱了可以工作;而从一夜打牌、通宵跳舞的有闲阶级看来,早餐只是昨宵的结束,吃饱了好睡觉。道德教训的产生也许正是文学创作的死亡。这里我全没有褒贬轻重之意,因为教训和创作的价值高低,全看人来定。有人的文学创作根本就是戴了面具的说教,倒不如干脆去谈道学;反过来说,有人的道学,能以无为有,将假充真,大可以和诗歌、小说、谣言、谎话同样算得创作。

头脑简单的人也许要说,自己没有道德而教训他人,那是假道学。我们的回答是:假道学有什么不好呢?假道学比真道学更为难能可贵。自己有了道德而来教训他人,那有什么稀奇;没有道德而也能以道德教人,这才见得本领。有学问能教书,不过见得有学问;没有学问而偏能教书,好比无本钱的生意,那就是艺术了。真道学家来提倡道德,只像店家替存货登广告,不免自我标榜;绝无道德的人来讲道学,方见得大公无我,乐道人善,愈证明道德的伟大。更进一层说,真有道德的人来鼓吹道德,反会慢慢地丧失他原有的道德。拉维斯福哥(La Rochefoucauld)《删去的格言》(*Maximes supprimées*)第五八九条里说:"道学家像赛纳卡(Sénéque)之流,并未能把教训来减少人类的罪恶;只是由教训他人而增加自己的骄傲。"你觉得旁人不好,需要你的教训,你不由自主地摆起架子来,最初你说旁人欠缺理想,慢慢地你觉得自己就是理想的人物,强迫旁人来学你。以才学骄人,你并不以骄傲而丧失才学,以贫贱骄人,你并不以骄傲而变成富贵,但是,道德跟骄傲是不能并立的。世界上的大罪恶,大残忍——没有比残忍更大的罪恶了——大多是真有道德理想的人干的。没有道德的人犯罪,自己明白是罪;真有道德的人害了人,他还觉得是道德应有的代价。上帝要惩罚人类,有时来一个荒年,有时来一次瘟疫或战争,有时产生一个道德家,抱有高尚得一般人实现不了的理想,伴随着和他的理想成正比例的自信心和煽动力,融合成不自觉的骄傲。基督教哲学以骄傲为七死罪之一。王阳明《传习录》卷三也说:"人生大病只是一傲字,有我即傲,众恶之魁。"照此说来,真道学可以算是罪恶的初期。反过来讲,假道学家提倡道德,倒往往弄假成真,习惯转化为自然,真正地改进了一点品行。调情可成恋爱,模仿引进创造,附庸风雅会养成内行的鉴赏,世界上不少真货色都是从冒牌起的。所以假道学可以说是真道学的学习时期。不过,假也好,真也好,行善必有善报。真道学死后也许可以升天堂,假道学生前就上讲堂。这是多么令人欣慰的事!

所以不配教训人的人最宜教训人；愈是假道学愈该攻击假道学。假道学的特征可以说是不要脸而偏爱面子。依照王子汉姆雷德(Hamlet)骂他未婚妻的话，女子化妆打扮，也是爱面子而不要脸(God has given thou one face, but you make yourself another)。假道学也就是美容的艺术——

写到这里，我忽然心血来潮。这篇文章不恰恰也在教训人么？难道我自己也人到中年，走到生命的半路了！白纸上黑字是收不回来的，扯个淡收场罢。

一个偏见

　　偏见可以说是思想的放假。它是没有思想的人的家常日用，是有思想的人的星期日娱乐。假如我们不能怀挟偏见，随时随地必须得客观公平、正经严肃，那就像造屋只有客厅，没有卧室，又好比在浴室里照镜子还得做出摄影机头前的姿态。魔鬼在但丁《地狱曲》第二十七出中自称："敝魔生平最好讲理。"可见地狱之设，正为此辈；人生在世，言动专求合理，大可不必。当然，所谓正道公理压根儿也是偏见。依照生理学常识，人心位置，并不正中，有点偏侧，并且时髦得很，偏倾于左。古人称偏僻之道为"左道"，颇有科学根据。不过，话虽如此说，有许多意见还不失禅宗所谓"偏中正"，例如学术理论之类。只有人生边上的随笔、热恋时的情书等等，那才是老老实实、痛痛快快的一偏之见。世界太广漠了，我们圆睁两眼，平视正视，视野还是褊狭得可怜，狗注视着肉骨头时，何尝顾到旁边还有狗呢？至于通常所谓偏见，只好比打靶的瞄准，用一只眼来看。但是，也有人以为这倒是瞄中事物红心的看法。譬如说，柏拉图为人类下定义云："人者，无羽毛之两足动物也。"可谓客观极了！但是按照来阿铁斯（Diogenes Laertius）《哲人言行录》六卷二章所载，偏有人拿着一只拔了毛的鸡向柏拉图去质问。博马舍（Beaumarchais）《趣姻缘》（*Mariage de Figaro*）里的丑角说："人是不渴而饮，四季有性欲的动物。"我们明知那是贪酒好色的小花脸的打诨，而也不得不承认这种偏宕之论确说透了人类一部分的根性。偏激二字，本来相连；我们别有所激，见解当然会另有所偏。假使我们说："人类是不拘日夜，不问寒暑，发出声音的动物。"那又何妨？

禽啭于春，虫啼于秋，蚊作雷于夏，夜则虫醒而鸟睡，风雨并不天天有，无来人犬不吠，不下蛋鸡不报。惟有人用语言，用动作，用机械，随时随地做出声音。就是独处一室，无与酬答的时候，他可以开留声机，听无线电，甚至睡眠时还发出似雷的鼻息。语言当然不就是声音，但是在不中听，不愿听，或者隔着墙壁和距离听不真的语言里，文字都丧失了圭角和轮廓，变成一团忽涨忽缩的喧闹，跟鸡鸣犬吠同样缺乏意义。这就是所谓人籁！断送了睡眠，震断了思想，培养了神经衰弱。

这个世界毕竟是人类主宰管领的。人的声音胜过一切。聚合了大自然的万千喉舌，抵不上两个人同时说话的喧哗，至少从第三者的耳朵听来。唐子西《醉眠》诗的名句"山静如太古"，大约指着人类尚未出现的上古时代，否则山上住和尚，山下来游客，半山开饭店茶馆，决不容许那座山清静。人籁是寂静的致命伤，天籁是能和寂静溶为一片的。风声涛声之于寂静，正如风之于空气，涛之于海水，是一是二。每日东方乍白，我们梦已回而困未醒，会听到无数禽声，向早晨打招呼。那时夜未全消，寂静还逗留着,来庇荫未找清的睡梦。数不清的麻雀的鸣噪,琐碎得像要啄破了这个寂静:鸟鹊的声音清利像把剪刀,老鹳鸟的声音滞涩而有刺像把锯子,都一声两声地向寂静来试锋口。但是寂静似乎太厚实了,又似乎太流动了,太富于弹性了,给禽鸟啼破的浮面,立刻就填满。雄鸡引吭悠扬的报晓,也并未在寂静上划下一道声迹。慢慢地,我们忘了鸟哢是在破坏寂静;似乎寂静已将鸟语吸收消化,变成一种有声音的寂静。此时只要有邻家小儿的啼哭,楼上睡人的咳嗽,或墙外早行者的脚步声,寂静就像宿雾见了朝阳,破裂分散得干净。人籁已起,人事复始,你休想更有安顿。在更阑身倦,或苦思冥想时,忽闻人籁嘈杂,最博爱的人道主义者也许有时杀心顿起,恨不能灭口以博耳根清净。禽兽风涛等一切天籁能和寂静相安相得,善于体物的古诗人早已悟到。《诗经》:"萧萧马鸣,悠悠斾旌",下文就说明"有闻无声";可见马嘶而无人喊,不会产生喧闹。《颜氏家训》也指出王籍名句"蝉噪林愈静,鸟鸣山更幽",就是"有闻无声"的感觉;虫鸟鸣噪,反添静境。雪莱诗《赠珍尼——一个回忆》(*To Jane—A Recollection*) 里,描写啄木鸟,也说鸟啄山更幽。柯律立治(Coleridge)《风瑟》诗(*Eolian Harp*)云:"海声远且幽,似告我以静。"假使这个海是人海,诗人非耳聋头痛不可。所以我们常把"鸦鸣雀噪"来比人声喧哗,还是对人类存三分回护的曲笔。常将一群妇女的说笑声比于"莺啼燕语",那简直是对于禽类的侮辱了。

寂静并非是声响全无。声响全无是死,不是静;所以但丁说,在地狱里,连太阳都是静悄悄的(dove il sole tace)。寂静可以说是听觉方面的透明状态,正好像空明可以说是视觉方面的静穆。寂静能使人听见平常所听不到的声息,使道德家听见了良心的微语(still small voice),使诗人们听见了暮色移动的潜息或青草萌芽的幽响。你愈听得见喧闹,你愈听不清声音。惟其人类如此善闹,所以人类相聚而寂不作声,反欠自然。例如开会前的五分钟静默,又如亲人好友,久别重逢,执手无言。这种寂静像怀着胎,充满了未发出的声音的隐动。

人籁还有可怕的一点。车马虽喧,跟你在一条水平线上,只在你周围闹。惟有人会对准了你头脑,在你顶上闹——譬如说,你住楼下,有人住楼上。不讲别的,只是脚步声一项,已够教你感到像《红楼梦》里的赵姨娘,有人在踹你的头。每到忍无可忍,你会发两个宏愿。一愿住在楼下的自己变成《山海经》所谓"刑天之民",头脑生在胸膛下面,不致首当其冲,受楼上皮鞋的践踏。二愿住在楼上的人变得像基督教的"安琪儿"或天使,身体生到腰部而止,背生两翼,不用腿脚走路。你存心真好,你不愿意楼上人像孙膑那样受刖足的痛苦,虽然他何尝顾到你的头脑,顾到你是罗登巴煦所谓"给喧闹损伤了的灵魂"?

闹与热,静与冷,都有连带关系;所以在阴惨的地狱里,太阳也给人以寂寥之感。人声喧杂,冷屋会变成热锅,使人通身烦躁。叔本华《哲学小品》(*Parerga und Paralipomena*)第二百七十八节中说,思想家应当耳聋,大有道理。因为耳朵不聋,必闻声音,声音热闹,头脑就很难保持冷静,思想不会公平,只能把偏见来代替。那时候，你忘掉了你自己也是会闹的动物，你也曾踹过楼下人的头，也曾嚷嚷以致隔壁的人不能思想和睡眠，你更顾不得旁人在说你偏见太深，你又添了一种偏见，又在人生边上注了一笔。

释 文 盲

在非文学书中找到有文章意味的妙句,正像整理旧衣服,忽然在夹袋里发现了用剩的钞票和角子;虽然是分内的东西,却有一种意外的喜悦。譬如三年前的秋天,偶尔翻翻哈德门(Nicolai Hartmann)的大作《伦理学》,看见一节奇文,略谓有一种人,不知好坏,不辨善恶,仿佛色盲者的不分青红皂白,可以说是害着价值盲的病(Wertblindheit)。当时就觉得这个比喻的巧妙新鲜,想不到今天会引到它。借系统伟大的哲学家(并且是德国人),来做小品随笔的开篇,当然有点大材小用,好比用高射炮来打蚊子。不过小题目若不大做,有谁来理会呢?小店、小学校开张,也想法要请当地首长参加典礼,小书出版,也央求大名人题签,正是同样的道理。

价值盲的一种象征是欠缺美感;对于文艺作品,全无欣赏能力。这种病症,我们依照色盲的例子,无妨唤作文盲。在这一点上,苏东坡完全跟我同意。东坡领贡举而李方叔考试落第,东坡赋诗相送云:"与君相从非一日,笔势翩翩疑可识;平时漫说古战场,过眼终迷日五色。"你看,他早把不识文章比作不别颜色了。说来也奇,偏是把文学当作职业的人,文盲的程度似乎愈加厉害。好多文学研究者,对于诗文的美丑高低,竟毫无欣赏和鉴别。但是,我们只要放大眼界,就知道不值得少见多怪。看文学书而不懂鉴赏,恰等于帝皇时代,看守后宫,成日价在女人堆里厮混的偏偏是个太监,虽有机会,却无能力!无错不成话,非冤家不聚头,不如此怎会有人生的笑剧?

文盲这个名称太好了,我们该向民众教育家要它过来。因为认识字的人,未必不是文盲。譬如说,世界上还有比语言学家和文字学家识字更多的人么?然而有几位文字语言专家,到看文学作品时,往往不免乌烟瘴气眼前一片灰色。有一位语言学家说:"文学批评全是些废话,只有一个个字的形义音韵,才有确实性。"拜聆之下,不禁想到格利佛(Gulliver)在大人国瞻仰皇后玉胸,只见汗毛孔不见皮肤的故事。假如苍蝇认得字——我想它是识字的,有《晋书·苻坚载记》为证——假如苍蝇认得字,我说,它对文学一定和那位语言学家看法相同。眼孔生得小,视界想来不会远大,看诗文只见一个个字,看人物只见一个个汗毛孔。我坦白地承认,苍蝇的宇宙观,极富于诗意:除了勃莱克(Blake)自身以外,所谓"一花一世界,一沙一天国"的胸襟,苍蝇倒是具有的。它能够在一堆肉骨头里发现了金银岛,从一撮垃圾飞到别一撮垃圾时,领略到欧亚长途航空的愉快。只要它不认为肉骨之外无乐土,垃圾之外无五洲,我们尽管让这个小东西嗡嗡地自鸣得意。训诂音韵是顶有用、顶有趣的学问,就只怕学者们的头脑还是清朝朴学时期的遗物,以为此外更无学问,或者以为研究文学不过是文字或其他的考订。朴学者的霸道是可怕的。圣佩韦(Sainte – Beuve)在《月曜论文新编》(*Nouveaux Lundis*)第六册里说,学会了语言,不能欣赏文学,而专做文字学的工夫,好比向小姐求爱不遂,只能找丫头来替。不幸得很,最招惹不得的是丫头,你一抬举她,她就想盖过了千金小姐。有多少丫头不想学花袭人呢?

色盲决不学绘画,文盲却有时谈文学,而且谈得还特别起劲。于是产生了印象主义的又唤作自我表现或创造的文学批评。文艺鉴赏当然离不开印象,但是印象何以就是自我表现,我们想不明白。若照常识讲,印象只能说是被鉴赏的作品的表现,不能说是鉴赏者自我的表现,只能算是作品的给予,不能算是鉴赏者的创造。印象创造派谈起文来,那才是真正热闹。大约就因为缺乏美感,所以文章做得特别花花绿绿;此中有无精神分析派所谓补偿心结,我也不敢妄断。他会怒喊,会狂呼,甚至于会一言不发,昏厥过去——这就是领略到了"无言之美"的境界。他没有分析——谁耐烦呢?他没有判断——那太头巾气了。"灵感"呀,"纯粹"呀,"真理"呀,"人生"呀,种种名词,尽他滥用。滥用大名词,好像不惜小钱,都表示出作风的豪爽。"印象"倒也不少,有一大串陈腐到发臭的比喻。他做篇文章论雪莱,你在他的文章里找不出多少雪莱;你只看见一大段描写燃烧的火焰,又一大节摹状呼啸的西风,更一大堆刻划飞行自在的云雀,据说这三个不伦不类的东西就是雪莱。何以故?风不会吹熄了火,火不至于烤熟了云雀,只能算是奇迹罢。所以,你每看到句子像"他的生命简直是一首美丽的诗",你就知道下面准跟着不甚美丽的诗的散文了。这种文艺鉴赏,称为"创造的"或"印象主义"的批评,还欠贴切。我们不妨小试点铁成金的手段,各改一字。"创造的"改为"捏造的",取"捏"鼻头做梦和向壁虚"造"之意。至于"印象派"呢,我们当然还记得四个瞎子摸白象的故事,改为"摸象派"。你说怎样?这和文盲更拍合了。

捏造派根本否认在文艺欣赏时,有什么价值的鉴别。配他老人家脾胃的就算好的,否则都是糟的。文盲是价值盲的一种,在这里表现得更清楚。有一位时髦贵妇对大画家威斯娄(Whistler)说:"我不知道什么是好东西,我只知道我喜欢什么东西。"威斯娄鞠躬敬答:"亲爱的太太,在这一点上太太所见和野兽相同。"真的,文明人类跟野蛮兽类的区别,就在人类有一个超自我(Trans-subjective)的观点。因此,他能够把是非真伪跟一己的利害分开,把善恶好丑跟一己的爱憎分开。他并不和日常生命黏合得难分难解,而尽量企图跳出自己的凡躯俗骨来批判自己。所以,他在实用应付以外,还知道有真理;在教书投稿以外,还知道有学问;在看电影明星照片以外,还知道有美术;虽然爱惜身命,也明白殉国殉道的可贵。生来是个人,终免不得做几桩傻事错事,吃不该吃的果子,爱不值得爱的东西;但是心上自有权衡,不肯颠倒是非,抹杀好坏来为自己辩护。他了解该做的事未必就是爱做的事。这种自我的分裂、知行的歧出,紧张时产出了悲剧,松散时变成了讽刺。只有禽兽是天生就知行合一的,因为它们不知道有比一己嗜欲更高的理想。好容易千辛万苦,从猴子进化到人类,还要把嗜好跟价值浑而为一,变做人面兽心,真有点对不住达尔文。

痛恨文学的人,更不必说:眼中有钉,安得不盲。不过,眼睛虽出毛病,鼻子想极敏锐;因为他们常说,厌恶文人的气息。"与以足者去其角,傅之翼者夺其齿";对于造物的公平,我们只有无休息的颂赞。

论 文 人

　　文人是可嘉奖的,因为他虚心,知道上进,并不拿身份,并不安本分。真的,文人对于自己,有时比旁人对于他还看得轻贱;他只恨自己是个文人,并且不惜费话、费力、费时、费纸来证明他不愿意做文人,不满意做文人。在这个年头儿,这还算不得识时务的俊杰么?

　　所谓文人也者,照理应该指一切投稿、著书、写文章的人说。但是,在事实上,文人一个名词的应用只限于诗歌、散文、小说、戏曲之类的作者,古人所谓"词章家"、"无用文人"、"一为文人,便无足观"。至于不事虚文,精通实学的社会科学与自然科学等专家,尽管也洋洋洒洒发表着大文章,断乎不屑以无用文人自居——虽然还够不上武人的资格。不以文人自居呢,也许出于自知之明;因为白纸上写黑字,未必就算得文章。讲到有用,大概可分两种。第一种是废物利用,譬如牛粪可当柴烧,又像陶侃所谓竹头木屑皆有用。第二种是必需日用,譬如我们对于牙刷、毛厕之类,也大有王子猷看竹"不可一日无此君"之想。天下事物用途如此众多,偏有文人们还顶着无用的徽号,对着竹头、木屑、牙刷、毛厕,自叹不如,你说可怜不可怜? 对于有用人物,我们不妨也给与一个名目，以便和文人分别。譬如说，称他们为"用人"。"用人"二字，是"有用人物"的缩写，恰对得过文人两字。这样简洁浑成的名词，不该让老妈子、小丫头、包车夫们专有。并且，这个名词还有两个好处。第一，它充满了民主的平等精神，专家顾问跟听差仆役们共顶一个头衔，站在一条线上。第二，它不违背中国全盘西化的原则：美国有位总统听说自称为"国民公仆"，就是大家使唤得的用人；罗马教皇自谦为"奴才的奴才"或"用人的用人"（Servus servorum）；法国大革命时，党人都赶着仆人叫"用人兄弟"（Frères servants）；总统等于君，教皇（Pope）等于父（Papa），在欧美都和用人连带称呼，中国当然效法。

　　用人瞧不起文人，自古已然，并非今天朝报的新闻。例如《汉高祖本纪》载"帝不好文学"，《陆贾列传》更借高祖自己的话来说明："乃公马上得天下，安事诗书？"直捷痛快，名言至理，不愧是开国皇帝的圣旨。从古到今反对文学的人，千言万语，归根还不过是这两句话。"居马上"那两句，在抗战时期读来，更觉得亲切有味。柏拉图的《理想国》里排斥诗人文人，那有这样斩截雄壮的口气？柏拉图富有诗情，汉高祖曾发诗兴，吟过《大风歌》；他们两位尚且鄙弃词章，更何怪那些庸俗得健全的灵长动物。戈蒂埃（Theophile Gautier）在《奇人志》（*Les Grotesques*）里曾说，商人财主，常害奇病，名曰"畏诗症"（Poésophobie）。病原如是：财主偶尔打开儿子的书桌抽屉，看见一堆写满了字的白纸，既非簿记，又非账目，每行第一字大写，末一字不到底，细加研究,知是诗稿,因此怒冲脑顶,气破胸脯,深恨家门不幸,出此不肖逆子,神经顿呈变态。其实此症富有传染性;每到这个年头儿,竟能跟夏天的霍乱、冬天的感冒同样流行。药方呢,听说也有一个:把古今中外诗文集都付之一炬,化灰吞服。据云只要如法炮制,自然胸中气消,眼中钉拔,而且从此国强民泰,政治修明,武运昌盛!至于当代名人的这类弘论,早在销行极广的各种大刊物上发表,人人熟读,不必赘述。

文学必须毁灭,而文人却不妨奖励——奖励他们不要做文人。蒲伯(Pope)出口成章(lisp in numbers),白居易生识之无,此类不可救药的先天文人毕竟是少数。至于一般文人,老实说,对于文学并不爱好,并无擅长。他们弄文学,仿佛旧小说里的良家女子做娼妓,据说是出于不甚得已,无可奈何。只要有机会让他们跳出火坑,此等可造之才无不废书投笔,改行从良。文学是倒楣晦气的事业,出息最少,邻近着饥寒,附带了疾病。我们只听说有文丐,像理丐、工丐、法丐、商丐等名目是从来没有的。至傻极笨的人,若非无路可走,断不肯搞什么诗歌小说。因此不仅旁人鄙夷文学和文学家,就是文人自己也填满了自卑心结,对于文学,全然缺乏信仰和爱敬。譬如十足文人的扬雄在《法言》里就说:"雕虫篆刻,壮夫不为。"可见他宁做壮丁,不做文人。因此,我们看见一个特殊现象:一切学者无不威风凛凛,神气活现,对于自己所学专门科目,带吹带唱,具有十二分信念;只有文人们怀着鬼胎,赔了笑脸,抱愧无穷,即使偶尔吹牛,谈谈"国难文学"、"宣传武器"等等,也好像水浸湿的皮鼓,敲擂不响,歌德不作爱国诗歌,遭人唾骂,因在《语录》(*Gespräche mit Eckermann*)里大发牢骚,说不是军士,未到前线,怎能坐在书房里呐喊做战歌(Kriegslieder schreiben und in Zimmer sitzen)。少数文人在善造英雄的时势下,能谈战略,能作政论,能上条陈,再不然能自任导师,劝告民众。这样多才多艺的人,是不该在文学里埋没的,也不会在文学里埋没的。只要有机会让他们变换,他们可以立刻抛弃文艺,别干营生。

雪莱在《诗的辩护》里说文人是"人类的立法者"(legislator),卡莱尔在《英雄崇拜论》里说文人算得上"英雄"。那些特殊材料的文人只想充当英雄,希望变成立法者或其他。竟自称是英雄或立法者,不免夸大狂;想做立法者和英雄呢,那就是有志上进了。有志上进是该嘉奖的。有志上进,表示对于现实地位的不满足和羞耻。知耻近乎勇。勇是该鼓励的,何况在这个时期?

要而言之:我们应当毁灭文学而奖励文人——奖励他们不做文人,不搞文学。

人生路上的路上

本书收集了作者自编散文集《写在人生边上》之外的论文、随感、序跋、书评和译文等各类文字,由杨绛先生拟定书名,陆文虎先生编辑整理,书名题签集作者字。——本书编者注

目 录

论俗气 ·· *65*
谈交友 ·· *73*

说"回家" ··· *82*
小说琐征 ··· *86*
读小说偶忆 ·· *90*
中国文学小史序论 ································ *92*
论不隔 ··· *110*
中国固有的文学批评的一个特点 ············· *116*
小说识小 ·· *135*
小说识小续 ··· *147*
谈中国诗 ·· *159*
杂言 ·· *169*

意中文学的互相照明:一个大题目,
　几个小例子 ···································· *172*
古典文学研究在现代中国 ······················ *178*

美国学者对于中国文学的研究简况 …………………… 183
粉碎"四人帮"以后中国的文学情况 …………………… 190

十五天后能和平吗 ……………………………………… 196
答《大公报·出版界》编者问 …………………………… 197
在中美比较文学学者双边讨论会上的发言 …………… 198
年鉴寄语 ………………………………………………… 200
"鲁迅与中外文化"学术研讨会开幕词(摘要) ………… 201
报纸的开放是大趋势 …………………………………… 202
和一位摄影家的谈话 …………………………………… 203
作为美学家的自述 ……………………………………… 204
答《人民政协报》记者问 ………………………………… 205

《围城》日译本序 ………………………………………… 206
《围城》德译本前言 ……………………………………… 209
表示风向的一片树叶 …………………………………… 211

《复堂日记续录》序 ……………………………………… 213
序冒叔子孝鲁《邛都集》 ………………………………… 217
《干校六记》小引 ………………………………………… 218
《记钱锺书与〈围城〉》附识 ……………………………… 220
《壮岁集》序 ……………………………………………… 221
《走向世界》序 …………………………………………… 222

目 录

《徐燕谋诗草》序 …………………………… *225*

徐燕谋诗序 …………………………… *227*

《史传通说》序 …………………………… *230*

《〈管锥编〉与杜甫新探》序 …………………………… *231*

《吴宓日记》序言 …………………………… *233*

《周南诗词选》跋 …………………………… *235*

为什么人要穿衣 …………………………… *236*

《一种哲学的纲要》 …………………………… *239*

《大卫·休谟》 …………………………… *243*

《中国新文学的源流》 …………………………… *247*

休谟的哲学 …………………………… *253*

鬼话连篇 …………………………… *259*

英译《千家诗》 …………………………… *264*

《美的生理学》 …………………………… *265*

约德的自传 …………………………… *273*

旁观者 …………………………… *278*

作者五人 …………………………… *284*

《马克斯传》 …………………………… *292*

补评《英文新字辞典》 …………………………… *293*

白朗：咬文嚼字 …………………………… *297*

《英国人民》 …………………………… *301*

《游历者的眼睛》 …………………………… *305*

《落日颂》·· 309

《近代散文钞》·· 318

读《道德定律的存在问题》书后························· 322

阙题··· 325

论复古··· 327

《不够知己》·· 335

《韩昌黎诗系年集释》··································· 338

译　文

精印本《堂·吉诃德》引言······························ 351

关于巴尔札克·· 375

弗·德·桑克梯斯文论三则······························ 377

外国理论家作家论形象思维···························· 382

　一、西欧古典部分····································· 382

　　　前言··· 382

　　　亚里士多德······································· 387

　　　阿波罗尼阿斯···································· 389

　　　汤密达诺·· 390

　　　龙沙··· 391

　　　乌阿尔德·· 392

　　　蒙田··· 393

　　　马佐尼··· 394

目 录

莎士比亚 …………………………………………… *396*

培根 ………………………………………………… *397*

霍布斯 ……………………………………………… *398*

巴斯楷尔 …………………………………………… *401*

马勒勃朗许 ………………………………………… *402*

莱布尼茨 …………………………………………… *404*

洛克 ………………………………………………… *406*

慕拉多利 …………………………………………… *407*

艾迪生 ……………………………………………… *410*

维柯 ………………………………………………… *413*

布莱丁格 …………………………………………… *416*

伏佛纳尔格 ………………………………………… *417*

伏尔泰 ……………………………………………… *419*

康笛雅克 …………………………………………… *423*

黎瓦罗 ……………………………………………… *424*

康德 ………………………………………………… *425*

歌德 ………………………………………………… *427*

谢林 ………………………………………………… *429*

让·保罗 …………………………………………… *431*

柯尔立治 …………………………………………… *432*

莱欧巴迪 …………………………………………… *434*

波德莱亚 …………………………………………… *436*

二、西欧及美国现代部分 ………………………… *439*

前言 ·········· 439

李博 ·········· 442

弗洛伊德 ·········· 449

克罗齐 ·········· 453

杜威 ·········· 457

萨特 ·········· 461

威尔赖特 ·········· 465

论 俗 气

找遍了化学书,在炭气、氧气以至于氯气之外,你看不到俗气的。这是比任何气体更稀淡、更微茫,超出于五官感觉之上的一种气体,只有在文艺里或社交里才能碰见。文艺里和社交里还有许多旁的气也是化学所不谈的,例如寒酸气、泥土气。不过,这许多气都没有俗气那样难捉摸:因为它们本身虽然是超越感觉的,它们的名字却是借感觉中的事物来比方着,象征着;每一个比喻或象征都无形中包含一个类比推理(analogy)①,所以,顾名思义,你还有线索可求。说到酸气,你立刻联想着山西或镇江的老醋;说起泥土气,你就记忆到夏雨初晴,青草池塘四周围氤氲着的气息。但是俗气呢? 不幸的很,"气"已是够空虚了,"俗"比"气"更抽象! 所以,有亚尔特斯·赫胥黎(Aldous Huxley)先生的机伶,在《文学中之俗气》(*Vulgarity in Literature*)那本小册子里,他也不能抓住俗气,像孙行者抓住妖风一般,把鼻子来辨

---

① 参见 Whitehead: *Symbolism: Its Meaning and Effects*, 又 Stout: *Mind and Matter* 第四章, 又一九三二年五、六月号 *Revue Philosophique* 中 Desbien: *Le Symbolisme Verbal et l'expérience de la Pensée*。

别滋味。

赫胥黎先生以为俗气的标准是跟了社会阶级而变换的；下等社会认为美的，中等社会认为俗不可耐，中等社会认为美的，上等社会认为俗不可耐，以此类推。又说："俗气就是流露出来的一种下劣性"(vulgarity is a lowness that proclaims itself)。这上中下阶级想是依照知识程度来分的，每一个阶级又分好多层，上等之上，下等之下，还有阶级，大概相当于利馥丝(Q. D. Leavis)《小说与读者》(Fiction and the Reading Public)一书中高眉(highbrow)、平眉(middlebrow)、低眉(lowbrow)的分别；若说根据银行存款的多少来判定阶级，赫胥黎先生断不至于那样势利的。

俗气跟着社会阶级而变换的，不错！不过，赫胥黎先生的说法只让我们知道俗气产生的渊源(origin)，没有说出俗气形成的性质(nature)，只告诉我们怎样有俗气，并没有讲清什么是俗气。"一种下劣性"是什么，我们根本就不懂；把它来解释俗气，真是 ignotum per ignotius 了。因此，我们的问题是：上等社会批评东西"甲"俗，中等社会批评东西"乙"俗，下等社会批评东西"丙"俗（尽许此阶级认为俗的就是较下的阶级认为美的），它们批评为俗的东西虽不同，它们批评为俗是相同的，这个相同是到什么程度？换句话说：当一个上等社会的代表(typical)人物看见他认为俗的事物时，一个中等社会的代表人物看见他认为俗的事物时，和一个下等社会的代表人物看见他认为俗的事物时，他们三个人的心理反应或感想一定是相同的，否则决不会同声说："俗！"这三个不同的事物中有什么相同的品质使这三个不同的人发生相同的感想？对于清洁成癖的人，天下没有一桩东西是不脏的；同样，俗的东西的多少也跟一个人的风雅的程度成为正比例，但是，不管他评为"俗"的东西的数量的大小，这许多东西里一定有一个像算学中的公因数（common factor），做他的批评的根据。

　　赫胥黎先生讨厌坡（Edgar Poe）的诗，说它好比戴满了钻戒的手，俗气迎人。这一个妙喻点醒我们不少。从有一等人的眼光看来，浓抹了胭脂的脸，向上翻的厚嘴唇，福尔斯大夫（Falstaff）的大肚子，西哈诺（Cyrano）的大鼻子，涕泗交流的感伤主义（sentimentality），柔软到挤得出水的男人，鸳鸯蝴蝶派的才情，苏东坡体的墨猪似的书法，乞斯透顿（Chesterton）的翻筋斗似的诡论（paradox），大块的四喜肉，还有——天呀！还有说不尽的 etc. etc.，都跟戴满钻戒的手一般的俗。这形形色色的事物间有一个公共的成分——量的过度：钻戒戴在手上是极悦目的，但是十指尖尖都拶着钻戒，太多了，就俗了！胭脂擦在脸上是极助娇艳的，但是涂得仿佛火烧一样，太浓了，就俗了！肚子对于人体曲线美是大有贡献的，但是假使凸得像挂了布袋，太高了，就俗了！以此类推。同时，我们胸中还潜伏一个道德观念：我们不赞成一切夸张和卖弄，一方面因为一切夸张和卖弄总是过量的，上自媒人的花言巧语，下至戏里的丑表功，都是言过其实、表过其里的。另一方面也因为人家的夸大反衬出我们的渺小，所以我们看见我们认为过当的事物，我们不知不觉地联想到卖弄，不管那桩事物确是在卖弄（像戴满钻戒的手）或是出于不得已（像大肚子）。因此，我们暂时的结论是：当一个人认一桩东西为俗的时候，这一个东西里一定有这个人认为太过火的成分,不论在形式上或内容上。这个成分的本身也许是好的,不过,假使这个人认为过多了(too much of a good thing),包含这个成分的整个东西就要被判为俗气。所以,俗气不是负面的缺陷(default),是正面的过失(fault)。骨瘦如柴的福尔摩斯是不会被评为俗的,肥头胖耳的福尔斯大夫便难说了。简单朴实的文笔,你至多觉得枯燥,不会嫌俗的,但是填砌着美丽词藻的嵌宝文章便有俗的可能。沉默冷静,不会应酬的人,你至多厌他呆板,偏是有说有笑,拍肩拉手的社交家顶容易变俗。雷诺尔慈(Joshua Reynolds)爵士论罗马宗和威尼斯宗两派绘画的优劣,也是一个佐证:轻描淡扫,注重风韵(nuance)的画是不会俗的,金碧辉煌,注重色相(couleur)的画就迹近卖弄,相形之下,有些俗气了①。批评家对于他们认为"感伤主义"的作品,同声说"俗",因为"感伤主义是对于一桩事物过量的反应"(a response is sentimental if it is too great for the occasion)——这是瑞恰慈(I. A. Richards)先生的话②,跟我们的理论不是一拍就合么?俗的意思是"通俗",大凡通俗的东西都是数量多的,价值贱的;照经济常识,东西的价值降贱,因为供过于求,所以,在一个人认为俗的事物中,一定有供过于求的成分——超过那个人所希望或愿意有的数量的成分。从"通俗"两

---

① 参观 Reynolds: *Discourses* 第四讲,nuance 与 couleur 之别,则本于 Verlaine: *Art Poétique*。

② Richards: *Practical Criticism*,二百五十八页。

个字,我们悟到俗气的第二特点:俗的东西就是可以感动"大多数人"的东西——此地所谓"大多数人"带着一种谴责的意味,不仅指数量说,并且指品质说,是卡莱尔(Carlyle)所谓"不要崇拜大多数"(don't worship the majority)的"大多数",是易卜生(Ibsen)所谓"大多数永远是错误的"(a majority is always wrong)的"大多数"。

综括以上来说,假使一个人批评一桩东西为"俗",这个批评包含两个意义:(一)他认为这桩东西组织中某成分的量超过他心目中以为适当的量。(二)他认为这桩东西能感动的人数超过他自以为隶属着的阶级的人数。

我们的结论并不跟赫胥黎先生的意见相反。事物本身无所谓雅俗,随观者而异,观者之所以异,由于智识程度或阶级之高下;Tout est relatif,是的!不过,不论它是什么东西,只要它被评为"俗",不论你是什么阶级的人,只要你评它为"俗",那末,你对它的心理反应逃不出上面的方式,Voilà le seul principe absolu!

我们的俗气说似乎比山潭野衲(Santayana)教授的也来得彻底。山潭野衲教授说俗气就是自相矛盾(inner contradiction),例如老太婆戴了金丝假发,垢腻的手戴满了珠宝,彼此间不能调和①。对于这种理论,我们有两个批评,第一:照山潭野衲教授的说法,我们看见怪(grotesque)物时的感想,跟我们看见俗(vulgar)物时的感想,简直是一是二,没有分别了。把相矛盾

---

① Santayana: *Reason in Art*,一百九十七页。

的、不和谐的分子硬拼在一起,是我们认为怪相的造因,不是俗气的造因。假使我们觉得戴假发的老太婆或戴珠宝的脏手有俗气,我们并非为金丝发的浓厚跟老太婆的干瘪不配,我们只感到老太婆还妆着那许多如火如荼的头发,太过了,我们也并非为脏手跟珠宝不称,我们只感到这样呕人的手还要妆饰,太不知量了,太过了。第二:山潭野衲教授的说法至多只能解释两个成分的相反(contrast)是俗气,不能解释为什么一个成分的增加(intensification)也是俗气,只能解释污秽的手戴满了珠宝(他自己的例)是俗,不能解释不污秽的手戴满了珠宝(赫胥黎的例)也是俗。当然,你可以说上面所举的各例也能用自相矛盾来解释的,譬如两颊施朱,本求美观,但是,浓涂厚抹,求美而反得丑,那就是自相矛盾了。不过,我们进一步问,为什么求美而得丑呢?还不是因为胭脂擦得太过么?还不是须要我们的过量说来解释么?

从求美而得丑,我们立刻想到求雅而得俗的矛盾现象——《儒林外史》第二十九回中杜慎卿所谓"雅的这样俗",《随园诗话》所谓:"人但知满口公卿之人俗,而不知满口不趋公卿之人更俗。"这种现象是起于不自然的装腔做势;俗人拼命学雅,结果还是俗。夏士烈德(Hazlitt)的俗气说便以此为根据的。夏士烈德以为一切天然的(natural)、自在的(spontaneous)东西都不会俗的,粗卤(grossness)不是俗,愚陋(Ignorance)不是俗,呆板(awkwardness)也不是俗,只有粗卤而妆细腻,愚陋而妆聪明,呆板而妆伶俐才是俗气。所以俗人就是装模做样的人(The truly vulgar are the herd of pretenders to what is not natural to them)①。这种说法也没有我们的来得彻底。照夏士烈德的理论,我们觉得一桩东西俗,是因为它的"妆"(affectation)。不过,我们何以知道它是"妆"呢?粗人妆细腻就为要遮盖他的粗,决不肯承认他的细腻是妆出来的。我们所以觉得他俗,觉得他"妆",觉得他妆出来的细腻跟他本性的粗卤相矛盾(inner contradiction),还是因为他细腻得太过火了。天生细腻的人所随便做的事,学细腻的粗人做的特别小心,以引起人家的注意,证明他的不粗;而偏是人家注意到他的特别小心,便知道他的细腻是学来的,不是生就的。好比说外国话极好的人,往往比说那国话的土人更成语化(idiomatic),这一点过度的成语化反而证明他的非本国籍。一切妆腔都起于自卑心理(inferiority complex),知道自己比不上人,有意做出胜如人的样子,知道自己卑下,拼命妆着高出自己的样子,一举一动,都过于费力(over-emphasis),把外面的有余来掩饰里面的不足,诸葛亮的"空城计"就是一个好例,司马懿若懂得心解术,决不会上当,从诸葛亮过乎寻常的镇静,便看得出他的镇静是"妆"的,不是真的。所以,妆腔说也要以过量说为根据的。我们上面说卖弄的所以俗,是在言过其实、表过其里,妆腔也是如此。《石林诗话》说郑谷的诗"格力适堪揭酒家壁,为市人书扇耳! 天下事每患自以为工处,着力太过,何但诗也!"魏禧《与友论文书》道:"着佳言佳事太多,如市肆之列杂

---

① Hazlitt: *On Vulgarity and Affectation* 一小文。

物,非不炫目,正嫌有市井气耳!"卖弄妆腔以及一切有"市井气"或俗气的事物就坏在"太过"、"太多"两点。A little more and how much it is!

俗人并不反对风雅的,他们崇拜风雅,模仿风雅,自以为风雅①。没有比"雅的这样俗"的人更雅了,他们偏是"雅的这样俗";古代的 Précieuses Ridicules,现代的 Not-very-intelligentsia,都是此等人物。我们每一个人都免不了这种附庸风雅的习气。天下不愁没有雅人和俗人,只没有俗得有勇气的人,甘心呼吸着市井气,甘心在伊壁鸠鲁(Epicurus)的猪圈里打滚,有胆量抬出俗气来跟风雅抵抗,仿佛魔鬼的反对上帝。有这个人么?我们应当像敬礼撒旦(Satan)一般的敬礼他。

(原载《大公报》一九三三年十一月四日)

---

① Aldous Huxley:*Point Counter Point* 中仿 La Rochefoucauld:*Maximes* 第二百十八条云:"Intellectual hypocrisy is the tribute philistinism pays to art"。

谈 交 友

假使恋爱是人生的必需,那末,友谊只能算是一种奢侈;所以,上帝垂怜阿大(Adam)的孤寂,只为他造了夏娃,并未另造个阿二。我们常把火焰来比恋爱,这个比喻有我们意想不到的贴切。恋爱跟火同样的贪滥,同样的会蔓延,同样的残忍,消灭了坚牢结实的原料,把灰烬去换光明和热烈。像摆伦,像哥德,像缪塞,野火似的卷过了人生一世,一个个白色的、栗色的、棕色的情妇(une blonde, châtaigne ou brune maîtresse,缪塞的妙句)的血淋淋红心、白心、黄心(孙行者的神通),都烧炙成死灰,只算供给了燃料。情妇虽然要新的才有趣,朋友还让旧的好。时间对于友谊的磨蚀,好比水流过石子,反把它洗琢得光洁了。因为友谊不是尖利的需要,所以在好朋友间,极少发生那厌倦的先驱,一种餍足的情绪,像我们吃完最后一道菜,放下刀叉,靠着椅背,准备叫侍者上咖啡时的感觉,这当然不可一概而论,看你有的是什么朋友。

西谚云:"急需或困乏时的朋友才是真正的朋友",不免肤浅。我们有急需的时候,是最不需要朋友的时候。朋友有钱,我们需要他的钱;朋友有米,我们缺乏的是他的米。那时节,我们也许需要真正的朋友,不过我们真正的需要并非朋友。我们讲交情,揩面子,东借西挪,目的不在朋友本身,只是把友谊作为可利用的工具,顶方便的法门。常时最知情识趣的朋友,在我们穷急时,他的风趣,他的襟抱,他的韵度,我们都无心欣赏了。两袖包着清风,一口咽着清水,而云倾听良友清谈,可忘饥渴,即清高到没人气的名士们,也未必能清苦如此,此话跟刘孝标所谓"势交利交"的一派牢骚,全不相干。朋友的慷慨或吝啬,肯否排难济困,这是一回事;我们牢不可破的成见,以为我和某人既有朋友之分,我有困难,某人理当扶助,那是另一回事。尽许朋友疏财仗义,他的竟算是我的,在我穷急告贷的时节,总是心存不良,满口亲善,其实别有作用。试看世间有多少友谊,因为有求不遂,起了一层障膜;同样,假使我们平日极瞧不起,最不相与的人,能在此时帮忙救急,反比平日的朋友来得关切,我们感激之余,可以立刻结为新交,好几年积累成的友谊,当场转移对象。在困乏时的友谊,是最不值钱了——不,是最可以用钱来估定价值了! 我常感到,自《广绝交论》以下,关于交谊的诗文,都不免对朋友希望太奢,批评太刻,只说做朋友的人的气量小,全不理会我们自己人穷眼孔小,只认得钱类的东西,不认得借未必有,有何必肯的朋友。古尔斯密(Goldsmith)的东方故事《阿三痛史》(*The Tragedy of Asem*),颇少人知,一八七七年出版的单行本,有一篇序文,中间说,想创立一种友谊测量表(philometer),以朋友肯借给他的钱多少,定友谊的高下。这种沾光揩油的交谊观,甚至雅人如张船山,也未能免除,所以他要怨什么"事能容俗犹嫌傲,交为通财渐不亲"。《广绝交论》只代我们骂了我们的势利朋友,我们还需要一篇《反绝交论》,代朋友来骂他们的势利朋友,就是我们自己。《水浒》里写宋江刺配江州,戴宗向他讨人情银子,宋江道:"人情,人情,在人情愿!"真正至理名言,比刘孝标、张船山等的见识,高出万倍。说也奇怪,这句有"恕"道的话,偏出诸船火儿张横所谓"不爱交情只爱钱",打家劫舍的强盗头子,这不免令人摇头叹息了:第一叹来,叹惟有强盗,反比士大夫辈明白道理!然而且慢,还有第二叹;第二叹来,叹明白道理,而不免放火杀人,言行不符,所以为强盗也!

从物质的周济说到精神的补助,我们便想到孔子所谓直谅多闻的益友。这个漂白的功利主义,无非说,对于我们品性和智识有利益的人,不可不与结交。我的偏见,以为此等交情,也不甚巩固。孔子把直谅的益友跟"便僻善柔"的损友反衬,当然指那些到处碰得见,心直口快,规过劝善的少年老成人。生就斗蟋蟀般的脾气,一搦一跳,护短非凡,为省事少气恼起见,对于喜管闲事的善人们,总尽力维持着尊敬的距离。不过,每到冤家狭路,免不了听教训的关头,最近涵养功深,子路闻过则喜的境界,不是区区夸口,颇能做到。听直谅的"益友"规劝,你万不该良心发现,哭丧着脸;他看见你惶恐觳觫的表情,便觉得你邪不胜正,长了不少气势,带骂带劝,说得你有口难辩,然后几句甜话,拍肩告别,一路上忻然独笑,觉得替天行道,做了无量功德。反过来,你若一脸堆上浓笑,满口承认;他说你骂人,你便说像某某等辈,不但该骂,并且该杀该剐,他说你刻毒,你就说,岂止刻毒,还想下毒,那时候,该他拉长了像烙铁熨过的脸,哭笑不得了。大凡最自负心直口快,喜欢规过劝善的人,像我近年来所碰到的基督教善男信女,同时最受不起别人的规劝。因此,你不大看见直谅的人,彼此间会产生什么友谊;大约直心肠颇像几何学里的直线,两条平行了,永远不会接合。照我想来,心直口快,无过于使性子骂人,而这种直谅的"益友"从不骂人,顶反对你骂人。他们找到他们认为你的过失,绝不痛痛快快的骂,只是婆婆妈妈的劝告,算是他们的大度包容。骂是一种公道的竞赛,对方有还骂的机会;劝却不然,先用大帽子把你压住,无抵抗的让他攻击,卑怯不亚于打落水狗。他们喜欢规劝你,所以,他们也喜欢你有过失,好比医生要施行他手到病除的仁心仁术,总先希望你害病。这样的居心险恶,无怪基督教为善男信女设立天堂。真的,没有比进天堂更妙的刑罚了;设想四周围都是无瑕可击,无过可规的善人,此等心直口快的"益友"无所施其故技,心痒如有臭虫叮,舌头因不用而起铁锈的苦痛。泰勒(A. E. Taylor)《道学先生的信仰》(*Faith of a Moralist*)书里说,读了但丁《神曲·天堂篇》,有一个印象,觉得天堂里空气沉闷,诸仙列圣只希望下界来个陌生人,谈话消遣。我也常常疑惑,假使天堂好玩,何以但丁不像乡下人上城的东张西望,倒失神落魄,专去注视琵雅德丽史的美丽的眼睛,以至受琵雅德丽史婉妙的数说:"回过头去罢!我的眼睛不是惟一的天堂"(Che non pur ne'miei occhi è paradiso)。天堂并不如史文朋(Swinburne)所说,一个玫瑰花园,充满了浪上人火来的姑娘(A rose garden full of stunners),浪上人火来的姑娘,是裸了大腿,跳舞着唱"天堂不是我的份"的。史文朋一生叛教,那知此中底细? 古法文传奇《乌开山与倪高来情史》(*Aucassin et Nicolette*)说,天堂里全是老和尚跟残废的叫化子;风流武侠的骑士反以地狱为归宿。雷诺(Renan)《自传续编》(*Feuilles détachées*)序文里也说,天堂中大半是虔诚的老婆子(vieilles dévotes),无聊得要命;雷诺教士出身,说话当然靠得住。假使爱女人,应当爱及女人的狗,那末,真心结交朋友,应当忘掉朋友的过失。对于人类应负全责的上帝,也只能捏造——捏了泥土创造,并不能改造,使世界上坏人变好;偏是凡夫俗子倒常想改造朋友的品性,真是岂有此理。一切罪过,都是一点未凿的天真,一角消毁不尽的个性,一条按压不住的原始的冲动,脱离了人为的规律,归宁到大自然的老家。抽象地想着了罪恶,我们也许会厌恨;但是罪恶具体地在朋友的性格里衬托出来,我们只觉得他的品性产生了一种新的和谐,或者竟说是一种动人怜惜的缺陷,像古磁上一条淡淡的裂缝,奇书里一角缺叶,使你心窝里涌出加倍的爱惜,心直口快的劝告,假使出诸美丽的异性朋友,如闻裂帛,如看快刀切菜,当然乐于听受。不过,照我所知,美丽的女郎,中外一例,说话无不打着圈儿挂了弯的;只有身段缺乏曲线的娘们,说话也笔直到底。因此,直谅的"益友",我是没有的,我也不感到"益友"的需要。无友一身轻,威斯娄(Whistler)的得意语,只算替我说的。

多闻的"益友",也同样的靠不住。见闻多、记诵广的人,也许可充顾问,未必配做朋友,除非学问以外,他另有引人的魔力。

德·白落斯(Président de Brosses)批评伏尔泰道:"别人敬爱他,无非为他做的诗好。确乎他的诗做得不坏。不过,我们只该爱他的诗(Mais ce sont ses vers qu'il faut admirer)"。——言外之意,当然是,我们不必爱他的人。我去年听见一句话,更为痛快。一位男朋友怂恿我为他跟一位女朋友撮合,生平未做媒人,好奇的想尝试一次。见到那位女朋友,声明来意,第一项先说那位男朋友学问顶好,正待极合科学方法的数说第二项第三项,那位姑娘轻冷地笑道:"假使学问好便该嫁他,大学文科老教授里有的是鳏夫。"这两个例子,对于多闻的"益友",也可应用。譬如看书,参考书材料最丰富,用处最大,然而极少有人认它为伴侣的读物。颐德(André Gide)《日记》(*Pages de Journal* 1929–1932)有个极妙的测验;他说,关于有许多书,我们应当问:这种书给什么人看(qui peut les lire)？ 关于有许多人,我们应该问:这种人能看什么书(que peuvent-ils lire)？ 照此说法,多闻的"益友"就是专看参考书的人。多闻的人跟参考书往往同一命运,一经用过,仿佛挤干的柠檬,嚼之无味,弃之不足惜。并且,打开天窗说亮话,世界上没有一个人不在任何方面比我们知道得多,假使个个要攀为朋友,那里有这许多情感来分配？ 伦敦东头自告奋勇做向导的顽童,巴黎夜半领游俱乐部的瘪三,对于垢污的神秘,比你的见闻来得广博,若照多闻益友的原则,几个酒钱,还够不上朋友通财之谊。多闻的"多"字,表现出数量的注重。记诵不比学问;大学问家的学问跟他整个的性情陶融为一片,不仅有丰富的数量,还添上个别的性质;每一个琐细的事实,都在他的心血里沉浸滋养,长了神经和脉络,是你所学不会,学不到的。反过来说,一个参考书式的多闻者(章实斋所谓"横通"),无论记诵如何广博,你总能把他吸收到一干二净。学校里一般教师,授完功课后的精神的储蓄,缩挤得跟所发讲义纸一样的扁薄了!普通师生之间,不常发生友谊,这也是一个原因。根据多闻的原则而产出的友谊,当然随记诵的增减为涨缩,不稳固可想而知。自从人工经济的科学器具发达以来,"多闻"之学似乎也进了一个新阶段。唐李渤问归宗禅师云:"芥子何能容须弥山?"师言:"学士胸藏万卷书,此心不过如椰子大,万卷书何处著?"记得王荆公《寄蔡天启诗》,袁随园《秋夜杂诗》也有类似的说法。现在的情形可不大相同了。时髦的学者不需要心,只需要几只抽屉,几百张白卡片,分门别类,做成有引必得的"引得",用不着头脑更去强记。但得抽屉充实,何妨心腹空虚。最初把抽屉来代替头脑,久而久之,习而俱化,头脑也有点木木然接近抽屉的质料了。我敢豫言,在最近的将来,木头或阿木林等谩骂,会变成学者们最尊敬的称谓,"朴学"一个名词,将发生新鲜的意义。

这并不是说,朋友对于你毫无益处;我不过解释,能给你身心利益的人,未必就算朋友。朋友的益处,不能这样拈斤播两的讲。真正友谊的形成,并非由于双方有意的拉拢,带些偶然,带些不知不觉。在意识层底下,不知何年何月潜伏着一个友谊的种子,咦!看它在心里面透出了萌芽。在温暖固密,春夜一般的潜意识中,忽然偷偷的钻进了一个外人,哦!原来就是他!真正友谊的产物,只是一种渗透了你的身心的愉快。没有这种愉快,随你如何直谅多闻,也不会有友谊。接触着你真正的朋友,感觉到这种愉快,你内心的鄙吝残忍,自然会消失,无需说教似的劝导。你没有听过穷冬深夜壁炉烟囱里呼啸着的风声么?像把你胸怀间的郁结体贴出来,吹荡到消散,然而不留语言文字的痕迹,不受金石丝竹的束缚。百读不厌的黄山谷《茶词》说得最妙:"恰如灯下故人,万里归来对影;口不能言,心下快活自省。"以交友比吃茶,可谓确当。存心要交"益友"的人,便不像中国古人的品茗,而颇像英国人下午的吃茶了:浓而苦的印度红茶,还要方糖牛奶,外加面包牛油糕点,甚至香肠肉饼子,干的湿的,热闹得好比水陆道场,胡乱填满肚子完事。在我一知半解的几国语言里,没有比中国古语所谓"素交"更能表出友谊的骨髓。一个"素"字把纯洁真朴的交情的本体,形容尽致。素是一切颜色的基础,同时也是一切颜色的调和,像白日包含着七色。真正的交情,看来像素淡,自有超越死生的厚谊。假使交谊不淡而腻,那就是恋爱或者柏拉图式的友情了。中国古人称夫妇为"腻友",也是体贴入微的隽语,外国文里找不见的。所以,真正的友谊,是比精神或物质的援助更深微的关系。蒲伯(Pope)对鲍林白洛克(Bolingbroke)的称谓,极有斟酌,极耐寻味:"哲人、导师、朋友"(philosopher, guide, friend)。我有大学时代五位最敬爱的老师,都像蒲伯所说,以哲人导师而更做朋友的;这五位老师以及其他三四位好朋友,全对我有说不尽的恩德;不过,我跟他们的友谊,并非由于说不尽的好处,倒是说不出的要好。孟太尼(Montaigne)解释他跟拉·白哀地(La Boètie)生死交情的话,颇可借用:"因为他是他,因为我是我",没有其他的话可说。素交的"素"字已经把这个不着色相的情谊体会出来了;"口不能言"的快活也只可采取无字天书的作法去描写罢。

本来我的朋友就不多,这三年来,更少接近的机会,只靠着不痛快的通信。到欧洲后,也有一二个常过往的外国少年,这又算得什么朋友?分手了,回到中国,彼此间隔着"惯于离间的大海"(estranging seas),就极容易的忘怀了。这个种族的门槛,是跨不过的。在国外的友谊,在国外的恋爱,你想带回家去么?也许是路程太远了,不方便携带这许多行李;也许是海关太严了,付不起那许多进出口税。英国的冬天,到一二月间才来,去年落不尽的树叶,又簌簌地随风打着小书室的窗子。想一百年前的穆尔(Thomas Moore)定也在同样萧瑟的气候里,感觉到"故友如冬叶,萧萧四落稀"的凄凉(When I remember all the friends so link'd together, I've seen around me fall like leaves in wintry weather)。对于秋冬肃杀的气息,感觉顶敏锐的中国诗人自卢照邻、高蟾,直到沈钦圻、陈嘉淑,早有一般用意的名句。金冬心的"故人笑比庭中树,一日秋风一日疏",更觉染深了冬夜的孤寂。然而何必替古人们伤感呢!我的朋友个个都好着,过两天是星期一,从中国经西伯利亚来的信,又该到牛津了,包你带来朋友的消息。

二十六年一月三十日

说"回家"

中国古代思想家,尤其是道家和禅宗,每逢思辩得到结论,心灵的追求达到目的,就把"回家"作为比喻,例如"归根复本"、"自家田地"、"穷子认家门"等等。像"客慧"、"客尘"这些名词,也从"回家"这个比喻上生发而出;作客就是有家不归或者无家可归,换句话说,思想还未彻底,还没有真知灼见。《楞严经》卷一憍陈那说得明白:"譬如行客,投寄旅亭,宿食事毕,俶装前途,不遑安住;若实主人,自无攸往。"子书佛经以及宗门语录里这类言语,多不胜举,姑引一个比较被忽略的例子:"李公廓庵问予云:'子谓颜渊曰:"惜乎吾见其进,未见其止",如何看?'予曰:'惜他尚涉程途,未到得家耳。'公欣然曰:'今人以"止"字为上章"功亏一篑"之"止",但知圣贤终身从事于学,而不知自有大休歇之地,则"止"字不明故也。'"(节引明王肯堂《笔麈》卷一)

这个比喻在西洋神秘主义里也是个基本概念。新柏拉图派大师泼洛克勒斯(Proclus)把探讨真理的历程分为三个阶段:家居,外出,回家(epistrophe)(见英译本 *Elements of Theology* 第十五章,参观 W. Wallace: *The Logic of Hegel* 第三八六页又 W. R. Inge: *Philosophy of Plotinus* 第二册第一四五页)。黑智尔受新柏拉图派的影响,所以他说思想历程是圆形的,首尾回环。近来文学史家又发现德国早期浪漫主义者也受新柏拉图派的影响,我以为诺梵立斯(Novalis)下面一句话就是好例证:"哲学其实是思家病,一种要归居本宅的冲动"(Die Philosophie ist eigentlich Heimweh, ein Trieb, ueberall zu Hause zu sein)(见 *Fragmente* 第二四节)。英国文评家裴德(Pater)也有相似的说话,他看过诺梵立斯,未必是无意的暗合。

中西比喻的相同,并非偶然。道家,禅宗,新柏拉图派都是唯心的,主张返求诸己,发明本心。这当然跟走遍天下以后,回向本家,有点相像。不过,把唯心的玄谈撇开,这比喻还是正确贴切的,因为它表示出人类思想和推理时一种实在的境界。

回是历程,家是对象。历程是回复以求安息;对象是在一个不陌生的、识旧的、原有的地方从容安息。我想,我们追思而有结果,解疑而生信仰,那些时的心理状况常是这样。

正像一切战争都说是为了获取和平,一切心理活动,目的也在于静止,恢复未活动前的稳定(restoration of equilibrium or stationary state)(参观 Rignane: *Psychology of Reasoning* 英译本第二至四页)。碰见疑难,发生欲望,激动情感,都是心理的震荡和扰乱。非到这震动平静下去,我们不会舒服。所以疑难以解决为快,情感以发泄为快,欲望以到达为快。思想的结束是不复思想,问题有解答就不成问题,怀疑克伏了而成信仰,或者坐实了而成怀疑主义——那是把怀疑在心里养家了,使它和自己不再捣乱。假如一时得不到结论,就往往人云亦云,盲从现成的结论,或者哄骗得自己把这问题忘掉,仿佛根本没有这会事。总而言之,人心遭遇困难而感觉不安,就用种种方法,消除困难的感觉以便回复到心安虑得。当然另有新的困难会发生,不过对于这个已解决的困难,心是一劳永逸了。《乐记》说:"人生而静,天之性也。"自从《庄子·德充符》、《天道》两篇以来,我们常把"止水"、"静水"来比心的本体。剥去一切神秘玄妙的意义,本心像"止水"这句话跟西洋心理学所谓"意识的流水",并不相反。"止"可以指上面所说的安定情境。心有无本体,不必讨论;心的基本要求是尽量增加无所用心的可能,获得暂时的或某方面的安稳。精神上和物质上麻醉品——例如酒和宗教——的流行是个间接的证据。

所谓回复原来,只指心的情境(state)而说,心的内容(content)经过这番考索,添了一个新观念,当然比原来丰富了些。但是我们千辛万苦的新发现,常常给我们一种似曾相识,旧物重逢的印象。我们发现了以后,忍不住惊叹说:"原来不过如此!"巴斯楷尔的诡论:"假使你还没有找到我,你决不肯来找我"(Tu ne me chercherais pas si tu ne m'avais pas déjà trouvé),就指此而言。据研究思维心理者的解释,这个结论在被发现之先,早在我们的潜意识里酝酿盘旋,所以到最后心力圆满,豁然开朗,好比果子成熟,跟我们不陌生了。这种认新为旧的错觉,据我所知,柏拉图拈出最早;他在对话 *Meno* 一篇里把学算学来说明人类的知新其实是忆旧(Anamnesis)。哲学家和文学家自述经验,也有同样的记载。各举一例,以概其余。方德耐尔(Fontenelle)《皇家学院史·序》说,真理在人心里现露的时候,写写意意地来;虽然我们第一次知道它,倒好像不过记起了旧事(s'en souvenir)。济慈在一八一八年二月廿七日给泰勒(Taylor)的信里说,好诗句仿佛是回忆的旧诗(appear almost as remembrance)。至于神秘的宗教经验里"如获旧物"的例子(譬如《五灯会元》卷二十《善悟》一则),更不用说。

照此看来,"回家"这个比喻,不失为贴切。但无论如何贴切,比喻只是比喻。思想家的危险就是给比喻诱惑得忘记了被比喻的原物,把比喻上生发出来的理论认为适用于被比喻的原物。这等于犯了禅宗所反复警告的"认权作实","死在句下",或方法论者所戒忌的把"假如"认为"真如"(参观 Vaihinger: *Philosophie des Als ob*,第七、第八合版二百二十至二百二十六页论每一思想的生命有三阶段)。

许多思想系统实际都建立在比喻上面,例如中庸的"中",潜意识的"潜"等等。假使我们从修词学的立场研究这些比喻的确切性,也许对思辩有些小帮助。

(原载《观察》第二卷第一期,一九四七年三月一日)

小说琐征

焦廷琥《读书小记》卷下有一则云:"《旧唐书·杨虞卿传》云:'郑注为上合金丹,须小儿心肝;密旨,捕小儿无算,民间相告语,扃镳小儿甚密。'按《西游记》演比丘国事即本此。以此知稗官小说,未尝绝无所依附,而无道之事,特书史册;阅者为之恻然。"按此可补周氏《小说旧闻钞》之遗,然吴承恩作书时,未必遂有《杨虞卿传》在心目间也。忆唐人张谓《宣室志》,载乾元初会稽杨叟事,与《西游记》"比丘怜子遣阴神"、"寻洞擒妖逢老寿"二回,小有似处。略谓叟病心垂危,有陈生言食生人心可以愈,仓卒不能致,其子宗素一日饭僧入山径中,见一胡僧,老而枯瘠,衣褐毛缕成袈裟,自言袁氏,世居巴山,己独好浮屠氏,常慕歌利王割截身体,及菩提投崖以饲虎;独恨未得果虎狼之腹。宗素以父病告;且谓舍身于豺虎以救其馁,何若授命于人以惠其生乎?胡僧可其请,愿一饱而死,食毕,礼诸天神祇,跃上高树,厉声问曰:"檀越所求何也?"曰:"愿得心以疗父疾。"僧曰:"吾已许檀越,请先说《金刚经》之奥义,可乎?《金刚经》云:'过去心不可得,未来心不可得',檀越若要取吾心,亦不可得矣!"言已,跳跃大呼,化为一猿而去云云。《西游记》事,疑从此出,即所谓"骨都都滚出一堆心"者,亦自《金刚经》语,踵事增华者也。吴氏书本多取材于唐人小说;王国维尝举"太宗游地府"事,谓出于张鷟《朝野佥载》,是其验已。

《儿女英雄传》三十九回"包公量一诺义赒贫,矍铄翁九秩双生子",记安老爷至邓家庄祝寿,于席上为曾瑟庵、公西小端、冉望华、仲笑岩讲《论语》子路、曾晳、冉有、公西华侍坐言志一章,颇有老生叹为闻所未闻,不期底下书中,有此说经解颐文字者。按安老爷语,全袭袁枚《小仓山房文集》卷二十四《论语解》四章之一。随园说"如或知尔,则何以哉",略谓:"孔子辙环终老,其心伤矣,适闻曾点旷达之言,遂喟然而叹。"又谓:"如与圣心契合,当莞尔而笑,不当喟然而叹"云云,郝懿行极称此说(《晒书堂外集》卷下《书袁简斋〈论语解〉四篇后》),朱珔亦以"孔子心伤"之说为然(《小万卷斋文集》卷七《与狄叔颖书》)。翁方纲《石洲诗话》卷三云:"东坡在儋州诗有云:'问点尔何如,不与圣同忧?'虽是偶尔撇脱语,却正道着'春风沂水'一段意思。盖'春风沂水'与'老安少怀',究有虚时不同;不过境象相似耳,用舍行藏,未可遽以许若人也。孰谓东坡仅诗人乎!"或亦有取于袁氏之说耶?文铁仙为勒文襄次孙,则咸同时人;简斋著作,盖已先行于世,故得摭以入书,其书诸序之作"雍正甲寅"等(原文作"阏逢摄提格"),疑年自晦,皆文人狡狯伎俩,如书中三十四回"屏纨绔稳步试云程,破寂寥闲心谈日夜"所云:"不曾奉文章只限七百字的功令",即乾隆戊戌事也。

明徐树丕《识小录》卷四云:"若士文章,在我朝指不胜屈,出其绪余为传奇,惊才绝艳;《牡丹亭》尤为脍炙。往岁闻之文中翰启美云:'若士素恨太仓相公;此传奇杜丽娘之死而更生,以况昙阳子,而平章则暗影相公。按昙阳仙迹,王元美为之作传,亦既彰彰矣,其后太仓人更有异议,云:昙阳入龛后复生,至嫁为徽人妇。'其说暧昧不可知,若士则以为实然耳。闻若士死时,手足尽堕;非以绮语受恶报,则嘲谑仙真,亦应得此报也。然更闻若士具此风流才思,而室无姬妾,与夫人相庄至老;似不宜得此恶报,定坐嘲谑仙真耳。"按此节可补蒋氏《小说考证》、钱氏《小说丛考》之所未及。自来以《牡丹亭》为"Chronique Scandaleuse"者,皆谓刺太仓家事,而玉茗所以与王氏有隙之故,颇滋异说。或谓汤以"衡门之下,可以栖迟",讥陈继儒之依附缑山(缑山名衡,太仓长子);并笑其"山人何以不居山中"(蒋士铨《临川梦·引奸》一出,眉公自言如此。顾公燮《消夏闲记摘抄》卷下仅言前一事;并谓《还魂记》中陈再良,即指眉公也),陈恚,谮之于太仓;故汤累试不第,愤而作此。或谓太仓将以女许若士;一日召与谈,若士袖忽出一松鼠,陈眉公在坐,退语太仓曰:"此子轻佻!"遂罢婚议。若士作《牡丹亭》,所以报也(说见丁传靖《明事杂咏》自注)。临川之为华亭媒蘖信也,此外均非所知矣!朱彝尊《静志居诗话》卷十五力驳刺书之说;以为假令影射昙阳,太仓"虽盛德有容,必不反演之于家"。丁传靖《明事杂咏》有云:"袖间松鼠语荒唐!唱彻还魂玉茗香,头白太仓耽此曲,不须风影说昙阳",即本竹垞意也。至《识小录》所云"其后太仓人更有异议"云云,则诚有其事,王缑山斥为家奴造谤;冯伟人集当时传记,求以息诬,朱珪(《知不足斋文集》卷六)、彭允升(《一行居文集》卷二)皆有跋,见二家集中者也。顾公燮乃信东野之言;至谓有人入冥,见作《还魂记》、《西厢记》者,同处阿鼻地狱,真痴人说梦矣!昙阳者,太仓王文肃公锡爵次女,本名桂仙人,朱真君为更字如此。其族父王世贞为作传,见《弇州山人续稿》卷七十八。近人汪曾武《外家纪闻》,耳目颇真,亦可以参观也。其遗言册真迹,藏罗振玉处,有题跋,见《永丰乡人丁稿·雪堂书画跋尾》中。

(原载《清华周刊》第三十四卷第四期,
一九三〇年十一月二十二日)

读小说偶忆[①]

陈硕甫奂《三百堂文集》卷上有《俞仲华〈荡寇志〉序》。丘逢甲《岭云海日楼诗钞》卷十一有《题〈荡寇志〉两绝句》。

明陆粲《庚巳编》云:"玄妙观李道士早岁颇精于焚修,晚更怠忽。尝上青词,乘醉戏书'天尊'为'夫尊','大帝'为'犬帝'。一日被雷震死,背上朱书二行,可辨云:'夫尊可恕,犬帝难容。'事在天顺成化间。"此一事即《岳传》第一回"王皇可恕,犬帝难饶"一节蓝本。

《子不语》续编卷五"麒麟喊冤"一则乃袁随园之寓言,借以攻击考据,而为词章家张门面者,其生平持论素如是也。汉儒之外,复波及宋儒,有云:"苍圣带领宋儒上殿,四人扛一大桶,上放稻草千枚,曰:'此稻桶也,自孔孟亡后,无人能扛此桶,唐人韩愈妄想扛桶,被我掀翻了。'"盖以"稻桶"谐声讥詈"道统"。黄春谷承吉《梦陔堂诗集》卷三十一有《题杨体之欲仁同年担稻图》一诗,自注云:"体之究心理学,意盖以稻为道。余考春秋左氏经'会吴于善道',公谷皆作'稻'"云云。可见宋学家以"稻桶"为

[①] 本篇署名"全祖援"。——本书编者注

"道统",真有其事。

尤西堂侗《艮斋杂说》卷三云:"福州人昔祀孙行者为家堂,又立齐天大圣庙,甚壮丽。四五月间迎旱龙舟,妆饰宝玩,鼓乐喧阗,市人奔走若狂,其中坐一猕猴耳。"李穆堂绂《别稿》卷十四《云南驿程记》云:"过泽州,方祈雨,舁一泥人,曰孙悟空。"梁谏庵玉绳《瞥记》卷六云:"应城程拳时(名大中)《在山堂集》有《蕲州毁悟空像记》,其略云:'蕲俗以六月某日赛二郎神,神一人前导,山民呼'行者'。举行者名,则元人小说所载孙悟空也。是日蕲人无远近,皆来就观;辍市肆,肃衣冠,立于门。出只鸡百钱为寿,必称命于行者以致于神。一不予,则行者机变,举动矫捷若生,击人屋瓦器皿应手皆碎,甚则人受其咎。乾隆甲戌,州牧钱侯闻其事,悉取像焚之。'"以上三事皆可与《聊斋志异·齐天大圣》条相发明;"偶然题作未居士,便有无穷求福人",此之谓也。

桂未谷馥《札朴》卷四有"昭文带"一则,考订甚详,文长不录,略谓是佩剑之器服。《水浒》"宋江杀阎婆惜"一回中,"昭文袋"是杀机之枢纽,可以未谷此考注释之。

中国文学小史序论

兹不为文学立定义者,以文学如天童舍利,五色无定,随人见性,向来定义,既苦繁多,不必更参之鄙见,徒益争端。且他学定义均主内容(subject-matter),文学定义独言功用——外则人事,内则心事,均可著为文章,只须移情动魄——斯已歧矣!他学定义,仅树是非之分;文学定义,更严美丑之别,雅郑之殊——往往有控名责实,宜属文学之书,徒以美不掩丑,瑜不掩瑕,或则以落响凡庸,或乃以操调险激,遂皆被屏不得与于斯文之列——盖存在判断与价值判断合而为一,歧路之中,又有歧焉!凡此之类,恒情所忽,此非专著,故勿论也。然如樊川所谓"杜诗韩笔",有识共赏,不待寻虚逐微,立为定义,始得欣会其文章之美,是则文学虽无定义,固有定指焉(definite without being definable)。顾此乃举概之言,颇便应用,不胜苛求;兹复献疑送难,聊为判析。使有一文学定义与一作品于此,吾人反应之最资参验者三种:一者承认此定义为正确而亦承认此作品为文学(即符合此定义之意),二者不承认此定义为正确而只承认此作品为文学,三者承认此定义为正确而不承认此作品为文学。合一与二而观之,则定义固无,定指亦不得谓为有,何者?苟承认此作品为文学,而不承认此定义为正确，则此人胸中必别有一文学定义而此作品适能符合之也，是则二人承认此作品为文学虽同，而所以承认之故则大异，见仁见智，不啻有二作品，岂得为有定指耶？合一与三而观之，则定义反有而定指转无也。虽然，合一与二云云，文学之矫然特异，正在于此。凡作品之文学价值愈高，承认之人不必愈众，而所以承认之故必愈繁，金石千声，云霞万色，如入百花之谷，如游五都之市，应接不暇，钻研不尽，各见所长，各得所欲，此种种不同之品德不相反而适相成，故作品正因见仁见智之不同而愈有文学价值，而定义则不能遍举见仁见智之不同以不失为定义也。至于合一与三云云，则吾侪对于作品之公认常较对于定义之公认为广，此又事实如斯，无关理论者。

尝有拘墟之见，以为文学史与文学批评体制悬殊。一作者也，文学史载记其承遭（genetic）之显迹，以著位置之重轻（historical importance）；文学批评阐扬其创辟之特长，以著艺术之优劣（aesthetic worth）。一主事实而一重鉴赏也。相辅而行，各有本位。重轻优劣之间，不相比例。掉鞅文坛，开宗立派，固不必由于操术之良；然或因其羌无实际，浪盗虚名，遂抹杀其影响之大，时习如斯，窃所未安。反之，小家别子，幺弦孤张，虽名字寂寥，而惬心悦目，尽有高出声华籍甚者之上；然姓字既黯淡而勿章，则所衣被之不广可知，作史者亦不得激于表微阐幽之一念，而轻重颠倒。试以眼前人论之：言"近五十年中国之文学"者，湘绮一老，要为大宗，同光诗体，亦是大事，脱病其优孟衣冠，不如服敔堂秋蟪吟馆之"集开诗世界"，而乃草草了之，虽或征文心之卓，终未见史识之通矣！史以传信，位置之重轻，风气之流布，皆信之事也，可以征验而得；非欣赏领会之比，微乎！茫乎！有关性识，而不能人人以强同。得虚名者虽无实际，得虚名要是实事，作史者须如其实以出耳。

  文章体制，省简而繁，分化之迹，较然可识。谈艺者固当沿流溯源，要不可执著根本之同，而忽略枝叶之异。譬之词曲虽号出于诗歌，八股虽实本之骈俪（魏晋齐梁之作，语整而短，尚无连犿之句，此迹未著。暨乎初唐"四杰"，对比遂多，《盈川集》中，其制最伙，读者试取而观之。汪琬《松烟小录》谓柳子厚《国子祭酒兼安南都护御史中丞张公墓志铭》中骈体长句，大类后世制艺中二比，亦即此意），然既踵事增华，弥复变本加厉，别开生面，勿得以其所自出者概括之。吾国文学，体制繁多，界律精严，分茅设蕝，各自为政。《书》云："词尚体要"。得体与失体之辨，甚深微妙，间不容发，有待默悟。譬如王世贞《艺苑卮言》、朱彝尊《静志居诗话》皆谓《眉庵集》中七律联语大似《浣溪沙》词，又如章炳麟《与人论文书》谓严复文词虽饬，气体比于制举，如斯之类，均堪佐验。或云："脱鉴别体裁，明密如此，则何又有'以文为诗'之说？"不知标举"以文为诗"，正是严于辨体之证；惟其辨别文体与诗体，故曰"以文为诗"，借曰不然，则"为诗"径"为诗"耳，何必曰"以文"耶？且"以文为诗"，乃刊落浮藻，尽归质言之谓，差当 Wordsworth 之力反 poetic diction 也（按此处依 Wordsworth《诗集自序》，仅指词藻而言；照 Coleridge: *Biographia Literaria* 则须包盖音节结构，实违本意，故不从也。参观 Sir Henry Taylor: *Notes from*

Books)。传习既尔,作史者断不可执西方文学之门类,卤莽灭裂,强为比附。西方所谓 Poetry,非即吾国之诗;所谓 drama,非即吾国之曲;所谓 prose,非即吾国之文;苟本诸《揅经室三集·文言说》、《揅经室续集·文韵说》之义,则吾国昔者之所谓文,正西方之 verse 耳。文学随国风民俗而殊,须各还其本来面目,削足适屦,以求统定于一尊,斯无谓矣。

抑吾国文学,横则严分体制,纵则细别品类。体制定其得失,品类辨其尊卑,二事各不相蒙,试以例证之:譬之诗词二体,词号"诗余",品卑于诗;诗类于词,如前节《眉庵集》云云,固为失体;然使词类于诗,比物此志,其失惟均,《苕溪渔隐丛话》记易安居士谓词别是一家,晏殊、欧阳修、苏轼之词,皆句读不葺之诗,未为得词之体矣。又譬之"文以载道"之说,桐城派之所崇信,本此以言,则注疏所以阐发经诰之指归,语录所以控索理道之窈眇,二者之品类,胥视"古文"为尊(以此类推,则制艺"代圣立言",其品又出注疏语录之上,参观《惜抱轩文集·停云堂遗集序》,又陈硕士辑《惜抱轩尺牍·与鲍双五》);姚鼐《述庵文钞序》顾谓"古文"不可有注疏语录之气,亦知文各有体,不能相杂,分之双美,合之两伤;苟欲行兼并之实,则童牛角马,非此非彼,所兼并者之品类虽尊,亦终为伪体而已。不特此也,一体之中,亦分品焉:同一传也,老子、韩非,则为正史,其品尊,毛颖、虬髯客则为小说,其品卑;同一《无题》诗也,伤时感事,意内言外,香草美人,骚客之寓言,之子夭桃,风人之托兴,则尊之为诗史,以为有风骚之遗意,苟缘情绮靡,结念芳华,意尽言中,羌无寄托,则虽《金荃》丽制，玉溪复生，众且以庾词侧体鄙之，法秀泥犁之诃，端为若人矣！此《疑雨集》所以不见齿于历来谭艺者，吴乔《围炉诗话》所以取韩偓诗比附于时事，而"爱西昆好"者所以纷纷刺取史实，为作"郑笺"也。究其品类之尊卑，均系于题目之大小（"all depends on the subject"），而所谓大小者，乃自世眼观之，初不关乎文学；由世俗之见，则国家之事为大，而男女爱悦之私，无关政本国计，老子、韩非为学派宗师，而虬髯客、毛颖则子虚乌有之伦，宜其不得相提并论矣。自古以来，吾国作者本此意以下笔，论者本此意以衡文，风气相沿，读者心知其意可耳，毋庸辨正其说之是非也。

由斯观之，体之得失，视乎格调（style），属形式者也；品之尊卑，系于题材（subject），属内容者也。惟此处所谓品，差与 Brunetière 所谓 genre 相当，司空图《诗品》则品性、品格之谓，视乎格调，非系于题材也。

体制既分，品类复别，诗文词曲，壁垒森然，不相呼应。向来学者，践迹遗神，未能即异籀同，驭繁于简；不知观乎其迹，虽复殊途，究乎其理，则又同归。相传谈艺之书，言文则意尽于文，说诗则意尽于诗，划然打为数橛，未尝能沟通综合，有如西方所谓"文学"。昔之论者以为诗文体类既异，职志遂尔不同，或以"载道"，或以"言志"；"文"之一字，多指"散文"、"古文"而言，断不可以"文学"诂之。是以"文以载道"与"诗以言志"，苟以近世"文学"之谊说之，两言牴牾不相容，而先民有作，则并行而不倍焉（参观拙评《中国新文学源流》）。且"文以载道"云云，乃悬为律令之谈（prescriptive），谓文宜以载道为尚；非根诸事实之语（descriptive），谓一切文均载道也。诗亦同然，尽有不事抒情，专鹜说理，假文之题材为其题材，以自侪于文者，此又"以文为诗"之别一解；比见《清诗汇》自序论清诗卓绝者四事，第二事曰"诗道之尊"，谓其肴核《坟》、《典》，粉泽《苍》、《凡》，以金石考订入诗，足以证经而补史；所谓"诗道"，即品类是矣，然而"抄书作诗"，严体制者，所勿尚焉。

又有论者力非文学史之区划时期，夫文学史之时期，自不能界域分明，有同匡格；然而作者之宗风习尚，相革相承，潜移默变，由渐而著，固可标举其大者著者而区别之。譬之唐诗有初盛中晚四期，《有学集·唐诗英华序》词而辟之，记丑而博，言伪而辨，自来攻沧浪者，未之或先也。而不知所谓初盛中晚，乃诗中之初盛中晚，与政事上之初盛中晚，各不相关。尽可身生于盛唐之时，而诗则畅初唐之体；济二者而一之，非愚即诬矣！又譬之《随园诗话》引徐嵩语力非唐宋诗之分，谓使李家祚亦如周之八百年，则宋诗皆成唐诗云云（参观《小仓山房文集·答施兰垞论诗书》），亦为似是而非之谈；脱令袁氏之言而信，谈艺者遇欧梅黄陈，亦当另标名目，何者？以其体貌悬殊，风格迥异，不得与晚唐之温李皮陆等类齐观也。曰唐曰宋，岂仅指时代（chronological epithet）而已哉，亦所以论其格调（critical epithet）耳。是以吴之振撰《宋诗钞》，托始于《小畜集》而寇莱公不与焉，杨钱以下无论矣；盖抄宋体之诗，非抄宋人之诗，后以纷纭，均未识其微意。杨万里《江西宗派诗序》云："诗江西也，非人江西也。"通识之言，不可复易矣。

且断代为文学史,亦自有说。吾国易代之际,均事兵战,丧乱弘多,朝野颠覆,茫茫浩劫,玉石昆冈,惘惘生存,丘山华屋。当此之时,人奋于武,未暇修文,词章亦以少少衰息矣。天下既定于一,民得休息,久乱得治,久分得合,相与燕忻其私,而在上者又往往欲润色鸿业,增饰承平,此时之民族心理,别成一段落,所谓兴朝("century of hope")气象,与叔季(Fin de Siécle)性情,迥乎不同。而遗老逸民,富于故国之思者,身世飘零之感,宇宙摇落之悲,百端交集,发为诗文,哀愤之思,憯若风霜,憔悴之音,托于环玦;苞稂黍离之什,旨乱而词隐,别拓一新境地。赵翼《题梅村集》所云:"国家不幸诗人幸,说着沧桑语便工",文学之与鼎革有关,断然可识矣。夫断代分期,皆为著书之便;而星霜改换,乃天时运行之故,不关人事,无裨文风,与其分为上古、中古或十七世纪、十八世纪,何如汉魏唐宋,断从朝代乎(参观 Croce: *History: Its Theory and Practice*, Pt. I, Chap. vi.)?

数年前有一二名宿,论历史现象有无因果关系,佥谓史实衍展,如流水然,挥刀难断,安有因果可言?此与前文不可分期断代之说,同出一源,皆为笼统之论。夫既不持 Hume 习惯联想之说,则必信因果率之有必然性普遍性;既信因果率之有必然性普遍性,则一切经过胥为因果(all sequence is consequence),历史现象安能自外?惟历史现象之有因果为一事,历史现象中孰为因孰为果复是一事,前者可以推而信之,后者必得验而识之。然每一历史现象,各为个别(uniquity),无相同之现象,可以附丽成类

(class)，而事过境迁，包涵者多既不能施以隔离(isolation)，又勿克使之重为搬演(repetition)，以供验核之资，Mill 五术，真有鼯鼠技穷之叹矣！故吾侪可信历史现象之有因果关系，而不能断言其某为因某为果，浑二事而一之，未之思耳！本书中虽涉及因果，而不敢求因果者，盖为此也。

本书叙述，不详身世(milieu)；良以苦于篇幅狭短，姑从舍弃。而硁硁之愚，窃谓当因文以知世，不宜因世以求文；因世以求文，鲜有不强别因果者矣！Taine 之书，可为例禁。且文学演变，自有脉络可寻，正不必旁征远引，为枝节支离之解说也。忆史家 C. M. Trevelyan: *Clio, A Muse* 文集中曾言历史现象，往往因同果异，不归一律；同一饥馑也，或则使人革命，或则使人待毙。此亦不揣其本之说。饥馑之外，当有无数适逢其会之人情世事(Variables)，或隐或显，相克相生，互为函系(function)，故非仅果异，实由因殊，特微茫繁赜，史家无以尽识其貌同心异之处耳。每见文学史作者，固执社会造因之说，以普通之社会状况解释特殊之文学风格，以某种文学之产生胥由于某时某地；其臆必目论，固置不言，而同时同地，往往有风格绝然不同之文学，使造因止于时地而已，则将何以解此歧出耶？盖时地而外，必有无量数影响势力，为一人之所独具，而非流辈之所共被焉。故不欲言因果则已，若欲言之，则必详搜博讨，而岂可以时地二字草草了之哉！由前之说，则妄谈因果，乖存疑之诫，是为多事；由后之说，则既言因果，而不求详密完备，又过省事矣。鄙见以为不如以文学之风格、思想之型式，与夫政治制度、社会状态，皆视为某种时代精神之表现，平行四出，异辙同源，彼此之间，初无先因后果之连谊，而相为映射阐发，正可由以窥见此种时代精神之特征；较之社会造因之说，似稍谨慎（略见拙作《旁观者》），又有进者，时势身世不过能解释何以而有某种作品，至某种作品之何以为佳为劣，则非时势身世之所能解答，作品之发生，与作品之价值，绝然两事；感遇发为文章，才力定其造诣，文章之造作，系乎感遇也，文章之造诣，不系乎感遇也，此所以同一题目之作而美恶时复相径庭也。社会背景充量能与以机会，而不能定价值；文学史家往往笼统立说，一若诗文之佳劣，亦由于身世，则是下蚕室者皆可为司马迁，居马厩者皆可为苏颋，而王世贞《文章九命》之作推之于普天下可也。至于本书指归，乃在考论行文之美，与夫立言之妙，题材之大小新陈，非所思存。辨镜思想之是非，虽从鄙心所好，而既标名文学史，则宜"以能文为本"，不当"以立意为宗"，又以略诸。"能文"二语，本之《文选序》云云，乃吾国文评中一大公案，请得而略论之，并为鄙见作申说可乎？

自来论六朝文艺批评者，多以萧统《文选序》与刘勰《文心雕龙》并举，而不知二者之相凿枘，斯真皮相耳食，大惑不解者也！譬之凌廷堪《校礼堂集·上洗马翁覃溪师书》云："《周官》、《左传》，本是经典，马《史》、班《书》，亦归纪载；孟荀著述，迥异弘篇，贾孔义疏，不同盛藻，所谓'文'者，屈宋之徒，爰肇其始；萧统一序，已得要领，刘勰数篇，尤征详备"（按凌又有《祝古词人九歌》可参观。《汪中年谱》四十九年甲辰下引此，盖廷堪以为中论文既崇萧刘，不得复尊韩柳也。《校礼堂集》文主骈体，与《述学》之奇偶错综者不同,故持论始合终离如此,然汪氏谈艺之说,散见《遗书》中者,实非如凌氏所云云,参观《年谱》五十二年丁未下劝焦理堂语,五十一年丙午下《祭告冯按察书》,五十二年丁未下《与赵味辛书》,便知凌氏之说,全然臆测,汪孟慈驳凌氏不引此等为根据,而徒作无理之诘问,亦未为善读父书矣!今人如李详等心目之汪氏,亦不脱凌氏之见,此为清代文学批评史中一大事,而俗说横流,真相不著,故随文附着其涯略于此)。其说支离悠谬,不可究诘;果如所言,"屈宋肇始",风诗三百,将置何地?萧统、刘勰四句,尤属瞽说。《文选序》云:"姬公之籍,孔父之书,……孝敬之准式,人伦之师友,岂可重以芟夷,加之剪截?老庄之作,管孟之流,盖以立意为宗,不以能文为本,今之所撰,又以略诸。……至于纪事之史,系年之书,所以褒贬是非,纪别异同,方之篇翰,亦已不同。若其赞论之综缉词采,序述之错比文华,事出于沉思,义归乎翰藻。故与夫篇什,杂而集之。"盖所撰集,一以题材为准,均采抒情言志之作,不收说理纪实之篇,若以昔日"四部"之目当之,则是专取集部,而遗经史子三部也。其所谓"文",为义极狭,然选及史中赞论序述,以为"错比文华,综缉词采",乃又取决于格调,不尽题材之说;则姬、孔、老、庄、左、马之作,莫非"事出于沉思,义归乎翰藻",何以偏从阙略?进退失据,于理大乖(参观《文史通义·诗教篇》下评《文选》例及《国故论衡·文学总略》评《文选》节。惟彼此宗旨各不同,备考镜而已)。彦和《雕龙》则《原道》、《征圣》,已著远瞩;《宗经》一篇,专主修词;《史传》、《诸子》,均归论述;虽不必应无尽无,而实已应有尽有,综概一切载籍以为"文",与昭明之以一隅自封者,适得其反,岂可并称乎?近论多与萧统相合,鄙见独为刘勰张目。窃常以为文者非一整个事物(self-contained entity)也,乃事物之一方面(aspect)。同一书也,史家则考其述作之真赝,哲人则辨其议论之是非,谈艺者则定其文章之美恶;犹夫同一人也,社会科学取之为题材焉,自然科学亦取之为题材焉,由此观点(perspective)之不同,非关事物之多歧。论文者亦以"义归翰藻"为观点而已矣,于题材之"载道"与"抒情"奚择焉?东坡《书鄢陵王主簿所画折枝》云:"赋诗必此诗,定非知诗人",宙合间万汇百端,细大不捐,莫非文料,第视乎布置熔裁之得当否耳,岂有专为行文而设(qua literary)之事物耶?且文学题材,随时随人而为损益;往往有公认为非文学之资料,无取以入文者,有才人出,具风炉日炭之手,化臭腐为神奇,向来所谓非文学之资料,经其着手成春之技,亦一变而为文学,文学题材之区域,因而扩张,此亦文学史中数见不鲜之事。抑文章要旨,不在其题材为抒作者之情,而在效用能感读者之情,由此观之,则《论语》之泠泠善语,《孟子》之汩汩雄辞,《庄子》澜翻云谲,豪以气轹,其移情悦性,视寻常秋士春人将归望远之作,方且有过而无不及也。是以专就感动读者而论,亦须稍予区别:一则题材本为抒感言情而能引起读者之同情与美感者,一则题材不事抒感言情而能引起读者之同情与美感者;窃谓 literature of power 与 literature of knowledge 政宜以此辨别,若 De Quincey 所云"教训"(teach)与"激动"(move),则似乎文学与非文学之分而非文学本身中之范划矣。盖物之感人,不必内容之深情厚意,纯粹形式,有体无情者其震荡感激之力,时复绝伦,观乎音乐可知已。(W. J. N. Sullivan: *Aspects of Science* 有论音乐与数学一文,中谓文学之于音乐犹物理学之于数学,其言极耐寻味。)又有进者,谈艺者徒知载道说理之陈腐落套,而不识抒情言志,亦有蹊窠,亦成窠臼:言哀已叹之声,涉乐必笑之状,前邪后许,此呻彼吟,如填匡格,如刻印板,"许浑千首湿,杜甫一生愁",土饭陈羹,雷同一律;始则发表"个性",终乃仅见"性"灵,无分"个"别,如西方评家所谓 romantic fallacy,如林贞恒《福州志·文苑传》讥郑善夫所谓"无病呻吟并袭杜意",亦文学史中数见不鲜之事。盖理道(reason)贞固不易,自难变化以见奇,而情感流动不居,复易沾染而成习,此又社会心理学中之事实也(参观 McDougall: *Introduction to Social Psychology*, pp. 93—99)。王夫之《夕堂永日绪论》乃言:"心灵人所自有而不相贷,无从开方便法门,任陋人支借",诚为目论矣(参观《新月》第四卷第七期拙评《近代散文钞》)。复次,文学史贵乎传信纪实;孔孟老庄,班《书》马《史》,此固历古词流,奉为文学鸿宝者,钻研脍炙,效法乞灵,残膏余馥,沾溉百代,脱一笔抹杀,不与纪载,则后世文学所受之影响,无可考见矣。故如《拿破仑法典》初无文章之观,然使法国文人尽若 Stendhal 之奉为行文规范,则法国文学史必且大书而特书之,叙述古人文学之时而加以今日文学之界说,强作解事,妄为别裁,即令界说而是,已不忠于古人矣,况其未耶?

盖吾国评者,凤囿于题材或内容之说——古人之重载道,今人之言"有物",古人之重言志,今人之言抒情,皆鲁卫之政也。究其所失,均由于谈艺之时,以题材与体裁或形式分为二元,不相照顾。而不知题材、体裁之分,乃文艺最粗浅之迹,聊以辨别门类(classificatory concepts),初无与于鉴赏评骘之事。譬如杜甫《秋兴诗》、夏珪《秋霖图》,论其取材,同属秋令,论其制体,一则七言律诗,一则水墨大幅:足资编目录立案卷者之方便而已,与杜诗、夏画之命脉精神,有何关涉(参观一九二八至一九二九年《亚里斯多德学会记录》中 A. L. Reid: *Beauty and Significance* 三文,又 A. C. Bradley: *Oxford Lectures on Poetry* 第一篇)。然此说渊源极远,习非成是,非摧陷廓清,无由祛惑。王充《论衡·对作篇》云:"《论衡》之造也,起众书并失实,虚妄之言,胜真美也。故虚妄之语不黜,则华文不见息,华文放流,则实事不见,故《论衡》者,所以铨轻重之言,立真伪之平,非苟调文饰词,为奇伟之观。"世之谈艺者,啧啧称道,而折之私衷,未敢随和。夫言无是非,亦各视其所当,充所言是否当于文艺以外之物,吾不知也。充之言为考镜思想欤?抑为别裁文艺欤?其言隐约两可,吾亦不敢必也。果如说者所谓指文艺而言,则断然无当也。所谓"虚实",果何所指?"虚实"之与"真伪",是一是二?文艺取材有虚实之分,而无真妄之别,此一事也。所谓"真妄",果取决于世眼乎?抑取决于文艺之自身乎?使取决于世眼,则文艺所言,什九则世眼所谓虚妄,无文艺可也;使取决于文艺自身,则所言之真妄,须视言之美恶为断,不得复如充所云,以言之美恶取决于所言之真妄,蹈循环论证之讥,此二事也。即使文之美恶与材之真妄为一事,而充云:"非苟调文饰词为奇伟之观",

则似乎奇伟之美观,固可以虚饰为之者:美之与真,又判为二事矣。数语之内,自相矛盾,此三事也。《论衡·自纪篇》又云:"养实者不育华,调行者不饰辞。实诚在胸臆,文墨著竹帛,外内表里,自相副称。"此节则显然涉于文艺。近人所谓"不为无病呻吟"、"言之有物",胥本于此;然此仅可以语于作者之修养,而非所语于读者之评赏,二事未可混为一谈。所谓"不为无病呻吟"者即"修词立诚"(sincerity)之说也,窃以为惟其能无病呻吟,呻吟而能使读者信以为有病,方为文艺之佳作耳。文艺上之所谓"病",非可以诊断得;作者之真有病与否,读者无从知也,亦取决于呻吟之似有病与否而已。故文艺之不足以取信于人者,非必作者之无病也,实由其不善于呻吟;非必"诚"而后能使人信也,能使人信,则为"诚"矣(参观 La Rochefoucauld: *Maximes*, XLII。论文知世,一以贯之可也)。Aldous Huxley: *Vulgarity in Literature* 一书中尝谓读 Keats 情书,觉语语如肺肝中流出,读他人所作,便觉有饰伪之意,乃由才小,非关情薄(氏所作 *Essays New and Old* 末篇亦言此),尝叹此言,以为美谈。盖必精于修词,方足"立诚",非谓诚立之后,修词遂精,舍修词而外,何由窥作者之诚伪乎?且自文艺鉴赏之观点论之,言之与物,融合不分;言即是物,表即是里;舍言求物,物非故物。同一意也,以两种作法写之,则读者所得印象,迥然不同;刘体仁《七颂堂词绎》所云:"'夜阑更秉烛,相对如梦寐',叔原则云:'今宵剩把银釭照,犹恐相逢是梦中'。此诗词之分疆。"是以文艺不可以迻译(paraphrase)者,非谓迻译之必逊于原作也,为迻译所生之印象,非复原来之印象耳。故就鉴赏而论，一切文艺，莫不有物，以其莫不有言；"有物"之说，以之评论思想则可，以之兴赏文艺，则不相干，如删除其世眼之所谓言者，而简择世眼之所谓物，物固可得，而文之所以为文（quiddity），亦随言而共去矣。

吾国文学分雅言、俗语二体，此之所谓"雅"、"俗"，不过指行文所用语体之殊，别无褒贬微意。载籍所遗，宋代以前，多为雅言，宋代以后，俗语遂繁，如曲如小说，均为大宗。二体条贯统纪，茫不相接；各辟途径，各归流派。故自宋以前，文学线索只一；自宋以后，文学线索遂二。至民国之新文学，渊源泰西；体制性德，绝非旧日之遗，为有意之创辟，非无形之转移，事实昭然，不关理论。或者乃欲以俗语之线索，与宋前之载籍贯串，卤莽灭裂，未见其可。窃谓旧文学中曲与小说文体之演展，大致适相反背。元人之曲，俗语之成分居多，乃明清士夫为之，雅言之成分加进；小说复有雅言、俗语之别，其俗语小说之初，如宋人平话，尚多雅言之迹，乃明清所传遂纯为流利之俗语矣，雅言小说宜于骈散文同科，然论其结构，亦分二类：一者就事纪事，尽事而止，既无结构，亦不拈弄，略如今日报纸新闻略志之类仅得条目（Item），不可谓为成篇，古如《山海经》，后世如《阅微草堂笔记》中，多属此类；一者极意经营，用心雕琢，有布局，有刻画，斯为小说之正则，远则唐人传奇，近则《聊斋志异》中，多属此种。试取《太平广记》观之，二者之别井然，亦未可一概视也。惟有一至平极常之理，而并世俊彦金忽而不睹：夫文学固非尽为雅言，而俗语亦未必尽为文学，贤者好奇之过，往往搜旧日民间之俗语读物,不顾美丑,一切谓为文学,此则骨董先生之余习耳,非所望于谭艺之士!固也,嗜好不同,各如其面,然窃谓至精之艺,至高之美,不论文体之雅俗,非好学深思者,勿克心领神会;素人(amateur)俗子(philistine),均不足与于此事,更何有于"平民"(the court chaplains of king Demos)?文学非政治选举,岂以感人之多寡为断,亦视能感之度、所感之人耳。故以感人而言,亦有讲究辨别;鄙见则以为佳作者,能呼起(stimulate)读者之嗜欲情感而复能满足之者也,能摇荡读者之精神魂魄,而复能抚之使静,安之使定者也。盖一书之中,呼应起讫,自为一周(a complete circuit),读者不必于书外别求宣泄嗜欲情感之具焉。劣作则不然,放而不能收,动而不能止,读者心烦意乱,必于书外求安心定意之方,甚且见诸行事,以为陶写。故夫诲淫诲盗之籍,教忠教孝之书,宗尚不同,胥归劣作。何者?以书中所引起之欲愿,必求偿于书外也。仅以"可歌可泣"为标准,则神经病态(neurotic)之文学观而已。且如报章新闻之类,事不必奇,文不必丽,吾人一览标题,即复兴奋,而岁月逾迈,则断烂朝报,无足感人;盖时事切近(propinquity),则易于感激(参观 Henry Sidgwick: *Methods of Ethics*, p.124., note 1),初不系乎文章之美恶,代移世异,然后真相渐出,现代文学之以难于论定者此也;倘仅以"曾使人歌使人泣"者为文学,而不求真价所在,则"邻猫生子"之消息,皆可为"黄绢幼妇"之好词矣。又有进者,惟其读者之多寡不足定作品之优劣,故声华煊赫之文,往往不如冷落无闻之作,而文学骨董家得以小施表微幽阐之惯技;若以读者多寡判文字美丑,则一切流传者必为佳物,一切隐没者必为劣品,更何别来佳作,有待文学骨董家之发现乎?既等文学标准于政治选举,取决多数,而骨董之结习未除,以知稀为贵,奇货可居,此种推理,直超一切思辩方法而上,自愧颛愚,未能解会(关于读者多寡之问题,请参观 Q. D. Leavis: *Fiction and Reading Public* 一书。虽颇嫌拘偏不广,而材料富,识力锐,开辟一新领域;不仅为谈艺者之所必读,亦资一切究心现代文化者之参照焉)。鲰见如斯,不敢苟同,知我罪我,均所勿计。至于假借"平民",大肆咆哮,何谓文史?乃点鬼之簿,何谓批评?等醉人之呓;臃肿之笔,拳曲之思,厚诬古人,空扫前载,此其豪情胜概,固作者所赞叹两穷,拟议俱绝,虽不能至,心向往之者也!

八股为宋元后雅言文学之支与流裔,而俳优之言,情文无自,自古迄今,均不与于词章之列。钱泳《履园丛话》比之画中之猪,谓牛羊犬马各有专家,独猪从无入画者。《汪穰卿遗著·论八股文与学堂课程》引马建忠言,谓同几何学之命题证明,盖全凭机械。然而往往善于体会,妙于想像,揣摹口角腔吻,大有剧情(dramatic element),足资喔噱(参观焦循《易余龠录》中论八股与曲一节),至其影响于散文文体者,又彰明昭著,今之所作,遂旁及焉。

本书截至清季,不及民国以来,非敢崇远背近,虐今荣古。良以前朝遗宿,当世名家,或有曾经捧手者,为避标榜之嫌,中西之例,可援甚多。而新兴文学,又复暌离旧贯,端须别撰一书,不必勉为强弩之末。陈简斋《夏日集葆真池上》云:"微波惯摇人,小立待其定。"所以迟迟未敢事纪者,亦以鉴于文澜之澎湃,欲稍待其风平浪静耳。

(原载《国风半月刊》第三卷第八、十一期,
一九三三年十月十六日、十二月一日)

论 不 隔

偶然重翻开马太·安诺德的《迻译荷马论》(*On Translating Homer*),意外的来了一个小发现。试看下面意译的一节。

"枯儿立治(Coleridge)曾说过,神和人的融合,须要这样才成——

这迷雾,障隔着人和神,

消溶为一片纯洁的空明。

(Whene'er the mist, which stands between God and thee.

Defecates to pure transparency.)

一篇好翻译也须具有上列的条件。在原作和译文之间,不得障隔着烟雾,译者自己的作风最容易造成烟雾,把原作笼罩住了,使读者看不见本来面目。"[①]

这道理是极平常的,只是那譬喻来得巧妙。枯儿立治的两句诗,写的是神秘经验;安诺德断章取义,挪用为好翻译的标准,一拍即合,真便宜了他!我们能不能索性扩大这两句诗的应用范围,作为一切好文学的标准呢?便记起王国维《人间词话》所

[①] Arnold: *On Translating Homer*, pp. 10—11.

谓"不隔"了。多么碰巧,这东西两位批评家的不约而同!更妙的是王氏也用雾来作比喻:"觉白石《念奴娇》、《惜红衣》二词犹有隔雾看花之恨。""白石写景之作,虽格韵高绝,然如雾里看花,终隔一层。"安诺德的比喻是向枯儿立治诗中借来;王氏的比喻也是从别处移用的,杜甫《小寒食舟中作》云:"老年花似雾中看"——在这一个小节上,两家也十分相像。

这个小小的巧合使我们触悟了极重大的问题。恰像安诺德引那两行诗来讲艺术化的翻译(translation as an art),所以王氏心目中的艺术是翻译化的艺术(art as a translation),假使我们只从"不隔"说推测起来,而不顾王氏其他的理论。王氏其他的理论如"境界"说等都是艺术内容方面的问题,我们实在也不必顾到;只有"不隔"才纯粹地属于艺术外表或技巧方面的。在翻译学里,"不隔"的正面就是"达",严复《天演论》绪例所谓"信达雅"的"达",[1]翻译学里"达"的标准推广到一切艺术便变成了美学上所谓"传达"说(theory of communication)——作者把所感受的经验,所认识的价值,用语言文字,或其他的媒介物来传给读者。因此,假使我们只把"不隔"说作为根据,我们可以说:王氏的艺术观是接近瑞恰慈(Richards)派而跟柯罗采(Croce)派绝然相反的[2]。这样"不隔"说不是一个零碎、孤独的理论了,我们把它和伟大的美学绪论组织在一起,为它衬上了背景,把它放进了系

---

[1] 参观 Tytler: *Principles of Translation*,第一章所定第二原则。
[2] Croce: *Estetica*, pp. 11—14; Richards: *Principles of Literary Criticism*, p. 25.

统,使它发生了新关系,增添了新意义。

"不隔",不隔离着什么东西呢？在艺术化的翻译里,当然指跟原文的风度不隔,安诺德已说得极明白了,同样,在翻译化的艺术里,"不隔"也得假设一个类似于翻译的原文的东西。这个东西便是作者所想传达给读者的情感、境界或事物,按照"不隔"说讲,假使作者的艺术能使读者对于这许多情感、境界或事物得到一个清晰的、正确的、不含糊的印象,像水中印月,不同雾里看花,那末,这个作者的艺术已能满足"不隔"的条件：王氏所谓"语语都在目前,便是不隔",所以,王氏反对用空泛的词藻,因为空泛的词藻是用来障隔和遮掩的,仿佛亚当和夏娃的树叶,又像照相馆中的衣服,是人人可穿用的,没有特殊的个性,没有显明的轮廓(contour)。王氏说："词忌用替代字,美成《解语花》云：'桂华流瓦',境界极妙,惜以'桂华'代'月'耳！"又说："沈伯时《乐府指迷》云：'说桃不可直说破桃,须用红雨刘郎等字；说柳不可直说破柳,须用章台灞岸等字',若惟恐人不用代字者。果以是为工,则古今类书具在,又安用词为耶？"但是,"不隔"若只指不用肤廓的词头套语和陈腐的典故而说,那末,一个很圆满的理论便弄得狭小,偏僻了,并且也够不上什么"新见"或"创见"了。我们还没有忘掉钟嵘《诗品·序》内的话："吟咏情性,亦何贵于用事？'思君如流水',既是即目；'高台多悲风',亦惟所见；'清晨登陇首',羌无故实；'明月照积雪',讵出经史？观古今胜语,多非补假,皆由直寻。"这不就是不用代词的说法么？我们该注意的是：词头、套语或故典,无论它们本身是如何陈腐丑恶,在原则上是无可非议的;因为它们的性质跟一切譬喻和象征相同,都是根据着类比推理(analogy)来的,尤其是故典,所谓"古事比"。假使我们从原则上反对用代词,推而广之,我们须把大半的文学作品,不,甚至把有人认为全部的文学作品[①]一笔勾销了。

有一个疑点,我们还没有谈到,我们上文说起,"不隔"须假设着一个类似翻译的原作的东西;有了这个东西,我们便可作为标准来核定作者对于那个东西的描写是不是正确,能不能恰如其分而给我们以清楚不含混的印象。在翻译里,这是容易办到的;因为有原作存在着供我们的参考,在文艺里便不然了,我们向何处去找标准来跟作者的描写核对呢?作者所能给读者的只是描写,读者怎样会看出这描写是"隔"或"不隔"呢?这标准其实是从读者们自身产生出的,王氏说:"语语都在目前,便是'不隔'。"由此演绎起来,"实获我心","历历如睹","如吾心之所欲言",都算得"不隔",只要作者的描写能跟我们亲身的观察、经验、想像相吻合,相调合,有同样的清楚或生动(Hume 所谓 liveliness),像我们自己亲身经历过一般,这便是"不隔"。好的翻译,我们读了如读原文;好的文艺作品,按照"不隔"说,我们读着须像我们身经目击着一样。我们在此地只注重身经目击,至于身所经目所击的性质如何,跟"不隔"无关。此点万不可忽视;否则必起误解。譬如,有人说"不隔"说只能解释显的、一望而知的文艺,不能解释隐的,钩深致远的文艺,这便是误会了"不隔"。"不

[①] Helen Parkhurst: *Beauty*, p. 208.

隔"不是一桩事物,不是一个境界,是一种状态(state),一种透明洞澈的状态——"纯洁的空明",譬之于光天化日;在这种状态之中,作者所写的事物和境界得以无遮隐地暴露在读者的眼前。作者的艺术的高下,全看他有无本领来拨云雾而见青天,造就这个状态。所以,"不隔"并不是把深沉的事物写到浅显易解;原来浅显的写来依然浅显,原来深沉的写到让读者看出它的深沉,甚至于原来糊涂的也能写得让读者看清楚它的糊涂——没有见过 James Joyce 或 Gertrude Stein 的小说么?这才是"不隔"。不管是"朦胧萌拆"(王世贞语),是"blooming and buzzing confusion"(James 语),是"那朦朦胧胧的一团"(常风转语),成功的艺术总能写到它们"如在目前"。雾里看花当然是隔;但是,如不想看花,只想看雾,便算得"不隔"了。莎士比亚《韩烈德》(*Hamlet*)第三幕第四场和《安东尼和克鲁巴屈拉》(*Anthony and Cleopatra*)第四幕第十四场写云雾的变态,也可作为一例;虽然迷迷糊糊,我们辨不清是骆驼还是狮子,但是我们可以认清是云雾,这便是隔而"不隔"①。"犹抱琵琶半遮面";似乎半个脸被隔了,但是假使我们看得清半个脸是遮着,没有糊涂地认为整个脸是露着,这便是隔而"不隔"。所以,隐和显的分别跟"不隔"没有关系。比喻、暗示、象征,甚而至于典故,都不妨用,只要有必须这种转弯方法来写到"不隔"的事物。

我们并非认为"不隔"说是颠扑不破的理论,我们只是想弄

---

① 参观 Santayana: *Scepticism and Animal Faith*, pp.94—95。

清楚这个理论的一切涵义。我们不愿也隔着烟雾来看"不隔"说——惚悦、幽深,黑沉沉的充满了神秘。

(原载《学文月刊》第一卷第三期,

一九三四年七月)

中国固有的文学批评的一个特点

题目这样累赘,我们取它的准确。我们不说中国文学批评,而说中国固有的文学批评,因为要撇开中国文学批评里近来所吸收的西洋成分;我们不说中国旧文学批评,而说中国固有的文学批评,因为这一个中国旧文学批评的特点,在中国新文学批评里,多少还保留着。

这种近似东西文化特征的问题,给学者们弄得烂污了。我们常听说,某东西代表道地的东方化,某东西代表真正的西方化;其实那个东西,往往名符其实,亦东亦西。哈吧小狮子狗,中国通俗唤作洋狗,《红楼梦》里不就有"西洋花点子哈吧儿"么?而在西洋,时髦少妇大半养哈吧狗为闺中伴侣,呼为北京狗——北京至少现在还是我们的土地。许多东西文化的讨论,常使我们联想到哈吧狗。譬如我们旧文学里有一种比兴体的"香草美人"诗,把男女恋爱来象征君臣间的纲常,精通西学而又风流绮腻的师友们,认为这种杀风景的文艺观,道地是中国旧文化的特殊产物,但是在西洋宗教诗里,我们偏找得出同样的体制,只是把神和人的关系来代替君臣了①。中世纪

---

① 参观吴宓先生《空轩诗话》第一则。

西洋文学尤多此类比兴的作品,但丁就是一个刺眼的例。西洋中世纪神学里的神人之爱保持着名分和距离,破除私情(l'amour désintéressé)而又非抽象的记号(symbol)崇拜,跟中国旧名教所谓"忠",十分相像,不比新教神学所讲爱,带有浪漫性的亲昵[1]。因为西洋有这一体诗,所以也有比兴说诗的理论;但丁释诗四义,甚深微妙义曰"寄托义"(senso anagogico)[2],竟完全是我们常州词派的原则。又如章实斋论先秦著作,指出一种"言公"现象,研究章实斋而亦略知西洋文化史的人,立刻会想到"言公"是西洋中世纪的特征,它所根据的人生哲学和艺术观,在现代西洋文艺思想里尚占有强大的势力。"言公"现象跟"香草美人"体的得失是非,我们不能在此地讨论;我们不过借来证明所谓国粹或洋货,往往并非中国或西洋文化的特别标识,一般受高等教育的野蛮人还未摆脱五十年前中国维新变法,出版《学究新谈》、《文明小史》时的心理状态,说到新便想到西洋,说到西洋便想到新,好像西洋历史文物,跟他老人家一样的新见世面,具有这种心眼来看文化史,当然处处都见得是特点了。

换句话说,中国所固有的东西,不必就是中国所特有或独有的东西。譬如,中国道学家排斥文学;同样,西方的艺术思想史也不过是一部相斫书,记载着"善的帝国主义"(L'impérialisme

---

[1] 参观 Etienne Gilson: *L'Esprit de la philosophie médiévale*, 2a Série, chap. iv。
[2] 参观 *Convivio, Tratlato* II, *Canzone* I; W. W. Jackson 英译本 73—74 页。

du Bien)和"美的帝国主义"(L'impérialisme du Beau)的冲突。①中国道学家的理论,虽未受任何西洋影响,算不得中国特有。此类中外相同的问题,不属本文范围。复次,中西对象不同,理论因而差异,我们不该冒失便认为特点;因为两种不同的理论,可以根据着同一原则。譬如中国文章讲平仄,西洋文章讲轻重音;西洋诗的禁忌,并非中国的四声八病,而两者同遵守着声调和谐的原则;虽不相同,可以相当。此类问题,也不属本文范围。最后,我们讲的是中国文学批评的特色,并非中国特色的文学批评;我们不以一家一说一派而以整个的中国文评为研究对象。譬如,心解派(psychoanalysis)的文学批评,当然是西方特有的文学批评,但是我们决不能说,西方文学批评的特色就是心解术;因为,在心解术成立以前,西洋文评早有二千多年的历史,在心解术应用到文学上以后,西洋文评还有不知多少别具手眼的宗派。

所以,我们所谓中国文评的特点,要是:(一)埋葬在自古到今中国谈艺者的意识田地里,飘散在自古到今中国谈艺的著作里,各宗各派各时代的批评家都多少利用过;惟其它是这样的普遍,所以我们习见而相忘。(二)在西洋文评里,我们找不到它的匹偶,因此算得上中国文评的一个特点。(三)却又并非中国语言文字特殊构造的结果,因为在西洋文评里,我们偶然瞥见它的影子,证明西洋一二灵心妙悟的批评家,也微茫地、倏忽地看到这一点。(四)从西洋批评家的偶悟,我们可以明白,这个特点在

---

① 这是 Charles Lalo 的隽语,参观 *L'Art et la Morale*, chap. I。

现象上虽是中国特有,而在应用上能具普遍性和世界性;我们的看法未始不可推广到西洋文艺。

这个特点就是:把文章通盘的人化或生命化(animism)①。《易·系辞》云:"近取诸身……以通神明之德,以类万物之情",可以移作解释;我们把文章看成我们自己同类的活人。《文心雕龙·风骨篇》云:"词之待骨,如体之树骸,情之含风,犹形之包气……瘠义肥词";又《附会篇》云:"以情志为神明,事义为骨髓,词采为肌肤,宫商为声气……义脉不流,偏枯文体";《颜氏家训·文章篇》云:"文章当以理致为心肾,气调为筋骨,事义为皮肤";宋濂《文原·下篇》云:"四瑕贼文之形,八冥伤文之膏髓,九蠹死文之心";魏文帝《典论》云:"孔融体气高妙";钟嵘《诗品》云:"陈思骨气奇高,体被文质"——这种例子哪里举得尽呢?我们自己喜欢乱谈诗文的人,做到批评,还会用什么"气"、"骨"、"力"、"魄"、"神"、"脉"、"髓"、"文心"、"句眼"等名词。翁方纲精思卓识,正式拈出"肌理",为我们的文评,更添上一个新颖的生命化名词。古人只知道文章有皮肤,翁方纲偏体验出皮肤上还有文章。现代英国女诗人薛德蕙女士(Edith Sitwell)明白诗文在色泽音节以外,还有它的触觉方面,唤作"texture",自负为空前的大发现②,从我们看来"texture"在意义上、字面上都相当于翁方纲所谓"肌理"。从配得上"肌理"的 texture 的发现,我们可以推想出

---

① 依照 G.F.Stout 用此字的意义,参观 *Mind and Matter*,bk.I,chap.ii—iv。
② 参观所作 *Life of Pope*, *Aspects of Modern Poetry*, *Pleasures of Poetry* 等书。

人化文评应用到西洋诗文也有正确性。因为我们把文章人化了,所以文章欠佳,就仿佛人身害病,一部分传统的诙谐,全从这个双关意义上发出。譬如沈起凤《红心词客传奇》四种之一《才人福》写张梦晋、李灵芸挂牌专医诗病,因苏州诗伯诗翁作品不通,开方劝服大黄;又如《聊斋志异·司文郎》一则记盲僧以鼻评文,"刺于鼻,棘于腹,膀胱所不容,直自下部出",此类笑话可以旁证人化文评在中国的流行。

我们该申说,何以文章人化是我们固有的文评所特有。当然我们可以说,我们在西洋文评里,没有见到同规模的人化现象;我们更可以说,我们自己用西洋文字写批评的时候,常感觉到缺乏人化的成语。但是,这两个负面的论证也许太空泛了。我们要在西洋文评里找出代表的例子,来分析,来指明它们的似是而非,它们的貌同心异,算不得人化。我们把例子分为三类,由浅入深,逐类辨析。

第一类像西塞罗(Cicero)的议论。西塞罗云:"美有二种(pulchritudinis duo genera sunt):娇丽者,女美也(venustatem muliebrem);庄严者,男美也(dignitatem virilem)。"①这当然算不得人化:因为西塞罗根本是在讲人体美,所以他下文说须眉丈夫,总得保持庄严本色,切勿软迷迷、懒洋洋,衣冠言动,像个不男不女的戏子。他只说男女刚柔各有其美,并非说文章可分为阴柔阳刚。我们若讲美学思想史,西塞罗的分类极为重要,因为人体

---

① 参观 *De Officiis*, Lib I. 36。

美属于美学范围;我们若讲文学批评,此说全不相干。我们当然可以把此说推演到文艺上面,但是我们要注意西塞罗自己并没有推演①。一切西洋谈艺著作里泛论美有刚柔男女性的说法,都算不上人化。

第二类西洋普通"文如其人"的理论,像毕丰(Buffon)所谓"学问材料皆身外物(hors de l'homme),惟文则本诸其人(le style est l'homme même)"②,歌德所谓,"文章乃作者内心(innern)真正的印象(ein treuer abdruck)"③,叔本华所谓"文章乃心灵的面貌(die Physiognomie des Geistes)"④,跟我们此地所讲人化,绝然是两回事。第一,"文如其人",并非"文如人";"文章乃心灵的面貌",并非人化文评的主张认为文章自身有它的面貌。第二,他们所谓人,是指人格人品,不过《文中子·事君篇》"文士之行可见"一节的意见,并不指人身。顾尔蒙(Remy de Gourmont)唯物化的论文见解,认为文章是生理作用的产物(un produit physiologique),健康、饮食、居住以及其他生命机能都影响到文章⑤,也不就是人化或生命化。顾尔蒙只想以作者的生理来解释作者的文笔,生理是文笔外面或背面的东西,而我们的文评直捷认为文笔自身就有气骨神脉种种生命机能和构造。一切

---

① 参观本篇下文。
② 参观 *Discours de Réception à L'Académie française*, Auguste 17, 53。
③ 参观 J. P. Eckermann: *Gespräche mit Goethe*, 1824, 4, 14。
④ 参观 *Parerga und Paralipomena* 二九〇节。
⑤ 参观 *Le problème du style*。

西洋谈艺著作里文如其人或因文观人的说法,都绝对不是人化。

第三类是西洋文评里近似人化而程度上未达一间的理论。在文艺思想里,像在宇宙里,一间一字的差分最难跨越,譬如有关,我们可破;有墙,我们可跨;只有包裹着神明意识一层皮囊,我们跳不出,在一丝半米上,见了高低好丑。此类例子,不比前两类,在西洋文评里,不易找见。我们拣最亲切有味的来说。郎吉纳斯(Longinus)云:"文须如人体,不得有肿胀(ὄγκοι)"①,又云:"文如人体,非一肢一节之为美,而体格停匀之为美"②。昆铁灵(Quintilian)云:"人身体康强,血液足,运动多,筋骨牢固,所以为健丈夫,亦即所以为美丈夫(Ex iisdem his speciem accipunt, ex quibus vires),若专事涂饰,作妇人态,适见其丑,于文亦然(similiter)"③,又云:"文章雕饰(ornatus),必有丈夫气(virilis),勿为女子佻冶态(effeminatam levitatem)"④,又云:"文章矫揉做作之弊(mala effectatio),曰肿胀(tumida),曰水蛊(pusilla),曰肉感(praedulcia)"⑤,又云:"文章宁可粗硬,不可有女气而软弱(effeminatam enervem)"⑥。维威斯(Juan Louis Vives)的议论要算西洋文评里顶精辟的人化说了;他说:"文章者,心灵(animi)以及全人(hominis universi)之影像(imago)也。人品本

---

① 《崇高论》第三节。
② 同前第四十节。
③ 节译 *Institutionis Oratoriae*, Lib, Ⅷ, Prooemium, 19—20。
④ 同前 Lib, Ⅷ, Cap. iii, 6。
⑤ 同前 Lib, Ⅷ, Cap. iii, 56。
⑥ 同前 Lib, ⅸ, Cap. iv, 142。

诸身与心(animo et corpore);文品本诸文字及意义(verbis et sensis)。文字有音与形(magnitudine et sono verborum),故文章有体格(statura)。字句精炼(urbana et culta),音节弘亮(amplus et magnificus),结构充实(plena),则文之体高而大(magna et grandis)。字琐碎(minutis),音枵薄(exilis),调紧促而不舒(exiguis et arctis),则文之体卑且侏(humilis et pumila)。体格而外,文章更有面貌(figura):文之简该者其貌圆而润(rotunda et teres),文之详实者其貌方以刚(quadrata et firma)。文章亦有肉(cato),有血(sanguis),有骨(ossa)。词藻太富,则文多肉(corpulenta)。繁而无当,则文多血(redundat sanguine, quae multo plus dicit quam necesse est)。文章又有液(succus):字妥句适(apta et decentia)、理壮(vires)、辞顺(lenis),则文之液也。用字过省,且无比兴譬喻(verborum est parsimonia et desunt fere naturalia),音节细弱,结构庸俗,则文枯瘦(macilenta et strigosa);无血无肉,干皮包散骨,如囊贮石而已(vix haerens ossibus, ut ossa videantur in pellem congesta quasi lapides in culeum)。"[1]斑·琼生(Ben Jonson)也有类似的见解:"文字如人(likened to a man),有身体(structure and stature)、面貌(figure and feature)、皮肤包裹(skin and coat)。繁词曲譬,理不胜词,曰多肉之文(a fleshy style);词不该理,曰多筋骨之文(a bony and sinewy style);音谐字妥,则文有

---

[1] 节译 *De Ratione Dicendi*, Lib Ⅱ (Opera Omnia, Ⅰ, p. 103. s99)。这一节有趣的文字,知道的人似乎不多,且在现代语言里也未见译本;所以多注原文,备参考。

血液(blood and juice)。"① 华茨华斯(Wordsworth)云:"世人以文章为思想之衣服(dress),实则文章乃思想之肉身坐现(incarnation)"②。卡莱尔云:"世人谓文字乃思想之外衣(coat),不知文字为思想之皮肉(flesh-garment),比喻(metaphor)则其筋络(muscles and tissues)。有瘦硬之文,有憔悴穷饿无生气之文,有康健而不免中风危险之文"③。佛罗贝(Flaubert)论文云:"思想(idée)与形式(forme)分开,全无意义。譬如物体,去其颜色形模,所余不过一场空(une abstraction creuse)。思想之为思想,端赖(en vertu de)文笔耳"④。又云:"文章不特为思想之生命(la vie),抑且为思想之血液(le sang)"⑤。这几个例子,够举一反三了。

在我们讨论这几个例子以前,我们先要注意,它们在西洋文评里,不过是偶然的比喻,信手拈来,随意放下,并未沁透西洋文人的意识,成为普遍的假设和专门的术语。记牢了这一点,我们然后研究,上面所举第三类例子,跟中国文评的人化,有什么差异?我们分四层来讲。

第一,此类例子大多把文章来比人体,只是一种显喻(simile);我们该注意到"如人体"的"如"字,"于文亦然"的"然"字。顶多也不过隐比(metaphor),算不得人跟文的化合;我们只要把

---

① 节译 *Timber or Discoveries* 中 *Oratio Imago Animi* 一大节。
② 参观 De Quincey: *Style*, part IV, iv。
③ 节译 *Sartor Resartus*. Bk. I, chap XI 中一大节。
④ *Correspondances*, Nouvelle édition augmentée (Louis Conard), p. 321.
⑤ 同前 III, p. 336, 佛氏其他论文相类语, 见下。

郎吉纳斯跟刘勰比较,便见分晓。在此类西洋文评里,人体跟文章还是二元的,虽然是平行的二元。在我们的文评里,文跟人无分彼此,混同一气,达到《庄子·齐物论》所谓"类与不类,相与为类,则与彼无以异"的境界。从比喻的"比"字,望文生义,我们便推想得出平行的二元性;在腊丁文里,比喻唤作 translatio,就是我们现在所谓翻译,更明白地流露出被比较的两桩事物的对抗。超越对称的比喻以达到兼融的化合,当然是文艺创造最妙的境界,诗人心理方面天然的辩证法(dialectic);这种心理状态,经波德来雅(Baudelaire)再三描摹之后①,已成为文艺心理的普通常识,我不必更事申说。刘勰《文心雕龙·比兴篇》论诗人"触物圆览",那个"圆"字,体会得精当无比。人化文评是"圆览";人文比喻单是"左顾右盼"。所以,在西洋语文里,借人体机能来评骘文艺,仅有逻辑上所谓偏指(particular)的意义,没有全举(universal)的意义,仅有形容词(adjectival)的功用,没有名词(substantive)的功用,换句话说,只是比喻的词藻,算不上鉴赏的范畴。在西洋语文里,我们习惯上只说"一种或这种多肌肉的文章(a or the muscular style)",不说"一切文章的肌肉(the muscles of the style)",只说"一种或这种多筋(sinewy or nervous)的文章",不说"一切文章的筋",除非我们硬要做譬喻,不顾公认的仂语(idiom)。并且,在我们的文评里,人化的术语多少是中立的(neutral),不大有估定价值的意义,可以用来赞美——譬如说"骨重神寒",也可以用

---

① 例如 *l'Art Romantique*, pp. 304ff, 亦可参观 Gide: *Traité du Narcisse*, p. 15。

来谴责——譬如说"骨弛肌懈";而在西方文评里,这种人体比喻形容词本身就是一种估价,从上面维威斯、斑·琼生的话里,我们一看就知,他们说文章多骨多肉,就等于说文章不好,同样,现代西洋人说文章多肌肉多筋,就等于说文章好。换句话说,他们用到 fleshy、bony 等等,都是指文章的变态说,不是指文章的常态说,不仅说文章有肉有骨,是说文章肉肥如豕或骨瘦如豺①,不但是存在判断,并且是价值判断,是善恶美丑的批评(eulogistic and dyslogistic),不是有无是非的描写。维威斯、斑·琼生所谓体貌,倒是有中立性的,此点我们下文再讲。大多数西洋谈艺者以文比人,都偏重病态变态,例如郎吉纳斯所谓肿胀,昆铁灵所谓水蛊肉感。西洋文评里人体比喻本身就是偏重的形容词,难于更加形容,所以西洋作者说到多骨或多肉而止,更无下文;我们的人化术语只是中立的名词,所以我们还可添上种种形容衬托,精微地描画出文章风韵,譬如有"瘦硬通神"的清骨,有"严家饿隶"的穷骨,有轻而浮薄的贱骨,有轻而超妙的"自是君身有仙骨"。西洋人体譬喻的文评,比了中国人化文评,恰像西洋相人书比了中国《麻衣相法》,一般的粗浅简陋。中国论文跟中国相面风鉴有极密切而一向被忽略的关系。西洋以文比人是估价,我们再有一个例证。我们上文说过,西塞罗论美有男女算不得人化。昆铁灵论文有丈夫气女子态,当然跟姚鼐所谓阳刚之文阴柔之文的分别相接近了;然而我们要注意姚鼐着眼在文章种

---

① 依照《醒睡录》中故事,改柴作豺,与豕相配。

类的差异,昆铁灵只注意到文章价值的高下。昆铁灵全不明白丈夫气和女子态可以"异曲同工",他只知道丈夫气是好文章,女子态是坏文章。我们所谓阴柔阳刚是平等相对的文章风格,昆铁灵便有点重男轻女了。进一步说,昆铁灵只认为丈夫气是文章的常态,他所谓女子气并非指女子的本色,倒是指男人的变相;他只知道须眉丈夫不该有巾帼气,他不知道巾帼女子原该有巾帼气,雄媳妇跟雌老公一样的讨人厌——也许我错了,雌老公该讨得雄媳妇的喜欢!西洋人论文有男女,不是中立的分类,而是偏袒的判断,佛罗贝的话表示得极明白;他说:"我只喜欢男性的文句(les phrasses mâles);像拉马丁(Lamartine)那种女性的文句(les phrases femelles),我是不爱的"①。

第二,除却比喻的二元以外,第三类例子里还潜伏着一个二元,思想或内容与文笔或外表的二元。华茨华斯那句话,当然有所指。华茨华斯所深恶痛绝的特莱登(Dryden)和朴伯(Pope)都把衣服来比过文章;例如特莱登云:"文词之于思想,如裙裤(breeches and petticoats)之于人身,乃遮羞之衣服也(modest clothing)"②,朴伯亦有句云:"理以文为衣,勿须绣鏧帨"③。华茨华斯、卡莱尔、佛罗贝的说法当然比特莱登、朴伯高明,但是我们该注意,他们还是把思想跟文章对举的:假使文章是肉身,那末思

---

① *Correspondances*, Nouvelle édition augmentée(Louis Conard), Ⅰ., p.153.
② 参观 *All for Love*: *Preface*。
③ 参观 *Eassay on Criticism* 三一八——三一九行。

想便是投胎的灵魂,假使文章是皮肉,那末思想便是骨血。灵魂跟肉体自然比衣服跟身体,来得关系密切,不过仍旧是两个平行的单位。刘勰、颜之推的话,比此说深微得多。刘勰、颜之推认为文章一名词在概念(concept)上包括"理致"和"气调"、"情志"和"词采"、内容和外表;而在华茨华斯等人的文章概念里,他们所谓文章只指我们所谓"词采"或外表,只能粘贴着思想或内容,并不跟思想或内容融贯一片,所以他们把文章(style)和文字(language)二名往往无别的使用。用逻辑成语来说,刘勰等人所谓"文章是思想的表现"是一个分析判断(analytics judgment),而华茨华斯等人所谓"文章是思想的表现"是一个综合判断(synthetic judgment);刘勰把一个单位分成几个,华茨华斯要把两个单位合成一个。因此,我们悟到我们所谓文章血脉或文章皮骨,跟西洋人所谓"文章乃思想之血"或"文章乃思想之皮肉",全不相同。譬如我们说"学杜得其皮",我们并非说杜甫诗的风格只是皮毛,杜甫忠君爱国的思想怀抱才是骨髓;我们是说杜甫诗的风格本身就分皮毛和骨髓,李空同学杜仅得其皮,陈后山学杜便得其髓。西洋人在皮毛或肉体的文章风格外,更立骨髓或精神的文章思想为标准;所以西洋文评所谓 spirit,切不可望文生义,以为等于我们所谓神魄。spirit 一词跟 letter 相对,譬如说《失乐园》一诗字面上(in letter)虽说赞助上帝,而真精神(in spirit)却是主张个人主义,同情于魔鬼;所谓精神完全是指文章思想或意义方面的事,而我们所谓"神采奕奕"、"神韵盎然",一望而知是指的文章风格。这种细密的差分,我们不能粗心浮气,忽略过去。

第三,维威斯、斑·琼生的议论,是极难得的成片段的西洋人化文评,论多肉的文章一节尤可与刘勰所谓"瘠义肥词"参观。但是此类议论毕竟没有达到中国人化文评的境界。他们只注意到文章有体貌骨肉,不知道文章还有神韵气魄。他们所谓人不过是睡着或晕倒的人,不是有表情、有动作的活人;鉴赏家会告诉我们,活人的美跟塑像的美有一大分别,塑像只有姿,没有态,只有面首,欠缺活动变化的表情;活人的表情好比生命的沸水上面的花泡,而塑像的表情便仿佛水冻成冰,又板又冷。这种意见对于活人们不免恭维太过,因为一大半活人等于泥塑木雕,然而也有它的道理。表情是性情、品格、身世、修养在体貌上的流露,说它是外貌,却又映射着内心,譬如风骚女人的花眼、强盗的杀相;假使体貌算是外表,性格算是内容,那末,表情就抵内外词意融通一贯的文章风格(style)。《孟子·尽心章》云:"仁义礼智根于心,其生色者,睟然见于面,盎于背,施于四体,四体不言而喻";《离娄章》云:"存乎人者,莫良于眸子……胸中正,则眸子瞭焉;胸中不正,则眸子眊焉;听其言也,观其眸子,人焉廋哉!"这是相面的天经地义,也就是我们人化文评的原则。我们把论文当作看人,便无须像西洋人把文章割裂成内容外表。我们论人论文所谓气息凡俗、神清韵淡,都是从风度或风格上看出来。西洋论文,有了人体模型,还缺乏心灵生命。随便举个中国例子罢,唐顺之《记李方叔论文》语云:"文章之无韵,譬之壮夫,其躯干枵然,骨强气盛,而神色昏梦,言动凡浊,则庸俗鄙人而已。"你看,他就跳出骨肉肥瘦等范围了。维威斯、斑·琼生、卡莱尔只知道文如人有强弱之分,尚未悟到文如人有雅俗之别,我们的人化文评便见得周密了。

第四,我们还有几个小点,要分别清楚。我们所谓气,并非西洋文评里的 atmosphere。我们所指是气息,西洋人所指是谓气压。气压是笼罩在事物外的背景,譬如说哈代(Hardy)的小说气压沉闷;气息是流动在人身内的节奏,譬如说六朝人论文讲究"潜气内转"。气压是物理界的譬喻,气息是生命界的譬喻;一个是外察(extravert),一个是内省(introvert)。孟子所说充塞天地的浩然之气,也是从内散外,并非由外聚内,所以他说"以直养而无害"。西洋文评偶然用气息,只是极粗浅带谴责性的形容词,不是单独中立的名词。譬如说气促的文章(short winded style)。又如德昆西(De Quincey)所谓"力的文学"(literature of power)的"力",也不可跟中国文评所谓力相提并论。德昆西明说"力"是文学跟非文学(anti-literature)的区别;我们认为力是阴柔文学与阳刚文学的分别。并且,德昆西所谓"力",就等于抒情,还偏重内容方面①,我们所谓力纯粹是风格方面的一种特质。还有,德昆西的"力",明是物理界的譬喻,所以他把船帆(sail)和船桨(oar)做象征②;《文心雕龙》的现成比喻"蔚彼风力,严兹骨鲠",德昆西竟未想到。一切物理界名词,也许都根据生理现象来③,

---

① 关于"内容抒情"跟"风格动情"这两点的混淆,此地不谈,参观《中国文学小史绪论》。

② 参观 *The Poetry of Pope*。

③ 参观 Stout:*Mind and Matter*,bk. I,chap. ii,又 O. Barfield:*Poetic Diction*,chap. ii。

不过,何以德昆西未能近取诸身,从本源上立喻? 这种偏重外察而忽略内省,跟西方自然科学的发达,有无关系? 西洋文评里的 vigor 一字,略当我们所谓力;不过,vigor 是带赞美性的笼统字,既非中立,并且把我们所谓气力神骨种种属性都混沌地包括在内。这也足证明,西洋谈艺者稍有人化的趋向,只是没有推演精密,发达完备。

这种人化文评,我们认为是无可非难的。一切艺术鉴赏根本就是移情作用(Einfüblung)①,譬如西洋人唤文艺鉴赏力为 taste,就是从味觉和触觉上推类的名词。人化文评不过是移情作用发达到最高点的产物。其实一切科学、文学、哲学、人生观、宇宙观的概念,无不根源着移情作用。我们对于世界的认识,不过是一种比喻、象征的、像煞有介事的(als ob)、诗意的认识。用一个粗浅的比喻,好像小孩子要看镜子的光明,却在光明里发现了自己。人类最初把自己沁透了世界,把心钻进了物,建设了范畴概念;这许多概念慢慢地变硬变定,失掉本来的人性,仿佛鱼化了石。到自然科学发达,思想家把初民的认识方法翻了过来,把物来统制心,把鱼化石的科学概念来压塞养鱼的活水。从我们研究思想史的人看来,移情作用跟泛客观(pan–objectivism),行为主义跟唯心论,只是一个波浪的起伏,一个原则的变化。因为人化文评只是移情作用,而移情作用是一切文艺欣赏的原则,所以西洋人偶尔也有人化文评的气息,像我们所举第三类的例

---

① 参观朱光潜先生《文艺心理学》三六——三九页,此地不复引证解释。

子,正好像中国古代虽没有完备的形式逻辑,而三数中国大思想家对于西洋人所讲究的偏全异同问题,也时参妙悟。西洋人讲文章,到佛罗贝要算得头儿脑儿尖儿顶儿,而佛罗贝最多人化文评的片言只语,譬如他说:"拉马丁的作品里从来没有那种肌肉突出的老句"(ces vieilles phrases à muscles saillants)①,又说:"孟德斯鸠的文章紧实如运动家的双头肌肉"(tendues comme des biceps d'athlete)②,这是值得我们思考的。

人化文评在理论上有何好处呢? 要解答这个问题,我们先得知道人体在美学上有何地位。黑智尔(Hegel)曾按照内容或精神与外表或型式的关系(Idee zu ihrer Gestaltung),把艺术(Kunstform)分为三类,第二类古典式(klassische)的艺术,是表里心物最凑拍的和谐,一种精神的具体化(concret Geistige);这种表里神体的调融,在艺术里就是雕刻,在自然现象里就是人体(die menschlische Gestalt)③,这不是跟我们上文所说人体化文评的一元性,拍得上么? 章实斋《文史通义·文德篇》云:"古人所言,皆兼本末,包内外,犹合道德文章而一之,未尝就文词之中言其有才有学有识犹有文之德也。"这是人化文评打通内容外表的好注脚。我们因此悟到中国古代谈艺者往往看上去是讲内容,其实是注重外表,譬如载道问题。自然注重内部并不就是载道,不过

---

① *Correspondances*, Nouvelle édition augmentée (Louis Conard), Ⅱ, p.399.
② 同前书Ⅲ, p.231。
③ 参观 *Vorlesungen über die Aesthetik*, *Einlheitung* 一章。

有许多认为道与内容是一是二,我们此地无暇详说,只能就本文有关系处,略加分析。照我们看,载道在历史上有两种相反的意义:(一)为载道而反对文艺,(二)为文艺而主张载道。第一种是一般道学家、科学家的主张,人所共知。不过这种意见,不必就是严格的文学批评,我们先要把它的坐标系(system of reference)弄清。关于此点,我们从前在《论复古》一篇文字里详细辨过;譬如《镜花缘》里林之洋骂淑士国酒保通文,之乎者也,酸气冲人,我们似乎不可标出"捐客生意人文评"的题目,大书特书道:"生意人反对文言,主张白话,乃近来新文学运动的先声;尤以飘洋过海的生意人如林之洋为甚,可见受外国文化影响。"道学家反文艺的意见,有它片面的真理①,也不一定是文艺衰落时期的产物。第二种就是一部分古文家或者"倒学家"② 的意见。这种意见并非古文家借道来作幌子,或者像袁枚《答友人论文第二书》所谓"文人习气,挟持道以占地步"。少数古文家明白内容的肯定外表,正不亚于外表的肯定内容,思想的影响文笔,正不亚于文笔的影响思想。要做不朽的好文章,也要有不灭的大道理;此种说法,我们认为也有真理③。我们该辨清,假使绘画的媒介(medium)是颜色线段,音乐的媒介是音调,那末诗文的媒介不就是文字,是文字和文字的意义;假使我们把文字本身作为文学的

---

① 参考朱光潜先生《文艺心理学》,一〇一页。
② 这是程子批评韩愈的妙语。
③ 参观 S. Alexander, *Beauty and Other Forms Value*, chap. Ⅷ。

媒介，不顾思想意义，那末一首诗从字形上看来，只是不知所云的墨迹，从字音上听来，只是不成腔调的声浪。所以，意义、思想在文章里有极重要的地位。照此说来，"倒学家"主张文以载道，并非为道，还是为文章，并非为内容，还是为内容的外表。又要说到相面了：要像个上等文明人，须先从学问心术上修养起，决非不学无术，穿了燕尾巴衣服（swallow tail），喝着鸡尾巴酒（cocktail），便保得住狐狸尾巴不显出野蛮原形的。"倒学家"主张文以载道，就等于风鉴家劝你修心补相。关于整个载道问题的涵义，我们将来还想详细讨论。

中国文评还有其他特点，本篇只讲人化。我们希望已经把此点论列清楚。

后记：去年十一月底，纽约大学现代文学教授 John Bakeless 君来牛津看我，谈起要做一部文学批评史，来补充 Saintsbury 大作的缺漏，添上中国文评、俄国文评两部分。关于中国文评方面，他要求我合作。因为种种关系，当时谨谢不敏。但是这个善意的提议使我整理我个人对于中国文评的思想，得到几个结论，先偷空写成此篇。承我兄弟钟英给了不少帮助，写寄所引中国书籍原文，免却我记忆的错漏；又承友人 K. J. Spalding 先生把所引西文例证审定一过，免却穿凿，并此致谢。

二十六年五月二十三日

（原载《文学杂志》第一卷第四期，一九三七年八月）

小说识小

《负曝闲谈》第一回,载陆鹏夸言府里饭菜云:"有一只鹅,鹅里面包着一只鸡,鸡里面包着一只鸽子,鸽子里面包着一只黄雀,味道鲜得很!"此实烹饪之奇闻。按古罗马彼德罗尼厄斯(Petronius)《讽刺小说》(*Satyricon*)第五、第六章,写暴发户三乐宴客(Cena Trimalchionis),极欲穷奢,盥手以美酒,溺器为精银,肴核亦无奇不备,以粪秽团成鱼鸟形,堆盘供客,几与《太平广记》卷四百八十三所载"圣虀"相似;有馔曰:"脱罗爱野猪"(Verres Trojanus)者,烤野猪腹中塞一牝鹿,鹿腹中塞一野兔,兔腹中塞一竹鸡,鸡腹中塞一夜莺,重重包裹,与陆鹏所言,无独有偶。(按 Trimalchio 一名,出希腊文,义为"三倍享乐",故借孟子及荣启期语译为"三乐"。斯人又惧内,盖"三乐"而兼"四畏"者。)

《西游记》七十五回唐僧四众行近狮驼洞,太白金星报妖精拦路。孙行者欲邀猪八戒相随打妖,云:"兄弟,你虽无甚本事,好道也是个人。俗云'放屁添风',你也可壮我些胆气。"俗谚云云,大是奇语。按巴阙立治(Eric Partridge)名著,《英国俗语大词典》(*A Dictionary of Slang and Unconventional English*, P.635)字母 P 部,采有"撒鸟海中以添水"一语("Every little helps", as the old lady said when she pissed in the sea),亦指助力而言,意正相当。《淮南子·诠言训》曰:"犹忧河水之少,泣而益之";曹子建上书请免发诸国士息曰:"挥涕增河";皆意同而词气之生动不及。古罗马戏剧家泼洛脱斯(Plautus)形容财虏欲浣濯而惜水,则挥泪以增之(Aquam plorat, cum lavat, profundere);不知亦用洋葱薰目否?不然何能至此悬河决溜一副急泪?又按田艺蘅《玉笑零音》云:"海为地之肾,故水咸";"撒鸟添海",亦如木落归根矣。

《西游记》八十二回,唐僧为金毛白鼠精摄入无底洞中,同游果园。孙行者化身为红桃,妖精采而食之,行者一骨碌滚入妖精肚内。"妖精害怕道:'长老啊,这个果子利害!怎么不容咬破,就滚下去了?'三藏道:'娘子,新开园的果子爱吃,所以去得快了。'""爱吃"二字,体会入微。食物之爱人吃者,几不须齿决,韩昌黎《赠刘师服》诗云:"羡君齿牙牢且洁,大肉硬饼如刀截";所羡如此,盖以食物为锻炼牙齿之器具,"爱吃"之旨,概乎未闻。若广东鸭肫肝之类乃不爱人吃而人爱吃之,故必与齿牙挣扎往复,久之而后帖服下咽。按海涅(Heine)《旅行心影录》(*Reisebilder*)第二部(*Ideen: Das Buch Le Grand*)第一章有云,极乐世界中,惟哺啜是务,汤酒开河,糕点遍野,熟鹅口衔蘸汁之碟,飞来飞去,以被吃为喜(fühlen sich geschmeichelt wenn man sich verzehrt),即"爱吃"之意。

刘后村诗文好用本朝故事,王渔洋、赵瓯北皆诽议之。按《后村大全集》卷四十三《释老》六言十首之第四云:"取经烦猴行者,吟诗输鹤阿师";此诗前尚有七绝一首,亦用二事作对。《西游记》事见南宋人诗中,当自后村始。

《老残游记》第二回写王小玉说书,有三十多岁操湖南口音者极口赞美,谓不但"余音绕梁,三日不绝",并且真使人"三月不知肉味"。旁人称此为"梦湘先生"。按此乃真人真名,毫无文饰。梦湘为武陵王以敏字,所著《檗坞诗存》中有《济城篇》七古,即为白妞鼓书而作。

《品花宝鉴》一书口角伶俐。第十八回张仲雨论笺片一节,透彻精微,可与《长随论》并传,有云:"一团和气要不变;二等才情要不露;三斤酒量要不醉;四季衣服要不乏;五声音律要不错;六品官衔要不做;七言诗句要不慌;八面张罗要不断;九流通透要不短;十分应酬要不俗。"梁茞林《归田琐记》所载《清客十字令》与此大同小异:"一笔好字不错;二等才情不露;三斤酒量不吐;四季衣服不当;五子围棋不悔;六出昆曲不推;七字歪诗不迟;八字马吊不查;九品头衔不选;十分和气不俗。"具此本领,亦可以得志于今之世矣。"四季衣服"一事,尤洞达世故。巴蕾斯(Maurice Barrès)有小说《无根人》(*Les déracinés*),余震于其名,尝取读之,皆空发议论,闷钝无味,唯有语云:"衣服不整洁而欲求人谋事,犹妓女鹑衣百结而欲人光顾。"(L'homme qui cherche du travail et n'a plus de vêtements propres est aussi dépourvu que la prostituée en guenilles),即"四季衣服"之意。鲜衣下属之异于布衣上司,衣冠济楚小清客之异于不衫不履大名士,未始不系此也。

《品花宝鉴》作者陈少逸熟于《后西游记》一书,故屡取为排调之资。如第十七回高品笑田春航迟到云:"南极仙翁迟迟不到,难道半路上撞着了小行者的筋斗云,因此行走不便么?"按此即《后西游记》中小行者与小天公斗法跳"好胜圈"事。又如第三十九回李元茂见其妻孙氏为"天老"(Albino),因云:"这是《西游记》上的不老婆婆。"按此即《后西游记》中使玉火钳之长颜姐姐,尝以钳夹猪一戒之耳朵者。《后西游记》一书,暗淡不彰,人鲜称引,惟陈氏屡道之。

《笑林广记》卷二《债精传》有"大穷宝殿",可与红心词客《伏虎韬》传奇中悍妇所造之"大雌宝殿"并传。以"穷"代"雄",取其音同;以"雌"代"雄",取其义反;皆合弗罗依特(Freud)《论俳谐》(*Wit and the Unconscious*)所谓"代换"(substitutive formation)一原则者。《广记》卷四一则略谓:南北两人,均惯说谎,彼此钦慕,不辞远道相访,恰遇中途,各叙寒温;南人谓北人曰:"闻得贵处极冷,不知其冷如何?"北人曰:"北方冷时,道中小遗者须带棒,随溺随冻,随冻随击,不然人与墙冻在一处。闻尊处极热,不知其热何如?"南人曰:"南方热时,有赶猪道行者,行稍迟,猪成烧烤,人化灰尘。"按此则情事口吻,入诸《孟巧生奇遇记》(*Adventures of Baron Münchausen*),可乱楮叶。《奇遇记》第六章写旅行俄国时,天寒吹角,声冻角中,以角悬灶畔,声得热而融, Tereng! tereng! teng! teng! 自出角中;盖袭取拉白莱(Rabelais)《巨灵世家》(*Gargantua et Pantagruel*)卷四第五十五章而稍加改易。英诗人罗杰士《语录》(*Table-talk of Samuel Rogers*, ed. by A. Dyce)第一百三十五页则记印度天热而人化灰尘之事(pulverised by a coup de soleil），略谓一印度人请客，骄阳如灼，主妇渴甚，中席忽化为焦灰一堆；主人司空见惯，声色不动，呼侍者曰："取箕帚来，将太太扫去（sweep up the mistress）。"较之《广记》云云，似更诙谐。

《艾子杂说》一则，略云艾子之邻二鄙夫，食肉以求长智慧，如是数日，相与自负为"心识明达，触事有智，不徒有智，又能穷理"。其一曰："吾见人鼻窍向下甚利，若向上岂不为天雨注之乎？"按法国成语谓鼻孔向天者为雨注鼻（Le nez dans lequel il pleut），思路亦已及此。

董若雨《西游补》记孙行者被老人救出葛藟宫，老人忽合于己体，乃知即自己真神，"慌忙唱个大喏，拜谢自家。"此语曲尽心理。人之自负才能本领者，每作一事，成一文，津津自道，恨不能现身外身，于自家"唱喏拜谢"，香花供奉，匪特我我周旋，形神酬答而已。陈松山《明诗纪事》蔡羽下引《太湖备考》云："陶周望云：'羽置大镜南面，遇著书得意，辄正衣冠北面向镜拜誉其影曰："易洞先生，尔言何妙！吾今拜先生矣！"羽以善《易》自负，故称"易洞"也。'"天下文人，齐心同意而含意未申者，数必不少。德昆西（De Quincey）《全集》（*Collected Works*, ed. by D. Masson）第四册论古尔史密斯（Goldsmith）一文中记枯立治（Coleridge）识一人，敬畏自己，每说及"我"（I）字，辄脱帽鞠躬为礼，较易洞先生尤甚矣。西洋诗人之好自誉者首推莫莱亚斯（Moréas），详见亚儿巴拉（A. Albalat）自传（*Souvenirs de la vie littéraire*）记莫莱亚斯篇。次则但丁，亦乐道己善，详见伯璧尼（G. Papini）《活但丁》（*Dante Vivo*）第二十一章。余中外友人中此节足与二子媲美者亦复指不胜屈。

《儿女英雄传》第十五回描摹邓九公姨奶奶衣饰体态,极侔色揣称之妙,有云:"雪白的一个脸皮儿,只是胖些,那脸蛋子一走一哆嗦,活脱儿一块凉粉儿。"刻划肥人,可谓状难写之景,如在目前。按披考克(T. L. Peacock)写罗宾汉事小说(*Maid Marian*)第十章状一胖和尚战栗如肉汁或果汁冻之颤动(The little friar quaked like a jelly),迭更司《旅行笑史》(*Pickwick Papers*)第八章状肥童点头时,双颊哆嗦如白甜冻(The train of nods communicated a blancmange like motion to his fat cheeks),与"活脱儿一块凉粉儿"取譬正同。

《儿女英雄传》第三十九回,邓九公九秩庆寿,安老爷为同席讲《论语》"春风沂水"章,略谓朱子注不可过信,"四贤侍坐言志,夫子正是赏识冉有、公西华、子路三人,转有些驳斥曾晳。读者不得因'吾与点也'一句,抬高曾晳。曾晳的话说完了,夫子的心便伤透了。彼时夫子一片怜才救世之心,正望着诸弟子各行其志,不没斯文,忽听得这番话,觉得如曾晳者,也作此想,岂不正是我平日浮海居夷那番感慨,其为时衰运替可知,然则吾道终穷矣!于是喟叹曰:'吾与点也!'这句话正是伤心蒿目之词,不是志同道合之语。果然志同道合,夫子自应莞尔而笑,不应喟然而叹了哇!"词辩尖新,老宿多称赏之。按此段议论,全袭袁子才之说。《小仓山房文集》卷二十四《〈论语〉解》之四略云:"'如或知尔,则何以哉?'问酬知也。曾点之对,绝不相蒙。夫子何以与之?非与曾点,与三子也。明与而实不与:以沂水春风,即乘桴浮海之意，与点即从我其由之心。三子之才与夫子之道终于不行，其心伤矣。适闻曾点旷达之言，遂叹而与之，非果圣心契合。如果契合圣心，在子当莞尔而笑，不当喟然而叹。"此《儿女英雄传》之蓝本也。翁覃谿《石洲诗话》卷三说东坡《在儋耳》诗："问点尔何如，不与圣同忧？"以为能"道着春风沂水一段意思"云云，亦颇合袁氏之说，特笔舌无此明快。乾嘉汉学家于袁解颇有节取：郝兰皋《晒书堂外集》卷下《书袁简斋〈论语解〉四篇后》即取其二、其四两篇，朱兰坡《小万卷斋文稿》卷七《与狄叔颖论四书质疑书》虽驳袁氏之解叹字而亦不非其夫子伤心之说。

德国十七世纪小说家格力墨尔斯好森（H. J. Ch. von Grimmelshausen）以《老实人》（*Simplicissimus*）一书得名。余尝谓其书名与伏尔泰（Voltaire）小说《坦白者》（*Candide*），天造地设一对偶。书中写兵连祸结，盗匪横行之状，与伏尔泰书每有旷世相契处，证之今事，亦觉古风未泯。虽文词粗犷冗芜，不足比伏尔泰风霜姜桂之笔，然佳处偶遭，尚非得不偿劳也。卷四第二章老实人在法国与居停加那（Canard）论医，有云："在病家心目中，医生有三变相：有病初见时为天使相，诊时为上帝相，病愈开发时为魔鬼相"（Ein Arzt dreierlei Angesichter hat: das erste eines Engels, wann ihn der Kranke ansichtig wird, das ander eines Gottes, wann er hilft, das dritte eines Teufels, warm man gesund ist und ihn wieder abschafft）。司各脱小说《主持僧》（*Abbot*）第二十六章写一医生感慨云："拉丁古谚谓，医生索诊费时，即是魔鬼（Praemia cum poscit medicus, Sathan est）。病人欲吾侪诊视，则以吾侪为天使，及吾侪索费，则以吾侪为魔鬼(We are angels when we come to cure——devils when we ask payment)。"余偶至公立医院,每见施诊部之医生,早于诊视时,对贫苦病人狰狞叱咤,作魔鬼相。余初非病人,而旁观竟窥此态,百思不得其解。

《老实人》卷二第九章,形容美妇人有云:"上下两排牙齿,又整齐,又有糖味儿(zuckerähnlich),像从白萝卜上(von einer weißen Rübe)成块切下来的。人就是给它咬着,也不会觉得痛(Ich glaube nicht, daß es einem wehe tut, wann du einen damit beißest)。"以白萝卜块拟齿,与《诗经》以东瓜子拟齿——"齿如瓠犀",用意差类。尤妙者为"咬着不使人痛"。齿性本刚,而齿之美者,望之温柔圆润,不使人有锋锷巉利之想;曰"白萝卜",曰"瓠犀",曰"糯米银牙",比物此志。故西方诗人每以珠比美人之齿,正取珠之体色温润,如亚里屋斯吐(Ariosto)《咏屋兰徒发狂》(*Orlando Furioso*)第七篇云:"朱唇之中,珠齿隐现"(Quivi due filze son di perle elette, che chiude ed apre un bello e dolce labro)。英国妇人以长齿为欧陆各国所嗤;亚部(E. About)《希腊史》(*Histoire de la Grèce*)及白罗松(J. J. Brousson)《法郎士语录》(*France en Pantoufles*)皆比英妇之齿于钢琴之键盘(le clavier de piano),余则窃欲以杜牧之《阿房宫赋》所谓"櫼牙高啄"者当之。若此等齿,望之已有刀山剑峡之畏,不待被咬矣。昔鲍士威尔(Boswell)谒见伏尔泰,问以肯说英文否,伏尔泰答曰:"说英文须以齿自啮舌尖,余老而无齿",盖指英语中 th 一音而言。然则英美二国人齿长,殆天使之便于自啮舌尖耶?法国人治英文学卓有成就者,以泰纳(Taine)

为最先,据《巩固兄弟日记》(*Jurnal des Goncourt*)一八六三年三月一日写泰纳形貌有云:"牙长如英国老妇"(Une bouche aux dents longues d'une vieille Anglaise)。殆学英文之所致耶?识此以质之博物君子。

周元昉《泾林续记》记严东楼事有云:"至其发落公事,适值中酒,则用金盆满贮滚汤,浸手帨于中,乘热提帨,围首三匝,稍冷更易,则无复酒态,举笔裁答,处置周悉,出人意表。"按此与迭更司《二城记》(*Tale of Two Cities*)卷二第五章所记卡登(Sydney Carton)为律师作状事全同,特非用冷水而用热水耳。

《红楼梦》第八十九回贾宝玉到潇湘馆,"走到里间门口,看见新写的一副紫黑色泥金云龙笺的小对,上写着'绿窗明月在,青史古人空。'"悼红轩本有护花主人评云:"好对句。"按此联并非《红楼梦》后四十回作者自撰,乃摘唐崔颢《题沈隐侯八咏楼》五律颈联,其全首曰:"梁日东阳守,为楼望越中。绿窗明月在,青史古人空!江静闻山狖,川长数塞鸿。登临白云晚,流恨此遗风!"史悟岗《西青散记》卷四记玉勾词客吴震生亡室程飞仙事,有云:"夫人口熟杨升庵《二十一史弹词》,绿窗红烛之下辄按拍歌之。自书名句为窗联云:'绿窗明月在,青史古人空。'"《散记》作于乾隆二年,所载皆雍正时事,盖在《红楼梦》后四十回以前,程飞仙唱《二十一史弹词》,故云:"青史古人空",黛玉亦袭其语,则殊无谓。

勒帅治(Le Sage)《跛足魔鬼》(*Le Diable boiteux*)亦法国小说中之奇作。所载皆半夜窥探卧室中私事,而无片言只语及于床弟狎亵者(Voyeurisme, Peeping Tom motive),粗秽而不淫秽,尚是古典作风也。书中于医生之诡道欺世,极反复嘲讽之能事,有云:"兄弟二人皆行医,各有一梦,甚为扫兴。兄梦官厅颁布法令,凡医生未将病人治愈,不得索取诊费。弟梦官厅颁布法令,凡病人死于医手者,其出殡下葬时,该医须着服带孝,尽哀往送"(Il est ordonné que les médecins mèneront le deuil à l'enterrement de tous les malades qui mourront entre leurs mains)。按后一事吾国底下书中亦有类似者。《广笑府》卷三云:"一庸医不依本方,误用药饵,因而致死病者。病家责令医人妻子唱挽歌舁柩出殡,庸医唱曰:'祖公三代做太医,呵呵咳!'其妻曰:'丈夫做事连累妻,呵呵咳!'幼子曰:'无奈亡灵十分重,呵呵咳!'长子曰:'以后只拣瘦的医,呵呵咳!'"《缀白裘》十二集卷四《幽闺记·请医》出中翁医生自言医死了人,本须告官,经人劝解,乃由医生出资买棺入殓烧化;又叫不起人来扛棺材,乃与其妻、儿、儿媳四人同扛,联句唱《蒿里歌》:"我就第一个来哉:'我做郎中命运低,蒿里又蒿里。'我里老家主婆来哉:'你医死了人儿连累着妻,蒿里又蒿里。'吓猜我里个强种拿个扛棒得来,对了地下一甩,说道:'吓医杀子胖个扛不动,蒿里又蒿里。'我里儿媳好,孝顺得极,走得来,对子我深深一福,倒说道:'公爹,从今只拣瘦人医,蒿里又蒿里。'"施惠《幽闺记》原本第二十五出《抱恙离鸾》虽亦有插科打诨,初无此节。买棺扛棺,尽属医生之责,较之带孝送葬,更为谑而虐矣。

《跛足魔鬼》又一节载,一少年子爵夫人失眠六夜,医为处方,夫人嗤之,谓只须阅一名作家之书,开卷而病愈矣(Je suis persuadée qu'en l'ouvrant seulement je me guérirai de mon insomnie);因命人至藏书楼取阿才罗(Azero)书新译本至,展读不及三页,已沉酣入黑甜乡。按孟德斯鸠《鱼雁发微》(*Lettres Persanes*)第一百四十三函托为乡下医生致巴黎医生之信,略谓乡间有人,失眠三十五日,医命服鸦片,此人不肯,请一设书肆者至,问肆中倘有无人过问之宗教书否(quelque livre de dévotion que vous n'ayez pas pu vendre);医悟其意,因为另处方剂,药味为亚理士多德《论理学》原文三页,泼洛丁尼斯六书九章如数(Trois feuilles de la logique d'Aristote en grec, autant de Plotin)等等,病果霍然。二事用意全同。梁元帝《金楼子》卷六《杂记篇》十三上云:"有人读书,握卷而辄睡者。梁朝有名士呼书卷为'黄奶',此盖见其美神养性如奶媪也。"不以书为安神之药,而以书为拍唱催眠之乳母,立譬更奇。余见美国教授史奈特(E. D. Snyder)《催眠诗论》(*Hypnotic Poetry*),谓诗之意义浮泛,音节平和,多重复词句者,具有催眠之功能,例如丁尼生(Tennyson)之 Break, Break, Break,坡(Poe)之 Annabel Lee;剖析甚详。夫陈琳之檄,可愈头风,杜甫之诗,能驱疟鬼;若美神养性,催眠引睡,则书籍亦患怔忡者对症之药。当有继张燕公《钱本草》、慧日雅禅师《禅本草》而作《书本草》者。

《跛足魔鬼》又一节写一老而风骚之女人临睡时,先将头发、睫毛、牙齿脱下置化妆桌上;一老而风流之男人将目睛、须髭、头发皆取下而后上床;又一风骚女人,身材苗条可爱,实则其颈与臀皆假造者，尝至礼拜堂听说教，至将伪臀遗失堂中（Elle laissa tomber ses fesses dans l'auditoire）。按所谓伪臀（hanches artificielles），即英国十六世纪戏剧中之臀卷（Bum-rolls）；伪睫毛、伪眉毛皆以鼠毛为之，观斯蒂尔（Richard Steele）喜剧《温柔丈夫》（*Tender Husband*）可知；伪发则以马毛为之，上涂猪油或白粉，有重至十余磅者。

《十日谈》（*Decameron*）第三日第二故事写一圉者通王后，出宫返卧，王迹之至众圉寝处，暗中摸索，不知谁为通于后者，因遍扪诸人心，觉此圉心怦怦然异于常，罪人果得。按西方古医书有所谓"情人脉博"（pulsus amatorius）者，跳跃不均（amor facit inaequales, inordinatos）；欲究其人有无恋爱或奸情，但把脉可知。尝有医生为妇人治病，一日把脉，遂知此妇已于己有情，详见勃登（Robert Burton）《忧郁分析》（*Anatomy of Melancholy*）第三部第三节第三分所引史脱勒昔乌斯（Josephus Struthius）书。此法不知今尚传否？又第九日第三故事，愚夫楷浪特里诺（Calandrino）自信有孕，惊惶失措，谓其妻曰："我怎样生得下肚里的孩子？这孽障找什么路出来？"按《西游记》第五十三回猪八戒误饮子母河水，哼道："爷爷呀！要生孩子，我们却是男身，那里开得产门？如何脱得出来！"口吻逼肖。

（原载《新语》第四、五期，一九四五年十一月十七日、十二月二日）

小说识小续

去年秋,傅怒安先生编《新语》,索稿无以应,刺取劄记中涉稗官者二十许事报命。郑西谛先生见而谬赏,属其继录。聊复爬梳得数十事,自附于不贤之义云尔。

冯梦龙《广笑府》卷一一则略云:"或人命其子曰:'尔一言一动皆当效师所为。'子领命。侍食于师。师食亦食,师饮亦饮;师嚏,生不能强为,乃揖而谢曰:'吾师此等妙处,其实难学也!'"按谢在杭《文海披沙》卷四尝论诙谐每有所本,例如东方朔窃饮汉武帝不死酒即中射之士夺食楚王不死之药事;麦西乌斯(Brander Matthews)《笔墨集》(*Pen and Ink*)有《诙谐谱牒》(*On the Antiquity of Jests*)一文,亦谓当为笑话造谱牒,究其遗传演变之迹(genesis)。冯氏此则,即脱胎换骨之一例。《法苑珠林》卷六十六引《百喻经》云:"昔有一人,欲得王意,问余人言,云何得之?有人语言,若欲得意,汝当效之。此人见王眼瞤,便效王瞤,王问之言,汝为病耶?为着风耶?何以眼瞤?其人答王,我不病眼,亦不着风,欲得王意,见王眼瞤,故效王也。王闻是语,即大瞋恚,使人加害。"洪文敏《容斋续笔》卷十五云:"杨愿善佞,动作悉效秦桧,桧尝因喷嚏失笑,愿于仓卒间亦佯喷饭而笑,左右皆哂,桧察其奉己愈喜。"杨愿殆即或人之子而尽其师之道者乎？又按吾国文中"笑""笑话"等字，西方近代心理学家每取以为分析幽默之资。伊斯脱门（Max Eastman）《幽默论》（*The Sense of Humor*）第八十六页、第二百四十六页说诙谐不必为嘲讽，即引"笑话"（smile talk）作证。格来格（J. Y. T. Greig）《笑剧心理学》（*The Psychology of Laughter and Comedy*）第二十四页谓吾国"笑"字一拼音 Hsiao 中，人类四种笑声已含其三：嘻嘻（i），哈哈（a），呵呵（o）。皆可谓妙手偶得，非通人不能道。足与太特（Tarde）《模仿论》（*Les Lois de l'imitation*）第二百六十九页说"老兄"，尼采《超善恶论》（*Jenseits von Gut und Boese*）第二百六十七节说"小心"，并传不刊。今人治中西文物沟通史者，均未留意及此等处。

吾国旧小说巨构中，《儒林外史》蹈袭依傍处最多，兹举数事为例，已见有人拈出者，则不复也。杜慎卿访来霞士事，本之朱国桢《涌幢小品》卷三，或言出《坚瓠集》，未确。此类考索小朱，亦从略云。

第七回陈和甫讲李梦阳扶乩："那乩半日也不动，后来忽然大动起来，写了一首诗，后头两句说道：'梦到江南省宗庙，不知谁是旧京人！'又如飞写了几个字道：'朕乃建文皇帝是也。'"按周草窗《齐东野语》云："李知父云：向尝于贵家观降仙，扣其姓名，不答。忽作薛稷体，大书一诗云：'猩袍玉带落边尘，几见东风作好春。因过江南省宗庙，眼前谁是旧京人！'捧箕者皆惊散，知为渊圣（宋钦宗）之灵。"《外史》以此为蓝本也。

第十三回马二先生与蘧公孙论作八股文道："古人说得好：

'作文之心如人目',凡人目中,尘土屑固不可有,即金玉屑又是着得的么?"按以目喻文,始于王仲任《论衡》。《佚文篇》曰:"鸿文在国,圣世之验。孟子相人,以眸子焉,心清则眸子瞭。瞭者,目文瞭也。"《自纪篇》语略同。《传灯录》卷七白居易问惟宽禅师云:"垢即不可念,净无念可乎?"师答:"如人眼睛上,一物不可住;金屑虽珍宝,在眼亦有病。"施愚山《蠖斋诗话》驳东坡论孟襄阳云:"古人诗入三昧,更无从堆垛学问,正如眼中着不得金屑。"马二先生之言,实从此出。范肯堂《再与义门论文设譬》七律前半首云:"双眸炯炯如秋水,持比文章理最工。粪土尘沙不教入,金泥玉屑也难容。"则又本之《儒林外史》矣。

《儒林外史》第十四回马二先生游西湖,"到城隍山一名吴山,进片石居,见几个人围一张桌子请仙。一个人道:'请了一个才女来了!'马二先生暗笑。又一会说道:'可是李清照?'又说道:'可是苏若兰?'又听得拍手道:'原来是朱淑贞!'"按陆次云《湖壖杂记》"片石居"一条略云:"顺治辛卯,有云间客扶乩于片石居。一士以休咎问,乩曰:'非余所知。'问:'仙来何处?'书曰:'儿家原住古钱塘,曾有诗编号断肠。'士问:'仙为何氏?'书曰:'犹传小字在词场。'士曰:'仙得非苏小小乎?'书曰:'漫把若兰方淑女——'士曰:'然则李易安乎?'书曰:'须知清照异真娘,朱颜说与任君详。'士方悟为朱淑贞。"《外史》全本此。

第七回蘧景玉道:"数年前有一位老先生,点了四川学差,在何景明先生寓处吃酒。景明先生醉后大声道:'四川如苏轼的文章,是该考六等的了。'这位老先生记在心里,到后典了三年学差回来,会见何老先生,说:'学生在四川三年,到处细查,并不见苏轼来考,想是临场规避了。'"按钱牧斋《历朝诗集》丁集六汪道昆传有云:"广陵陆弼记一事云:'嘉靖间,汪伯玉以襄阳守迁臬副,丹阳姜宝以翰林提学四川,道经楚省,会饮于黄鹤楼。伯玉举杯大言曰:蜀人如苏轼者,文章一字不通!此等秀才,当以劣等处之。后数日会饯,伯玉又大言如初。姜笑而应之曰:访问蜀中胥吏,秀才中并无此人,想是临考畏避耳。'"周栎园《书影》所载有明文人轶事,皆本之《历朝诗集》,此则亦在采摭中。《外史》蹈袭之迹显然。

第四十六回沈琼枝追荐亡夫宋为富,请天师作水陆大会,带着小儿子——即琼花观和尚所传佛种——跪在坛前,忽见法官口里喝道:"何方妖僧敢冒血食?"但见那日浴堂里来的和尚,正与亡夫为富争取血食。按严铁桥《全后汉文》卷三十八辑应劭《风俗通》佚文一则云:"汝南周霸字翁仲,妇于乳舍生女自毒,时屠妇比卧得男,因相与私货,易裨钱数万。后翁仲为北海相,吏周光能见鬼,使还致敬于本郡县,因告光曰:'事讫,可与小儿俱上冢。'到于冢上,郎君沃酹,主簿俯伏在后,但见屠者弊衣螺结,踞神座,持刀割肉;有五时衣带青墨绶数人,彷徨不敢来前……凡有子者,欲以承先祖,先祖不享血食。"此则辑自《意林》及《御览》三百六十一又八百八十三。《外史》所本也。

《外史》中其他承袭处如:杨执中绝句乃《辍耕录》载吕思诚《戏作》下半首,杨执中室联乃《随园诗话》载鲁亮侪联(《阅微草堂笔记》载此联而下联不同,谓是张晴岚门联;《樗园销夏录》谓是钱箨石门联),杜慎卿隔屋闻女人臭气乃《周书》卷四十八萧詧语,杜慎卿访来霞士事本之《枣林杂俎》,张铁臂存猪头事本之《桂苑丛谈》,不待觊缕。据德国人许戴泼林格(Stemplinger)所著书(*Das Plagiat in der griechischen Literatur*),古希腊时论文,已追究蹈袭。麦格罗弼士(Macrobius)《冬夜谈》(*Saturnalia*)中有二卷专论桓吉尔剽窃古人处(Furta Vergiliana)。近世比较文学大盛,"渊源学"(chronology)更卓尔自成门类。虽每失之琐屑,而有裨于作者与评者皆不浅。作者玩古人之点铁成金,脱胎换骨,会心不远,往往悟入,未始非他山之助。评者观古人依傍沿袭之多少,可以论定其才力之大小,意匠之为因为创。近人论吴敬梓者,颇多过情之誉;余故发凡引绪,以资谈艺者之参考。

董若雨《西游补》后识语有所谓《续西游记》者,未之见也。去年秋,周君煦良得之于扬州冷摊,遂获寓目,果有灵虚子、比丘僧等角色。书叙唐僧取经后自西天佛国返大唐事宜,名曰《东归记》。大旨为:孙行者西游取经时,多谋善变,机心太重,心生一切魔生,故归途遇种种妖怪;唐僧与八戒偶不降伏自心,变幻亦随;金箍棒、钉钯、宝杖皆收缴佛库,三众赤手空拳,幸有灵虚子、比丘僧奉佛命暗中保护,得以化险为夷。都一百回。意在力矫前书,文笔尚达,言亦成理,然正经板滞,生气全无。盖不知小说家言荒唐悠谬之趣,而必欲科之以佛说,折之以禅机,已是法执理障,死在句下,真痴人前说不得梦矣。妖怪多蠹鱼精、蛙精、狮毛精之类,么么已甚;皆归化佛法,无一被杀者,殊不痛快。行者本领,大逊前《记》,毫毛拔下,须近身方能收回;八戒神通,则远胜于昔,亦能拔毛变化。第十四回妖精与八戒争斗,妖精以流星锤打八戒肩脊,八戒忙使出个磁石吸铁法术,把那刚鬣变了磁石,将那妖精铁锤紧紧吸住。此尤异想天开,从来小说中写比武斗法所无也。穿插处亦偶有比美前《记》者,如九十七回云:"八戒听得老道夸奖好相貌,便扭头捏颈,装娇做媚起来,说道:'不敢欺老师父,我老猪还不曾洗脸包唐巾哩,若梳洗了还好看。'"九十回一节略云:"行者打妖精一掌,妖精大怒。行者曰:'此中有奥理,这打你叫做不打你;若是我方才不打你这一掌,乃叫做打你。'妖魔个个请教禅机;行者曰:'譬如你们到宝林寺中,住持众僧问你可是真唐僧,你道是真的,那住持众僧定指你为假;你若说是假的,那住持众僧方信你是真。'妖魔听了,各相笑曰:'原来禅机微妙,颠倒倒颠。'后来八戒知道此事,打行者一巴掌道:'正是不打他。'"按此乃宋明以来嘲禅呵佛者之惯谑,如《笑禅录》笑《金刚经》"有我者即是非我"一句,则举僧见秀才不为礼曰:"不起是起";秀才以扇击僧头曰:"打是不打。"笔记、笑林转辗相袭,而以余所知,盖实有其事。北宋张文潜《明道杂志》云:"殿中丞邱浚,多言人也。尝在杭谒珊禅师,师见之殊傲。俄顷,有州将子弟来谒,珊降阶接,礼甚恭。浚不能平,子弟退,乃问珊曰:'和尚接浚甚傲,而接州将子弟乃尔恭耶?'珊曰:'接是不接,不接是接。'浚勃然起,捆珊数下,乃徐曰:'和尚莫怪:打是不打,不打是打。'"此殆俗谑之所昉也。《传灯录》卷十载侍者问赵州:"和尚见大王来,不下禅床,今日军将来,为什么下?"赵州云:"第一等人来,禅床上接;中等人来,下禅床接;末等人来,三门外接。"珊禅师者,亦昧于赵州门风,不善应对者矣！妖魔所谓"禅机颠倒倒颠"，即南宗禅"参话头"心法；《六祖坛经·付嘱》第十云："出语尽双，皆取对法；问有以无对，问无以有对，二道相因，生中道义。"一切神秘思维，无不沿此途径。西洋神秘主义大宗师泼洛丁纳斯（Plotinus）即云："言即云无，有即不言"（Nous disons ce qu'il n'est pas; et ce qu'il est, nous ne le disons pas）（见 Enneads Ⅴ, iii, 13—14；参观同书Ⅲ, i, Ⅹ, 3, 据 E. Brehier 希腊文法文对照本）。斯宾诺至定规律云："肯定即否决"（Omnis det ermiu atioest negatio）。黑智尔之辩证历程以有立无，由正生反，亦借神秘经验为思维法则；William James: *Varieties of Religious Experience* p. 389、p. 417，又 Ed. Spranger: *Lebensformen* S. 252—253，说此甚明。与六祖所谓"二道相因，生中道义"，无乎不同，均可以"打是不打"一语嘲之。

斐尔亭（Fielding）小说《汤姆·琼斯传》（*History of Tom Jones*）卷六第一章详说恋爱心理，圣茨伯雷先生（George Saintsbury）颇叹赏之。中一节云："世人通常所云爱情，实乃对嫩白人肉之饕餮食欲，宜名曰'馋饿'，不得谓为恋爱（The desire of satisfying a voracious appetite wish a certain quantity of delicate white human flesh is more properly hunger than love）。贪口腹之人不讳言心'爱'某菜，此种好色之徒亦可曰'饿'而欲吃某女人。"按此节议论虽妙，莎士比亚已先发之。《圣诞后第十二夜》（*Twelfth Night*）第二幕第四景公爵云："彼等之爱情仅可谓为胃口（their love may be call'd appetite），非出于肝（liver），而出于舌（palate），过饱而厌，由厌而呕。吾之爱情如海之饿而无不容，吞而无不消

(as hungry as the sea and can digest as much)"。不曰"出于心"而曰"出于肝"者,西洋古代以肝为主爱情,犹中国古代之以肝为主愤怒,古英文之"肝火"(liver burning hot)正吾国新作家所谓"心里燃烧着爱情的烈焰"也。勃洛黑(I. Bloch)名著《近世恋爱生活》(*Das Sexualleben unserer Zeit*)第十二版第三十五页谓为相爱而欲"一口水吞下去"(Liebe zu essen)。真有其事,往往至于啮情人之肉而生啖之(tatsächlich anbiβ und zu verspeisen anfing)。因举一近例为证。足见莎士比亚、斐尔亭云云,非徒俳色揣称,实为真知灼见。心理学家见事每落文学家之后,可以隅反。孟子有言:"食色性也";今人用"性"字辄专指色而言,岂世风不古,今人天性不吃饭而只好色乎?盖食色相通,心同此理,语言流露,有不自觉者。小说剧本中常语如"秀色可餐","禁脔","恨不得一口水吞了他","蜜月","甜甜蜜蜜","吃醋","好块肥肉,落在狗嘴里",诸若此类,莫非取譬于口腹,西洋成语亦无不然。法文之 jolie à croquer 即"一口水吞下去";白鲁松(Brousson)《法郎士私记》(*Anatole France en Pantoufles*)载法郎士说"可飨王侯"一语,兼指美女与美馔而言(morceau de roi)。姑以英文为例:美女曰"桃"(peach),丑女曰"柠檬"(lemon),瘦女曰"好肉在骨头边"(The nearer the bone, the better the meat),风骚女曰"辣货"(hot stuff)(指胡椒言),少女曰"鸡雏"(chicken),其他鄙言媟语,未敢多举。雅驯则如韩冬郎香奁诗曰:"蜂偷崖蜜初尝处,莺啄含桃欲咽时";犷直则如《二十年目睹之怪现状》第三回曰:"又是黄鱼,又是野鸡,倒是两件好吃东西。"《广笑府》卷五载好色者曰:"不惟可当饭,并可代酒";恋爱之时,往往"茶饭无心",亦见苟心中有人,腹中可以无物,诚凶年节食之妙法。今人言"性"字,撇去饮食,确有心理根据,未可厚非。

《聊斋志异》卷四"齐天大圣"条谓八闽有孙悟空祠,香火甚盛。有慢者必遭神罚。向谓蒲留仙荒唐之言。后读梁玉绳《清白士集·瞥记》卷六云:"应城程拳时(名大中)《在山堂集》有《蕲州毁悟空像记》,其略云:'蕲俗以六月某日赛二郎神,神一人前导,山民呼"行者",则元人小说所载孙悟空也。是日蕲人无远近皆来就观;辍市肆,肃衣冠,立于门,出只鸡百钱为寿,必称命于行者,以至于神。一不予则行者机变,举动趫捷若生,击人屋瓦器皿,应手皆碎,甚则人受其咎。乾隆甲戌,州牧钱侯闻其事,悉取像焚之。'"则真有铸像以事者。

巴尔札克之《放诞故事》于其著作中为别调,然奇情异想,有突过《十日谈》者。第四篇《路易十一之恶作剧》中记诸朝臣饮食过饱,肠胃胀闷,天颜咫尺,不敢造次,一主教腹鼓鼓不能忍,口中噫气,自知失仪,恨不能在德国。当时德国,风俗朴野,每为先进邻邦所笑,如呼手指为"德国人之发梳",虾蟆为"德国人之黄莺"等等。然巴尔札克此节,却非讥切德国朝仪粗犷,乃指德文而言,故下文云:"路易闻此肠胃语言。"肠胃语言即噫气,意谓德文音吐刺耳可憎,有同此声。吾国俗人形容西洋人讲话,辄曰"叽哩咕噜",而形容饥肠雷鸣或过饱腹中作声——英文俗语所谓者——曰"咕噜咕噜",亦无形中以西洋语比之肠胃语言也。巴尔札克此书文笔力仿拉白莱。余按《巨人世家》第二卷第九章件件能以英、德、意等十三种语言自述生平,一闻者云:"我相信德国人是这样讲话的。假使上帝允许,我们也可以教大肠这样讲话。"乃巴尔札克此节注解。法国人至今有语云:"英国人说话如鸟叫,意大利人说话如唱歌,德国人说话如呕吐,只有法国人说话是说话。""呕吐"二字,刻划尽致,亦即肠胃语言之引申也。色格尔女士小说《野草梅》中法国女教师论英文为鸟语而德文为马语。近代法文伪语又以说德文为"切干草"。又是马,又是干草,说德文者岂不成"马啮枯萁喧午枕"乎?中世纪以还,大魔术家如浮士德辈,皆德国人,故英国古代以德国为召神、捉鬼、炼丹、点金之龙虎山,观彭琼生剧本如《狐狸精》第二幕第一景,《扑朔迷离》第四幕第二景,《点铁成金》第二幕第一景,可见一斑。一切荒诞神奇之说,辄托言"译自德文"。德文盖与念念有词之禁咒同功,等于"唵嘛呢叭咪吽",可以捉妖请鬼,例如弗兰邱《逆旅少女》第四幕第二景问答有云:"请问用什么语言来召请魔鬼呢?——我想德文最好,说起来嘴里满满的。"十九世纪,德国文学卓然自立,海涅友人蒲尔纳夸张德国语言以为天下无比,至云:"英国人卷舌,法国人利嘴,西班牙人喉间转,意大利人舌头花,只有德国人真是讲话。"用字不甚贴切,而矜狂之概,亦殊不可一世。

萧子显《南齐书》卷五十四《顾欢传论》扬搉九流三教,讥墨家以自苦为极,有云:"肤同断瓠,目如井星。"下句谓容颜枯瘠,目睛深陷眶中也,描画甚妙。按佛罗贝《圣安东尼之诱惑》(*La Tentation de Saint Antoine*)中释迦牟尼自语云:"我双目深陷眶中,如井底之星。"（Mes yeux rentrés dans les orbites semblaient des étoiles aperçues au fond d'un puits），亦指其戒严行苦,躯面癯削。与萧子显语,若吻符节。余尝以此事质之李君健吾,渠亦叹为巧合。《瑜珈师地论》卷四十九记如来三十二丈夫相八十随好,初非伛儇如饿丐者,则佛罗贝不之知矣。

《野叟曝言》中刻划人情世故,偶有佳处,写贱妇人口吻,亦能逼真,而事迹中破绽不少,如卫圣功何以迄无交代,文素臣既深恶和尚何以借居昭庆寺,素娥精通医药何至误服补天丸,李四嫂为连成画策诱石璇姑,何以计不及此。第六十八回李又全诸姬妾所讲笑话多有所本,第三妾所讲较雅驯,云:"一个道学先生父子俩人种莺粟花,人合他说,撒种时要说村话,不说村话,就开不盛。父子俩人都道:'这个容易。'那老子一面撒种,一面说道:'夫妇之道,人伦之本。'那儿子也撒种道:'家父已经上达。'"按宋僧文莹《湘山野录》云:"冲晦处士李退夫作事矫怪,携一子游京师,居北郊别墅,带经灌园。一日老圃请撒园荽;俗传撒此物,须主人口颂秽语播之则茂。退夫固矜纯节,执菜子于手,撒之,但低声密诵曰'夫妇之道,人伦之始'云云,不绝于口。夫何客至,不能迄事,戒其子使毕之。其子尤矫于父,执余子咒之曰:'大人已曾上闻。'皇祐中,馆阁以为雅戏;凡曰澹话清谈,则曰'宜撒园荽一巡。'"《曝言》一节全本此。

以作《福尔摩斯探案》得名之柯南道尔晚年曾撰回忆录（*Memories and Adventures*），颇资考订。中间极称王尔德之妙于辞令,能即席讲故事,尤叹赏所讲一魔鬼故事,略云:"魔鬼一日游行至非洲大沙漠,见诸小鬼方诱惑一修道隐士。此隐士尘根清净,超凡入圣;诸小鬼竭变幻试探之能,而隐士如死灰槁木,了不为动。魔鬼笑曰:'此易事耳',趋前与隐士耳语曰:'君之兄弟新任为亚历山大城主教矣'(Your brother has just been made bishop of Alexandria)。语未毕,隐士愤嫉之色见于面。"设想甚妙,盖学道者于声色货利等嗜欲尚易解脱,惟好名好胜好计较之心最难铲除;柏拉图所谓"名心乃人临死最后脱去之衣服"(见 Athenaeus: *Deipnosophists*, bk. xi sect, 116)。近人李益君(Philip Leon)大作《权力伦理学》(*Ethics of Power*)论圣贤豪杰愈无私心(egoism),愈有我执(egotism),皆此意也。然王尔德实有所本。迦耐脱(Richard Garnett)短篇小说集(*The Twilight of the Gods*)《诗人选举》(*The Poet of Panopolis*)一篇中有云:"魔鬼曰:'此等小鬼乃吾学生,于引诱之技术,尚未到家。此老汉目不别美丑而欲以美色动之,口不辨酸咸而欲以美味动之,不识钱为何物而欲炫之以金银,不知学问为何事而欲夸之以书卷,皆慎也。吾出一语即能使之勃然作色而兴。'乃耳语曰:'农纳斯将为君故乡主教矣'(Nonnus is to be bishop of Panopolis),隐士妒恨之色见于面。"王尔德著作好蹈袭同时人,霍斯门(Laurence Houseman)自传(*The Unexpected Years*)即记王尔德尝面称其小说(*The Green Gaffer*)中写炊烟一句而袭取之,口语假借更不必论矣。

(原载《联合晚报》一九四六年四月十七日,
五月二、九、二十三日,六月七、二十一日)

谈中国诗[①]

　　翻译者的艺术曾被比于做媒者的刁滑,因为他把作者的美丽半遮半露来引起你读原文的欲望。这个譬喻可以移用在一个演讲外国文学者的身上。他也只是个撮合的媒人,希望能够造就莎士比亚所谓真心灵的结婚。他又像在语言的大宴会上偷尝了些残羹冷炙,出来向听众夸张这筵席的丰盛,说:"你们也有机会饱尝异味,只要你们肯努力去克服这巴贝尔塔的咒诅(The curse of the Babel)。"

　　诸位全知道《创世记》里这只有名的故事。人类想建筑一个吻云刺天的高塔,而上帝呢,他不愿意贵国纽约的摩天楼给那些蛮子抢先造了,所以咒诅到人类语言彼此扞格不通,无法合作。这个咒诅影响于文学最大。旁的艺术是超越国界的,它们所用的材料有普遍性,颜色、线条、音调都可以走遍世界各国而不须翻译。最寡陋的中国人会爱听外国音乐;最土气的外国人会收藏中国绘画和塑像。也许他们的鉴别并不到家,可是他们的快感是真正的。只有文学最深闭固拒,不肯把它的秘密逢人便告。

[①] 一九四五年十二月六日在上海美军俱乐部讲稿节译。——本书编者注

某一种语言里产生的文学就给那语言限止了，封锁了。某一国的文学对于外国人总是本禁书，除非他精通该国语言。翻译只像开水煮过的杨梅，不够味道。当然意大利大诗人贝德拉克（Petrarch）不懂希腊文而酷爱希腊文学，宝藏着一本原文的《荷马史诗》，玩古董也似的摩挲鉴赏。不过，有多少人会学他呢？

不幸得很，在一切死的、活的、还没生出来的语言里，中国文怕是最难的。这也许可以解释为什么中国从事文化工作的人里，文理不通者还那样多。至少中文是难到拒人于千里之外的程度。有位批评家说，专学外国语言而不研究外国文学，好比向千金小姐求婚的人，结果只跟丫头勾搭上了。中文可不是这样轻贱的小蹄子。毋宁说它像十八世纪戏剧里所描写的西班牙式老保姆（duenna），她紧紧地看管着小姐，一脸的难说话，把她的具有电气冰箱效力的严冷，吓退了那些浮浪的求婚少年，让我从高谛爱（Gautier）的中篇小说（*Fortunio*）里举个例子来证明中文的难学。有一个风骚绝世的巴黎女郎在她爱人的口袋里偷到一封中国公主给他的情书，便马不停蹄地坐车拜访法兰西学院的汉学教授，请他翻译。那位学者把这张纸颠倒纵横地看，秃头顶上的汗珠像清晨圣彼得教堂圆顶上的露水，最后道歉说："中文共有八万个字，我到现在只认识四万字；这封信上的字恰在我没有认识的四万字里面的。小姐，你另请高明罢。"说也奇怪，在十七世纪，偏有个名叫约翰·韦伯（John Webb）的英国人，花了不少心思和气力，要证实中文是人类原始的语言。可是中文里并没有亚当跟夏娃在天堂里所讲体己话的记录。

中国文学跟英美人好像有上天注定的姻缘,只就诗歌而论,这句话更可以成立。假使我的考据没有错;西洋文学批评里最早的中国诗讨论,见于一五八九年出版的泼德能(George Puttenham)所撰《诗学》(Arte of Poesie)。泼德能在当时英国文坛颇负声望,他从一个到过远东的意大利朋友那里知道中国诗押韵,篇幅简短,并且可安排成种种图案形。他还译了两首中国的宝塔形诗作例,每句添一字的宝塔形在译文里也保持着——这不能不算是奇迹。在现代呢,贵国的庞特(Ezra Pound)先生大胆地把翻译和创作融贯,根据中国诗的蓝本来写他自己的篇什,例如他的《契丹集》(Cathay)。更妙的是,第一首译成中文的西洋近代诗是首美国诗——朗法罗的《人生之歌》(A Psalm of Life)。这当然不是西洋诗的好样品,可是最高尚的人物和东西是不容易出口的,有朗法罗那样,已经算够体面了。这首《人生之歌》先由英国公使威妥玛译为中国散文,然后由中国尚书董恂据每章写成七绝一首,两种译本在《蕉轩随录》第十二卷里就看得见。所以远在 ABC 国家军事同盟之前,文艺女神早借一首小诗把中国人、美国人、英国人联络在一起了。

什么是中国诗的一般印象呢?发这个问题的人一定是位外国读者,或者是位能欣赏外国诗的中国读者。一个只读中国诗的人决不会发生这个问题。他能辨别,他不能这样笼罩地概括。他要把每个诗人的特殊、个独的美一一分辨出来。具有文学良心和鉴别力的人像严正的科学家一样,避免泛论、概论这类高帽子空头大话。他会牢记诗人勃莱克(Blake)的快语:"作概论就是傻瓜"(To generalise is to be an idiot)。假如一位只会欣赏本国诗的人要作概论,他至多就本国诗本身分成宗派或时期而说明彼此的特点。他不能对整个本国诗远眺,因为他没法"超其像外,得于环中",有居高临远的观点(Pisgah view)。因此,说起中国诗的一般印象,意中就有外国人和外国诗在。这立场是比较文学的。

据有几个文学史家的意见,诗的发展是先有史诗,次有戏剧诗,最后有抒情诗。中国诗可不然。中国没有史诗,中国人缺乏伏尔泰所谓"史诗头脑"(tête épique),中国最好的戏剧诗,产生远在最完美的抒情诗以后。纯粹的抒情,诗的精髓和峰极,在中国诗里出现得异常之早。所以,中国诗是早熟的。早熟的代价是早衰。中国诗一蹴而至崇高的境界,以后就缺乏变化,而且逐渐腐化。这种现象在中国文化里数见不鲜。譬如中国绘画里。客观写真的技术还未发达,而早已有"印象派"、"后印象派"那种"纯粹画"的作风;中国的逻辑极为简陋,而辩证法的周到,足使黑智尔羡妒。中国人的心地里,没有地心吸力那会事,一跳就高升上去。梵文的《百譬喻经》说一个印度愚人要住三层楼而不许匠人造底下两层,中国的艺术和思想体构,往往是飘飘凌云的空中楼阁,这因为中国人聪明,流毒无穷地聪明。

贵国爱伦·坡(Poe)主张诗的篇幅愈短愈妙,"长诗"这个名称压根儿是自相矛盾,最长的诗不能需要半点钟以上的阅览。他不懂中文,太可惜了。中国诗是文艺欣赏里的闪电战,平均不过二三分钟。比了西洋的中篇诗,中国长诗也只是声韵里面的轻燕剪掠(short swallow flights of song)。当然，一篇诗里不许一字两次押韵的禁律限止了中国诗的篇幅。可是，假如鞋子形成了脚，脚也形成了鞋子；诗体也许正是诗心的产物，适配诗心的需要。比着西洋的诗人，中国诗人只能算是樱桃核跟二寸象牙方块的雕刻者。不过，简短的诗可以有悠远的意味，收缩并不妨碍延长，仿佛我们要看得远些，每把眉眼颦蹙。外国的短诗贵乎尖刻斩截(epigrammatic point)。中国诗人要使你从"易尽"里望见了"无垠"(make the infinitesimal a window on the infinite)。一位中国诗人说："言有尽而意无穷"；另一位诗人说："状难写之景，如在目前；含不尽之意，见于言外"，用最精细确定的形式来逗出不可名言、难于凑泊的境界，恰符合魏尔兰(Verlaine)论诗的条件：

　　那灰色的歌曲，

　　空泛联接着确切。

　　这就是一般西洋读者所认为中国诗的特征：富于暗示。我愿意换个说法，说这是一种怀孕的静默。说出来的话比不上不说出来的话，只影射着说不出来的话。济慈(Keats)名句所谓：

　　听得见的音乐真美，但那听不见的更美。

我们的诗人也说："此时无声胜有声"，又说："解识无声弦指妙。"有时候，他引诱你到语言文字的穷边极际，下面是深秘的静默："此中有真意，欲辩已忘言"，"淡然离言说，悟悦心自足"。有时他不了了之，引得你遥思远怅："美人卷珠帘，深坐颦蛾眉；但见泪痕湿，不知心恨谁"；"松下问童子，言师采药去。只在此山中，云深不知处"。这"不知"得多撩人！中国诗用疑问语气做结束的,比我所知道的西洋任何一国诗来得多,这是极耐寻味的事实。试举一个很普通的例子。西洋中世纪拉丁诗里有个"何处是"(ubisunt)的公式,来慨叹死亡的不饶恕人。英、法、德、意、俄、捷克各国诗都利用过这个公式,而最妙的,莫如维荣(Villon)的《古美人歌》(*Ballade des Dames du Jadis*):每一节先问何处是西洋的西施、南威或王昭君、杨贵妃,然后结句道:

可是何处是去年的雪呢?

巧得很,中国诗里这个公式的应用最多,例如:"壮士皆死尽,余人安在哉";"阁中帝子今何在,槛外长江空自流";"今年花落颜色改,明年花开人谁在";"同来玩月人何在,风景依稀似去年";"春去也,人何处;人去也,春何处"。莎士比亚的《第十二夜》(*Twelfth Night*)里的公爵也许要说:

够了,不再有了。

就是有也不像从前那样美了。

中国诗人呢,他们都像拜伦《哀希腊》般的问:

他们在何处?你在何处?

问而不答,以问为答,给你一个回肠荡气的没有下落,吞言咽理的没有下文。余下的,像韩立德(Hamlet)临死所说,余下的只是静默——深挚于涕泪和叹息的静默。

因此,新式西洋标点往往不适合我们的旧诗词。标点增加文句的清楚,可是也会使流动的变成冻凝,连贯的变成破碎,一个复杂错综的心理表现每为标点所逼,戴上简单的面具,标点所能给予诗文的清楚常是一种卑鄙贫薄的清楚(beleidigende Klarheit),妨碍着霍夫孟许戴儿(Hofmannsthal)所谓:

  背景烘衬的大艺术,跟烛影暗摇的神秘。

  它会给予朦胧萌拆的一团以矫揉造作的肯定和鲜明,剥夺了读者们玩索想像的奢侈。所以近代西洋作者像乔哀斯(Joyce)和克敏斯(Cummings)都在诗文里放弃传统标点。我们自己写作时,也每踌躇于"?"和"!"之间,结果只好两用:"?!"。白拉姆(Aleanterre Brahm)还提议在感叹疑问之外,添个正言若反的微词婉讽号:" ⸘ ",标点中国诗的人每觉得"!"号、"?"号和"——"号该混合在一起用,否则达不出这混沌含融的心理格式(Gestalt)。譬如:"流水落花春去也,天上人间";这结句可以有三个解释,三种点法,而事实上这三个意义融而未明地同时存在于读者意识里,成为一种星云状态似的美感。

  西洋读者也觉得中国诗笔力轻淡,词气安和。我们也有厚重的诗,给情感、思想和典故压得腰弯背断。可是中国诗的"比重"确低于西洋诗;好比蛛丝网之于钢丝网。西洋诗的音调像乐队合奏(Orchestral),而中国诗的音调比较单薄,只像吹着芦管。这跟语言的本质有关,例如法国诗调就比不上英国和德国诗调的雄厚,而英国和德国诗调比了拉丁诗调的沉重,又见得轻了。何况中国古诗人对于叫嚣和呐喊素来视为低品的。我们最豪放的狂歌比了你们的还是斯文;中国诗人狂得不过有凌风出尘的仙意(airyfairy),我造过 aeromantic 一个英文字来指示这种心理。你们的诗人狂起来可了不得! 有拔木转石的兽力(brute force)和惊天动地的神威(divine rage),中国诗绝不是贵国威德门(Whitman)所谓"野蛮犬吠",而是文明人话,并且是谈话,不是演讲,像良心的声音又静又细——但有良心的人全听得见,除非耳朵太听惯了麦克风和无线电或者——

我有意对中国诗的内容忽而不讲。中国诗跟西洋诗在内容上无甚差异;中国社交诗(vers d'occasion)特别多,宗教诗几乎没有,如是而已。譬如田园诗——不是浪漫主义神秘地恋爱自然,而是古典主义的逍遥林下——有人认为是中国诗的特色。不过自从罗马霍瑞斯(Horace)《讽训集》(*Sermones*)卷二第六首以后,跟中国田园诗同一型式的作品,在西洋诗卓然自成风会。又如下面两节诗是公认为洋溢着中国特具的情调的:"采菊东篱下,悠然见南山。山气日夕佳,飞鸟相与还";"众鸟高飞尽,孤云独去闲。相看两不厌,只有敬亭山"。我试举两首极普通的外国诗来比,第一是格雷(Gray)《墓地哀歌》的首节:

晚钟送终了这一天,

牛羊咻咻然徐度原野,

农夫倦步长道回家。

仅余我与暮色平分此世界;

第二是歌德的《有喻》(*Ein Gleiches*):

微风收木末,

群动息山头。

鸟眠静不噪,

我亦欲归休。

口吻情景和陶渊明、李太白相似得令人惊讶。中西诗不但内容常相同,并且作风也往往暗合。斯屈莱茨(Lytton Strachey)就说中国诗的安静使他联想起魏尔兰的作风。我在别处也曾详细说明贵国爱伦·坡的诗法所产生的纯粹诗(poesie pure),我们诗里几千年前早有了。

所以,你们瞧,中国诗并没有特特别别"中国"的地方。中国诗只是诗,它该是诗,比它是"中国的"更重要。好比一个人,不管他是中国人、美国人、英国人,总是人。有种鬈毛凹鼻子的哈吧狗儿,你们叫它"北京狗"(Pekinese),我们叫它"西洋狗",《红楼梦》里的"西洋花点子哈吧狗儿"。这只在西洋就充中国而在中国又算西洋的小畜生,该磨快牙齿,咬那些谈中西本位文化的人。每逢这类人讲到中国文艺或思想的特色等等,我们不可轻信,好比我们不上"本店十大特色"那种商业广告的当一样。中国诗里有所谓"西洋的"品质,西洋诗里也有所谓"中国的"成分。在我们这儿是零碎的、薄弱的,到你们那儿发展得明朗圆满。反过来也是一样。因此,读外国诗每有种他乡忽遇故知的喜悦,会领导你回到本国诗。这事了不足奇。希腊神秘哲学家早说,人生不过是家居,出门,回家。我们一切情感、理智和意志上的追求或企图,不过是灵魂的思家病,想找着一个人,一件事物,一处地位,容许我们的身心在这茫茫漠漠的世界里有个安顿归宿,仿佛病人上了床,浪荡子回到家。出门旅行,目的还是要回家,否则不必牢记着旅途的印象。研究我们的诗准使诸位对本国的诗有更高的领会,正像诸位在中国的小住能增加诸位对本国的爱恋,觉得甜蜜的家乡因远征而添了甜蜜。

附识:关于"无声胜有声"那个境界,陈西禾先生《玛婷》的序文里说得甚妙。关于标点,我曾问过校点唐人诗集极精审的郑西谛先生,他也说确有此感。

(原载《大公报》一九四五年十二月二十六、二十七日)

杂　言

——关于著作的

作品遭人毁骂,我们常能置之不理,说人家误解了我们或根本不了解我们;作品有人赞美,我们无不欣然引为知音。但是赞美很可能跟毁骂一样的盲目,而且往往对作家心理上的影响更坏。因为赞美是无形中的贿赂,没有白受的道理;我们要保持这种不该受的赞美,要常博得这些人的虽不中肯而颇中听的赞美,便不知不觉中迁就迎合,逐渐损失了思想和创作的自主权。有自尊心的人应当对不虞之誉跟求全之毁同样的不屑理会——不过人的虚荣心(vanity)总胜于他的骄傲(pride)。

在斯宾诺沙(Spinoza)的哲学里,"心"跟"物"(matter)是分得清清楚楚的;他给"物"的定义是:只有面积体积(extension)而绝无思想(thought)。许多言之有物的伟大读物都证明了这个定义的正确。

"先把论文哄过自己的先生,然后把讲义哄过自己的学生。"这是我在一部小说里所说的教授。我的老同学和同事们把这个顽笑当了真,纷纷责难,甚至说:"你们学文学的人也许如此,至于我们学历史、考古、社会学、经济等等的人,那都是货真价实,老少无欺,一点儿不含糊的。"我也觉得那句话太过火,需要修正。"先把图书馆的参考书放入自己写的书里,然后把自己写的书列入图书馆的参考书里",这样描写学术的轮回,也许妥当些。

任何大作家的作品,决不能每一部都好,总有些优劣不齐。这当然是句老生常谈,但好像一切老生常谈无人把它挂在心上。我们为某一种作品写得好因而爱好它的作者,这是人之常情。不过,爱上了作者以后,我们每每对他起了偏袒,推爱及于他的全部作品,一股脑儿都认为圣经宝典,催眠得自己丧失了辨别力,甚且不许旁人有选择权。对莎士比亚的 bardolatry 就是个例。这可以算"专家"的职业病(occupational disease),仿佛画师的肚子痛(painter's colic)和女佣的膝盖肿胀(housemaid's knee);专门研究某一家作品或某一时期作品的人,常有这种不分皂白的溺爱。专家有从一而终的贞节,死心塌地的忠实,更如俾士麦所谓,崇拜和倾倒的肌肉特别发达,但是他们说不上文艺鉴赏,正像沙龙的女主人爱好的是艺术家,不是艺术,或影剧迷看中了明星,并非对剧艺真有兴趣。

"文如其人"(le style, c'est l'homme),这话靠不住。许多人作起文来——尤其是政论或硬性的学术文字——一定装点些文艺辞藻,扭捏出文艺姿态,说不尽的搔首弄姿。他们以为这样才算是"文"。"文如其女人"(le style, c'est la femme),似乎更切些;只希望女人千万别像这种文章。

(原载《观察》周刊第四卷第二期,

一九四八年三月六日)

意中文学的互相照明：
一个大题目，几个小例子[①]

我是研究中国古典文学的，对意大利文学只有极生疏的一点儿认识。这篇论文只是一个来客向博学主人的致敬，并表示我对增进意中文化交流的热烈希望。这个大会的主题是现代中国；这篇论文讲的不是现代中国，然而它也许不失为现代中国文化动态的一个方面的小小示例，表明我们对世界文学有广泛而浓厚的兴趣，对中国和西方（包括意大利的）经典正在加深研究。一位近代意大利哲学家有句名言："在真实意义上，一切历史都是现代史"[②]。文学经典诚然是古代的，这种兴趣和研究却是现代的，是今天中国文化活动的一个现象。

你们的大批评家德·桑克梯斯在《十九世纪意大利文学》里不留情面地把意中两国相提并论："意大利不能像中国那样和欧洲隔绝"[③]。你们有句表达今非昔比的谚语说："好些河水已经

[①] 在欧洲研究中国学会第二六次会议上演讲的中译稿。——本书编者注
[②] 克罗采(B. Croce)自选集《哲学·诗学·史学》四四四页。
[③] 罗所(I. Rosso)辑《意大利作家论》第二册一五四页。

流过桥下了",我也不妨说,北京附近那个世界闻名的古迹卢沟桥(即西方所称马可波罗桥)下也流过好多水了。意大利和中国也不彼此隔绝了,意大利学者对中国研究做出了很多有意义的贡献,而我们对你们的思想和文艺也正逐渐增添认识。尽管马可波罗本人对中国的哲学、语文等"黯淡地缺乏兴趣",让那座以他为名的桥梁作为咱们两国古老而又保持青春的文化长远交通的象征罢!

研究外国文学时,我们感受到各种情感。"似曾相识的惊喜"是其中之一。在和本国素无交往的一个外国的文学里,我们往往意外地看到和本国文学在技巧上、题材上、理论上的高度类似,仿佛他乡忽遇故知。德·桑克梯斯分析诗歌欣赏,说常有一个"这是旧相识!"的感觉①,这在情调上是相近的。这种类似提供了研究的问题:是由于共同的历史来源呢,还是出于典型的心理活动呢?无论如何,这些有趣的类似丰富了我们的文学经验,促进了我们对文学的理解。本世纪初一位德国学者有一部影响颇大的著作,名叫《艺术的互相照明》②。正如两门艺术——像诗歌和绘画——可以各放光明,交相辉映,两国文学——像意大利和中国的——也可以互相照明,而上面所说的类似,至少算得互相照明里的几支小蜡烛。

---

① 罗所编德·桑克梯斯《批评论文集》第二册四六页。
② 华尔泽尔(Oskar Walzel)著,一九一七年出版,原名 *Wechselseitige Erhellung des Künste*。

举一个文字上的例。马基雅未利的一个基本概念是所谓"命运与人力的对照"①。先秦大思想家、名学家墨子和晋代伪托的列子都把"力"或"强"和"命"作为对立的东西(《墨子·非命篇》、《列子·力命篇》)。大家知道,马基雅未利用来和"运命"相对的那个字"virtù"是不能照字面译的,例如直译为英语的"virtue",那就是"道德"的意义而不是"强力"的意义了。但是我们的墨子和列子在这个问题上的用语"强"和"力",为"virtù"提供了天造地设的贴切译名。再举一个艺术理论上的例,你们的一位美术史家也早注意到②,达芬奇对学画者的指示是传诵的:"假如你要画什么景物,你先注视痕迹纵横的墙壁和颜色斑驳的石块,就会悟出各色各样的形象来"③。北宋初大画家宋迪对学生有同样的训诲:"汝画信工,但少天趣。汝当求一败墙,张绢素讫,倚之败墙之上,朝夕观之。观之既久,隔素见败墙之上,高平曲折,皆成山水之象,心存目想。"(沈括《梦溪笔谈》卷十七)中国宋代画风和意大利文艺复兴画风完全不同;风格上完全不同的艺术成品渊源于心理上几乎完全相同的创作启发过程,这对抽象地探讨文艺理论的人是有教益的。

你们十九世纪大诗人卡度契曾经谴责佛罗伦萨人,说他们

---

① 庞芳谛诺(M. Bonfantino)编注《马基雅未利集》八○——八二,二九七——二九九,三○二——三○三,三四四页。
② 彼得罗齐(R. Petrucci)《远东美术里的自然哲学》一一七页。
③ 李许德(I. A. Richter)《达芬奇随笔选录》一八二页。

"琐碎细小,所见不大,简直是意大利的中国人"①。我甘愿分担这个谴责,再举两个小故事来说明我的题目。

从中世纪流传下来的一个故事有几种大同小异的"版本",以鲍卡丘杰作《十日谈》第四日《入话》里那个"版本"为众所周知。一个人的老婆死了,他就带着幼儿隐居山野,与世隔绝。儿子长大到十八岁,跟父亲首次出山进城;一路上牛呀、马呀、房屋呀,他都见所未见,向父亲问个没了。忽然碰上一个漂亮姑娘,那孩子忙问是什么东西,父亲说:"孩子呀!快低下头别看!这些是坏东西,名叫'傻鹅'。"晚上回家,父亲询问儿子出门一趟的印象,儿子对什么也不感兴趣,只说:"爸呀!我求您找一只傻鹅给我。"②法国早期汉学家安卜·于阿尔首向欧洲介绍的十八世纪中国诗人袁枚讲的一个故事:"五台山某禅师收一沙弥,年甫三岁,从不一下山。后十余年,禅师同弟子下山。沙弥见牛马鸡犬,皆不识也。师因指而告之曰:'此牛也……马也……鸡犬也',沙弥唯唯。少顷,一少年女子走过,沙弥惊问:'此又是何物?'师……正色告之曰:'此名老虎,人近之者必遭咬死。……'晚间上山,师问:'汝今日在山下所见之物,可有心上思想他的否?'曰:'一切物我都不想,只想那吃人的老虎。'"(《续新齐谐》卷二;相似故事见《聊斋志异》会校、会注、会评本卷七《青梅》评)这个被称为"世界上第

---

① 普拉茨(M. Praz)《美与怪》二三页引。
② 《十日谈》欧伯利(Hoepli)《经典丛书》本二四五——二四六页。

二个最古老的故事"① 在中国出现得那么晚,颇值得考究。这个故事也可以作为文评家常常遭逢的窘境的寓言,就是克罗采嘲笑吕奈谛埃承认的窘境②:对一个作品情感上觉得喜爱而理智上知道应当贬斥。

后汉末散文家孔融是个奇童。他十岁(至多九岁,按照西方对年龄的计算方法)时请见河南尹李膺,对答如流,客座"莫不叹息。太中大夫陈炜后至,坐中以告炜,炜曰:'夫人小而聪了,大未必奇。'融应声曰:'观君所言,将不早慧乎?'"(《后汉书·郑孔荀列传》;一见《世说·言语》,作:"小时了了,大未必佳,想君小时,必当了了。")千百年来这个故事在中国已成为谚语。文艺复兴时包其奥的名著《诙谐录》里有一则。教皇驾临佛罗伦萨,一个十岁的小孩子晋见,谈吐文雅,一位红衣大主教在场,就说:"像这样聪明的小孩子愈长大就愈不聪明,到老年就变成十足的笨蛋!"那小孩子泰然自若,说:"您老人家当年准是个绝顶聪明的孩子。"③ 追随鲍卡丘的萨凯谛的《三百新事》,第六七则也记载一个人和小孩子斗嘴输了,要为自己争回些面子,就说:"没有一个聪明孩子长大了不是傻瓜的。"那小孩子接口说:"天哪!你先生小时候不用说是聪明的了。"④ 这几个意大利故事和中国故事彼此相像得仿佛是孪生子。也许因为存在着一个我们尚未

---

① 华德尔(H. Waddell)《流浪学者》二一〇页。
② 克罗采《诗学》三〇八——三〇九页。
③ 斯贝隆尼(C. Speroni)《文艺复兴时代意大利的风趣和智慧》五〇页。
④ 萨凯谛《三百新事》,李凑列(Rizzoli)《经典丛书》本二二二页。

发现的彼此通流的渠道,更可能是"同样的挑衅,同样的反应"。

这类例子一定很多,都等待发现,需要解释。它们很值得研究,都多多少少有助于意中文学家的"互相照明"。我相信这种照明绝不至于像你们的俏皮谚语所谓:"傻和尚点灯,愈多愈不明。"(la illuninazione di Prete Cuio/Che con di moltilumi facea buio)

(一九七八年九月五日,意大利奥蒂赛依)

古典文学研究在现代中国

我是中国古典文学的研究者。假如我说现代中国文化生活的一个重要方面就是对本国古典文学的兴趣,也许并非出于我职业偏见的夸大之词。前些时候,外国驻北京的记者报道书店前排着长队购买新编《唐诗选》的情形,正是一个生动的例证;据说这些排队的顾客同时购买重印的莎士比亚译本,这表示我们的兴趣还包括外国的古典文学。近代一位意大利哲学家有句名言:"在真正的意义上,一切历史都是现代史。"古典诚然是过去的东西,但是我们的兴趣和研究是现代的,不但承认过去东西的存在并且认识到过去东西里的现实意义。

我不准备向你们点名报账历举一些学者的姓名和学术著作的标题。时间和场合都不容许我那样做。我只能简单地讲个大略。大略必然意味着忽略;一个徒步旅行者能看到花木、溪山、人物、房屋等等,坐在飞机里的人不得不放弃这些眼福,他只希望大体上对地貌没有看错,就算好了。在现代中国,文学研究的主要倾向是应用马克思主义来分析、评价个别作家、作品和探讨总体文学史的发展。当然主要的倾向不等于惟一的倾向;非马克思主义的、传统方式的文学研究同时存在;形式主义的分析、印象主义的欣赏、有关作者和作品的纯粹考订等都继续产生成果,但是都没有代表性。马克思主义的应用,发生了深刻的变革,我只讲我认为最可注意的两点。

第一点是"对实证主义的造反",请容许我借西方文评史家的用语来说。大家知道威来克的那篇文章《近来欧洲的文学研究中对实证主义的造反》;他讲第一次世界大战以后,欧洲的文学研究被实证主义所统治,所谓"实证主义"就是繁琐无谓的考据、盲目的材料崇拜。在解放前的中国,清代"朴学"的尚未削减的权威,配合了新从欧美进口的这种实证主义的声势,本地传统和外来风气一见如故,相得益彰,使文学研究和考据几乎成为同义名词,使考据和"科学方法"几乎成为同义名词。

那时候,只有对作者事迹、作品版本的考订,以及通过考订对作品本事的索隐,才算是严肃的"科学的"文学研究。一切文学批评只是"词章之学",说不上"研究"的。一九五四年关于《红楼梦研究》的大辩论的一个作用,就是对过去古典文学研究里的实证主义的宣战。反对实证主义并非否定事实和证据,反对"考据癖"并非否定考据,正如你们的成语所说:歪用不能消除正用。文学研究是一门严密的学问,在掌握资料时需要精细的考据,但是这种考据不是文学研究的最终目标,不能让它喧宾夺主、代替对作家和作品的阐明、分析和评价。

经过那次大辩论后,考据在文学研究里占有了它应得的位置,自觉的、有思想性的考据逐渐增加,而自我放任的无关宏旨的考据逐渐减少。譬如解放前有位大学者在讨论白居易《长恨歌》时,花费博学和细心来解答"杨贵妃入宫时是否处女?"的问题——一个比"济慈喝什么稀饭?"、"普希金抽不抽烟?"等西方研究的话柄更无谓的问题。今天很难设想这一类问题的解答再会被认为是严肃的文学研究。

现在中国古典文学研究里的考据并不减退严谨性,只是增添了思想性。可以说不但在专门研究里,而且在一般阅读里,对资料准确性的重视,达到了空前的高度。

有一个很现成的例证。古典小说和戏剧的通俗版本,不论是《西游记》、《牡丹亭》或《官场现形记》,都经过校勘,甚至附有注解;对大众读物的普及本这样郑重看待,是中国出版史上没有先例的。又如最近出版的《二十四史》——其中至少有六、七种可说是叙事文学的大经典——也是校勘学的巨大成就,从此我们的"正史"有较可信赖的本子了。

第二点是:中国古典文学研究者认真研究理论。在过去,中国的西洋文学研究者都还多少研究一些一般性的文学理论和艺术原理,研究中国文学的人几乎是什么理论都不管的。他们或忙于寻章摘句的评点,或从事追究来历、典故的笺注,再不然就去搜罗轶事掌故,态度最"科学"的是埋头在上述的实证主义的考据里,他们不觉得有文艺理论的需要。虽然他们没有像贝尔凯说:"让诗学理论那一派胡言见鬼去罢!"或像格立尔巴泽说:"愿魔鬼把一切理论拿走!"他们至少以为让研究西洋文学的人去讲什么玄虚抽象的理论罢。就是研究中国文学批评史的人,也无可讳言,偏重资料的搜讨,而把理论的分析和批判放在次要地位。应用马克思主义来研究中国古典文学就改变了解放前这种"可怜的、缺乏思想的"状态。要写文学史,必然要研究社会发展史;要谈小说、戏曲里的人物,必然要研究典型论;要讲文学和真实的关系,必然要研究反映论;其他像作者动机和作品效果——德·桑克梯斯强调的"意图世界"和"成果世界"——的矛盾、作品形式和作品内容的矛盾,都是过去评点家、笺注家、考据家可以置之不理或避而不谈的。现代的古典文学研究者认识到躲避这些问题,就是放弃文学研究的职责,都得通过普遍理论和具体情况的结合来试图解答。

这些问题都曾引起广泛的讨论。古典文学研究者还从马克思主义文艺理论的研究推广到其它文艺理论的探讨,例如最近关于"想像"或通过俄语译自法、德语的"形象思维"是否和中国上古文评所谓"比兴"拍合的讨论,使中国古典文学研究者接触到大思想家维柯《新科学》里"概念而出以想像"的名论。对一般文艺理论的兴趣也推动了对中国古典文评的重新研究。上海几位学者正在编一部很广博的《文论选》,将成为中国文评的重要资料汇编。

总的说来,我们的古典文学研究的成绩还是很不够的。我们还没有编写出一部比较详备的大型《中国文学史》;我们还没有编校出许多重要诗文集的新版本;许多作家有分量的传记和评释亟待产生;作家、作品、文学史上各种问题的文献目录和汇编都很欠缺;总集添了相当精详的《全宋词》,《全唐诗》正在校订中,但是《全上古三代两汉三国六朝文》和《全唐文》的增删工作,似乎尚未着手。我们中国古典文学研究者面临诸如此类的艰巨任务。我们还得承认一个缺点：我们对外国学者研究中国文学的重要论著几乎一无所知；这种无知是不可原谅的，而在最近的过去几年里它也许是不可避免的，亏得它并非不可克服的。大批评家德·桑克梯斯在《十九世纪意大利文学》里，曾不客气地把意大利和中国结合在一起："意大利不能像中国那样和欧洲隔绝。"今非昔比，"好些河水已经流过桥下了"；我也不妨说，北京附近那样世界闻名的古迹、卢沟桥即西方所称马哥波罗桥下，也流过好多水了。中国和意大利、和欧洲也不再隔绝了。尽管马哥波罗本人对文学、哲学等人文科学"黯淡地缺乏兴趣"，让那座以他为名的桥梁作为欧中文化长远交通的象征罢！

美国学者对于中国文学的研究简况

在这次访问中,美方照顾我的专业(中国古典文学)和"余兴"(比较文学),安排了同行的对话和座谈。和各大学里比较文学研究者都是个别会晤,可以从容谈论。和中国文学研究者的会面常是一伙人把我围住,大多是青年教师和研究生(有美国人、美籍华裔,还有香港和台湾来美留学或任教的人),不等我开口,就提出有关我的几种旧作的问题,七张八嘴,使我应付得头晕脑涨,回答得舌敝唇焦。因此我很少有机会向他们了解美国学者研究中国文学的动向;尽管那样,我还知道了一些情况。

老辈的美国"汉学"家多数能阅读文言,但是不擅口语。后起五十岁以下的"汉学"家,多数能讲相当好的"官话"或"普通话",而对文言文感到困难。所以,当前研究中国古典文学的学者也偏重在古典文学里的白话作品,例如宋、元以来的小说和戏剧。接触到的杰出美国学者里像哈佛大学的 Patrick Hannan 是研究话本和《金瓶梅》的,普林斯顿大学的 Andrew Plaks(四十二、三岁,公推为同辈中最卓越的学者,祖籍南斯拉夫,通十四、五国语文)是研究《红楼梦》的,芝加哥大学的 David Roy(去冬来华相访,这次外出未晤,但留下给我的信和著作)是研究张竹坡、金圣叹等对《金瓶梅》、《水浒传》的评点的。像哈佛大学 James Hightower 研究骈文和词(他极佩服俞平伯先生的《读词偶记》)、耶鲁大学 Stephen Owen 研究韩愈和孟郊诗(他对毛主席给陈毅同志信里肯定了韩愈的诗,甚感兴趣),已属少数。研究的方法和态度也和过去不同;纯粹考据当然还有人从事,但主要是文艺批评——把西方文评里流行的方法应用在中国古典文学研究上。例如 Plaks 有名的《红楼梦》研究是用法国文评里"结构主义"(structuralism)(Levi-Strauss, R. Barthes 等的理论和实践)来解释《红楼梦》的艺术。Owen 有名的韩孟诗研究是用俄国文评里"形式主义"(formalism)(Victor Shklovsky 派的著作六十年代开始译成法文和英文,也听说在苏联复活)来分析风格。这种努力不论成功或失败,都值得注意;它表示中国文学研究已不复是闭关自守的"汉学",而是和美国对世界文学的普遍研究通了气,发生了联系,中国文学作品也不仅是专家的研究对象,而逐渐可以和荷马、但丁、莎士比亚、歌德、巴尔扎克、托尔斯泰等作品成为一般人的文化修养了。一位西德学者(Manon Marien-Grisebach)曾把当代文学研究的方法分为六派:实证主义或考据派、思想史派、现象学派、存在主义派、形态学派、马克思主义或社会学派;两位意大利学者(Maria Corti, Cesare Segre)曾把它分为七派:社会学派、象征主义派、心理分析学派、风格学派、形式主义派、结构主义派、表意学派。看来这些流行的西方文评方法还没有完全应用在中国古典文学研究里,但也很可能都已应用,只是我闻见有限,不知其详。在华裔学者里,研究中国古代小说的哥伦比亚大学教授夏志清、研究中国古代文艺理论的斯坦福大学教授刘若愚(外文所刘若端之弟)、译注《西游记》的芝加哥大学教授余国藩(广东籍,长大在台湾,三十余岁,并通希腊文;表示欲回祖国,但他父亲是蒋经国手下军官,对他哭道:"你一走,我就没有老命了!"),都是公认为有特殊成就的。一般学者们对《金瓶梅》似乎比《红楼梦》更有兴趣,在哈佛的工作午餐会上,一个美国女讲师说:"假如你们把《金瓶梅》当作'淫书'(porn),那么我们现代小说十之八九都会遭到你们的怒目而视(frown upon)了!"——这句话无意中也表达了美国以及整个西方的社会风尚。我联想起去秋访问意大利拿坡里大学,一位讲授中国文学的青年女教师告诉我,她选的教材是《金瓶梅》里的章节。一般学者对宋元以来小说戏剧有兴趣,他们在我的同事里,对孙楷第先生也就比对俞平伯先生有兴趣,例如 Hannan 就希望自己访华时,能和孙先生一见。

我这次晤见了美国有名的三位比较文学家,耶鲁的 Lowry Nelson Jr.、哈佛的 Harry Levin 和 Claudio Guillén。以五卷本巨著《近代批评史》闻名世界的耶鲁退休教授 R. Wellek 恰恰旅行他往,否则也会晤面的。其他像密歇根大学比较文学系主任 Charles Witke 自说是为江青写传记的那个"讨厌女人"(that odious woman)的前夫,取的中国名字是"魏大可",特来相见。我读过 Nelson Jr., Levin, Guillén 三位的著作,谈得很投机,我们都认为:比较文学有助于了解本国文学;各国文学在发展上、艺术上都有特色和共性,即异而求同,因同而见异,可以使文艺学具有科学的普遍性；一个偏僻小国的文学也常有助于解决文学史上的大问题，例如半世纪来西方关于荷马史诗的看法是从美国学者 Milman Parry 研究南斯拉夫民歌得来的，中国丰富伟大的文学更是比较文学尚待开发的宝藏。我向他们称述了胡乔木同志《关于文艺理论研究问题》里有关中国散文、诗和"欧洲的散文"、"各国的诗"比较那一节话；引了懂得中文的法国著名比较文学家 R. Étiemble 在一九六三年一部著作里所说："没读过《西游记》，正像没读过托尔斯泰或陀思妥耶夫斯基一样，却去讲小说理论，可算是大胆。"他们都说：中文是个很难掌握的语言，外国"汉学"家学会了中文，常常没有余力来研究自己本国的文学；中国人有语言天才，因此，把比较文学的领域扩大及于中国文学，主要是中国学者的任务，别国人不能胜任。这也许是他们的客气话，但不失为对我们的正当要求，向我国的文学研究者提出了放宽视野和接触面的问题。就是说，为了更好地了解中国文学，我们也许该研究一点外国文学；同样，为了更好地了解外国文学，我们该研究一点中国文学。

我在美国各校访问，还怀着本位主义的私心，想替我所（文学研究所）的中年、青年同人找一些去美研究的机会。经过了解，老年学者应聘"讲学"，无须具有运用英语的能力，可以由美方搭配翻译；"研究"人员在利用图书资料（尽管是中文的资料）和日常讨论时，都须有一定程度的英语知识，不会伴随着助手的。美国学者很关心他们的著作是否为我国学者所知道。我说："英语在中国的本国文学研究者里还未人喻家晓，翻译也很费事。正像我们用生硬的英文写出论文向西方传达我们的学术成果,你们是'汉学'家,何妨用中文把自己的见解写出来,我想我们的学术刊物会乐于发表,听说哲学所的一个刊物曾发表一位英国学者的来稿。"Plaks 说:"这才是真正的学术交流,我们的各种刊物也欢迎你们来稿。"Owen 说:"这是对我们'汉学'家一个严峻的考验,我们未必经受得起,但是我们不该畏避。"讲起美国人学习中文问题,他们都说在香港和台湾(所谓 Stanford Program)的学习效率比在北京的高,当然在北京除语言以外,还可以接触到"真正的中国文化"。

最后,略讲一下有关我自己的事,那是不可避免的,也是当前动向的一个微末部分。我去秋在欧洲,就知道我的四本解放前旧作在台湾和香港流行着好几种"盗印"本,但未看到,这次大家拿来请求签名,都目睹了。还知道《围城》原有台湾翻印本,后来由于序文里嘲笑蒋介石"还政于民"那句话,本文里讽刺抗战时期大学里的训导制,台湾出版当局便禁止翻印。在文化革命时期,海外盛传我已身故,并发表悼唁文字,台湾就把《宋诗选注》盗印了两版。四月二十三日我访问哥伦比亚大学时,《美国之音》派记者张翔(后知为哈佛大学教授张光直之弟)录音采访,提出了四个书面问题,其中之三是:"以研究《围城》作博士、硕士学位论文题目者不止一起,对此有何感想?"各大学座谈会上所发的问题,性质相仿。还有询问各书中人物是否有所影射;我是否续写过或将写小说;何以我的作品在海外盛行而在本国绝少人提起;《围城》里有些部分极像"愤怒的青年"所写小说,我写作远在他们以前,他们也决不会看到我的东西,怎样解释这种巧合等等。在哈佛,有人给我看一本新出版的有关中国戏剧论文选,收了我二十四岁时所写一篇英文文章,紧接着一个美国人近年驳我的文章,问我看到没有,"有何感想?"在密歇根,有人给我看美国人所写《比较文学新动向》的书,称引了《谈艺录》,问我看到没有,"有何感想?"在洛杉矶,有人给我看台湾一个姓叶的文章,贬斥《谈艺录》为"被捧得过高",问我看到没有,"有何感想?"诸如此类。《围城》的第一个英译本出于 Jeanne Kelly 和 Nathan Mao(第二个英译本是 Dennis Hu 的,尚未完成),今秋将由印第安那大学出版社出版,该社社长派人到芝加哥和我接洽,并给我看译本《引言》。我只看了有关身世的部分,有些是不知哪里来的"神话",我删去或改正了。有个 Theodore Huters 正写一本分析我的文艺创作的大书,特从加拿大到斯坦福来会我,要"核实"我的身世中几个悬案(例如我是一九一〇还是一九一一年生的),我知道那些"神话"都是他辛辛苦苦到香港和台湾访问我旧日清华大学师友得来的。他说搜集到我在《清华校刊》上的投稿,清华毕业照相等——一切我记不起或者愿意旁人忘记的东西,我回答说:"我佩服你的努力,但我一点不感谢。"他也把结构主义的方法运用在我的作品上。他还告诉我有个华裔学者(我没听清名字,也没有追问)是研究我的"文言"作品的,除《谈艺录》外,还从老辈的《诗话》和解放前刊物里搜集了我的一些旧诗,正等待着《管锥编》的出版。哥伦比亚、哈佛、斯坦福、夏威夷大学的亚洲语文系都邀请我在最近的将来到那里去"讲学",哈佛还提出明年"Lowell 诗学讲座"(Lowell Professorship of Poetry)的建议,请我考虑,我自度不能胜任,都婉言辞谢了。

(原载《访美观感》,中国社会科学出版社,
一九七九年九月版)

粉碎"四人帮"以后中国的文学情况[①]

各位尊敬的教授、各位女士、各位先生：

前天上午,从东京动身到贵处来之前,才知道今天要来献丑一次。旅途之中,既没有工夫,也没有资料可以准备,不是"讲"什么"学",因为我既不会"讲",也没有"学"问,只能算是一个超龄的老学生来应"口试"。理由很简单,先生们出的题目是《粉碎"四人帮"以后中国的文学情况》,这是一个好题目,好题目应当产生好文章;但是这篇好文章应当由日本学者来写。中国老话说:"旁观者清,当局者迷",又说"不识庐山真面目,只缘身在此山中",西洋人说"A spectator sees more of the game",贵国一定也有相似的话。而最能旁观清楚,具有适当 perspective(眼力)的,无过于日本研究中国文学的学者。贵国对于中国古代、近代、现代文化各方面的研究,是国际学术界所公共推崇的,掌握资料的广博而且准确,对倾向和气候的变化具有寒暑表甚至 radar(雷达)般的敏感。不要说我这样一个孤陋不留心现状的老学究,就

[①] 一九八〇年十一月,在日本爱知大学文学部的讲演提纲。由当时担任翻译的荒川清秀提供,王水照整理。——本书编者注

是我同事里专门注意动态和现状的青年学者都是惊叹和佩服的。我个人还有一个很大的不利条件。我对日本语文是瞎子、聋子兼哑巴,因此今天全靠我这位新朋友荒川清秀先生来做我的救苦救难的天使。而诸位先生都是精通中国语文的,所以我对中国文学现状的无知,诸位一目了然;而诸位对中国文学现状的熟悉,我两眼漆黑。用十九世纪英国大诗人兼批评家 S.T. Coleridge(柯勒律治)的话来说,各位有 knowledge of my ignorance,而我只是有 ignorance of your knowledge,诸位对我的无所知有所知,而我对诸位的所知一无所知。所以我今天与其说是讲中国文学现状,不如说向诸位谈谈自己对文学现状的一点个人的感想。

这三年来,一些西方学者和作家,有些在欧洲和美国碰到的,有些到北京来访问我的,常常问我:"'四人帮'统治时那种恐怖的黑暗,在中国是否永远再不会出现?"(Will or will not such a state of affairs ever happen again?)这是天真的问题。"永远"(ever)、"永远不"(never),这两个表示最天真的心理状态的词,虽然在政治家或政客口头上经常出现,但是在历史学和政治学的科学词汇里是不收的,查不到的。同样,那句老话"历史重演"也不是精确的说法。"历史"在科学意义上是不会"重演"的。用马克思补充黑格尔的话说,第一次演的是悲剧,重演就变成笑剧;我也许可以说,有时候第一次演的笑剧,重演就变成悲剧。反正替中国史或是世界史算命,是专门学问,我没有这个能力;同样,从中国文学的现状推断将来,我也没有算命先生或预言家的能力。

这一点就算交代过了。

诸位知道,"四人帮"垮台以后,中国人民创巨痛深,吐了一口气,发出了一些声音。不但对"四人帮"写出控诉和暴露性的文学,而且对导致"四人帮"的一些历史根源也提出了清算,引起了"伤痕文学"或"缺德文学"的争论。去年这时候,举行全国文代大会,我是参加的,在会上这个争论还是很热烈。所谓"伤痕文学"的作品,就艺术而讲,也许成熟的不多,但是"物不得其平则鸣",这正是极自然的现象。二十年来,大家看惯了歌颂现状的正面——毋宁说是"正统"——作品,一旦看了这种讽刺咒骂现状的"反面"作品,也自然觉得刺眼,说它"反常","离经叛道"。其实这倒是正常或经常的现象,从中国——甚至从西洋——的文学史来看,大作品的多数是包含或者表示对社会和人生的不满的,而歌颂赞美现实的大作品在比例上较少。我们的司马迁在讲中国古代文学的两大源泉《诗经》和《离骚》时就说:"发愤之所为作也。"当代已故的瑞士博学家 Walter Muschg(瓦尔特·莫斯基)还写了一大本书:*Tragische Literaturgeschichte*(《悲剧观的文学史》),讲许多大作家都是痛苦的、精神或肉体上有伤痕的人。"伤痕文学"的出现,表示中国文学创作在内容上开始解放,题材可以多样化一点。同时,在形式或技巧方面,也突破"四人帮"垮台以前那种"社会主义现实主义"而作出新的尝试。譬如,现在作家最感兴趣的东西就是"意识流"的小说(stream of consciousness),有人也作出很粗糙甚至很幼稚的这类作品。这种"新尝试",在贵国看来,是要笑掉牙的。贵国对西方各种流派,感觉最敏捷、接受最早,Marcel Proust(马歇尔·普罗斯特)、Édouard Dujardin(爱多斯特·杜杰克林)、Dorothy Richardson(多萝西·理查森)、Virginia Woolf(佛吉尼亚·伍尔夫)、James Joyce(詹姆斯·乔伊斯)等等,在贵国早已是老生常谈,或过时古董了。我们作家现在的新鲜尝试和大胆探索,从你们看来,也许就像 Disraeli(迪斯瑞尔利)的一部小说里提起的巴黎 rue Rivoli 一家旧货铺子的招牌:"古老的时新货物。真不二价,可打折扣(nouveautés anciennes, prix fixe avec rabais)。"但是,一个落后的文化必然经过这种阶段。"古老的时新货物"而在中国能变成"时新的古老货物",这也就表示我们的文学在打破陈规,别寻路径,作品可以花样繁多起来。例如我们可以应用"百花齐放"的比喻,也不妨说,"百花齐放"可能意味两种情况:一种百花齐放是这一百朵花都是一个颜色,只有深浅不同,像杜甫诗所说:"可爱深红映浅红",而另一种不是一种花开一百朵,而是一百种花,桃花红、梨花白,"姹紫嫣红开遍"。我们现在的文艺创作正是向后一种状态发展。这是一种可喜的情形。

在文学研究方面,情况也相仿佛。中华人民共和国建立以来,文学研究有好几次论战。极重要的一次,就是敝同事俞平伯先生的《红楼梦研究》引起来的。主要的是反对文学研究里的繁琐考证,用术语来讲,是反对 positivism(实证主义),而建立以唯物辩证法或马克思主义为指导的文学研究。实证主义并没有反掉,只是退居次位,作为文学研究里助手或打杂的地位。用我们这几年的术语来说,有关版本、作者生平、社会背景等等纯粹知识方面的研究,都属于"掌握资料",根据这些资料,然后运用马克思主义的观点立场方法"进行分析"。理论上说来,这两件事是不能分工的。康德所说理性概念没有感觉是空虚的,而感觉经验没有理性概念是盲目的。但事实上,"掌握资料"的博学者,往往不熟悉马克思主义的方法;而"进行分析"的文艺理论家往往对资料不够熟悉。无论如何,所谓进行分析就是运用马克思主义对文艺的社会性的分析。不管这种研究的成绩如何,至少是只此一家,其他像心理学、形式主义的风格学、比较文学等等方法来进行文学研究,是不很受到鼓励或欢迎的。这三四年来,各位在刊物上可以看到,文学研究的花样也渐渐多起来了,结构主义有人讲了,研究比较文学也不是罪名了。我看前几年西德 Grisenbach(格利森巴赫): *Methoden der Literaturwissenschaften*(《文学研究的各种方法》)里面举了德国现行的文学研究方法有六个流派:实证主义、形式主义等等,人文学(Geisteswissenschaften),也有马克思主义,归入社会学派;意大利文论家 Cesare Segre(格萨勒·赛格勒)主编的 *Methodi Attuali della Critica Italiana*(《现在意大利文评的各种方法》)列举七个流派:马克思主义、意象学派、结构主义派、心理分析等等。今年春天,荷兰的 Fokkema(佛克玛)教授来看我,送给我他的 *20th-century Theories of Literature*(《二十世纪文学理论》),分了四个流派:马克思主义、结构主义、意象学、receptor(接受学)。我想我也希望,不久的将来,中国文学研究里也会出现这些派别,造成另一种百家争鸣的局面。百种禽鸟鸣叫各自的音调,而不是同种的一百头禽鸟比赛同一音调的嗓子谁高谁低。人文科学和自然科学也许有很不同的一点。自然科学里,一种新学说的成立和流行,往往旧学说就被取而代之,淘汰了,只保存历史上的价值,丧失现实意义。譬如有了太阳中心说,地球中心说就被投入历史的垃圾堆;有了达尔文的物种演化论,创世论就变成古董。在人文科学里,至少在文学里,新理论新作品的产生,不意味着旧理论旧作品的死亡和抛弃。有了杜甫,并不意味着屈原的过时,有了 Balzac(巴尔扎克),并不意味 Cervantes(塞万提斯)的丧失价值,甚至有了反小说 anti-roman,并不表示过去的 roman 已经反掉。Ibsen(易卜生)不是 Shakespeare 的替人,只是他的新伴侣,正像 Ionesco(欧内斯库,法国荒诞派戏剧家)不是 Ibsen 的篡夺者,而也是他的新伴侣,也就是 Shakespeare 的新伴侣。在文学研究方法上也是这样,法国的"新批评派"(Nouvelle Critique)并不能淘汰美国的"新批评派"(New Criticism),有了 Victor Shklovsky(维克托·什克洛夫斯基,俄国形式主义文论家),并不意味着 Aristotle(亚里士多德)的消灭。正好像家里新生了一个可爱的小娃娃,小娃娃的诞生并不同时就等于老爷爷老奶奶的寿终。有价值有用的流派完全可以同时共存,和平竞赛,我们的情况也正是朝这个方向进展。至于发展到什么程度,是快是慢,那我就不来算命了。

临时奉命来讲,谢谢各位客气的耐心,听我胡扯。

十五天后能和平吗

"假使愿望是马,乞丐也可以有代步。"假使愿望是事实,我们十五天后该有和平。不幸得很,愿望往往不是事实,虽然它可能由愿望者积渐的努力而成为事实。

近来所见所闻使我们对自己的情感也得使用权术。我们失望得够痛苦了。我们不敢坦白地愿望,我们教自己不存愿望;这样也许来一个望外的喜事,像半天里吊下来的,像好风吹来的。假使结果并不如意呢,我们至少可以自慰说,本来没有抱什么奢望。

(原载《周报》第四十一期,一九四六年六月十五日)

答《大公报·出版界》编者问①

（一）一部五七言旧诗集，在民国二十三年印的。

（二）几个同做旧诗的朋友怂恿我印的，真是大胆胡闹。内容甚糟，侥幸没有流传。

（三）《谈艺录》，用文言写的，已在开明书店排印中。正计划跟杨绛合写喜剧一种，不知成否。

（原载《大公报》一九四七年十二月十一日）

---

① 一九四七年十二月十一日，《大公报·出版界》刊登了十八位作家对编者的回答。编者的问题是：(一)我的第一本书是什么？(二)它是怎样出版的？(三)我的下一本书将是什么？作家依次为：巴金、叶圣陶、靳以、袁水拍、胡适、郑振铎、费孝通、钱锺书、张奚若、李广田、陈达、吴景超、傅雷、丰子恺、冯至、沈从文、潘光旦、吴晗。大部分人附有照片。据编者按语，钱锺书未交照片，他的解释是："外面寒风苦雨，也实在怕上照像馆。"——本书编者注

在中美双边比较文学
讨论会上的发言

女士们、先生们：

请允许我代表中国社会科学院热烈欢迎你们来参加"中美双边比较文学讨论会"。这个会议是我院的外国文学研究所和文学研究所协同美中学术交流委员会举办的。举行这样性质的讨论会在此地还是空前第一次。虽然通常说，事无大小总得有第一次，但是这次会议对于将来中美比较文学学者继续对话有重要的意义，因此我们不妨自豪地说，我们不但开创了记录，而且也平凡地、不铺张地创造了历史。

假如我们把艾略特的说话当真，那末中美文学之间有不同一般的亲切关系。艾略特差不多发给庞特一张专利证，说他"为我们的时代发明了中国诗歌"。中国文学一经"发明"之后，美国学者用他们特有的慧心和干劲，认真地、稳步地进行了"发现"中国文学的工作。我们这里的情况相仿佛。早期的中国翻译家和作家各出心裁，"发明"了欧美文学，多年来我们的专业学者辛勤地从事于"发现"欧美文学。看起来，"发现"比"发明"艰苦、繁重得多。我这种说法也许流露出中国人的鄙塞，还保持古老看法，认为"发明"和"发现"两者可以截然区分。索绪尔的那句话："观点创造事物"，已在西方被广泛接受，在阅读和阐释作品时，凭主观直觉来创造已是文学研究者的职责；"发明"和"发现"也就无甚差异而只能算多余的区别了。

这个会议有双重目的：比较文学，同时也必然比较比较文学学者，就是说，对照美国学者研究比较文学的途径和中国对等学者研究比较文学的途径。因此，会议本身就可以作为社会人类学上所谓"文化多样"和"结构相对"的实例。英美人有句谚语："剥掉猫皮，刮洗牛头有好多方法。"是否比较文学的方法也多种多样呢？无论如何，学者们开会讨论文学问题不同于外交家们开会谈判，订立条约。在我们这种讨论里，全体同意不很要紧，而且似乎也不该那样要求。讨论者大可以和而不同，不必同声一致。"同声"很容易变为"单调"的同义词和婉曲话的。

我一开头曾夸大说我们是历史创造者。近年来，神学家有关历史的宇宙末日论在英美文学批评里颇为时髦，"终了感"已成流行的文评术语。不过，我坚信今天在座各位所共有的是一种兴奋的"开始感"，想像里都浮现出接二连三这种双边讨论会的远景，参加的人会一次比一次多，讨论的范围会一次比一次广，一次更比一次接近理想的会议——真诚的思想融合。

（原载《文艺理论研究》一九八三年第四期）

年鉴寄语

在某一意义上,一切事物都是可以引合而相与比较的;在另一意义上,每一事物都是个别而无可比拟的。

按照前者,希腊的马其顿(Macedon),可比英国的蒙墨斯(Monmouth),因为两地都有一条河流(Shakespeare, *Henry V*. IV. iii)。但是,按照后者,同一条河流里的每一个水波都自别于其他水波(La Boétie:"*Vers à Marguerite de Carle*")。

敬题《中国比较文学年鉴》

一九八五年三月

(原载《中国比较文学年鉴(一九八六)》,北京大学出版社一九八七年六月版)

"鲁迅与中外文化"
学术研讨会开幕词[①](摘要)

五年前,为纪念鲁迅诞辰一百年举行的大型学术讨论会,由于安排上的疏忽,外国学者没有机会和中国学者在小组会上痛快地、充分地交换意见,不论是相同意见的彼此"和鸣",还是不同意见的彼此"争鸣",这是一个很大的缺陷。在某种意义上,咱们这一次的讨论会是上次那个会的继续,也可以说是那一次会的缺陷的弥补。鲁迅是个伟人,人物愈伟大,可供观察的方面愈多;"中外文化"是个大题目,题目愈大,可发生的问题的范围就愈宽广。中外一堂,各个角度、各种观点的意见都可以畅言无忌,不必曲意求同,学术讨论不像外交或贸易谈判,无须订立什么条约,不必获得各方同意。假如我咬文嚼字,"会"字的训诂是"和也"、"合也",着重在大家的一致;但"讨"字的训诂是"伐也","论"字的训诂是"评也",就有争鸣而且交锋的涵义。讨论会具有正反相成的辩证性质,也许可以用英语来概括:"no conference without differences"。

一九八六年十月十九日

(原载《文学报》一九八六年十月二十三日)

[①] 《文学报》报道说,这篇开幕词,"赢得全场热烈的掌声。"——本书编者注

报纸的开放是大趋势

我们现在是个开放中的社会,报纸的改革就是开放的一个表现。今年报纸的开放程度已经出于有些人的意外了,这是大趋势。官话已经不中听了,但多少还得说;只要有官存在,就不可能没有官话。

《光明日报》影响很大,你们办报纸的也是责任重大。所谓透明度,总有个限度,比如人,透明到不穿衣服甚至剥掉皮肉,也不行。不要以为资产阶级政治全透明,他们有包裹得很严密的东西,当然任何包袱还免不了有破绽或窟窿的。

(原载《光明日报》一九八八年六月三日)

和一位摄影家的谈话

你采访了一个作家,未必因此更认识他的作品。他有一种不用文字写的、不可能出版的创作,你倒可以看到。

我们即使不写小说、剧本等等,不去创造什么人物形象,而作为社会动物,必然塑造自己的公开形象,表现自己为某种角色。谁也逃避不了这个终身致力的制造和维修工作。

但是,尽心极力的塑造,不一定保证作品的成功和效果。用谈话和举动为自己制造出来的公开形象,往往是一位成功作家的最失败的创作,当然也许是一位坏作家的最好的创作。

(原载《中国文化人影录》,三联书店香港分店出版)

作为美学家的自述

研究美学的人也许可分两类。第一类人主要对理论有兴趣,也发生了对美的事物的兴趣;第二类人主要对美的事物有兴趣,也发生了对理论的兴趣。我的原始兴趣所在是文学作品;具体作品引起了一些问题,导使我去探讨文艺理论和文艺史。

(原载《中国当代美学家》,河北教育出版社,
一九八九年八月第一版,第六四一页)

答《人民政协报》记者问

对于一个出版社也好,一个新闻记者也好,一个责任编辑也好,不能只顾眼前,也应该讲一点职业道德。法律应该是公正而周到的,但不应忘记高于法律的还有道德准则,它的价值,它的力量,会更高更大,它需要通过作品来体现,更要以文化人的自我铸造来换取。因为崇高的理想,凝重的节操和博大精深的科学、超凡脱俗的艺术,均具有非商业化的特质。强求人类的文化精粹,去符合某种市场价值价格的规则,那只会使科学和文艺都"市侩化",丧失去真正进步的可能和希望。历史上和现代的这种事例还少吗?我们必须提高觉悟,纠正"市侩化"的短视和浅见。大家都要做有高尚品格的人,做有文化的人,做实在而聪敏的君子。

(原载《人民政协报》一九九三年一月九日)

《围城》日译本序

大约在一九五六年冬天,荒井健先生首次和我通信,我模糊记得信上谈到清末民初的一两位诗人。他在以后的信里,讲起读过《围城》,愿意译成日语。我对这本书,像一九八〇年重印本《前记》所说,早已不很满意了,然而一位崭露头角的青年汉学家——荒井先生那时候刚三十开外——居然欣赏它,我还是高兴的。我也自憾东西不够好,辜负他的手笔。渐渐彼此音问疏隔,差不多有二十年,我约略知道他成为中晚唐诗歌的卓著权威,又是近代中国文学的敏锐的评论家。随着年龄和学识的增长,他对这本书的翻译计划,也许就像我本人对他的写作经历,只看成贾宝玉所谓"小时候干的营生",懒去重提了。我偶尔回忆到那番通信时,曾经这样猜想过。

一九七七年冬天,有朋友给我看日本京都出版的《飙风》杂志三期。一九七五年十月号刊载荒井先生的《围城》译文第一章,这够使我惊喜了。又看见一九七七年十月号第三章译文的《附记》,我十分感愧。一九七五年左右,国外流传着我的死讯。荒井先生动手翻译《围城》,寓有悼念的深情;他得知恶耗不确,特地写了《附记》,表示欣慰。在我故乡,旧日有个迷信:错报某人死了，反而使他延年益寿。"说凶就是吉"原属于古老而又普遍的民间传说。按照这种颇有辩证法意味的迷信，不确的死讯对当事人正是可贺的喜讯。但是，那谣言害得友好们一度为我悲伤，我就仿佛自己干下骗局，把假死亡赚取了真同情，心里老是抱歉，因为有时候真死亡也只消假同情就尽够了。荒井先生准觉得他和我有约在先，一定要实践向亡友的诺言。他获悉我依然活着，大可以中止翻译，而专心主持他的《李义山诗集释》。他依然继续下去，还和后起的优秀学者中岛长文、中岛碧侊俪合作，加工出细货，把《围城》译完，了却二十余年前的宿愿。和日、中两国都沾边的苏曼殊曾称翻译为"文学因缘"，这一次的文学因缘也标志着生死交情呢。

十九世纪末德国最大的希腊学家（Ulrich von Wilamowitz-Moellendorff）在一部悲剧（Euripides: *Hippolytus*）译本的开头，讨论翻译艺术，说："真正的翻译是灵魂转生"，譬如古希腊语原著里的实质换上了德语译文的外形。他用的比喻是我们中国人最熟悉不过的，而且我们知道它可以有形形色色的涵义。几千年来，笔记、传奇、章回小说里所讲投胎转世和借尸还魂的故事真是无奇不有；往往老头子的灵魂脱离了衰朽的躯壳而假借少年人的身体再生，或者丑八怪的灵魂抛弃了自惭形秽的臭皮囊而转世成为美人胚子。我相信，通过荒井、中岛两先生的译笔，我的原著竟会在日语里脱去凡胎，换成仙体。

两位先生要我为译本写篇序，我没有其它的话可说。关于这部书本身呢,作品好歹自会说它的话,作者不用再抢在头里、出面开口;多嘴是多余的。

一九八一年七月四日于北京

(原载《读书》一九八一年第十期)

《围城》德译本[①]前言

波恩大学莫妮克博士(Dr. Monika Motsch)最初学古希腊语文,后来专攻英美文学,写了一本博雅的《埃兹拉·庞德和中国》(*Ezra Pound und China*,1976),收入文学理论大师加达莫(H. G. Gadamer)、英美文学研究的卓著权威苏纳尔(R. Sühnel)等人主编的丛书里。

庞德对中国语文的一知半解、无知妄解、煞费苦心的误解增强了莫妮克博士探讨中国文化的兴趣和决心。她对中国近代文学有广泛而又亲切的认识,善于运用汉语,写出活泼明净的散文,中国人看到了,都会惊叹说:"但愿我能用外语写得出这样灵活的散文!"庞德的汉语知识常被人当作笑话,而莫妮克博士能成为杰出的汉学家;我们饮水思源,也许还该把这件事最后归功于庞德。可惜她中文学得那么好,偏来翻译和研究我的作品;也许有人顺藤摸瓜,要把这件事最后归罪于庞德了。

莫妮克博士特来中国,和我商谈她的译本。她精细地指出了谁都没有发现的一些印刷错误,以及我糊涂失察的一个叙事

[①] 德国法兰克福出版社,一九八八年出版。——本书编者注

破绽。临别时,她要求我为译本写篇引言。她来自现代"阐释"(hermeneutik)派文评的发源地——西德,有作品为据,大概不再需要作者的补充说明。我更考虑到,她对我的东西可能翻译得腻烦了,我省事也正是省她的事。我体恤她的劳动,即使有长篇大论,也就隐而不发了。好在我并没有。

一九八二年九月

(原载《读书》一九八二年第十二期)

表示风向的一片树叶[1]

　　水是流通的,但也可能阻隔:"君家门前水,我家门前流"往往变为"盈盈一水间,脉脉不得语"。就像"海峡两岸"的大陆和台湾。这种正反转化是事物的平常现象,譬如生活里,使彼此了解、和解的是语言,而正是语言也常使人彼此误解以至冤仇不解。

　　由通而忽隔,当然也会正反转化,由隔而复通。现在,海峡两岸开始文化交流,正式出版彼此的书籍就标识着转变的大趋势。我很欣幸,拙著也得作为表示这股风向的一根稻草、一片树叶。青年好学的苏正隆先生汇辑了《钱著七种》,由书林有限公司出版。几年前,《围城》曾牵累苏先生遭受小小一场文字之祸,我对他更觉感愧[2]。

　　苏先生来信,要我为台湾版写几句前言,说第一种印行的是《谈艺录》。我忆起一九四三年伏处上海,胡步曾先生自江西辗转寄来论旧诗的长信,附了一首七律。我的和诗有一联:"中州

---

[1] 本文是台湾版《钱锺书作品集》前言。——本书编者注
[2] 数年前,苏君因在台岛流传《围城》,曾被警方拘留罚款。

无外皆同壤,旧命维新岂陋邦";我采用了家铉翁《中州集序》和黄庭坚《子瞻诗句妙一世》诗的词意,想说西洋诗歌理论和技巧可以贯通于中国旧诗的研究。现在读来,这两句仿佛切合海峡两岸间关系的前景,不妨事后冒充预感或先见。《谈艺录》里曾讲起"作者未必然,读者何必不然"(complete liberty of interpretation),就算那两句也是一例,借此表达愿望吧。

(原载《人民日报》一九八八年九月二十六日)

《复堂日记续录》[①]序

简策之文,莫或先乎日记。左右史记言动,尚已;及学者为之,见彼不舍,安此日富。《黄氏日钞》而下,亭林一《录》,最为玄箸。然参伍稽决,乃真积力充之所得。控名责实,札记为宜。未有详燕处道俗之私,兼提要钩玄之箸。本子夏"日知"之谊,比古史"起居"之注,如晚近世所谓"日记"者也。盖匪特独坐之娱,抑亦雅俗之所共适矣。睹记所及,湘乡曾文正、常熟翁文恭、会稽李莼客侍御、湘潭王壬秋检讨,皆累累夹数十巨册,多矣哉!前古之所未有。而仁和谭复堂大令独能尽雅,人虽曰多乎,固可以少胜之。曾公事业文章,鲸铿春丽,即酬酢应答之微,想精神亦足以荫映数人。顾其书连篇累牍,语简不详;知人论世,未克众喻。是以湘潭王翁欲学裴松之以注辅志,而叹文字纪录之不备,至笔札悃愊无华,尤疑若与公生平学问不称。古史尚质,此盖其遗意欤?翁相才德逊乎曾公,以言所遭,又为未逮,愠于群小,蹙蹙靡骋。然久笺枢要,为帝王师,四十年间,内廷之供奉,宫壸之

[①] 谭献(字仲修,号复堂)《复堂日记续录》,收入锡山徐氏辑录《念劬庐丛刻》。——本书编者注

禁约，亲贵之庸，人才之滥，旨婉词隐，时复一见。至如臣力已穷，征女君之为衰世；居心叵测，谏长素之非纯臣；胥足广益陋闻，间执谗口。又若同治、光绪，再行婚礼；慈安、毅宗，迭告大丧，事异寻常，有关国典，而皆躬与其役，琐屑举书，补会典所未备，拾国史之阙遗。综一代典，成一家言；艺事鉴赏，抑为末已。第此皆达官贵人，宾退随笔，未若王、李之作，能使穷士自娱其老云。王翁楚艳之侈，能以文字缘饰经术，收朋勤海，化及湘蜀，及所作支晦无俚，虽运而无所积。与世为趣，不同曾文正、李苑伯之刺促鲜欢，而多记博塞奸进之事。学人之望，固勿如越缦之足以厚厌矣。李生小心精洁，匪唯摭华，颇寻厥根，自负能为本末兼该之学。观其故实纷罗，文词耀艳，洵近世之华士闻人也！其书行世者既至五十一册，闷而弗睹者尚有二十一册之众。多文为富，日记之作，自来无此大观焉。顾犹时时征逐酒色，奔走公卿，如周昀叔所记为"心杂"者①，至以自累其书，未若谭先生尽刊以去之；而情思婵媛，首尾自贯，又异乎札记之伦，少以胜多，盖勿徒然。若夫心饮九流，口敝千卷，益之以博，附之以文，庶相齐肩，殆难鼎足。两君同产越中，岂地气邪？顾即同籀异，又有数端②。李承浙西乡先生之绪，嬗崇郑、许，诃禁西京之学，以为不过供一二心思才知之士，自便空疏③；谭则以越人而颠倒于常

---

① 见《鸥堂日记》。
② 凡所云云，均限《日记》。
③ 见《日记》。

州庄氏之门,谓可遥承贾、董,作师儒表,引冠绝学①。鄙陶子珍之流为经生屑守,欲以微言大义相讽谕②。此学问径途之大异者一也。谭既宗仰今文,而又信"六经皆史"之说,自有牴牾。拳拳奉《文史通义》以为能洞究六艺之原③;李则以章氏乡后生,而好言证史之学,鄙夷实斋,谓同宋明腐儒,师心自用④。此学问径途之大异者二也。李书矜心好诋,妄人俗学,横被先贤⑤;谭书多褒少贬,微词申旨,未尝逸口⑥。虽或见理有殊,而此亦德宇广狭之大异者焉。至于文字虽同归雅令,而李则祈向齐梁,虑周藻密;谭则志尚魏晋,辞隐情繁;亦貌同心异之一端也。谭《记》久已传世。夷吾丈人者,为谭先生姻家子。手录其余,列之丛刊,以为前《记》之续。索书而观,苦其易竟,又以先生绝笔于斯,未如前《记》之修饰尽匹。然而性情所至,往往妙不自寻。盖于是先生亦老矣。哀乐迫于暮年,死丧萃于骨肉。访旧半鬼,臣质多沦。经师如南海、余杭,才见头角;词客如樊山、硕甫,方当盛年。视昔日固无复戴子高、庄中白其人,视今日则康、易诸贤,一时俱逝,章、樊而下,仅有存者。则续《记》之行,不特视越缦二十一册之尚闷人间,为能释先生遗憾于九原而已。阅人成世之

---

① 见《日记》。
② 此谭致李书云云,见李《日记》。
③ 见《日记》。
④ 见《日记》。
⑤ 参观《日记》。
⑥ 参观《日记》。

感,要当与天下之士共之。唯丈人高文绮如,耻为小儒。周瑜、荀彧,虽曰未能①,谭、李之业,固自不让。名山有书,当成以渐。而又身兼张文襄所谓"刻书五百年不朽之业",于是乎为不廉矣。承属题词,蹇产之思,赴笔来会,不能自休。生本南人,或尚存牖中窥日之风。丈人哂之邪?抑许之邪?

无锡钱锺书②

---

① 复堂先生诗有"周瑜荀彧是何人"及"周瑜荀彧成虚语"之语。丈人三十一时亦云:"我与复堂同溇落,周瑜荀彧笑输伊"云。

② 此文"成于十九岁暑假中,方考取清华,尚未北游。"(见一九八一年十二月十三日钱锺书致汪荣祖信)——本书编者注

序冒叔子孝鲁《邛都集》①

叔子出示《邛都集》,江山之助,风云之气,诗境既拓,诗笔亦渐酣放矣。东坡云:"须知酣放本精微"。愿君无忽斯语。与君文字定交,忽焉十载,乱离复合,各感余生。自有麒麟之阁,赏诗不羡功名(本司空表圣杏花诗);相遗鲂鲤之书,远害要慎出入。君将南行,记此为别,聊当车赠。

丁亥(一九四七年)一月

---

① 作者冒孝鲁,名景璠,别号叔子。——本书编者注

《干校六记》小引

杨绛写完《干校六记》,把稿子给我看了一篇。我觉得她漏写了一篇,篇名不妨暂定为《运动记愧》。

学部在干校的一个重要任务是搞运动,清查"五一六分子"。干校两年多的生活是在这个批判斗争的气氛中度过的;按照农活、造房、搬家等等需要,搞运动的节奏一会子加紧,一会子放松,但仿佛间歇疟,疾病始终缠住身体。"记劳","记闲",记这,记那,都不过是这个大背景的小点缀,大故事的小穿插。

现在事过境迁,也可以说水落石出。在这次运动里,如同在历次运动里,少不了有三类人。假如要写回忆的话,当时在运动里受冤枉、挨批斗的同志们也许会来一篇《记屈》或《记愤》。至于一般群众呢,回忆时大约都得写《记愧》:或者惭愧自己是糊涂虫,没看清"假案"、"错案",一味随着大伙儿去糟蹋一些好人;或者(就像我本人)惭愧自己是懦怯鬼,觉得这里面有冤屈,却没有胆气出头抗议,至多只敢对运动不很积极参加。也有一种人,他们明知道这是一团乱蓬蓬的葛藤账,但依然充当旗手、鼓手、打手,去大判"葫芦案"。按道理说,这类人最应当"记愧"。不过,他们很可能既不记忆在心,也无愧怍于心。他们的忘记也许正由于他们感到惭愧,也许更由于他们不觉惭愧。惭愧常使人健忘,亏心和丢脸的事总是不愿记起的事,因此也很容易在记忆的筛眼里走漏得一干二净。惭愧也使人畏缩、迟疑,耽误了急剧的生存竞争;内疚抱愧的人会一时上退却以至于一辈子落伍。所以,惭愧是该被淘汰而不是该被培养的感情;古来经典上相传的"七情"里就没有列上它。在日益紧张的近代社会生活里,这种心理状态看来不但无用,而且是很不利的,不感觉到它也罢,落得个身心轻松愉快。

《浮生六记》——一部我不很喜欢的书——事实上只存四记,《干校六记》理论上该有七记。在收藏家、古董贩和专家学者通力合作的今天,发现大小作家们并未写过的未刊稿已成为文学研究里发展特快的新行业了。谁知道没有那么一天,这两部书缺掉的篇章会被陆续发现,补足填满,稍微减少了人世间的缺陷。

一九八〇年十二月

《记钱锺书与〈围城〉》附识[①]

这篇文章的内容,不但是实情,而且是"秘闻"。要不是作者一点一滴地向我询问,并且勤快地写下来,有好些事迹我自己也快忘记了。文笔之佳,不待言也!

钱锺书识

一九八二年七月四日

(原载《文汇读书周报》一九九八年一月十七日)

[①] 一九九七年十月十日,杨绛先生准备发表这篇附识时写道:"我写完《记钱锺书与〈围城〉》,给锺书过目。他提笔蘸上他惯用的淡墨,在我稿子的后面一页上,写了几句话。我以为是称赞,单给我一人看的,就收了藏好,藏了十五年。如今我又看到这一页'钱锺书识',恍然明白这几句话是写给别人看的。我当时怎么一点儿也没有想到!真是'谦虚'得糊涂了,不过,这几句附识如果一九八六年和本文一起刊出,也许有吹捧之嫌。读者现在读到,会明白这不是称赞我,只不过说明我所记都是实事。"——本书编者注

《壮岁集》序[①]

陈君百庸,轶才豪气,擅诗、书、画之三长。余识君也晚,已不及见田光壮盛时矣。尝谓之曰:"想子当年,意态雄杰,殆所谓兴酣落笔,摇五岳而吟沧洲者耶。"别去数载,忽寄《壮岁集》一卷来索序,且曰:"欲知狂奴故态乎?展卷斯在。"余披寻吟讽,君少日愤时救世、探幽寻胜、轻命犯难诸情事,历历纸上:嬉笑怒骂,哀思激烈,亦庄亦谐,可歌可泣。因参证缔交以来,君为国为民之壮志,一如畴昔也;好山好水之壮游,不减旧时也;若夫诗、书、画之大笔淋漓,更无愧老当益壮也。余不及见田光壮盛之憾,于是乎涣然释矣。君之诗,酣放可以惊四筵,精微可以适独座。余尝为君《出峡诗画册》题七言短句,品目之曰:"笔端风虎云龙气,空外霜钟月笛音。"今亦无以易之焉。

一九八三年五月

[①] 陈凡(字百庸)《壮岁集》,香港何氏至乐楼一九九〇年刊。——本书编者注

《走向世界》[①]序

我首次看见《读书》里钟叔河同志为《走向世界丛书》写的文章，就感到惊喜，也忆起旧事。差不多四十年前，我用英语写过关于清末我国引进西洋文学的片段，常涉猎叔河同志论述的游记、旅行记、漫游日录等等，当时这一类书早是稀罕而不名贵的冷门东西了。我的视野很窄，只局限于文学，远不如他眼光普照，察看欧、美以及日本文化在中国的全面影响；我又心粗气浮，对那一类书，没有像他这样耐心搜罗和虚心研读。一些出洋游历者强充内行或吹捧自我，所写的旅行记——像大名流康有为的《十一国游记》或小文人王芝的《海客日谭》——往往无稽失实，行使了英国老话所谓旅行家享有的凭空编造的特权（the traveller's leave to lie）。"远来和尚会念经"，远游归来者会撒谎，原是常事，也不值得大惊小怪的。

叔河同志正确地识别了这部分史料的重要，唤起了读者的注意，而且采访发掘，找到了极有价值而久被湮没的著作，辑成

[①] 钟叔河《走向世界——近代知识分子考察西方的历史》，中华书局一九八五年五月第一版。——本书编者注

《走向世界丛书》，给研究者以便利。这是很大的劳绩。李一氓同志和我谈起《走向世界丛书》的序文，表示赞许；晚清文献也属于一氓同志的博学的范围，他的意见非同泛泛。对中外文化交流史素有研究的李侃同志也很重视叔河同志的文章和他为湖南人民出版社所制订的规划。我相信，由于他们两位的鼓励，叔河同志虽然工作条件不很顺利，身体情况更为恶劣，而搜辑，校订，一篇篇写出有分量的序文（就是收集在这本书里的文章），不过三年，竟大功告成了。

"走向世界"？那还用说！难道能够不"走向"它而走出它吗？哪怕你不情不愿，两脚仿佛拖着铁镣和铁球，你也只好走向这个世界，因为你绝没有办法走出这世界，即使两脚生了翅膀。人走到哪里，哪里就是世界，就成为人的世界。

中国"走向世界"，也可以说是"世界走向中国"。咱们开门走出去，正由于外面有人推门，敲门，撞门，甚至破门跳窗进来。"闭关自守"、"门户开放"，那种简洁利落的公式语言很便于记忆，作为标题或标语，又凑手，又容易上口。但是，历史过程似乎不为历史编写者的方便着想，不肯直截了当地、按部就班地推进。在我们日常生活里，有时大开着门和窗；有时只开了或半开了窗，却关上门；有时门和窗都紧闭，只留下门窗缝和钥匙孔透些儿气。门窗洞开，难保屋子里的老弱不伤风着凉；门窗牢闭，又防屋子里人多，会气闷窒息；门窗半开半掩，也许在效果上反而像男女"搞对象"的半推半就。谈论历史过程，是否可以打这种庸俗粗浅的比方，我不知道。叔河同志的这一系列文章,中肯扎实,不仅能丰富我们的知识,而且很能够引导我们提出问题。

一九八四年三月

(原载《人民日报》一九八四年五月八日)

《徐燕谋诗草》序

余十三岁入苏州一美国教会中学。燕谋以卓异生都讲一校,彼此班级悬绝若云泥,余仰之弥高而已。越一年,君卒业,去入大学,在先公门下,为先公所剧赏;君亦笃于师弟子之谊,余遂与君相识。后来两次共事教英语,交契渐厚,余始得睹君诗笔超妙,冠冕侪辈,惊其深藏若虚,且自怅一向知之不尽,益叹常流为五七言,裁足比敬去文、卢倚马之属而已沾沾矜炫也。君于古人好少陵、山谷、诚斋、放翁,于近世名家取巢经巢、服敔堂。自运古诗,气盛而言宜,排奡而妥贴。《纪湘行》滔滔莽莽,尤为一篇跳出。今幸存《烬余集》中,余《谈艺录》曾称其《读〈宛陵集〉》五言古,则为六丁取将,不复可见矣。君近体属词俪事,贴切精工,而澹乎容与,无血指绝膑之态。忆君见已诗与余诗并载杂志,因赋一篇,警策云:"谁言我语胜黄语,敢学严诗附杜诗。"同人莫不击节绝倒。《烬余集》中追忆,才获半首,此联赫然犹在,特一二字异耳。余当时赠君诗云:"琢心一丝发,涌地万汪泉。"又以君好卧帐中读书,余有不知,叩之,如肉贯串,戏赠云:"示人高枕卧游录,作我下帷行秘书。"余于君倾心服膺,盖若此者。君耽吟有癖,与年俱甚。欢愉愁苦,意到笔随,老而更成,妙无过熟。子婿潘郎,裒录新什,斐然盈帙。二十年前余酬君诗尝云:"兄事肩随四十年,老来犹赖故人怜。"又云:"何时北驾南航便,商略新诗到茗边。"阅水成川,阅人为世,历焚坑之劫,留命不死,仍得君而兄事焉。先后遂已六十年一甲子矣。君怜余而弟蓄之如故。书问无虚月,又因老能闲,每岁必北游,晤面则剧谭暴谑,不减少壮。兹居然合新旧诗而共商略之,洵所谓"孤始愿不及此"也,岂非大幸事哉! 昔同寓湘西山间,僭为君诗稿作长序,稿既仅剩烬余,序亦勿免摧烧,余自存底本又佚去。忆序末略谓:相识来十年中,离合者数,合则如二鸟之酬鸣,离则如一莺之求友。①今君年逾耄耋,而齿宿意新,蕴不尽之才,征无疆之寿。余潢污易竭,薄植早雕,久矣夫! 吾诗之寻医也。高唱难酬,友声莫答。重展君诗,愧生颜变。不复能如少年狂态,奋笔更为之序矣。聊志吾二人之交情云尔。

　　　　　　　　　　乙丑四月,同学如弟钱锺书敬题
　　　　　(原载香港《文汇报》,一九八七年二月二十三日)

---

① 据郑朝宗先生说:"其实他的序文尚在人间,一九四二年我有幸得读此序,酷爱其文字之美,特把他抄录在一破旧的练习簿里,几十年来,几经劫难,书籍、笔记本散失殆尽,而此破本子赫然犹存,难道真的是有鬼神呵护的吗?"破本子所抄题目是:《徐燕谋诗序》。见下文。——本书编者注

徐燕谋诗序

余交燕谋垂二十年矣。初识君于吴门一教会中学,时年十三,为末级生。君长余六龄,都讲一校,号善属英文。望其衣冠之盛,啖饮之豪,稚駿企羡,以为天人。未几君去以入大学,则适出吾父门下,尊师而有礼,馈遗不绝,因稍得酬接,窃乐君之和易不吾弃也。余年二十三,至上海为英文教师,君已先在,所操业相同,重以旧谊,过从乃密。君故昆山钜家,良田广宅,可以乐其志者靡勿有。又好聚书,中外三数国典籍,灿然略备,悉假余不少吝,复时时招余饭其寓。顾君简默,多笑而寡言,踪迹虽数,未足以尽知之也。侪辈与君相处,以郭君晴湖为最久。晴湖,春榆侍郎从子也,亦出吾父门下,雅擅笔札,作诗小有《吴会英才集》风致,颇共余唱酬。偶言君亦能为诗,余漫应而未之信,以为新学少年,作诗若文,往往不过如鹦鹉能言,匪真能也,贵其难能耳。一日过君,闻君吟讽声殊美,洋溢户外,径排闼入,则君方摊稿诵自作诗,亟掩取而读之,怀抱渊厚,气骨高稳,不事描头画角,始大骇异,赋七言古一章赠之,今存余集中者是。有曰:"徐君作诗存于密,文章有神难久遏。"又曰:"莫更卫文如处女,万唤千呼始肯出。"盖本全谢山《文说》语调之也。自是厥后,君虽挒谦,始稍稍自信,于余无所复隐,较艺甚欢,文字之好,缔于此矣。及余赴欧洲,音问少疏,三载回归,已非故国。与君遇于沪上,各出诗相质,沧桑之感,苞莒之惧,并结乎心,未尝不恨志意之深,而文字之浅,不足以达也。而君诗则已大进已,苍坚崛兀,古体近郑子尹,近体类范无错,凡吴歈苏意,软媚之习,举洗而空之。试以询君,果喜此二家。于古则杜、韩也,坡、谷也,莫不含英而咀华,不舍而深入,独不嗜谢灵运、孟郊、杨万里,盖君宽厚以和,作雅言而不肯晦,苦语而不至于刻,放笔而不屑为野,亦秉性然也。余别君万里走昆明,寻间关来湖南穷山中,又得与君共事,南皮坠欢,几于重拾。然皆自伤失地,沉忧积悴,无复囊兴,岂无多士,在我非侪,煦沫嘤和,唯君是赖,文字之交,进而为骨肉,侘傺之思,溢之于篇章。君益冥搜,化排奡为熨贴,不矜不卓,而自开生面,君诗于是乎名家,而有以自立矣。抑君治英文学,饮冰室《诗中八贤》所谓"欧铅亚椠",固所宿习,而其诗伐材取意,一若庆郑之谏乘小驷,安于土产,不乞诸邻,雅饬有足称者。余尝谓海通以还,天涯邻比,亦五十许年,而大邑上庠,尚有鲰生曲儒,未老先朽,于外域之舟车器物,乐用而不厌,独至行文论学,则西来之要言妙道,绝之惟恐不甚,假信而好古之名,以抱守残阙,自安于井蛙裈虱,是何重货利而轻义理哉!盖未读李斯《逐客书》也。而其欲推陈言以出新意者,则又卤莽灭裂,才若黄公度,只解铺比欧故,以炫乡里,于西方文学之兴象意境,概乎未闻,此皆如眼中之金屑,非水中之盐味,所谓为者败之者是也。譬若啖鱼肉,正当融为津液,使异物与我同体,生肌补气,殊功合效,岂可横梗胸中,哇而出之,药转而暴下焉,以夸示己之未尝蔬食乎哉？故必深造熟思,化书卷见闻作吾性灵,与古今中外为无町畦。及夫因情生文,应物而付,不设范以自规,不划界以自封,意得手随,洋洋乎只知写吾胸中之所有,沛然觉肺肝所流出,曰新曰古,盖脱然两忘之矣。姜白石诗集序所谓"与古不得不合,不能不异"云云,昔尝以自勖,亦愿标而出之,以为吾党告。若学究辈墟拘隅守,比于余气寄生,于兹事之江河万古本无预也。今年夏,余将徙业以去,君重惜余之别,出稿命为序。余谓余集中诗,为君及冒君孝鲁作者最伙,如君诗之于晴湖及余也,援姜西溟之说,名字互见,倘亦可免于泯灭。识君二十年,聚散离合,真若过隙,合则为二马之同困,离则为一莺之求友,胥足以发皇诗思。然诗之变无尽,而一人之诗,虽善变而必至于尽。君年未四十,才力方盛,倘天意之欲昌诗也,则他日穷态而尽妍,必有甚异乎今者之撰,更二十年亦复易度。余不能诗,而自负知诗,方且取君老去之细律,作君晚年之定论,然则此序也,虽不作可也,而作之亦无伤也。民国三十年三月同学弟钱锺书敬撰。

《史传通说》①序

古之常言,曰"良史",曰"直笔";其曰"不尽不实",则史传之有乖良直者也。窃谓求尽则尽无止境,责实则实无定指。积材愈新,则久号博稽周知之史传变而为寡见阙闻矣。着眼迥异,则群推真识圆览之史传不免于皮相眭执矣。斯所以一朝之史、一人之传,祖构继作,彼此相因相革而未有艾也。刘彦和《史传》一篇稍窥端倪,刘子玄《史通》穷源竟委,慎思明辨,卓尔成一家言,后来论者,只如余闰。海通以还,吾国学人涉猎西方论史传著作,有新相知之乐,固也,而复往往笑与抃会,如获故物、如遇故人焉。吾友汪君荣祖通识方闻,贯穿新故,出其绪余,成兹一编。于中外古今之论史传者提要钩玄,折衷求是,洵足以疏瀹心胸,开张耳目,笔语雅饬,抑又末已。余受而读之,赏叹之不足,僭书数语于简端。

钱锺书,丙寅九月

---

① 汪荣祖著,台湾联经出版事业公司,一九八八年十月出版。——本书编者注

《〈管锥编〉与杜甫新探》序①

在中国,交通工具日渐发达,旅游事业就愈来愈兴旺,所谓"比较文学"也几乎变成了它的副产品。语言文字的挑衅性的障碍仿佛随着山川陵谷的阻隔一起消失了。

"三十年为一世",四十多年前真如隔了几世。那时候,对比较文学有些兴趣的人属于苏联日旦诺夫钦定的范畴:"没有国籍护照的文化流浪汉"(passportless cultural tramps)。他们至多只能做些地下工作,缺乏研究的工具和方便。《管锥编》就是一种"私货";它采用了典雅的文言,也正是迂回隐晦的"伊索式语言"(Aesopian language)。这个用意逃不出莫芝博士的慧眼。

莫芝博士也许是西方第一个"发现"《管锥编》而写出一系列研究文章的人。对赞美,我当然喜欢;对毁骂,我也受得了;唯独对于"研究"——尤其像莫芝博士的精思博涉的研究,我既忻忻自得而更栗栗自危。这篇不像样的短序,就算是被考验者照例

---

① 《〈管锥编〉与杜甫新探》是德国莫芝(Monika Motsch)教授的专著,法兰克福欧洲科学出版社,一九九四年出版。作者对《管锥编》进行系统研究,受到启发,以新理念对杜甫作了新的观察。——本书编者注

说的"博取善意"的开场白(captatio benevolentiae)罢。

一九九三年一月

(原载《钱锺书研究采辑》第二辑,三联书店,一九九六年二月第一版)

《吴宓日记》①序言

学昭女士大鉴：

奉摘示先师日记中道及不才诸节，读后殊如韩退之之见殷侑，"愧生颜变"，无地自容。先君与先师雅故，不才入清华时，诸承先师知爱。本毕业于美国教会中学，于英美文学浅尝一二。及闻先师于课程规划倡"博雅"之说，心眼大开，稍识祈向；今代美国时流所讥 DWEMs②，正不才宿秉师说，拳拳勿失者也。然不才少不解事，又好谐戏，同学复怂恿之，逞才行小慧，以先师肃穆，故尊而不亲。且先师为人诚悫，胸无城府，常以其言情篇什中本事，为同学笺释之。众口流传，以为谈助。余卒业后赴上海

---

① 《吴宓日记》，吴学昭整理，三联书店，一九九八年三月第一版。——本书编者注

② 美国新派人物反对大学课程为希腊、罗马文化和基督教相结合的人文主义传统所垄断，他们称人文主义者为 DWEMs。据美国《官方政治正确词典和手册》（一九九二），DWEMs 指"已故（Dead），白种人（White），欧洲人（European），男性（Male）"。该词典并以柏拉图为 DWEMs 的典型，认为"这些人应受谴责，不仅因为他们创造了至今仍形成现代大学课程核心的那些大量不相干的文学艺术和音乐作品，而且这些人还合力阴谋制订了那占统治地位的族长式的工业社会秩序"。——《吴宓日记》整理者注

为英语教师,温源宁师亦南迁来沪。渠适成 *Imperfect Understanding* 一书,中有专篇论先师者;林语堂先生邀作中文书评,甚赏拙译书名为《不够知己》之雅切;温师遂命余以英语为书评。弄笔取快,不意使先师伤心如此,罪不可逭,真当焚笔砚矣!承命为先师日记作序,本当勉为,而大病以来,心力枯耗。即就摘示各节,一斑窥豹,滴水尝海。其道人之善,省己之严,不才读中西文家日记不少,大率露才扬己,争名不让,虽于友好,亦嘲毁无顾藉;未见有纯笃敦厚如此者。于日记文学足以自开生面,不特一代文献之资而已。

先师大度包容,式好如初;而不才内疚于心,补过无从,惟有愧悔。倘蒙以此书附入日记中,俾见老物尚非不知人间有羞耻事者,头白门生倘得免乎削籍而标于头墙之外乎!敬请卓裁,即颂

近祉。

钱锺书敬上
(一九九三年)三月十八日

《周南诗词选》[①]跋

一九七九年暮春,予随社会科学院同人访美。经纽约,始于宾筵与君相晤,不介自亲。寒暄语了,君即谈诗。征引古人名章佳句,如瓶泻水。余大惊失喜。晚清洋务中名辈如郭筠仙、曾劼刚,皆文质相宣,劼刚以七言律阐释二十四诗品,尤工语言,善引申,不意君竟继踵接武也。以后书问无虚岁,常以所作篇什相示。君寻返国,任外部要职,公余枉过,亦必论诗。君折冲樽俎而复敷陈翰藻,"余事作诗人"云乎哉!多才兼擅尔。近编新旧篇什为一集,示余俾先睹之。君犯难历险,雄心壮业,老病如我,亦殊有"闻鸡起舞"之概。孙子荆云:"其人磊砢而英多"。识君者读此集,必曰:"其人信如其诗";不识君者读此集,必曰:"其诗足见其人"。率题数语于卷尾,质诸识曲听真者。

一九九五年

[①] 《周南诗词选》,香港香江出版有限公司,一九九六年九月第一版。——本书编者注

为什么人要穿衣①

在英国的心解学者之中,我最喜欢 Ernest Jones 和 J.S. Flügel 两家;因为他俩都能很巧妙地应用弗罗乙德的学理到一切事物上,而且都能写很流利可诵的文章。当然,在弗罗乙德学理的修正上,他们的贡献比,例如,W.H.R. Rivers,差得多;但是,"述者之明"四个字,他俩是至少当之而无愧的。

心解 Psycho-Analysis(对于这个字,高年宿学的批评家 G. Saintsbury 在他的富于机趣的《杂碎书》第一辑中曾发过脾气),本是一种"破执"的方法,是辩证法在意识上的应用(参观 M.J. Adler 的《辩证法》)。而一般心解学者,往往放一拈一,又生新执;T. Burrow 在《意识的社会基础》一书引论中曾透彻言之。弗罗乙德他自己已经有点"像煞有介事"了,Adler 更缺乏幽默;Jung 比较好些,但是他的近著《心理模型》,乱七八糟,绝无新见,不知何故能使绝顶聪明的 Aldous Huxley "吾师乎! 吾师乎!"地嚷起

---

① John Carl Flügel: *The Psychology of Clothes*(佛流格尔:《衣服的心理》),London: L. and V. Woolf at the Hogarth Press and the International Institute of Psycho-Analysis, pp. 257.

来(见所著 *Proper Studies*,出版于一九二八,似乎不如他的小说来得风行,至少是在中国,所以附带地介绍一下。中间有专论孔子一节,不以孔子与老子、基督、释迦并论,好像比把孔、佛、苏格拉底、Erasmus 四人相提并称的美国教授的识见高出一筹)。

凡读过佛流格尔博士《家庭的心解研究》和他在《不列颠心理学杂志》、《国际心解杂志》上所发表的文字的人,都能知道作者于莠罗乙德学理之使用,具有十分敏活的手腕,绝不露出牵强附会的痕迹。果然,这本《衣服的心理》是同样地爽心悦目;横看成岭,侧看成峰,新奇而不穿凿——撑伞是 womb phantasy,着尖头鞋是 phallic symbolism,诸如此类,作者"一拍即合"的本领,实可惊叹!作者的出发点以为衣服之起,并不由于保护身体,或遮羞,而由于人类好装饰好卖弄的天性(exhibitionism);作者的结论以为衣服违反"实在原理",故当在而且必在淘汰之列,"自然的朋友"或"裸体文化"不过是时间早晏的问题。仅就这两点而论,已足使熟读《创世记》树叶遮身的故事的人,骇一大跳了。作者又作进一步的讨论,以为人类一方面要卖弄,一方面要掩饰,衣服是一种委屈求全的折衷办法(compromise)。此外,对于装饰、剪裁、时髦,以及其他为人家所不注意的问题,均有娓娓动听的议论。而尤其使我喜悦的,就是卡莱尔奇书《衣服哲学》中许多见解,在本书中有意的或无意的都给证明了。

当然,可以批评的地方是很多。譬如讲衣服当废不当废的问题,未免牵涉到价值判断;而心解术与价值判断是不相容的,至少从我看来。又如讲时髦(fashion)亦不无遗憾之处。时髦之所以为时髦,就在于它的不甚时髦(fashionable)或流行;一件东西真变成时髦或流行了,那就无足为奇,换句话说,那就不时髦了。作者没有把这个现象界的"诡论"(paradox)讲得十分清楚。又如作者把"美容"分为两类:一曰"烘"(intensification),例如抹粉施朱;二曰"托"(contrast),例如"美痣"。这诚然是不错,但"烘云托月"大多数是一件事的两种看法;在云为"烘",在月则为"托",本是交相为用的。不过,这许多枝节的批评,无伤于本书之大体。

本书作者现在伦敦大学哲学心理学系教书。英国新出《近代学问大全》中《心解》一篇即出此君手笔,可见于学术界上已有相当的声誉。本书为 Jones 主编《国际心解文库》之第十八种,一九三〇年出版,当然非申府先生所介绍的"崭崭新"的书籍可比;但是,在外国杂志上,我还没有见到可观的批评,并且,衣服是中国"钦定"民生问题之一,故此乐为介绍。

最后,本书虽为莆罗乙德弟子所作,却绝无"脏"的地方;断不会"教坏"读者。加以印刷精良,插图美富,颇足增加阅览时的兴会。

(原载《大公报》一九三二年十月一日)

《一种哲学的纲要》[①]

这是一本十二开,合着"飞叶"算不过一百六十面的小册子。目录上却载着"意识问题"、"实在问题"、"经验问题"、"心理学问题"、"生命问题"、"神的问题"、"美学问题"、"品行问题"(原文为conduct,是伦理学的问题,译为"品行",所以与"行为"behavior 示别,二字涵义不同之处,Ward 在他大著《心理学原理》第三百八十五面上,讲得最清楚)、"情爱问题"、"政治问题"、"逻辑问题"和"神怪问题";差不多把哲学上的问题,应有尽有地都讨论到了,真令人起 Multum in Parvo 之叹! 书名是很值得我们注意的:它并不是普通的"哲学纲要"(an outline of philosophy),而是"一种哲学的纲要"(a philosophy in outline),着重在"一种"两字。顾名思义,自然,我们希望书中有作者自己的创见;可是,说来也奇,书中的议论,都是现在哲学界中很平常、很普通的议论。偶有不流行的见解,譬如论物如之绝对存在(The Absolute Existence of Thing-in-itself),则又是"刍狗已陈"而且讲不通的东西——Ben-

---

[①] 卞纳特著。基根,宝罗出版,一九三二年,二先令六便士。*A Philosophy in Outline*, By E. S. Bennett. Psyche Miniature. Kegan Paul. 1932. 2s 6d.

nett 先生亦未尝能把它讲通。据作者的自序看来,倒也没有"著书立说"、"成一家言"的意思;并且自谦为英皇陛下一个老老实实、"天真未凿"的公务人员(A Plain unsophisticated Civil Servant of the Crown)。因有激于老师某某两先生之言,谓非精熟哲学之历史,不能讲哲学,而平常人(ordinary person)则虽精熟哲学之历史,亦无能为役,故撰此书,以为平常人吐气。此书之目的在乎"To suggest a minimum dose of what I(Mr. Bennett) believe to be in controvertible philosophic truth such as might be suitable for teaching in all schools",而学生不必再掷光阴于无用(unprofitable expenditure of time)以研究哲学之历史云。换句话讲,这本书是——至少从作者自己看来——一本"袖珍哲学须知"。作者在自序中曾自称为"素人"(amateur),这话倒也并非过谦;因为他对于研究哲学历史——Ferrier 所谓"philosophy taking its time"——的态度,和他的意见以为哲学上的"真理"可以"囊括"(packed together)在一起,以为"速成"之用,都很明白地表示出一个不知"此中甘苦"的人来。

本书最重要的意见,在开头六章中,而此六章中,不可通——也许是不能懂——的地方最多。举个例罢,作者给"意识"下个定义道:"An activity of the organism in coordinating the various impressions received through the organ of sense."并举墨色背景上之白色纸片为证,这是很普通的说教,即英国分析心理派所讲"unity of consciousness"是也。可是有两个语病:第一,"the organ of sense"须改为多数,方能与"co-ordinate"相照应;因为第二,一个"organ of sense"在"a given moment"中,只能有一个"impression",无所谓"various impressions"。黑板上白纸,只是一个印象,并非如作者所谓一个黑的感觉再加上一个相反的白的感觉。据 Stout 讲,黑板白纸间之关系——即作者所谓 concrete relation——亦须经过一番分析和综合的工夫,才能见到;最初不过浑然一个印象("buzzing and blooming confusion")而已,作者所说,未免"阔于事情"了。作者在下文讨论数理关系与感觉关系之不同时,又道:"Between the parts of our sense presentation there obtain concrete relations which thrust themselves up on us, refusing to be other than they are. There are not merely a white card and a dark space; The card is for our vision in the space."此言与上文界说,不无自相矛盾;因为既然如此,又何须乎"意识"的"co-ordinating activity"呢? 此外如讨论"concrete"之不可言说,"物如"之绝对存在,都有些"莫明其妙";而作者的文笔又并不是"朴实说理,深入浅出"的,此地不能一一为之辩正了。

一般哲学家讲到宇宙间之有秩序,辄归之于"神"力。作者对于(一)时间之秩序,(二)空间之秩序,(三)生命之规律(law of ontogeny),亦不能解释,而归之于"神"。但是作者所谓"神",只有一种"cognitive function",绝无情感上的功能,所以作者讲美学,讲伦理学,甚而至于讲逻辑,都从心理出发——一种绝端的"psychologismus",而于神的存在及神的人性——Royce 认为宗教经验中最重要的一点——皆不肯下断语,这是作者谨慎的地方。可是最好的酒,还是在最后;"神怪问题",在我看来,是书中最清楚的一章,虽然没有特殊的意见,而三条结论颇能把对于此问题应抱的态度,很简捷的说出来,所举"凹镜"一例,也是"罕譬而喻"的。

附带地讲一讲作者的文笔,本来就是拖泥带水,不甚流利的;加以滥用名词,愈见诘屈,又好把许多子句、仂语,堆砌起来,中间点缀以括弧符号,成一"见首不见尾"的长句,忘掉文法的地方,亦所不免;也许是手民闹的顽意。此书既为"平常人"说法,似乎文笔不宜如此"艰深"罢?

(原载《新月月刊》第四卷第三期,一九三二年十月一日)

《大卫·休谟》[①]

这几年来,休谟似乎又交上好运了,试看,关于他的哲学和他的生平的书接连地出版。是六十年前罢,那时格林(T. H. Green)为休谟的全集做了两篇传诵一时的"引论",指桑骂槐地借着攻击休谟来攻击穆勒和斯宾塞尔,把休谟批评得体无完肤;从此,休谟的声名立刻低落下去,而格林的声名忽然地响起来了。格林劝二十五岁以下的青年,专读康德和黑格儿,而丢开斯宾塞尔和穆勒——当然,他不好意思说丢开洛克和休谟。六十年来,斯宾塞尔和穆勒诚然是"束置高阁"(on a shelf)了;康德和黑格儿呢?谢谢格林和凯尔德(Caird)的鼓吹,已经风弥英国了;但是,被打倒的休谟居然翻过身来了;而格林自己呢?时髦的唯心论者一手拉拢安斯坦,一手拉拢柯罗采了;甚而至于卜赖德雷的书,也是驳的多,读的少了,而格林呢? Où sont les neiges d'antan?

我常想,格林和休谟间的关系,并不如一般哲学史家和唯心

[①] J. Y. T. Greig(John Carruthers): *David Hume* (格莱格:《大卫·休谟传》), London: Cape.一九三一年。四百三十六页。十六先令。

论者甚而至于格林自己所想的那样格格不相容。据我看来,格林其实是承受休谟的知识论的衣钵的。何所见而云然?即于格林讲《知识中之精神原理》见之。因为格林不知不觉地接受了休谟对于知识的解析———一切感觉是零零碎碎的,不相联系的——所以他才那样发急,特地(ad hoc)把《精神原理》介绍进来,为这许多不联属的、零碎的感觉拉拢。假使格林像詹美士那样批评休谟——根本反对感觉是不联属的、零碎的,那么,《精神原理》便不需要了,至少在知识论上。这岂不是强有力的反证么?世苟有鲍桑癸,欲续作《现代哲学中之冤家碰头记》(*The Meeting of Extremes in Contemporary Philosophy*)者,愿以休谟与格林之 rapprochement 质之。

休谟之所以不朽,诚然是因为他的哲学。但是,他是一个多才多艺的人,不仅以哲学自限。于哲学家头衔之外,他还有许多旁的头衔,例如:史家、文家、政治家、经济家、卖空买空的商人、猪——"伊壁鸠鲁豚笠中最肥的猪",像史家吉朋在某处说过的,因为休谟的食不厌精(gourmet)和脍不厌"巨"(gourmand)。他的时代,又是历史上最有趣的时代——十八世纪。他又曾寄居于那个时代中最有趣的国——革命前的法国,而又与法国中最有趣的人——卢骚往来。其生活之丰富,可想而知。通行英国的"文人丛书"中的《休谟传》,虽出赫胥黎之手,只把三四十页了却休谟的一生,当然不会翔实。格莱格教授居然详详细细地花了四百余页来专记休谟的行事,我们看了已经够高兴了,何况教授的文章是这样的轻灵呢?作者为文学批评家,苏格兰人,而生长于中国的东三省；自今年起，在南斐洲 Witwatersrand 大学任英国文学教授，除为休谟作详传外，并且编辑过他的书信集（此书张申府先生新哲学书中曾介绍过）。此传专记生平，并不批评学理；叙述虽十分生动，而事实却都有根据（documented）。看惯 Strachey-Maurois-Ludwig 派所作的传记的人，也许觉得本书欠"刺激性"。但是，本书的目的是叙述而非描写，所以（一）不"踵事增华"，（二）不卖弄才情——像 Charles Smith 在 *Historical Biography* 中所指摘 Strachey-Maurois-Ludwig 派那样的做。然而本书中像描写苏格兰教堂中做礼拜的情形，休谟与巴黎贵妇演戏时的窘状（"Eh bien, mesdemoiselles, vous voilà donc"），休谟与卢骚伦敦看戏的盛况，等等，其有趣味正不亚于小说。

从来批评休谟的人，总说他名心（vanity）太重，例如 Taylor 教授在《休谟与不可思议》演讲中，Selby-Bigge 爵士在《人知探究》引论内。赫胥黎甚至痛斥休谟为好名一念所误，不专攻哲学。但是，从格莱格教授看来，休谟根本上是一个讲实际而不重虚想的人。像《人性论》那样大著不过是休谟少年未入世以前的"超超玄著"。休谟中年后的讲史学，讲政治，讲经济，改《人性论》为《人知探究》，并非想"曲学阿世，哗众取宠"，像赫胥黎所说，而实出于其求实用的脾气。这一点的确是对于休谟的人格的解释上极重大的贡献。然而我们看到休谟这样的讲实用，终不免被《哲学家的心理》的作者 Hertzberg 博士置之 professional failure 之列，我们不自主地想到 transcendental irony 了！

本书作者虽没有综括地说明休谟是怎样的人，休谟却曾把自己的特征分为十六项。摘译数则,使读者可想像休谟的风趣:(一)好人而以做坏事为目的;(三)非常用功,但是无补于人而亦无益于己;(八)非常"怕难为情",颇谦虚,而绝不卑逊;(十一)虽离群索居而善于应酬;(十三)有热诚而不信宗教,讲哲学而不求真理;(十四)虽讲道德,然不信理智而信本能;(十五)好与女子调情,而决不使未嫁的姑娘的母亲发急或已嫁的姑娘的丈夫捻酸。

本书第一章为休谟哲学之简单说明。虽无特见,而其称赞黎德(Reid),颇足注意。作者的苏格兰人的特色,此处极看得出。苏格兰人最深于地域观念,讲到驳休谟的怀疑论的人,总要抬出黎德来和康德相比——已故 Andrew Seth 的《苏格兰哲学》那本书就是一个好例。

本书有几个文字上的小错误。例如:一二〇页十九行 letter 当作 latter,一二八页五行 sending 当作 sent。我从前常想休谟喜欢"手谈"(参观 *Treatise*, Selby-Bigge Edition p. 269),在本书却没有能证实,不免使我失望。

(原载《大公报》一九三二年十月十五日)

《中国新文学的源流》[①]

这是一本小而可贵的书,正如一切好书一样,它不仅给读者以有系统的事实,而且能引起读者许多反想;加以周先生那"冷冷然"的语调,和他的幽默的"幽默"(quietistic humor),我们读完之后更觉得它十分地 companionable。惟其书是这样的好,评者愈觉得为难;要赞呢,须赞个不休;要评呢,又不愿意糟蹋这本好书。当然,那种评论普通文学史的手段——评论作者之标举不当(sins of omission and commission),在本书是用不着的,因为作者本意只是"偶然标举,意不求全";对于本书理论上有不同意的地方,例如,作者纯粹的"为文学而文学"的见解——我名之曰文学的"自主论"(autonomy),亦无须讨论,因为这不是本书的重心所在。我的方法,只是把本书全部地接受,而于其基本概念及事实上,加以商榷,或者说是补充;琐碎的地方,都存而不论。但是,关于现代中国文学一节尚待专家来讨论,此处恕从略。

本书的基本概念是:明末公安派、竟陵派的新文学运动,和民国以来的这次文学革命运动,趋向上和主张上,不期而合,或

[①] 周作人讲校。邓恭三记录。北平人文书店出版,一九三二年。实价大洋五角。

者用周先生自己的话,"无意中的巧合",因此周先生颇引为"奇怪"的事。我看,这事并不足为奇,因为这两个文学运动同是革命的,所以他们能"合";又因为他们同是革命的而非遵命的,所以他们能"不期而合",——假使"有期而合",便是遵命的了。如此着眼,则民国的文学革命运动,溯流穷源,不仅止于公安、竟陵二派;推而上之,像韩柳革初唐的命,欧梅革西昆的命,同是一条线下来的。因为他们对于当时矫揉做作的形式文学都不满意,而趋向于自我表现。韩的反对"剽贼",欧的反对"挦扯",与周先生所引袁中郎的话,何尝无巧合的地方呢?诚然,周先生把唐宋元的文学,叙述得太"大意"(cavalierly)了。韩柳之倡两汉三代,欧梅之尊杜韩(关于欧是否也尊杜的问题,不能在此讨论),正跟公安之倡白苏一样(严格地说,白苏并称,只有伯修,中郎称东坡而遗香山),不过是一种"旧瓶盛新酒"的把戏,利用一般人崇远贱近的心理,以为呐喊的口号。不幸,韩柳的革命是成功了,而只能产生遵命的文学;欧梅的革命也成功了,也只能产生遵命的文学;公安、竟陵的革命,不幸中之大幸,竟没有成功(照我所知,两派的声势,远不如"七子"的浩大),所以才能留下无穷去后之思,使富有思古之幽情如周先生也者,旷世相感起来。这里,似乎不无成败论人的"抗不来格事"(complex);当然,普通成败论人的标准,在周先生是反过来了。

周先生把文学分为"载道"和"言志"。这个分法本来不错,相当于德昆西所谓 literature of knowledge 和 literature of power。至于周先生之主"言志"而绌"载道",那是周先生"文学自主论"的结果。这种文学自主论袁枚在他一首《答友人论文第二书》里讲得差不多有周先生那样的清楚,我们毋庸讨论。只是,周先生以"文以载道"和"诗以言志",分为文学史上互相起伏的两派,这原是很普通的说教,研究历史的人,都知道有这种 dialectic movement。不过,周先生根据"文以载道"、"诗以言志"来分派,不无可以斟酌的地方。并且包含着传统的文学批评上一个很大的问题。"诗以言志"和"文以载道"在传统的文学批评上,似乎不是两个格格不相容的命题,有如周先生和其他批评家所想者。在传统的批评上,我们没有"文学"这个综合的概念,我们所有的只是"诗"、"文"、"词"、"曲"这许多零碎的门类。其缘故也许是中国人太"小心眼儿"(departmentality)罢!"诗"是"诗","文"是"文",分茅设蕝,各有各的规律和使命。"文以载道"的"文"字,通常只是指"古文"或散文而言,并不是用来涵盖一切近世所谓"文学";而"道"字无论依照《文心雕龙·原道篇》(一篇很重要的参考,而《现代评论》第八卷二〇六、七、八期中所载雪林女士之《文以载道》一文,竟没有提到,却引了无数老子、淮南子的不相干东西。)作为自然的现象解释,或依照唐宋以来的习惯而释为抽象的"理","道"这个东西,是有客观的存在的;而"诗"呢,便不同了。诗本来是"古文"之余事,品类(genre)较低,目的仅在乎发表主观的感情——"言志",没有"文"那样大的使命。所以我们对于客观的"道"只能"载",而对于主观的感情便能"诗者持也"地把它"持"(control)起来。这两种态度的分歧,在我看来,不无片面的真理;而且它们在传统的文学批评上,原是并行不背的,无所谓两"派"。所以许多讲"载道"的文人,做起诗来,往往"抒写性灵",与他们平时的"文境"绝然不同,就由于这个道理。他人不用说,举周先生所谓"桐城派定鼎的皇帝"为例罢;读过姚鼐的诗的人,一定会和程秉钊《国朝名人集》题词那样想:"论诗转贵桐城派,比似文章孰重轻!"周先生书中曾引过刘熙载的话,我们更把刘氏《艺概》为例罢;刘氏在旧批评家之中,是比较有思想的人,但是在《艺概》一书中,《文概》和《诗概》划然打作两橛!《文概》里还是讲"经诰之指归,迁雄之气格",《诗概》里便讲"性情"了。这一点,似乎可资研究中国传统的文学批评的人参考。

本书讲公安派颇详细,讲竟陵派不过寥寥数语,这当然因为公安派在理论上比较有发挥。但周先生因此而谓公安派持论比民国文学革命家,如胡适先生,圆满得多,这也许是一种立异恐怖!公安派的论据断无胡适先生那样的周密;而袁中郎许多矛盾的议论,周先生又不肯引出来。譬如周先生引中郎所作《雪涛阁集唐文》而加以按语谓:"对于文学史这样看法,较诸说'中国过去的文学所走的全非正路,只有现在所走的道路才对'要高明得多",而不知中郎《致张幼于》一劄中也仿着七子的口气说过"唐无诗,秦汉无文,诗文在宋元"那种一笔抹杀的不甚"高明"的话。又如以民间歌谣如《打枣竿》、《劈破玉》之类与宋元诗混为一谈,似乎也欠"高明"(附带地讲一桩有趣的巧合。中郎的提倡民间文学,诚无足怪;而一意复古的巨子如李空同,也令人意想不到地提倡民间文学,参观《诗集自序》及《拟乌生八九子后附郭公谣自识》。从来讲明文学史的人,对于这一个有趣的 rapprochement 都没有注意到)。此外枝枝节节的刺谬,亦不在少数;例如在《答梅客生》一书中,捧东坡为千古无两,而在《上冯侍郎座主》一书中,对徐青藤那样捧法,则"卓绝千古"的东坡又出青藤之下了。在《致张幼于》一书中,把汉唐一笔抹杀而推重宋元,而在《答梅客生》另一书中偏又说:"当代可掩前古者,惟阳明之学而已;其他事功文章,尚不敢与有宋诸君子敌,遑敢望汉唐也!"徐青藤又似乎被王阳明挤出了。诸如此类,虽不必一一举,我们可以想像中郎的善于自相矛盾了。更有一件有趣而周先生没有讲到的事,就是袁中郎多少有和周先生相似的地方——主张八股的(参观《时文叙》、《与友人论时文》诸篇)。我们知道周先生的主张讲八股,是为了解旧文学起见;中郎则不然,他为"时文"的"时"字所惑,以为"时"即"不古"之谓,所以居然以"时文"当作"天地间之真文"。就这一点论,袁中郎的识见,远不如周先生自己来得"高明"了。

周先生又举出几个人如金圣叹、李笠翁,以为他们皆受公安派和竟陵派的影响的。不错,这几个人都是文学上的流星,向为正统文学史家所忽视,诚然有标举之必要,但是我们也不能忽视公安派和竟陵派在正统文学上的影响,例如它们与明清间"宋诗"运动的关系,尤其是钟谭对于王渔洋诗学的影响;这许多问题,一般文学史书都没有注意,我的意见,与周先生完全一致,不过为补充周先生之说起见,故提到这许多问题。

在初,我已经声明不谈标举的问题,但是看了附于书后的《近代散文钞》目录之后,又忍不住要说一句话。周先生提出了许多文学上的流星,但有一座小星似乎没有能"swim into his ken";这个人便是张大复。记得钱牧斋《初学集》里有为他作的状或碑铭。他的《梅花草堂集》(我所见者为文明书局《笔记小说大观》本)我认为可与张宗子的《梦忆》平分"集公安、竟陵二派大成"之荣誉,虽然他们的风味是完全不相同。此人外间称道的很少,所以胆敢为他标榜一下,并且,我知道,叶公超先生对于这本书也非常的喜爱。

周先生引鲁迅"从革命文学到遵命文学"一句话,而谓一切"载道"的文学都是遵命的,此说大可斟酌。研究文学史的人,都能知道在一个"抒写性灵"的文学运动里面,往往所抒写的"性灵"固定成为单一的模型(pattern);并且,进一步说所以要"革"人家的"命",就因为人家不肯"遵"自己的"命"。"革命尚未成功",乃须继续革命;等到革命成功了,便要人家遵命。这不仅文学上为然,一切社会上政治上的革命,亦何独不然。所以,我常说:革命在事实上的成功便是革命在理论上的失败。这诚然有些乞斯透顿式"诡论"的意味,但是叔本华说得好:"假如在这个世界里,真理不同时是诡论,这个世界将何等的美丽呢!"后之视今,正犹今之视昔,世间有多少始于"革"而不终于"因"的事情?

把周先生的书批评了一大套,并不足以减损它的价值。这本书无疑地能博得许多称誉,无须我来锦上添花,虽然如裴德所说,最好的批评都是称誉。

(原载《新月月刊》第四卷第四期,
一九三二年十一月一日)

休谟的哲学①

这是在英文中讲休谟的哲学的最详备的书,也是莱尔德教授《唯实论探究》后最好的著作,虽然他出版了大大小小好几种书。本书凡十章:曰引言,曰感象论(Sensory Phenomenalism),曰空间、时间与外界存在,曰因果、实验与归纳,曰体与心,曰自然与怀疑论,曰情(Passions),曰伦理与人道,曰政治、经济、历史与文学批评,曰宗教。虽应无者不必尽无,而应有者却已尽有;引言前半章并且是休谟的略传。于休谟学说之来源,有极繁博的考订;于休谟学说之症结,有极慎密的分析。假使有一个美中不足的地方,那就是莱尔德教授弄得太烦碎了,反而提挈不起休谟学说的纲领来。我们所得的印象是:休谟并非如我们理想中那样戛戛独造,前无古人;他不仅于同国哲学先辈如霍布士、奈端、洛克、柏克立,以至于《蜂喻》的作者 Mandeville 都有所承受,并且在重要的意见上,他多少总被两个法国人玛尔布朗什 Malebranche 与白勒 Bayle 所支配——打开书来一看,援据之多,引证

---

① John Laird: *Hume's Philosophy of Human Nature*(莱尔德:《休谟之原人哲学》). London: Methuen. 九又三百十二页。一九三二年。十二先令六便士。

之广,满纸云烟(cloud of witnesses)似的,读起来非常费力。加以莱尔德教授故习依然,拼命想做警句,语不犹人(preciosity);例如:三十二页上云:"Every idea is so very wise as to know its father",三十五页上云:"Impressions were literally capable of a comatose resurrection",看后终觉得浑身不痛快似的。并且,作者好用对称:如以 semi-competent futility(!)对 misplaced superiority,以 largely agreed 对 subtly differed;似乎没有学到休谟文笔的好处,把休谟文笔的坏处——格莱格教授所谓"pairing for euphony"——倒学像了。这许多咬文嚼字的勾当,本来是无需的。但是,因为莱尔德教授自己评书的时候,总喜欢替人家斟酌字句,故聊一效颦云尔。

记得莱尔德教授在《知识、信仰与意见》一书中曾说过他生平学问于古最得力于休谟,于今最得力于穆尔(G. E. Moore)。无怪乎他在本书中一变平日英雄(cavalier)的气概,对休谟那样恭而且敬。他在自序内很扪谦地说研究休谟者凡二十五年,每一年读休谟的时候,终觉得往年知他不尽,有许多误解的地方;恐怕以后再研究他二十五年(愿天使莱尔德教授长寿!),也未必能完全了解。这种"其词若有憾"的态度,确然足以表示出教授的谦德;但是做书评的人便无从开口了,因为他对于休谟决没有二十五年的长期研究,所以在提出以下几点的时候,评者自己觉得非常之惶恐。并且会声明在先,这本费了二十五年精心结撰的巨著,有非一篇书评所能说尽的好处。

莱尔德教授以为休谟的哲学的基本原则是:一切知识和信

仰皆始于现象而终于现象(appearances)，一切现象皆由于感觉(sensations)(本书二十五页)。莱尔德教授对于此点特别注重。当然"现象"这个名词,是《爱丽斯异乡游记》的作者所谓 portmanteau word,不过我们一时倒也想不出较妥善的名词来。但是,休谟对于感觉的性质的描写,莱尔德教授似乎没有充分的注重。所以评者以为于原则(一)"一切知识"云云之外,根据《人性论》卷三附录中休谟自己的撮要,须加上原则(二)一切感觉都是零碎的、不相联系的、界限分明的(distinct)(参观 Treatise,六三六页,休谟在此处综括自己的哲学所成的两个命题,评者认为十分重要的,莱尔德教授却没有引,他在二十九页上只引了一八九页、四五八页),方得休谟哲学之全。莱尔德教授虽然知道感象论为休谟哲学之中心原则,却没有能把休谟对于此原则在各种问题上之应用作有条理的叙述,所以他的书遂致那样的缺乏纲领。据评者看来,休谟解决问题时有(甲)并用(一)与(二)两原则者,例如他的讲因果关系;有(乙)仅用(一)者,例如他的讲几何学;有(丙)仅用(二)者,例如他的讲自我,讲时间。姑为简单的说明,为读本书者之参考。(甲)根据原则(二)一切存在(existence,六三六页)或物件(Object,二〇二页)只能"contiguous",决不能"connected";但是因果关系又是公认的现象,普遍的信仰(belief)(一〇七、一〇八页),根据原则(一),又似乎不可否认。因为感象论的要旨,简括地说就是"似的即是的"(whatever appears is)。休谟左右两难,想出一个折中办法;否认因果关系物理上(或现象上)的存在,以求无背于原则(二),而承认因果观念心理的存在——联想习惯的产物（一六六至一六八页），以求无背于原则（一），这样一来，两面都到了。莱尔德教授对于心理上或物理上存在这一点，却没有讲清楚。（乙）休谟对于几何学理论上的组织，认为有必然性；但是对于"几何观念"（geometrical ideas）现象上的存在，他十分怀疑。简言之，他承认几何学组织之为对（valid），而否认"几何观念"之为实（real）（四五页以下，又七一页以下）——原则（一）之应用。评者曾在一篇讲怀疑论的英文文章中，把休谟的意见概括为二点：(A)"几何观念"与一切观念同，皆源于感觉印象（impressions），故决不会比旁的观念更真实；(B)几何学的标准是矫揉造作的（arbitrary and manmade）；(C)"几何观念"之所以比一般观念准切（precise），乃是人工所致，其实，既不"实"，又无用（They are made so at the expense of their usefulness and reality）。休谟对于几何命题间的关系，觉得无懈可击（fullest assent and approbation，五十二页），他只是否认在现象上能找出那么清晰，那么准切的"几何观念"来；这完全是根据于原则（一），莱尔德教授对于这一点，解析得非常之不清楚。他又以为休谟对于几何学的见解，适与笛卡儿相反。我也觉得不十分对：笛卡儿之尊几何学，正因为它组织之严密，可以使它脱离感觉界（withdraw from senses）(*Discourse*，七五页)；休谟于几何学组织的严密，未尝有违言，他只是对几何学所以组织成的分子有疑问罢了，与笛卡儿并没有针锋相对。（丙）关于这一点，格林批评最利害——诚然，他全副精神都贯注在原则（二）上面，所以此地毋庸再说。格林所作休谟集"总引"（General Introduction）第二四五节以下，差不多都是说明休谟怎样应用原则(二)于时间及自我问题上。休谟因为执著原则(二)的缘故，所以觉得时间也可以分为零碎的"parts"，用近代的话来讲，休谟把时间空间化了：所以他只注意到时间的 succession，而没有注意到时间上最重要的两个现象——simultaneity 与"绵延"（也许是为了这两个现象与原则(二)不甚相容的缘故）。莱尔德教授似乎也没有看到这点。再者，莱尔德教授把休谟学说的源流讲得很清楚，而对于原则(二)与前人学说是否有相同之处，却没有提到。评者常觉得休谟的 perception 与笛卡儿的 intuition，十分相像，都是 atomistic 的东西，希望研究西洋哲学史者能留心到此点。

有一小节，评者甚不以莱尔德教授为然，莱尔德教授在批评休谟的联想说的时候，说 Stout《分析心理学》里对于此问题有最后之解决。《分析心理学》当然是一部精辟无比的名著，但是 Stout 对于联想说的批评，完全本之于卜赖德雷《逻辑原理》第二卷第二部第一章，莱尔德教授自己所引 "Association only marries universals"，亦即卜赖德雷之隽语。卜赖德雷批评联想说的一节，差不多是他生平著作中最传诵的文字，假使评者没有记错（因为手边没有以下两本书），《大英百科全书》第十三版联想条把此节完全引入，诗人 T. S. Eliot 在论文集 *For Lancelot Andrews* 中赞赏卜赖德雷文笔的时候，此节亦在称引之中。莱尔德教授徒以派别的关系，引其言而没其名；本书二六五页说休谟对福禄泰尔的态度有些"不光明"（disingenuous），希望莱尔德教授自己学休谟才好。

评者很抱歉没有把本书的好处一一说出来。莱尔德教授提到近人对休谟的问题有什么解决的时候,从来没有露出后来居上,今是昨非的态度。在"一切价值都重新估定"的中国,这一点颇可取法。假使一个古代思想家值得我们的研究,我们应当尊敬他为他的时代的先驱者,而不宜奚落他为我们的时代的落伍者,换句话讲,我们应当看他怎样赶在他同时人之先,而不应当怪他落在我们之后,古人不作,逝者如斯,打死老虎够得上什么好汉?

(原载《大公报》,一九三二年十一月五日)

鬼 话 连 篇[①]

在一切欧美哲学家之中,只有威廉·詹美士才够得上"immortal"这个字。

"immortality"有两个涵义:第一个涵义,就是我们通常所谓"不朽",第二个涵义是郑道子《神不灭论》所谓"不灭"。这两个涵义大不相同,假使我们要详细地分疏它们的不同("multiply distinctions"),虽几十万字亦不能尽。我在此处只能举出我所认为最重要的四点:(1)"不朽"包含着一个价值判断;我们总觉得"不朽"的东西都是"好"的东西——虽然几千年前中国的 Cynic 早知道"流芳百世"和"遗臭万年",从"不朽"的立场上看来,是没有什么分别的——譬如我们说"叶斯壁"和"陶士道"的作品皆足以"不朽",又如法兰西学院的四十尊"immortels"都是公认为最"好"的文人。反过来说,凡是不"好"的东西,我们认为是要"朽"的,是有时间性的,例如一个教授批评"陀思妥耶夫斯基为必死

[①] Jane Revere Burke: *Let Us In*, A Record of Communications believed to have come from William James(白克夫人:《让我们进来》,已故威廉·詹美士与人间世的通讯),E. P. Dutton & Co., N.Y.,一九三一年出版,二一页又一四四页。

必朽之文学",又如我们骂人家"老朽",骂人家"该死"。"不灭"呢,只是一个纯粹的存在判断;"不朽"的名人的灵魂固然"不灭","必死必朽"的人的灵魂也同样地"不灭"。不论灵魂在天堂之中逍遥,或在地狱之中挣扎,只要"有"灵魂,就当得起"不灭","不朽"是少数人的 privilege,"不灭"是一切人的 right。康德在《纯理性批判》卷二第二章第四节中给"不灭"下的定义是,一个人的"永久继续着的存在"(infinitely prolonged existencc);"殁而为神"也好,"殁而为鬼"也好,鬼和神在存在上是一般的。(2)"不朽"是依靠着他人的,是被动的,因为我们通常所谓"不朽",只是被后世所知道,被后世所记得之谓(关于记忆与"不朽"与价值的关系,长才短命的 Otto Weininger 在他的奇书《性别与性质》第二部中讲得最发人深省);我们不仅要"好",并且要人家知道我们的"好",才算"不朽"。"实"虽在乎自己,"名"有赖乎他人,所以诗人济慈临死要发"姓名写在水上"那样的牢骚。"不灭"呢,是自主的;早被忘掉的人,虽在人间世已经是销声灭迹的了,但依照"不灭"的原则在幽冥界中依然存在着,正好比一般无声无臭的人,虽然不为社会所知,也一天一天地度着他们的黯淡的生活。换句话讲,"不朽"的 Esse 有待于 Percipi,而"不灭"的 Esse 无待于 Percipi。因此(3)我们说某人"不朽"的时候,我们并不是说某人的身体没有"出于土而归于土",我们只是说某人的姓名或作品能长为旁人记忆着;严格地我们应当说某人名的"不朽"。同样,我们讲"不灭"的时候,我们并不是指"embodied self"(借用 G.F.Stout《物与心》中的名词)全部"不灭",我们只是指全人格中的一部分"不灭"——Broad 所谓"灵子"(psychic factor)。用中国的旧话来说,我们只是说"形徂而神在"——"神不灭"。所以"不朽"和"不灭"在不同之中又有相同之点:"不朽"仅指一个人的姓名或作品,"不灭"仅指一个人的灵魂;它们都不是指全分人格的"保留"(survival),而只是指一部分人格的"遗留"(persistence)。(4)"不朽"是人间的现象,"不灭"断非人间世的现象;关于幽冥界怎样,我们不知道。我赶紧声明我既无"不朽"的奢望,亦无"不灭"的信仰,我只是借这个机会把"immortality"的两个涵义分析比较一下。

从柏拉图的《斐都篇》直到 Broad 的《心在自然界之位置》,均有"神不灭"的证明。但是"事实胜于雄辩",詹美士的现身说法,比任何论证都强。诚然,在一切欧美哲学家之中,只有他当得起"immortal"这个字,因为他在人类文化上贡献之伟大可以使他的"大名垂宇宙"——名不朽,而据白克夫人的《让我们进来》的报告,他老人家的灵魂又方逍遥于冥漠之乡,——"神不灭";"immortal"的两方面,詹美士都做到了。詹美士的哲学虽不免洋行买办的气息,而詹美士的品性却带一些神秘的意味,跟一切伟大的人一样。他对于神不灭论或者——通俗地说——有鬼论,是有相当的信仰的(参看他的《书信集》);他在有名的 Ingersoll 演讲里面曾讲过形与神的关系不一定是"利寓于刃"的关系(instrumental),像我国范缜所说,而也许是"薪尽火传"的关系(transmissive),像桓谭所说。不料几十年之后,他老人家居然"显圣"起来!白克夫人不知何许人,据说是一个美国的"圣手书生"

(automatic writer)，她的手为詹美士的灵爽所凭，发表了无数在幽冥界所发生的感想，结果成功了这一本书。并有 Edward P. Martin 所作的序言。内容非常之乌烟瘴气，不仅有鬼话那样的漠忽，并且有梦话那样的杂乱。我们简直想不到本书是威廉的手笔。无论如何，白克夫人是有自知之明的；她在一三四页上说道："我完全知道这本书没有充分的证据使读者信其为出于幽灵之手。"我们不敢说白克夫人存心欺骗，因为我们知道这种"说谎说到自己都当真"的心理；Rebecca West 女士在《坐在黑暗中的人们》那篇小说里，把神媒们这种心理，写得非常透彻。詹美士的徒弟 F. C. S. Schiller 博士对白克夫人十分地怀疑；博士毕竟不愧为英国人，上过 Cock Lane Ghost 的当，知道女人最善于"捣鬼"的。

记得赫赫有名的"圣手书生"Worth Patience 女士的一桩故事。有人问她在阴间遇见詹美士没有，她莫名其妙地回答道："I telled a one o' the brothers and neighbors o' thy day, and they both know."（Agnes Reppelier 女士的《摩擦点》中引）因为讲到詹美士的鬼，附带地提一下。

盛德坛的高会似乎比外国的"赛因士"（séance 不是 science）庄严得多，只有教堂里的做礼拜差足相比——诚然，我常以为做礼拜不过是大规模的"赛因士"，教士说教无异为 Holy Ghost "关亡"。并且外国人所请到的鬼，都有傻气——鬼而不诡，远没有中国鬼的机伶。中国降坛的鬼，都是名"人"，动不动便是老子、孔子、释迦之流，甚至摩诃末德和耶稣基督也曾临过坛以英文宣讲教义；外国所讲到的鬼，大多是无名小鬼，虽有"不灭"之"神"

却无"不朽"之"名",白克夫人居然能讲到威廉·詹美士,的确是破天荒的盛事!

倾倒一世的 Mme de Maintenon 说道:"死人是不写东西的"(Les morts n'écrivent point)。白克夫人的书就是一个绝好的反证。当然,在某种意义上,Mme de Maintenon 的话尚讲得通:因为写东西的不是死人,而是活鬼。据另一个神媒 Elsa Barker 女士讲,幽冥界有意想不到的详备的图书馆,想来文化事业是极发达的了!

本文所以标题为"鬼话连篇"者,因为白克夫人的书是鬼讲的话,而本文是讲鬼的话,亦有两种涵义也——

姑妄言之妄听之,

夜凉灯颤梦回时。

(原载《清华周刊》第三十八卷第六期,

一九三二年十一月七日)

英译《千家诗》

旧日吾国启蒙之书，《老残游记》所谓三百千千者是也。中惟《三字经》有 Giles 英译本，Brouner 与 Fung 合撰《华语便读》第五卷亦尝注译之，胥资西人学华语之用，无当大雅。《千家诗》则篇章美富，虽乏别裁之功，颇见钞纂之广。其中佳什名篇，出自大家手笔者，译为英文，亦往往而有。然或则采自专集，或则本诸他家选本，均非据后村书也。前税务督办蔡君廷干，近译《千家诗》卷一、卷三所录之诗都一百二十二首为英文韵语，名曰 Chinese Poems in English Rhyme，由美国芝加哥大学出版部印行，定价美金三圆五角。其译例见自序中，以中文一字当英诗一 foot 或二 syllable，故 pentameter 可等中国诗之五言，hexameter 差比中国诗之七言。宁失之拘，毋失之放。虽执著附会，不免削足适履之讥，而其矜尚格律，雅可取法。向来译者每译歌行为无韵诗，衍绝句为长篇，头面改易，迥异原作。蔡君乃能讲究格式，其所立例，不必全是，然循例以求，不能读中国诗者，尚可想像得其型式之仿佛，是亦差强人意者矣。至其遗神存貌，践迹失真，斯又译事之难，于诗为甚，未可独苛论于蔡氏焉。

（原载《大公报》，一九三二年十一月十四日）

《美的生理学》[1]

老式的文学批评家并不是不讲科学方法的,譬如硕果仅存的古董先生 Saintsbury 教授在《杂碎书》第一辑中便曾说过非对于几何与逻辑有研究的人,不能做文学批评家——虽然老头子所谓几何,不过指《欧几利得》,所谓逻辑,不过指 Aldrich。但是老式的批评家只注重形式的或演绎的科学,而忽视实验的或归纳的科学;他们只注意科学的训练而并不能利用科学的发现。他们对于实验科学的发达,多少终有点"歧视"(不要说是"仇视"),还没有摆脱安诺德《文学与科学》演讲中的态度。这样看来,瑞恰慈先生的《文学批评原理》确是在英美批评界中一本破天荒的书。它至少教我们知道,假使文学批评要有准确性的话,那末,决不是吟啸于书斋之中,一味"泛览乎诗书之典籍"可以了事的。我们在钻研故纸之余,对于日新又新的科学——尤其是心理学和生物学,应当有所借重。换句

---

[1] 西惠儿著。伦敦开根保罗公司出版,一九三一年。八先令六便士。*The Physiology of Beauty*, By Arthur Sewell. With an Introduction by Lancelot Hogben. (London: Kegan Paul, Trench, Trubner & Co. 1931. PP. Xiv + 194. Price 8s 6d. Net.)

话讲,文学批评家以后宜少在图书馆里埋头,而多在实验室中动手。麦克斯·伊斯脱曼先生(Max Eastman)称瑞恰慈为"旷古一遇的人——教文学的心理学家"(*Literary Mind* 第五十七页),诚非过当。便是伊斯脱曼自己,也同样地表示着科学化的趋势;他在《文心》(Scribner's. 1931)一书中,利用 Jean Piaget 儿童心理的研究来解释近代诗之所以难懂,利用 Jennings 下等生物的研究来说明诗人的心理,诸如此类,都十分地创辟。书中最新颖的理论,当然是对于诗的性质的研究(凡两见:一见于《诗是什么》,再见于《评瑞恰慈的诗的心理》),虽然不是本文之所当及,也可以略为讨论。伊斯脱曼以为诗有两种相反的组织成分:一种是韵律,一种是情感。韵律是催眠的,情感是刺激的;伊斯脱曼称之曰诗中的 sleep and wine。这两种相反的成分,并不相消,而足以相成;因为在催眠状态之下,受暗示的力愈强;所以,诗人有意利用韵律的单调先使我们入于催眠状态,然后一切惟诗人之言是从,对于诗人所描写的事物,都能认幻作真,有强烈的感应(heightened consciousness)。伊斯脱曼自负得了不得,以为此说比瑞恰慈之说来得周密。据我看,此说虽然巧妙,还欠圆满,我们可以作两个简单的批评:(一)伊斯脱曼把诗的内容或情感与诗的形式或韵律分划得太清楚,好像诗不过是二者机械式的拼合,容易引起误解。(二)韵律对于读者是不是有催眠的影响,这是一件事,诗人用韵律是不是为了要使读者入于催眠状态,那又是一件事;伊斯脱曼混二者为一谈,把读者的观点认为即诗人的观点,把已解析后的结果当作未解析前的造因,犯了一般批评家的通病。又有人讲,伊斯脱曼的说法不足以证明韵律在诗中的重要,因为极强烈的情感也能使人入于催眠状态:兴奋之极,转成麻醉(南方人所谓"热昏"),麻醉之中,也能认幻作真,譬如"情人眼中出西施",爱极而忘其丑,就是一个例。这样看来,诗中只要有强烈的情感也足以催眠,更何须借助于韵律呢? 然而不然。因为"热昏"状态,只有在亲身所感受的情感中方能发生,诗中所叙述的情感,在读者不过是一种 vicarious experience,隔靴搔痒,决无原来的热度。伊斯脱曼以为要使这种隔靴搔痒的经验"感同身受",非催眠读者不可,而催眠读者,又须借助于韵律;实际生活上的"热昏"虽不必用韵律,诗中的"热昏"必用韵律,伊斯脱曼虽没有把这一点讲清楚,他的理论仍旧是说得通的。

西惠儿先生是专治生物学、心理学的青年,他和瑞恰慈、伊斯脱曼不同的地方是他一向在实验室里用功,没有什么书斋中的修养的。他是有名的生物哲学家霍格本教授的高徒,绝端信仰行为主义的心理学。《美的生理学》一书就是想应用行为主义于艺术上,比瑞恰慈和伊斯脱曼更走极端。不过西惠儿先生以为艺术的主要性质在乎"传达"(communication),这一点与瑞恰慈和伊斯脱曼的意见完全一致。书中的基本观念与霍格本 *Living Matter* 一书相似,而据霍格本为本书所作《叙言》,则似乎霍格本作 *Living Matter* 的时候,得力于西惠儿先生者不少;譬如"public"这一个名词,就是西惠儿先生所贡献。本书凡分四部:一曰"公与实"(Publicity and Reality),二曰"公与私"(The Public and the Private),三曰"道德与道学先生"(Morals and Moralists),四曰"美的生理学"。在形式上看来,本书的结构非常之欠平衡;名为《美的生理学》,而实则所讲的东西大部分与艺术不相干,第三部尤其侵入伦理学的范围。作者的文笔虽说不上好,流畅是有余的,并且很富于 epigrams。因作者是少年人,所以意气非常之盛,兴会非常之高,对于老前辈谁都不买账,挖苦俏皮,无所不至。《伦理原理》(*Principia Ethica*)的作者 Moore 教授,《善意》(*Good Will*)的作者 Paton 教授,《浪漫主义》的作者 Abercrombie 教授,《艺术》的作者 Bell 先生等等都着了几下。而文武全材的 Smuts 将军与科玄兼通的 Haldane Sr.教授尤其被骂得痛。只有 Pavlov 的 *Conditioned Reflex*(牛津出版)一书,作者认为是天经地义。

作者认为世间无所谓物件(things),只有事情(events),而一切事情的性质,随着我们的行为而决定。思想与概念都是后天学习的结果(tuition),并无先天的直觉(intuition)。向来心与物的分别只是"私"(private)与"公"(public)的分别。所谓"公"者是可以传达的(communicable),是"common among mankind"的,是公开共见的,例如行为。所谓"私"者是不可传达的,是神秘的,是难捉摸的,是不能公开共见的,例如自我传达的工具,最重要的当然是语言文字,但语言文字也有公私之辨,有许多字是没有公开共见的 reference 的,是随人立义的,例如"实在"(reality)、"意识"(consciousness)之类,那便是私的,因为它们所要传达的东西根本上是不可传达的,语言文字常与所传达的事物相联属着。我们对于事物既有反应,我们对于语言文字便有定性反应(conditioned response)。所以,从行为主义的立足点看起来,文艺的欣赏不过是 conditioned reflex。据 Pavlov 对于狗的试验,定性反应成立之后,也可以消灭。消灭的方法是只给与定性刺激而不给与 reinforcement——"口惠而实不至"。如此数次之后,狗自己觉得上了当;虽给与定性刺激,不能复唤起定性反应了。但是,假使在新的环境里面,则给与定性刺激之后,已消灭的定性反应仍能重现。这种改变环境把已消灭的定性反应重新唤起的历程叫做 disinhibition。西惠儿先生将此说应用到文艺欣赏上面,大致以为语言文字是一种定性刺激,但是人类对于语言文字的定性反应,大部分是消灭的了;文学家把语言文字重新拼合(combination),做成妙语警句,以唤起已消灭的定性反应,仿佛新的环境能唤起狗的已消灭的定性反应一样。但是这种配合,不得太新奇;因为太新奇了,只能引起好奇心(investigatory impulse),这种好奇心反而把定性反应抑住。所以据作者看来,Sitwell 女士的诗,Joyce 先生的小说都犯了这种毛病,因此,作者来一个极耐人寻味的 obiter dictum:一切艺术在新兴的时候,很难确定它的美学上的价值;因为新兴的艺术只能引起好奇心,非相习之后,不能唤起适当的定性反应。第一夜上俄国跳舞场的人,好比初进大观园的刘老老,只会觉得"奇",不会感到"美"的。

以上是本书理论的简单叙述,书中有许多透辟的 obiter dicta,例如讲电影,讲自由诗,讲戏剧的布局,可惜不能在此地举出来,以下只是批评。

西惠儿先生极崇拜 Pavlov 所试验的狗,以为惟有狗是真正的哲学家;所以我们要解决人的问题,须采取狗的方法。狗是不是哲学家,我不知道,想来西惠儿先生是知道的——我们不必来一个庄周、惠施游于濠梁的 riposte。退一步讲,即使狗是哲学家,哲学家也似乎不必像西惠儿先生那样努力去做狗。并且,狗的方法未必便适用于人的问题,至少西惠儿先生没有应用得当。我们姑且指出我们所认为的弱点:(一)用定性反应来讲"美",至多只能解释用语言文字的艺术如诗文之类,对于音乐、雕刻、绘画等艺术,此说困难极多。因为文字言语因事因物方能有意义,是有 reference 的(或用西惠儿自己的话,是传达的),但是音乐、绘画、雕刻等艺术的 media 本身就是一种事物,不必有(不一定是"没有")reference——像语言文字所有的 reference。西惠儿先生自己所用的例大多偏于文学一方面,并不能面面都到。(二)并且,定性反应并不能解释文学的"美"。西惠儿先生从狗推类到人,我们便试用他的方法,看是否说得通。狗的定性反应所以消灭,是因为"口惠而实不至"的缘故;在新环境之中,施用定性刺激,虽然能唤起定性反应,但是假使仍旧"口惠而实不至",所重新唤起的定性反应依然消灭。文学的欣赏是不是相同呢?何以我们对于普通语言文字的定性反应会消灭,西惠儿先生没有讲起,想也是为了"口惠而实不至"罢?那末,文学家的语言文字的新拼合,至多不过暂时地唤起读者的已消灭的定性反应,假使照样的"口惠而实不至"(西惠儿先生也没有提到这一点),是不是这种新的拼合便失了效用呢?这样看来,断无"百读不厌"的诗文或"不朽"的文学了。并且,文学当然并不是拼字的把戏,西惠儿未免把文学看得太简单罢!进一步讲,在狗的试验里面,环境虽新,定性刺激并没有改变;但是在文字的新拼合里面,定性刺激(文字)本身已经改变(新拼合)了,西惠儿先生的推类大可斟酌。(三)西惠儿先生以为文学能唤起已消灭的定性反应,但是一切唤起定性反应的东西是否都算文学,好文学与坏文学以何者为分别的标准,西惠儿先生一句也没有谈到。讲美学的书而不提起这个问题,真使我们诧异。也许西惠儿先生以为"美"的标准跟"善"的标准一样,都是"私"的而非"公"的罢?(四)谈到"公"和"私",事实也并不如西惠儿先生所想的简单。世间有不是"公"而亦并不是"私"的东西,西惠儿先生所竭力反对的"意识"便是一例。意识虽非"公开"却是"同具"的;因为每个人都有"意识"的缘故,所以甲讲"意识"的时候,乙亦能懂——可以"传达"到乙。像神秘经验等等才真是"私"的,因为它们既非公开共见的,而亦非人人都有的。(五)事情虽有公私之别,语言文字似乎没有这种分别——永远是公的。"意识"这个东西也许是私有的,但是"意识"这个字是公开共见的。西惠儿先生屡次在书中混二者为一谈。

作者的大胆的立说,不肯崇拜老辈的偶像,一意遵奉实验科学,都是极好的事。但是作者因为少年盛气的缘故,似乎过火了一点。诚然,作者对于定性反应的信仰,不亚于《英勇的新世界》里面的 D.H.C.。假使他不仅大胆而能细心,少挖苦前辈的诞说而多坚实自己的论证,少卖弄科学实事求是的方法而能学到科学实事求是的态度,那岂不更好么?所以当我们合上这本气壮而理不直的书的时候,我们不由自主地想到那句聪明的话:"Si jeunesse savait!"

(原载《新月月刊》第四卷第五期,
一九三二年十二月一日)

约德的自传①

年纪轻就做自传,大部分是不会长进的表现。约德先生方届不惑之年(整整的四十岁),也不算少年了,但是要卖老,似乎还早着。约德先生却动不动便捋着马克思式的大胡子,带嚷带笑地说道:"中年人了!中年人了!浪漫的、绮丽的,都没有我的份了。惟有一卷 Trollope 的小说,一斗淡巴菰,烤着火,以消磨此中岁月了。"你看,居然是"老夫耄矣"的口气。约德先生自己也承认是不长进的——愈加确切地,是长而不进的。在九十八面上,他说:"我的一切意见在二十五岁时已经是固定的了,到四十岁的时候,并没有什么重要的改变。"所以,约德先生是,僭用白芝浩(Bagehot)僭用某人的妙语,生就的(cast),并非长成的(grown)。

记得诺娃利史(Novalis)讲过这样的一句话:"每一个人的传应当是一部 Bible。"喜欢做警句的人(约德先生即其一也,参观三十三页)大可套着调来一句:"每一个思想家的自传应当是一

---

① C.J.M. Joad: *Under the Fifth Rib*, *A Belligerent Autobiography*(约德:《在第五肋骨之下,一本挑衅的自传》). London: Faber & Faber. 十先令六便士。三百二十页,有照相。

部 Phanomenologie des Geistes。"这种自传最为难写。我们须要捉住心的变动不居,看它在追求,在创化,在生息,然后我们把这个心的"天路历程"委曲详尽地表达出来;在文笔一方面,不能太抽象,在实质一方面,不宜与我们的专著相犯,因为自传的要点在于描写,不在于解释,侧重在思想的微茫的来源(psychologicalcause),不在思想的正确理由(logical ground)。英国思想家的自传能做到这种地步的,简直没有。只有牛曼(Newman)主教的 *Apologia* 还够得上。穆勒和斯宾塞的自传太把一切行动和思想"合理化"(rationalise)了,迂远而不近人情。譬如斯宾塞说他所以不结婚是因为没有符合他的头骨原理(phrenological hypothesis)的女人——真可惜!否则,我常想,George Eliot 跟他倒是天生的一对,正好比 Barbellion 在《最后的日记》里面想跟尼采和 Emily Brontë 作伐。还有许多哲学家,做起自传来,索性不记思想生活而专记实际生活,休谟便是一个好例;去世不久的海登爵主(Lord Haldane)的自传也仅叙述着他的政治生涯;鼎鼎大名的《哲学故事》的作者杜兰先生在三年前也出了一本自传,书名是《过渡》(*Transition*),里面也只记着他怎样从无政府党一变而为土豪的食客,他怎样失掉永生的天主教的上帝而找到十五岁的犹太血的姑娘。

约德先生的自传是很别致的,既没有讲到思想生活,也没有讲到实际生活,只是许多零零碎碎的意见,关于食,关于色,关于战争,关于政治,关于一切。我们只知道他是四十岁,至于他是什么时候生的,我们还得向《谁是谁》和《现代不列颠哲学》中去找。从书中四散着的 obiter dicta 看起来,我们知道他是一个多才多艺的人。他不仅深好音乐(一百十二页以下又二百六十二页以下),并且本身是个音乐家,曾在 London Hall 公奏过贝多芬(一百八十一页)。长运动。为球队队员(三百零六页)。贪吃(四十页以下,又二百六十八页以下)。想来是结婚的了,因为他曾提起过他的女孩子(三百页)。恋爱史是很丰富的,虽然他没有说起;我们只知道他的情妇中,有一个是女工(一七四页)。生平思想与文笔均深受萧伯纳的影响(书中屡见),所以他列萧伯纳为最伟大的今人之一。约德先生的 Pantheon 简直是莫名其妙;古人只有 Bach、Mozart、柏拉图、释迦、耶稣,今人除了萧伯纳还有威尔斯、安斯坦和罗素(一百二十四页)。约德先生选择这九个人,并非出于"偏见",他有他的大道理,非读过《物质、生命与价值》的人,想来不能了解这个道理(这个道理记得萧伯纳也曾说过),因为大人物在约德先生的哲学系统上是有位置的。不过,我认为叔本华、柏格森和鲁意·摩根(Lloyd Morgan)应当加入这九巨头之内:约德先生的哲学系统,是拆补的,截搭的;对于物质与生命的见解完全本之于叔本华与柏格森,对于价值的见解完全本之于早年的罗素,而借摩根的"层化论"为贯串,割裂之迹显然,试看他在《现代不列颠哲学》中的《自述》,《生命的意义》那本小册子和《物质、生命与价值》那本大书。其他的事实,我们知道他在欧战时曾做过公务员(六十三页),虽然他极不爱国(二十九页),极反对战争。他是女权运动者,虽然他很瞧不起女人的没出息(五十六页以下)。他是费边社会主义者,在大学的时候,对于宣传运动,非常努力,虽然他极讨厌工人(二十一页)。出身于牛津大学的 Balliol 学院,精于希腊拉丁,但却极鄙视之,以为学那种死文字,耗废光阴,劳而无功。拼命著书,非常勤劳;做书评的时候,不用细看所评的书,把鼻子一嗅,便知好歹(三百零九页),颇有中国"望气"之概。印行的著述已有二十六种,包罗万象;虽以哲学为主体,然于政治、宗教、伦理、文学、乡村风景、闲暇之类,都有撰述。此外还做过一本 Entler 的评传,一本美洲现象的批评,一本长篇小说,一本短篇小说集(三百零一页),真是多文为富,洋洋大观。杂志文字,当然不计其数;譬如在本书最后一章的属稿期间——两星期,约德先生写了不少杂志文字,有论散步的小品文,有论青年人的政治思想的文章,有现代社会中之婚姻问题的讨论,有论科学的应用的文章,有论英国国民性的文章,有论物理与自由意志的专篇著作,有三四篇性质很专门的书评(三百零三页)。并且我们不要忘了,约德先生并不是闲人,他是大学的系主任,而应酬又非常之多。喜欢读约德先生的书的人,定然应接不暇,忙得气都喘不过来,而约德先生自己却并不费劲,据说随笔写来,便成文字(三百零三页)。所以在批评约德先生的书的时候,我们是不能论好丑的了,因为约德先生的著作,好比 Falstaff 的大肚子,它的量就是它的质。

至于书中的议论呢,那是庄谐杂出;我们无论同意与否,总会感觉到它们的英锐和透辟。因为全书都是发议论,并且所涉及的范围广漠无垠,所以不能为之撮要。大指是反对现代人之不讲"道理"(the cult of unreason)。这种不讲"道理"的现象,处处看得出来,譬如在文学里面就有 Lawrence, Virginia Woolf 等的小说(约德先生是很崇拜 Woolf 的,见一百页),在科学里面就发生机械化(robotization)(约德先生因此大骂美国)。造成这个现象者有三个因子:心解学、行为学和马克思主义。约德先生把他的观点讲得非常娓娓动人——诚然,多么可爱的文笔!怪不得 J. B. Priestley 把他那样的捧——我们虽不能相信,也只有佩服。

这本书是生气蓬勃的"少年文字"。约德先生并没有老,他对于人生仍旧是充满了兴趣。约德先生虽然这样的活泼,我们总觉得他缺乏情感。他只是冷,却并不静——像一道奔流的瀑布。他不爱国,他不信友谊,他讲社会主义为了恨无产阶级,他讲爱情只是为消遣。

本书其实是论文集,并不是传记。而所发的议论,已数见于约德先生的专门著作中,第八章并且在先已有 Hogarth Press 的单行本。所以看过约德先生他种著作的人,不必再看这本有名无实的自传,而单看了这本有名无实的自传,简直也不必更看约德先生他种著作。但是约德先生于二十六种著作之外,居然堆床叠架地作了一种自传,于是约德先生有二十七种著作了。

(原载《大公报》,一九三二年十二月二十二日)

旁　观　者[1]

中国似乎还没有人谈过加赛德教授的(除了本刊编者[2]曾经提及外),生存着的道地的西班牙哲学家中,他是数一数二的人了。说"道地的西班牙哲学家",山潭野衲(Santayana)先生是撇开不算的。

这几年来,在英在美,出版了许多许多讨论现代"时代精神"(Zeitgeist)的书。偏是弄文学的人,最喜欢谈这一套——我们中国不是就有人文主义者么?——克勒支(Krutch)先生的《现代脾胃》(*Modern Temper*)尤其是雅俗共赏的著作。虽然书的观点和论调各各不同,按照我个人浅狡的经验,有两点是各书差不多一致的:(一)现代的人(恐怕不是指的你和我)不讲理性,不抱理想;(二)现代是有史以来最奇特、最好或最坏、最吃紧(critical)的时代。这许多书,在方法上,总有一个共同的弱点。要谈"时代精神",不得不讲"史观"(historicism);讲到史观,就不容忽视史迹

---

[1] José Ortega y Gasset: *The Modern Theme*(加赛德:《现代论衡》), Translated from the Spanish by James Clough. London: The. W. Daniel Co. 1931.

[2] 指《大公报·世界思潮》编者张申府。——本书编者注

的演化;讲到演化,那末,形成现代的因子,早潜伏在过去的时代中。现代之所以为现代,有来源,有造因,并不是偶然或忽然的事,有什么可奇可怪呢? 好,不是现代的光荣;坏,不是现代的耻辱;因为,照史观看起来,现代不过是收获着前代所撒布下的种子,同时也就是撒布下种子给后代收获,在本身是说不上是非好坏的——当然,独立的是非好坏的标准是否宜于史观,也成为问题了。讲史观的人对于史迹,只求了解,不能判断;只可接受,不能改革。因为,从演化的立场上讲,每一个存在着的时代都是应当存在,每一个过去的时代都是应当过去,每一个现象的存在就是它的充足理由(Whatever is, is right and the existence of a thing is its justification)。所以柯亨(Cohen)教授在《理性与自然》(*Reason and Nature*)一书中要说马克思唯物史观是不革命的。不过,柯亨教授似乎没有把"不革命"和"保守"分开;讲史观的人当然不革命,但是他也不反革命,因为他知道革命也是事实,也有它的来源和造因,他得接受;进一步讲,他也不反反革命,因为既有这种事实,一定是符合着演化上的需要,他同样得接受。所以我们听到崇奉创化论的人,大骂理智,不由自主地替他们惭愧;理智当然也是"创化"出来的;我们不谈创化论自然不会骂理智,谈到创化似乎不宜骂理智罢? 真讲史观的人总是胸襟最宽大的人,最有容量,最有亚历山大教授《空时与神性》一书中所谓"安琪儿态度"的人。话又说回来了:我个人所看见的许多谈现代"时代精神"的文学批评家,没有一个是有史观的,尤其是那般唾骂现代,而醉心于古希腊罗马的学者——当然,从一个有史观的人看来,他们的"虐今荣古"本身就是现代"时代精神"的一种征象。

加赛德教授这本书内容并不怎样充实;连书面在内不过一五二面的小册子,重复的话却说了不知多少。但是,他有一个特点,他是懂得史观的。本书是讲现代思想的状态,加赛德教授名之曰 physiognomy,要旨可以一句话了之:现代思想是古代思想的反动,古代思想是理性化的(书中名词不一,有时是 rational,有时是 spiritual,有时是 cultural),理性化过度,激成现代思想,变而为生命化(书中名词亦不一,有时是 vita,有时是 biological)。加赛德教授以为这种反动是应当的,不过最好能"允执厥中",调和理性与生命,以生命为主,理性为辅,"以至于至善"(summum bonum)。这种折衷两元论,在我们中国人听了,也觉得古色古香得可惊。真的,加赛德教授对于近代的思想家,似乎尼采以后只知道有安斯坦。此外一切学术界的趋向,他似乎完全隔膜。名为讲现代思想,而绝无具体的例证。在全世界怀抱着无名恐怖的时候,加赛德教授在《革命的日落》(The Sunset of Revolution)一篇中坦然地说道:"在欧洲,革命是过去的事了,以后不会再有革命了。"——虽然加赛德先生所谓革命,是含有一种 Pickwickian 的意义,我们听了也只有惊佩,一方面想像世外桃源的西班牙,一方面羡慕加赛德教授坐井观天的写意。

在译本里,我们能看得出作者文笔的浓腻。每说一句话,老是摆足了架子,加赛德教授是"堂·吉诃德"的同乡,难怪他有"纱帽气"(grandiose)。这种"堂哉皇哉"的文章里面,时时闪烁着诙谐,倒也别是一种风味。

书中最中意的文章有三篇,恰巧是开头两篇结尾一篇(做书评的人大有嫌疑)。最后一篇是《安斯坦学说在历史上的意义》(*The Historical Significance of the Theory of Einstein*),尤其精彩的地方是加赛德教授说明"相对论"并不是唯心的,不可与旧日的"相对主义"(relativism)相混,讲得非常简捷了当,记得旧的《心》杂志里有土讷(Tuner)博士驳卡尔(Carr)教授谈"相对论"的文章,也是这个意思,但是说话远不如加赛德教授痛快了。加赛德教授又讲,安斯坦著作未行世之前,他自己在 *El Espectator* 一书里就说过相同的理论(参观第九十二页又第一百四十一页),不过,假使我没有记错,似乎尼采就谈过 Perspektivismus 这个东西,即加赛德教授所谓 doctrine of the point of view 是也。

第一篇《代的观念》(*The Concept of the Generation*),第二篇《预知将来》(*The Forecasting of the Future*),尤其是研究历史哲学的人不可不读的东西。加赛德教授以为一个时代中最根本的是它的心理状态(ideology),政治状况和社会状况不过是这种心理状态的表现。这一点我认为不无理由。一般把政治状况和社会状况认为思想或文学的造因的人,尤其要知道这个道理。这样看来,与其把政治制度、社会形式来解释文学和思想,不如把思想和文学来解释实际生活,似乎近情一些。政治、社会、文学、哲学至多不过是平行着的各方面,共同表示出一种心理状态(参观 Rivers: *Psychology and Ethnology*,尤其是讲《社会学与心理学》那一篇),至于心理状态之所以变易,是依照着它本身的辩证韵节(dialectical rhythm),相反相成,相消相合,政治、社会、文学、哲学跟随这种韵节而改变方式。从前讲"时代精神",总把时代来决定精神,若照以上所说的观点看来,其实是精神决定时代的——spirit taking its time,结果未必不同,重心点是换了位置了。这虽是我的偏见,而与加赛德教授的议论并无抵牾的地方。加赛德教授又说可以预决将来,我以为史学的难关不在将来而在过去,因为,说句离奇的话,过去也时时刻刻在变换的。我们不仅把将来理想化了来满足现在的需要,我们也把过去理想化了来满足现在的需要。同一件过去的事实,因为现在的不同,发生了两种意义。举个例罢:在福禄特尔的时候,中世纪从文化史上看来是黑暗得像白纸一样,而碰到现代理想制度崩溃,"物质文明"膨胀的时候,思想家又觉得中世纪是文化史上最整齐严肃、最清高的时代了。在我们中国,明朝也正在经过这种历程。申府先生不是在一篇讲事理的文章中引着朴荫开雷(此用 Poincaré 之常译,若求与原音近合,宜照本刊编者作邦嘉雷)的事实分类么?朴荫开雷分事实为两种:(一)野蛮的事实;(二)科学的事实。据上面的说法,我以为历史上的事实也可分为两类:(一)野蛮的事实;(二)史家的事实。一切历史上的事实,拆开了单独看,都是野蛮的。到了史家手里,把这件事实和旁的事实联系起来,于是这件事实,有头有尾,是因是果,便成了史家的事实了。所以叫做史家的事实(historians' fact)而不叫做史的事实(historical fact),也有缘故:因为历史现象比不得自然现象,既不能复演,又不能隔离,要断定彼此间关系的性质,非常困难;往往同一事实,两个史家给它以两种关系,而且都"持之有故,言之成理"。我们为谨慎起见，只能唤作史家的事实。

因为加赛德教授主张要有 metahistory（第十八页），所以说了上面一大套。metahistory 是极有趣的玩艺儿，虽然像知识论和美学一样，对于实际工作的人，未必有大帮助，不过至少教我们知道历史的抽象意义究竟是怎么一回事，免得有权威的学者动不动便抬出"史学方法"来唬人。

（原载《大公报》，一九三三年三月十六日）

作者五人

据说柏拉图写《理想国》的时候,只是第一句,他就改了九十次——"无怪柏拉图的东西是不堪入目了",Samuel Butler 在《笔记》(*Note-Books*)中挖苦着说。一篇文章的"起",确是顶难写:心上紧挤了千言万语,各抢着先,笔下反而滴不出字来;要经过好几番尝试,才理得出头绪,以下的"承转合"便爽快了。所以柏拉图写《理想国》的时候,他改了九十次的,也许只有第一句。

用对话体来发表思想,比较上容易打动读者的兴趣,因为对话中包含几个角色,带些戏剧的成分;彼此间语言往来,有许多扯淡不相干的话来调节着严酷的逻辑。我们读的时候——假使不忙着古典文学或西洋哲学史的考试——兴味并不在辩论的胜负是非,倒在辩论中闪烁着的各角色的性质品格,一种人的兴味代替了硬性的学术研究,像读戏剧一样。所以,为弄文学的人着想,不妨把柏拉图加进了 Aeschylus、Aristophanes 的队,他的对话便是绝好的道德剧(moralities),不,还有笑剧(farce)呢!譬如 *Euthydemus* 和 *Gorgias* 两篇对话,摹仿着诡辩家装腔作势的口吻,不就很像 Aristophanes 的《蛙》(*Frogs*)或 Molière 的《女学士》(*École des Femmes*)么?Epicurus 开过柏拉图的顽笑,说他是演戏的人(dionysiokolax),哲学史家从来不敢提起这句非圣无法的话,不过,照我以上所说看来,这句顽笑未尝不是真理。

柏拉图对话的主角最近又出现了一次,在 J. B. Pratt 的《宗教和哲学中的冒险》(*Adventures in Religion and Philosophy*)第一章里,是一篇比得上冯芝生先生的《新对话》的作品。

但是我要讲的五个人,五个近代最智慧的人,却全没有用对话写过书,只有山潭野衲(Santayana)的《地狱对话》(*Dialogues in Limbo*)是个小小的例外。他们都写着顶有特殊风格的散文,虽然他们的姓名不常在《英美散文选》那一类书里见过。

第一个是穆尔(G. E. Moore),他是一般人不以为能文的,不比卜赖德雷(Bradley),不比罗素,更不比雅俗共赏的詹美士和山潭野衲。但是他的是最特别的,个性顶强烈的文体。英国散文里也许有它的先例罢,至少我没有能找出来。有些像薛知微(Henry Sidgwich),不过薛知微的不是好文章,滞重,散漫,拖沓,泥土气,犯了许多修辞学定下的规律。穆尔既干净,又斩截,透明似的清楚——只是不美。穆尔的光明洁净是无可否认的,只是不美观,像秃发的人的头顶。像秃子的头顶一样,他绝无暗示力,说一句是一句,是哲学家中最无生发,最无蕴蓄的人。他具有一切 Stendhal 认为良好哲学家的品性——"干燥,清晰,没有幻象"(sec, clair, sans illusion)(尼采《超善恶》第二章第三十九节引)。情感当然是有的,在文章中倒看不见。偶尔流露一种枯冷的幽默,譬如瘪了嘴的人的苦笑,记得 Montgomery Belgion 在《鹦鹉能言》(*Human Parrot*)里曾说穆尔的文章句句是综合命题(synthetic proposition）。穆尔的胆跟他的心一般的细，每说一句话，总要填满了缺陷，补足了罅缝，不留丝毫可指摘的地方。说着一句，又缩回了半截，用了一个字，倒解释了一大套，兜着数不清的圈子（tours, détours et retours），极少直捷痛快一口气讲下去的。你找不出一句废话来，偏又觉得烦琐。他似乎不仅把理由（reasoning）告诉我们，并且要把理解力（understanding）灌输给我们。所以有许多人嫌他"费力不讨好"；贝子仁先生（E. S. Bennett）对我竟说他是"insufferable bore"。在他那本《伦理学》（Ethics）里，这许多特点最显著。《伦理原理》（Principia Ethica）的文笔倒是极爽利的，想是少年著作的缘故。至于穆尔辩论的方术，在《哲学探究》（Philosophical Studies）中顶看得出：碰见了一个问题，老说自己不大懂，表面上是让步，其实是缩短战线，巩固阵地，这一点极像柏拉图对话中的苏格拉底。

从穆尔转到卜赖德雷，好像深冬回了春。他的文章是经名诗人爱理恶德（T. S. Eliot）先生在 For Launcelot Andrews 论文集中品题过的，至少崇拜爱理恶德先生的文人们应该知道有一个会写文章的他。但是爱理恶德那篇文章写得不甚好；标题是《卜赖德雷》，文章却偏重在《伦理探究》（Ethical Studies）一部书，又只注意到《伦理探究》的脚注里讽刺人家的话，似乎大题小做了罢？临了忽然心血来潮，无端把行为主义者华生（Watson）咒诅了一顿。借题发挥，须要认清目标；谈《伦理探究》而骂到华生，便是放野箭了，实用主义者像 Schiller 之类才是该骂的；实用主义者动不动便说卜赖德雷是不通人事，违反常识的理想家；但是在

《伦理探究》里,他偏把他所谓"俗见"(vulgar notion)作为根据,他偏攻击功利主义的不近人情,违背常识,态度偏跟《现代不列颠哲学》(Contemporary British Philosophy)第二辑中穆尔的宣言相像,不是大可代卜赖德雷喊冤枉么?可惜爱理恶德先生只会高坐堂皇地下旨褒奖,不肯屈了身份来辩护,这番申冤工作便无人做了。诗人又说卜赖德雷的文笔最像安诺德(Arnold),这一点我也不大明白。我觉得卜赖德雷的是近代英国哲学家中顶精炼,质地最厚,最不易蒸发的文章。把一节压成了一句,把一句挤成了一个字,他从来不肯费着唇舌来解释,所以时常有人嫌他晦涩。安诺德是否如此,一翻文学史便可解决的。卜赖德雷遗作《格言》(Aphorisms)的出版,更可以证明他文笔的精警简约,此外还使我们吃惊着,想不到这个索居多病的老鳏夫居然是尝遍了,参透了爱情的滋味的人(参观申府先生译《爱经》);只是我们不知道具体的事实,否则,在 Abelard 和 Amiel 之外,倒又添了一位参情禅的哲学者。至于他的文笔,我想只有一个形容字——英文(不是法文)的 farouche,一种虚怯的勇。极紧张,又极充实,好比弯满未发的弓弦,雷雨欲来时忽然静寂的空气,悲痛极了还没有下泪前一刹那的心境,更像遇见敌人时,弓起了背脊的猫。一切都预备好了,"磨砺以须",只等动员令——永远不发出的动员令。从他的敛抑里,我们看得出他情感的丰富。爱理恶德先生赞美《伦理探究》里骂人的艺术,这倒不错;把晚年《真实论集》(Essays on Truth and Reality)里骂詹美士和早年《伦理探究》里骂安诺德,骂 Harrison 相比,态度是同样的客气,说话是同样的不客气，但是晚年的嗓子似乎提高了，似乎动了真气，不比早年带说带笑的。老年人了，肝火要旺（liverish）的。

罗素的文章，最好让有长期研究像申府先生等来讲。我只惭愧自己捉摸不住它的品性。你可以摹仿穆尔到七八分像，摹仿卜赖德雷到四五分像，只有罗素，你愈摹仿，愈不像他；因为摹仿脱不了矫揉做作，而罗素是极自然，极不摆架子的。清楚，流利，有锋芒，都是通常形容他的文笔的字——但是，他的文笔的特质偏潜伏在这许多形容字的夹缝里。顶平坦，顶没有阻力，有日常口语那样写意，却又十分文静——刚跟齐名的怀惕黑（Whitehead）相反。读他的时候，我们往往顺了他的意思滑过，忘掉是在读着好文章。除非到他讲得兴高采烈的地方，议论特别的风发泉涌，我们才如梦初醒，悟到我们是读着一个现代的伟大散文家的作品，一半懊悔，一半诧异着向来没有留心他的妙处。这种地方，在罗素的书里，举不胜举，随便打开他的一部书来，例如《神秘主义和逻辑》(*Mysticism and Logic*)罢，在第六十面上，我们就看见一节诗的散文——还是散文的诗呢？——像情人一般的颂赞着数学的崇高和美丽，使我们想到 Victor Cousin 描写另一个数理哲学家 Pascal 的名言："燃烧着热情的几何学"（la géométrie enflammée）。罗素的思想也是流动不呆板的，跟基督教《圣经》所说的风一样，要到哪里，就到哪里，所以《宗教和哲学中的冒险》里要给他一个混名叫"马浪荡"（Mr. Try-Everything-Once）。Dionysus 式的性情，Apollo 式的学问（借用尼采《悲剧的产生》中的分别），这是罗素的特点，也是我大胆对于他的按语。

最后,听说罗素的文章已经被选入一本什么高中英文读本,居然和我们的政学界名流的社论时评并列;这,在罗素,不得不算是一种新享受的国际荣誉了!

詹美士有两点像罗素:(一)罗素的学说是极科学化的,而性格却带些神秘;詹美士的主义虽是功利化的,他的脾气偏倾向于宗教。(二)在本文所讲的五个人里,只有他们俩有 enthusiasm(姑且译为"火气"),詹美士的火气更大,不比穆尔的淡漠或卜赖德雷的庄重。Macy 在《美国文学的精神》(*Spirit of American Literature*)里把"勇往直前"(straight-forward)四个字——也就是詹美士批评柏格森的四个字——来形容詹美士的文笔,一些儿不错。因为他有火气,所以他勇往直前,大笑大闹,充满着孩子气。罗素的是文静,他的是活泼,带一点粗野的气息。他的笔时常要放纵出去,不受他的管束;我们所以往往觉得他不切题。不论俗语土语,他的文章里都用得着,尤其是极村气或极都市气的比喻;这许多当然使读者感到新奇,不过,有时也嫌突兀,跟周遭的文境不甚调和似的。所以詹美士的文章并不比罗素的易读,有如许多人那样想。他的是一种速度很快而并不流利的(rapid but jerky)文笔,仿佛一条冲过好多石块的奔流。罗素讲的东西极专门,因此反衬出詹美士的书容易懂了。詹美士的书非常通俗化,被选入文学读本的可能性也极大;在他那部较专门的大著《心理学原理》(*Principles of Psychology*)里就有不少绝名隽的小品文,例如讲"自我"一节中说我们为什么不得不祈祷,又如论习惯是怎样造成的。《宗教经验的形形色色》(*Varieties of Religious Experience*)当然是他的最富于文学意味的著作；假使我们不常看见歪诗和打油诗的话，我简直想套一句现代文学批评的滥调，说这本书"美丽得像一首诗"了！

山潭野衲是五个人里顶多才多艺的。他的诗里，他的批评里，和他的小品文里，都散布着微妙的哲学，恰像他的哲学著作里，随处都是诗，随处都是精美的小品文。《微末》(*Trivia*)的作者 L. P. Smith 为他选的那本《小品文》(*Little Essays*)，中间倒有一半是从他的大著《理性的生命》(*Life of Reason*)里挑出来的。山潭野衲的运气比以前四个人里谁都好，因为有裴理斯脱莱(Priestley)先生在《近代文学里的人物》(*Figures in Modern Literature*)那本书里极精致地分析着他的文笔。裴理斯脱莱先生讲过的话，我不再讲，只略为补充几点。他说山潭野衲在表面上差不多是"国际联盟"的化身，一个温文高贵的世界公民，而内心像有什么东西在交战着，先天的西班牙的遗传似乎不能跟后天的美国的习惯融合无间。裴理斯脱莱先生没有读到《现代美利坚哲学》(*Contemporary American Philosophy*)第二辑里山潭野衲的自述，在那里山潭野衲自己就说他怎样不得已用英国人的文字来发表非英国人的思想，所以格格不相入了。山潭野衲也是绝无火气的，但是他跟穆尔和卜赖德雷又不同，一种懒洋洋的春困(languor)笼罩着他的文笔，好像不值得使劲的。他用字最讲究，比喻最丰富，只是有时卖弄文笔，甜俗浓腻，不及穆尔、卜赖德雷和罗素的清净。他的书不易看，有一点很近卜赖德雷，他们两人的文笔的纤维组织——Edith Sitwell 的 Pope 传里所谓 texture——都很厚，很密；他们的文笔都不是明白晓畅的，都带些女性，阴沉，细腻,充满了夜色和憧憧的黑影(shade)。他三年前批评人文主义的一本书——《绅士遗风的末路》(*Genteel Tradition at Bay*),最可以代表他态度的潇洒,口气的广阔。同样的讲"文化"(culture),衬着这个独立主义的文人的胸襟,人文主义立刻显得固执,狭小了。

除了柏拉图或培根以外,一般哲学家的文笔是从来被忽略的。在剑桥大学的两部大文学史里,Sorley 教授写的《英国哲学》、Cohen 教授写的《美国哲学》,都不注重文笔,还是通常哲学史的写法;此外的文学史更简陋得可悲了。所以我有时梦想着写一本讲哲学家的文学史,每读了一本文笔好的哲学书,这个梦想便在心上掠过。这本文学史是不会长的,譬如近五十年来够得上有文学价值的英美哲学家,不过本文的五个人——至多再加上三四个二等角色,像 Royce、Andrew Seth、Balfour 之类。一切把糊涂当神秘,呐喊当辩证,自登广告当著作的人恐怕在这本梦想的书里,是没有地位的,不管他们的东西在世界上,不,在书架上占据着多大地位。所以,你看,这本文学史是当不得人名字典或点鬼簿用的。

(原载《大公报·世界思潮》第五十六期,
一九三三年十月五日)

《马克斯传》

书看得太少了;又赶不上这个善产的时代,一九三四年大作早已上市,自己还在看一九三三甚至一三九三的东西。只记得几天前看到一本马克斯传(E. F. Carr: *Karl Marx, A Study in Fanaticism*, Dent & Son),颇有兴味,倒确是今年出版的。妙在不是一本拍马的书,写他不通世故,善于得罪朋友,孩子气十足,绝不像我们理想中的大胡子。又分析他思想包含英法德成分为多,绝无犹太臭味,极为新颖。似乎值得介绍给几个好朋友看。便以此作答,何如。

P.S. 顷又把来信细读,乃知看错题目,并不限于一九三四年出版的书。宽题窄做,悔之无及;懒得重写,由它去!

(原载《人间世》第十九期,一九三五年一月五日)

补评《英文新字辞典》

《英文新字辞典》出版后,由发行者惠赠一册。对于编者诸君搜罗的广博,解释的清楚,极为钦佩;偶尔使用,深得帮助。但翻检所及,颇有可斟酌之处。顷见本刊戴镏龄先生的批评,忍不住略添几条。

第五页:"after us the deluge(俗)将来怎样,不关我们了。"这话是成语,不是俗语,从法文来:après nous, le déluge——相传是 Mme de Pompadour 对路易十五说的。après nous 当作 après moi,但 Mirabeau 在一七八五年给 la Couteulx 论银行的公开信里引此语作 après nous;英文类书像 C. T. Ramage 的《法国意国名语集》第三八一页、Smithland Haseltine 的《牛津英国成语大辞典》第三四页引此均作 after us the deluge。

第十四页:"angel(美俗)n.把金钱帮助他人在政治上活动者。"这解释太狭,替一切活动出钱的"后台老板",全可称为 angel;例如 Frances and Richard Lockridge: *Death on the Aisle* 话剧就写一个 Angel 的被刺。这字不但是名词,也可作动词用。

第十九页:"ask fot it"。第一个 t 应改 r。

第七十六页:"cup-of-tea(英俗)"。这三字不必连写,可径作 cup of tea；Ngaio Marsh 小说里的角色，最喜欢说这三个字，例如 *Died in the Wool*，*Murder and the Dancing Footman* 等书里，She is not your cup of tea 这类句子，都把三字分开。

第八十三页："deutschland erwacke！"第二字拼错了，音也注错了（因注音符号不便排字，故从略）。

第一〇一页："fellow traveler 是俄文某字的译语。""某字"为 poputchiki，现在用的意义是 L. Trotzki 定的。

第一三四页："Iron Duce 铁血首领。""血"字可删。说"铁"不必牵连到"血"；Fowler《近代英语用法辞典》If and When 一条第一节可参观。我疑心这名称是从英文成语 Iron Duke 点化而得。

第一三八页："kaput（俗）被破灭了的。"这是第一次世界大战的军用俗语，kaputt gehen 的简省，并非英美土产字。

第一四三页："lemon（俗）使人不愉快的或没有价值的东西。"应当加一句："不可爱的女人"；这是"peach"（可爱的女人）的相对字，参观 Eric Partridge：*Dictionary of Slang*。既有 lemon 一字，似不该无 peach 一字，亦如二一六页有 sadism 一字，不该无 masochism 一字。

第一六三页："museum piece 异常的人或物。"从法文 pièce de musée 来，例如 Norman Douglas 自传 *Looking Back* 里就用原文；还有年龄长大，"老古董"的意思。

第二一一页："robot…原来是 Capek 剧本里机器人的名称。"似应指出从 robotit（to drudge）来。

第二一八页："schizophrene 患着 SCHIZOPHRIA 的人。"下

文并无 schizophria 一字。

第二五七页："Third Sex（俗）第三种性；既不男也不女的人们。"这本书里不论成语或 neologism 或文字游戏，往往一概称之曰"俗"，未免"俗"而滥了。例如这个名词是大众化的专门术语，算不得"俗语"。近代德国名作家 Ernst von Wolzogen 在讽刺小说《第三种性》（*Das dritte Geschlecht*）里定下这个名词，经医学家和心理学家像 Iwan Bloch 等采用推行，流入英美。这名词虽然还新，意思是极旧的。例如 Lady Holland 为她父亲 Sydney Smith 所作传里就说："法国人说，人类有三种性别：男士、女士、教士（men, women and clergymen）。"柏拉图及中世纪哲人所说"第三种性"则指神性，与此不同，参观 C. Patmore: *Religio Poetae* 第二百页。

第二五七页："Three K Movement 指德文 Kuchen, Kinder, Kirchen。"第一字、第三字拼错了，应作 Küche, Kirche。

第二七八页："bilboism 对于异族的仇恨。"似应注出从 Senator Theodore G. Bilbo 取义。此类字解释体例，本书殊不划一。

第二八二页："existentialism 现代法国文学里的一种哲学。"这不大确切，只能说一派现代哲学，战前在德国流行，战后在法国成风气。我有 Karl Jaspers: *Existenzphilosophie*，就是一九三八年印行的，比法国 Sartre: *L' Etre et le néant*, Camus: *Le Mythe de Sisyphe* 要早四五年。近来 Kierkegaard, Heidegger 的著作有了英译本，这派哲学在英、美似乎也开始流行。本辞典为"存在主义"下的定义，也不甚了了。

以上几条，也许可供编者诸君的参考。至于书中新字的该删或该补，我不愿意多说。附带地提到一点。G. M. Trevelyan：*Clio, A Muse* 论文集里有一篇讲远足的文章，常为中国英文读本所采用。文中有 white night 一语，这是法文 la nuit blanche 的直译，意为"失眠的夜"，英文里极少用，我此外只在 W. J. Locke 的小说里见到几次。有位在中国大学当教授的美国人，编了一本极畅销的教科书，也选这篇文章，把 white night 解释为"白昼"，到第四版依然没有改正。我曾写篇书评，蒙本辞典主编者葛传椝先生引用讨论过。我看见在二七一页上 white night 也收进去了，而且有了正确的解释，觉得似曾相识，有一种不合理的高兴。

（原载《观察》第三卷第五期，
一九四七年九月二十七日）

白朗:咬文嚼字[①]

白朗的作品,我只看过两本散文,一本小说;他最出名的剧评,从未引起我的兴趣。他对艺术和人生的态度是保守而且甚至于顽固的。在《付之一炬》(*I Commit to the Flames*)那本书里,他对第一次世界大战后的英国文学,嘻笑怒骂个痛快,爱略脱的诗、劳伦斯的诗和小说,还牵上"新心理学"。我记得他说,与其读一打心析学派的书,不如看三页勃莱克(Blake)的《地狱格言》。这话的是非,不必讨论;它至少可以使人翻一下勃莱克,那未始不是好事。

白朗写得一手爽辣精悍的散文,是笔战时短兵相接的好武器。虽然心思不甚深密,但具有英国人所谓健全的常识。近几年来,他写了几本讲文字的书,听说极风行,可惜我没见过。这本小册据自序说是他讲文字的第四种。按照字母次序排列,从antigropelos 到 zythepsary 凡百余字,他把每个字作为题目,发表他对该字的感想,短或数句,长或数页不等。这些字里有古有今,

---

[①] Ivor Brown: *Say the Word*, 伦敦 Jonathan Cape 公司出版。一九四七年。一二七页。六先令。

有雅有俗。他讨论这些字在形体和意义上的沿革,在诗文里的用法,什么字要不得,什么字应当采用。他坦白地表示他对文字有主观的爱憎。所以这不是文字学,还是文学批评,朗吉纳斯(Longinus)所提倡的寻章摘句或咬文嚼字的批评。像在八十四页到八十五页上,他指出英文 mouth 一字不宜入诗而苏格兰文 mou 一字宜入诗,就是个体会精细的例子。他书卷丰富,而引征的只是寻常典籍,并不搜奇爱僻;他对文字的感觉很敏锐,而普通读者的常识还都体会得到,并不玄幻幽渺,像但丁那样会感到字有毛纤有光滑,或像法国象征诗人会感到字母有红有绿。我说他"咬文嚼字"不过凑一句现成话;他可绝未从文字里嚼出肉的味道(ce goût de chair)来(这是 Charles Maurras 骂浪漫诗人的话,见 *Romantisme Féminin*,一五三页连下)。

这本书里一百多条几乎一大半都很精辟。偶有老生常谈:像第五十一页讲 enthusiasm 的原意是"瘾狂"。偶有借题发挥,跟文字无关的:例如第六十七页 halibut 条专讲这种鱼的味道。偶有当面错过资料的:例如第十六页说古英文 pouls 一字在现代法文里还保持原意,而第四十四页讲起古英文 demi-lass,竟忘掉现代法文里的 demivierge;又如第九十六页讲 copy 跟 coopia 的关系,这个关系巴尔扎克在《失掉的幻象》(*Illusions Perdues*)里说得最妙,白朗远不如他。第八十七页 namby-pamby 条讲的全是这位小诗人的诗,他最有名的一首翻译沙福(Sapho)的诗也引了,但白朗的解释里出了两个小毛病。他说 gentle horrors 不作恐怖解,而解作 pricking quivering excitation。这首诗描写情人见面,"眼花缭乱,魂灵飞上半天"的情况。沙福原文此处只说身体发抖(tremble, shake)，英译用拉丁文 horror 的原意：发抖或疟疾。当然拉丁文 horror 也可译作"毛骨悚然"(pricking, bristling)，但此处按照沙福原文，作"发抖"解已够，不必想像得太细微，横生枝节。白朗又说 dewy damps 意思是 moistening grief，所以有人主张 damps 应该改为 dumps，这完全是误解。沙福原文只说"出汗"(sweat)，"出汗"这句话在英国直到十九世纪末叶还公认为不雅——E. E. Kellett 自传(*As I Remember*)记载一个女学生为了说"出汗"，给校长叫去教训说："牛马才'出汗'，女士小姐们只会'脸上亮津津'(in a glow)。"十八世纪的小诗人当然更没有胆说"出汗"，只敢转了弯说"露水似的潮湿"。这是地道十八世纪的修词，好像李却特孙的小说里不说"眼泪"而说"珠子似的流动物"(pearly fugitives)，不说"炮弹"而说"球形的铁块"(globous irons)。白朗误认潮湿为忧郁(fit of melancholy)，真太离奇，我疑心他没有对照沙福原诗。第一一六页 tiddle 条，白朗说英文里 ti 常跟渺小的事物发生联系，这话很对，但没有彻底。我想这联系不仅在 t，也在 i 音的长短，据 A. H. Tolman 批评文集(*Hamlet and Other Essays*)一篇极耐人思索的文章(*The Symbolic Value of Sounds*)说，i 短音和 e 长音，都使人联想到渺小、纤巧。所以 tittle 就小，titan 就大，这当然跟发音时唇齿的收放有关。白朗举的例里有 tiny，但值得注意的是：跟小孩子说话的时候，我们不张嘴说 tiny，而合齿说 teony。

这些都是无关弘旨的小节。白朗的文章写得真好，称心而道，涉笔成趣，差不多每条都是一篇好散文。自序也很值得注意;白朗对政治家、社会学家、批评家等滥用文字和术语以冒充科学化的文体,痛加针砭。他这些话也许是该说的,但我怕是白说的。

(原载《大公报》,一九四七年十一月二十二日)

《英国人民》①

愤世嫉俗的商福(Chamfort)在《杂记》(Caracteristic Anecdotes)里载着一段故事。有位 M 先生为了讨论一部作品,跟人争执;那人说:"一般读众的意见跟你不同。"M 先生的回答是:"一般读众?需要多少傻瓜凑成一般读众?"(Combien faut-il de sots pour faire un public?)(Collection Hetzel《商福集》第二五九页)每读到关于某一国人民的品性,某一个民族的心理或精神的讨论,我也常想问:要多少美国人的品性才算得整个美国民族的品性?所谓英国人民的性格究竟是多少英国人具有的性格?不幸得很,讨论民族心理的人忙于讨论,没工夫理会这些问题。这其实是科学方法所谓"归类"(class)的问题。近代社会和心理科学里把统计的类(statistical class)代替逻辑的类(logical class);民族心理的一切结论应该是统计的平均(average)。不过,能不能统计,有没有经过统计,统计是不是精密,这许多问题也没有人理会。

所以,讨论民族品性的书往往只是一种艺术作品,表示出作

---

① *The English People*,George Orwell 著。四十八页。一九四七年。伦敦 Collins 公司出版。

者自己识见的深浅,知识的广狭,以及能不能自圆其说,对该民族的了解未必具有客观的准确性。幸亏外交家不读书,否则根据这类书,认为办交涉的时候,可以知己知彼,百战百胜,那就冤枉了。不管是狄贝立斯(Wilhelm Dibelius)渊博繁重的《英国论》,或像渥惠尔这本轻描淡写的薄册子,在科学上的价值,没有多少高下。

这本不到五十页的书是 Britain in Pictures 丛书之一,印刷非常精致,附有二十五幅插图;都是描状英国人生活的名画,其中八幅系彩色版。作者渥惠尔的政论、文评和讽刺小说久负当代盛名。书分六节:第一眼看来的英国,英国人的道德观,英国人的政治观,英国人的阶级制,英国语言,英国人民的将来。议论和意见并不很新颖,但不用说是明通清晰。至于文笔,有光芒,又有锋芒,举的例子都极巧妙,令人读之惟恐易尽。上帝喜爱的人据说都短命,那末书评者喜欢的书也是短书,一看就完,省事也省时间;爽利的文笔使这本短书在读者心理上更见得短。作者的目的要使"外国人"了解英国,至少消除他们的误解,所以处处为"外国人"说法。不过渥惠尔所谓"外国人",恐怕是半世纪以前的或穷乡僻壤的外国人——因为空间上的偏僻跟时间上的陈旧同样能使见闻狭陋。以我所见这二十年来德国、法国、捷克和西班牙作家为他们本国人解释英国民族性的著作,议论跟渥惠尔相同者不少。就像久居英国的荷兰经济学家和传记家雷尼埃(Renier)所作《英国人是人么?》(*Are the English Human?*)一书,标题虽然惊心动目,内容并不荒谬离奇。也许渥惠尔身为英国人,不屑看外国人讲英国的书,所以他只知道外国人对英国的"误解",不知道外国人对英国的"了解"——假使跟渥惠尔所见相同就算得是"了解"的话。渥惠尔并不讳言英国人的短处,正像英国人承认顽固、丑陋、愚笨,肯把喇叭狗(Bulldog)作为国徽(见第十二页)。但这种坦白包含着袒护,是一种反面的骄傲。一个人对于本国常仿佛作家之于自己作品,本人可以谦逊说不行不好,但旁人说了就要吵架的。因此渥惠尔一方面批评英国人有种种缺点,而一方面仍然希望"外国人"不要"误解"。

此书所引起的感想,不暇细说。我只能提到一点,在十六世纪,法国有个德·拉·朴脱(De La Porte)出版了一本词典,名叫《形容词》(*Les Epithètes*),为学生作文之助;每一名词后注着一连串该名词应有的形容词。"英国人"(Les Anglais)的形容词是:"皮肤白的,骄傲的,与法国为敌的,善射的,不肯服从的(mufins),有尾巴的(coues),好战的(belliqueux),高亢的,脸色红的,躁怒的(furieux),勇敢的(hardis),胆大的(audacieux)。"我所见讨论英国民族性的书里,这一节从未引过。仔细研究一下,我们发现这里面关于英国人身体的形容词都还适合——"有尾巴的"除外,而英国人品性的形容词已经十九站不住了。"躁怒"么? 到十七世纪,欧洲流行话里只说"法国人的躁怒"(Furia Francese)。"好战"么? 慕尼黑会议时候怎么样? 英国人做事讲实际经验,不相信逻辑和抽象的推理,这是民族心理学家的常谈。渥惠尔未能免俗,也照例说了一次,并且说从莎士比亚时到现在一直如此(第十三页)。但是我们知道在法国大革命以前,比较民族心理的人像孟德斯鸠、服尔泰等只说英国人做事讲理性和逻辑,已故的华烈斯(Graham Wallas)在《思想的艺术》(*Art of Thought*)里把这一点考论得明明白白。洛克的经验哲学是公认为英国人品性的代表产物的,但据近来哲学者像吉伯孙(Boyce Gibson)的研究,洛克的哲学体系完全是受几何影响的理性主义。然则所谓民族性也有时间性。说到英国的某种品性,我们该问:什么时代的英国人? 还是维多利亚时代的? 这一类问题跟上面所讲归类的问题同样重要,也同样的没人理会。

(原载《大公报》,一九四七年十二月六日)

《游历者的眼睛》[①]

游历当然非具眼睛不可,然而只有眼睛是不够的,何况往往戴上颜色眼镜呢?托利亚诺(Torriano)收集的意大利谚语里,有一句说:旅行者该有猪的嘴,鹿的腿,老鹰的眼睛,驴子的耳朵,骆驼的肩背,猴子的脸,外加饱满的钱袋。猪嘴跟驴耳似乎比其他更重要:该听得懂当地的语言,吃得惯当地的烹饪——烹饪是文化在日常生活里最亲切的表现,自从十七世纪西班牙批评家以来,西洋各国语文里,"文艺鉴赏力"和"口味"是同一个字(taste),并非偶然。例如许多在中国观光的洋人,饮食起居,还牢守着自己本国的方式,来往的只是些了解自己本国话的人,这种游历者只像玻璃缸里游泳的金鱼,跟当地人情风土,有一种透明的隔离,随他眼睛生得大,睁得大,也无济于事。至于写游记呢,那倒事情简单,无须具有这许多条件。因为游历是为了自己,而游记是为旁人写的;为己总得面面周到,为人不妨敷衍将就。所以许多游记的作者,除掉饱满的钱袋以外,并无鹰眼驴耳

[①] *The Traveller's Eye*,作者:Dorothy Carrington。一九四七年。伦敦 The Pilot Press 出版。十八先令。

等等,只有爱尔兰一位散文家所谓马蹄似的手指,能够笔不停挥,在又光又白的稿纸上日行千里。

这种游记常常肤浅荒谬,可是有它的趣味。并且议论愈荒谬,记载愈错误,愈引起我们的好奇心,触动我们的幽默感,因此它也可以流传久远。这跟文艺批评一样:对于一件作品正确的估价,往往使人习而相忘;但是像雷麦(Rymer)批评莎士比亚的《奥塞罗》(*Othello*)说是"马鸣犬吠",杰勿雷(Jeffrey)批评华茨华斯的《漫游》诗说:"这不行",到现在还被人传作话柄。譬如这本书选节的游记里,就有这类东西。

这本书是自古到今英国旅行家的合传,兼英国人的游记选。简短的"引言"以后,分两大部:"向东旅行"和"向西旅行"。"向东旅行"部里分:法国、意大利、土耳其、亚洲、中国。"向西旅行"部里分:西非洲与西印度群岛、美洲、太平洋。对于每种书和它的作者都有叙述和批评,在"夹叙夹议"之中,引了长篇大段的原文,仿佛把珠子贯串在线索上。有时也许一颗颗珠子挤得太密,我们勉强瞧见些线索,但这足以表示作者材料的丰富。她所搜采的不但是游记,自传、日记、书信以及小说(像七一——七三页所引 Baron Corvo 的作品),拾在篮里都算得菜。奇闻妙事,应接不暇,举一例为证。我们知道英国使臣来中国"进贡",因为不肯叩头,引出许多纠纷;而据这本书的选载(第一六七页),有个汤麦斯·曼宁(Thomas Manning)最喜欢向中国人叩头,从来不肯放过跪拜的机会。可以补充两点:这个曼宁就是兰姆(Lamb)《书信集》里常见姓名的那一位,也就是论"烤猪"那篇散文里的"M 先生"；他对叩头的态度，使我们联想到印度的普达王——这位国王向和尚们叩头，因为猪头、牛头、羊头全有卖主，只有人头送给人都不要，这证明人头最贱，叩个把头，不足介意（见大正本《大藏经》第五二二种《普达王经》）。

从全书体裁上看来，颇多费解之处。何以没讲到德国、俄国、西班牙、日本、南美洲等处？难道自古到今英国人没游过这些地方？还是没有记载？既然收集的范围那样广泛，包括传记、小说等等，不应该欠缺关于那些地方的材料。即就所叙的地域而论，也有许多非讲不可的游记，作者都略而不道。例如 Richard Burton 的名字只在第二六三页上带过，他的奇情壮采的《回教圣地旅行记》一字没引，又如拜轮和雪莱的好朋友 E. J. Trelawny 连名字都没有；他在旅行家里算得一尊人物，他的游记不是僻书，游踪也很广泛，到过南洋群岛，打过中国人和满洲人的船，中国的咸鸭蛋首见于陶宗仪《辍耕录》，在英文书里，以我所见，则以此书的描写为最早。Baron Corvo 的小说占了两页，而 James Morier 跟他的 *Haji Baba of Ispahan* 只字不提：缘故是 Baron Corvo 这几年来忽然走红，而 Morier 的好小说——据我所藏一八九五年重印本前面 Curzon 侯爵的序说，只要这部书跟另一部游记存在，其余关于波斯的书籍全可烧掉——知赏者还寥寥可数；别以为历史家好古，他们最趋时，他们所好是时髦的古代，不时髦的古代，他们也不屑理会的。A. W. Kinglake 跟他的《东游记》也没有提到，真使人不能相信。这种例子，不必多举。我反复研求，始终不了解作者去取的用意和标准。

全书给我们一个印象：英国"游历者的眼睛"大半生在头顶上的。他们对外国的赞美，也仿佛是传旨褒奖。作者选及 Smollett 的游记，未说起 Sterne 的游记；Sterne 在他的游记里给 Smollett 一个混名"Smelfungus"，说他怀挟偏见，厌恶一切外国事物。这个混名可以移赠许多英国旅行家。也许惟有这种固执骄横的人才能建设大英帝国，还是依仗了大英帝国，这种人才变成那样固执骄横呢？我上面讲到游历者的嘴，本书作者曾引 Philip Thicknesse 的法国游记，但未引及此人自记在法国吃馆子的故事。此人嫌旅馆中菠菜不干净，不要吃；女侍者糊里糊涂上了一碟菠菜，此人一时怒发，把碟子连菜合在女侍者头上，替她"加冕"。这是十八世纪末叶的事。在十九世纪末叶，法国大小说家贡固兄弟的《日记》里有这样一节："做了法国人在法国旅行真是倒霉。一起吃饭的时候，鸡身上最好吃的一部分老是给英国人吃去的。何以故？因为英国人不把侍者当人看待。"(*Journal des Goncourt*, t. III，一八六六年一月一日) 近来的英国旅行者似乎没有这样气焰了。

这本书有"引得"，可是所注页数，没有一个对的，相差两三页以至五六页不等。错得如此彻底，也值得佩服。

(原载《观察》第三卷第十六期，
一九四七年十二月十三日)

《落日颂》[①]

已往的诗人呢,只值得我们的记忆了,新进的诗人还值得我们的希望——希望到现在消灭为已往的时候,他也能被记忆着;在不舍昼夜的流水面上,他,像济慈,居然记下了姓名,留传片言半语以至于千百首诗歌,感荡了无量数的读者的心,跟随作者的心一同颤动,跳跃!

所以,新进的诗人总有价值供研究的,即使研究之后发现他的无价值。他还未经论定,我们可以借他来测验我们美感的锐钝,文心的灵滞;他还没有成名,我们可以对他说老实话,免得附庸风雅,随声说好,做文学批评上的势利小人(snob)。当然,我们对他的批评决不是最后的话(last word),因为他正是"方兴未艾",只要我们能抢在头里,说一句最先的话,我们也心满意足了。

有一种诗人的"诗品"(在司空图用这个名词的意义上),常使我们联想到一阵旋风,一团野火,蓬蓬勃勃的一大群强烈的印象。这种诗人好比几何学中的垂直线,他把读者两分(bisect)

[①] 曹葆华作。新月书店出版,一九三二年。实价大洋四角。

了:读者不是极端喜爱他,便是极端厌恨他;他绝不会让你守淡漠的中立。谁是绵羊(sheep),谁是山羊(goat),井井然分开了,不留下任何 tertium quid。在这种产生两极现象的诗人中,《落日颂》的作者有一个位置,一个不低的位置,所以他(出了两部诗集的人)从来没有碰到公平无偏颇的批评。在他的诗里,你看不见珠玑似的耀眼的字句,你听不见唤起你腔子里潜伏着的回响的音乐;他不会搔你心头的痒处,他不能熨贴你灵魂上的疮痛——他怎样能够呢?可怜的人!他自己的灵魂正呼着痛。这种精神上的按摩(spiritual massage),不是他粗手大脚所能施行的。不过(一个很大的"不过"),他有他的特长,他有气力——一件在今日颇不易找的东西。他的是一种原始的力,一种不是从做工夫得来的生力,像 Samson。"笔尖儿横扫千人军",他大有此种气概;但是,诗人,小心着,别把读者都扫去了!你们记得"狮子搏兔亦用全力"那句妙语罢?这便是有气力的不方便处。有了气力本来要举重若轻的,而结果却往往举轻若重起来。试看作者 Souffle 的小诗,例如《灯下》,都不免于"笨拙",僭用作者自己的字;只有《五桥泛舟》夷犹骀荡,有一点儿,只是一点儿,旧诗的滋味。

粗浅地说,文学作品与非文学作品有一个分别:非文学作品只求 readable——能读,文学作品须求 re‑readable。re‑readable 有两层意义。一种是耐读:"咿唔不厌巡檐读,屈曲还凭卧被思",这是耐读的最好的定义。但是,作者的诗禁不得这种水磨工夫来读的。为欣赏作者的诗,我们要学猪八戒吃人参果的方法——囫囵吞下去。用这种方法来吃人参果,不足得人参果的真味,用这种方法来读作者的诗,却足以领略它的真气魄。他有 prime-sautière 的作风,我们得用 prime-sautière 的读法。行气行空的诗切忌句斟字酌的读:好比新春的草色,"遥看近却无";好比远山的翠微,"即之愈稀"。在这里,re-readable 不作"耐读"解了,是"重新读"的意思。

话虽如此说,在作者一方面却断不可忽略字句推敲,修饰的技巧。作者的雕琢工夫粗浅得可观:留下一条条纵着横着狼藉的斧凿痕迹,既说不上太璞不雕,更谈不到不露艺术的艺术,作者何尝不想点缀一些灿烂的字句,给他的诗添上些珠光宝气,可惜没有得当;诗中用字句妆点,比方衣襟上插鲜花(这是 Gray 的妙喻),口颊上点下了媚斑(beauty spot),要与周遭的诗景,相烘(intensify)相托(contrast),圆融成活的一片,不使读者觉到丝毫突兀;反之,妆点不得法,便像——对不住,像门牙镶了金,有一种说不出的刺眼的俗。镶金牙的诗充分地表示出作者对于文字还没有能驾驭如意。他没有能把一切字,不管村的俏的,都洗滤了,配合了,调和了,让它们消化在一首诗里;村的字也变成了诗的血肉,俏的字也变成了诗的纤维;村的俏的都因为这首诗而得了新的面目;使我们读着只觉得是好诗,不知道有好字。在作者手里,文字还是呆板的死东西;他用字去嵌,去堆诗,他没有让诗来支配字,有时还露出文字上基本训练的缺乏。声韵一方面的毛病,例如凑韵、急口之类,我们都存而不论,专讲作者的用字。文字呢,当然是随人立义的,但是也有一个界限——以不侵犯旁的字为界限，像自由一样。作者似乎不管这一点，往往强制一个字去执行旁一个字的任务。这种不顾原来的意义，信手滥用的行为，无以名之，名之曰文字的强奸（罪过！罪过！）。强奸文字有相当的报应：在文法上不可通，在道理上不可懂。这一类的风流罪过，作者犯下了不少，尤其在显比和隐喻（simile and metaphor）上。我常想，每一种修词的技巧都有逻辑的根据（这也许因为我喜欢 logic-chopping 罢？）；一个诡论（paradox），照我看来，就是缩短的辩证法三阶段（a dialectical process tronqué），一个比喻就是割截的类比推理（an analogy tronqué）。所比较的两桩事物中间，至少要有一点相合；否则，修词学上的比喻牵强，便是逻辑上的不伦不类。当然，比喻的好坏不尽是逻辑上的问题：比喻不仅要有伦类并且要能贴切，一个有伦类而不贴切的比喻我们唤作散漫比喻（loose metaphor）。关于这许多，我另有文章来讲。诗人心思锐敏，能见到"貌异心同"的地方，抓住常人所看不到而想得懂的类似之点，创造新的比喻，譬如 Baudelaire 的 correspondance, Rimbaud 的 voyelles, Earnest Rhys 的 words。但是作者的比喻，不是散漫，便是陈腐，不是陈腐，便是离奇；例如"灵魂像白莲花的皎洁"（《沉思》），"举起意志的斧钺"（《想起》），"嵌妆在琅珰的歌里"（《告诉你》），"落叶扬起了悲歌"（《灯下》），"几点渔火在古崖下嘤嘤哭泣"（《沉思》），都算不得好比喻。我只看到两个好比喻：《告诉你》一首中的"清风摇曳中我看乌鸦怎样驮走日色"和《江上》一首中的"倾听暮色里蜿蜒的晚钟"。第一句还不算得十分特创，因为我们想到"玉颜不及寒鸦色，犹带昭阳日影来"那两句好诗。第二句差不多把钟声的形状逼真地描写出来了——随着一丝风送,高,下,袅袅地,由浓而淡,溶失在空濛里。

看毕全集之后,我们觉得单调。几十首诗老是一个不变的情调——英雄失路,才人怨命,Satan 被罚,Prometheus 被絷的情调。说文雅一些,是摆伦式(Byronic)的态度;说粗俗一些,是薛仁贵月下叹功劳的态度,充满了牢骚、侘傺、愤恨和不肯低头的傲兀。可怜的宇宙不知为了什么把我们的诗人开罪了,要受到这许多咒诅。但是,作者的诗不仅情绪少变化,并且结构也多重复,举个例罢,《夕阳》的结尾道:

> …………这样
> 沉思,我不禁悲忧,吐出了几缕叹息。
> 同时江上的琵琶又送来无限哀怨,
> 催起我…………

《不幸》的结尾道:

> …………像这样
> 我怎不抑郁,不悲伤……
> …………同时
> 隔壁的婴儿送来一阵啼叫使我
> 慨叹…………

《沉思》的结尾道:

> …………正这样深思,遥远处忽来
> 几声寺钟,在我黯淡的心中添上阴霾
> 正如夜色的苍茫…………

《叹息》的结尾道：

  沉思…………

   …………

   …………

   …………

  但是山后的杜鹃还送来几声啼泣，

  在我悲哀的心上…………

《春天》的结尾道：

  …………吐出愁天的吁嗟。

  幸而深山里的寺钟送来一片

  闲适…………

你看,这许多琵琶声、婴儿啼声、寺钟声、杜鹃声来得多巧？每当诗人思想完毕的时候,江上立刻奏着琵琶,婴儿立刻放声大哭,和尚立刻撞起寺钟,杜鹃立刻使劲哀啼,八音齐奏,做诗人思想终止的 chorus。此外,作者所写的景物也什九相同;诗中所出现的生物都是一些不祥的东西,毒蛇猛兽是不用说了,乌鸦和鸥枭差不多是作者的家禽;黄莺儿也是有的,不过,她是一只"飞跃"着的黄莺,未免不顾鸟体面;并且,紧跟着黄莺,就是"凶恶得吃人的虎豹"(参观第三页)。

  这许多疵累作者当然要努力避免的,而读者却断不可以此抹杀作者的长处。一泻千里的河流无疑地带挟着数不清的沙粒和石子。Gosse 的 *Impression* 那首诗说得好：

> Ah! For the age when verse was lad,
> Being godlike, to be bad and mad.

作者的诗,无论如何的不好,总有这种天真未漓的粗豪,不着一些儿纤仄(cultured triviality)。请问:有多少人有他那股拔山盖世的傻劲?他至坏不过直着喉咙狂喊,他从来不逼紧嗓子扭扭捏捏做俏身段,像——不用说咧!我是顽固的,我相信亚理斯多德的话,我以为好的文学不仅要技巧到家,并且要气概阔大(largeness)。读作者的诗,你至多是急迫到喘不过气来,你决不会觉得狭小到透不过气来。

作者的诗还有一个特点,他有一点神秘的成分。我在别处说过,中国旧诗里面有神说鬼话(mythology),有装神捣鬼(mystification),没有神秘主义(mysticism)。神秘主义当然与伟大的自我主义十分相近;但是伟大的自我主义想吞并宇宙,而神秘主义想吸收宇宙——或者说,让宇宙吸收了去,因为结果是一般的;自我主义消灭宇宙以圆成自我,反客为主,而神秘主义消灭自我以圆成宇宙,反主为客。作者的自我主义够得上伟大,有时也透露着神秘。作者将来别开诗世界,未必不在此。神秘主义需要多年的性灵的滋养和潜修:不能东涂西抹,浪抛心力了,要改变摆伦式的怨天尤人的态度,要和宇宙及人生言归于好,要向东方和西方的包含着苍老的智慧的圣书里,银色的和墨色的,惝恍着拉比(Rabbi)的精灵的魔术里找取通行入宇宙的深秘处的护照,直到——直到从最微末的花瓣里窥见了天国,最纤小的沙粒里看出了世界,一刹那中悟彻了永生。假使作者把这个境界悬为目的,那末,作者的艺术还没有成熟。

没有成熟并不是可耻的事,大器从来是晚成的。青年时代做诗,值得什么惊奇——当然,一首好诗永远是一桩奇迹。在青年时代,谁不觉到心头的隐痛?谁不偷空做着星星的迷离的梦?谁不自以为有海洋般深的情,海洋般大的愁?谁不借诗来发泄(catharsis)?在青年时代做诗不算什么一会事,不过是一种(说句粗话)发身时期的精神排泄,一种 greensickness。许多一丝儿散文气都没有的中年人,想当年,也曾经跟夜莺赛过歌喉来,现在呢?只有得上帝的怜爱而不早死的诗人,直到头白眼花的时候——心是不痛了,却没有变坚硬;梦是不做了,因为他知道醒着也是一样做梦;依旧有海洋般深的情,海洋般大的愁,但是不无风作浪——到头白眼花的时候,我说,他依然唱着新歌,为这个跻嘈不堪的巴比尔(Babel)的人间添进了一点和谐,为那句刻毒的话"长寿就是天才"添上了一个新鲜的意义。作者的集名——《落日颂》——是很象征的。"落日"是临死前片刻的光荣;夕阳无限好,只是近黄昏——

你看!牛羊走过了山坡,农人

早回村庄——(《祈求》中句)

地面上管领了荒凉(desert),倒也算是平静(peace),令我们忆起 Tacitus 的名句;而作者的"颂"却给我们一个绝然不同的印象:我们想到秋天早晨的雾,白漫漫的煊染了朝暾的红色,从这一点子红色,我们知道又是一个晴和淑丽的好天,推测到雾散后初阳的绚烂,午日的光华。

所以，作者最好的诗是作者还没有写出来的诗。对于一位新进的诗人，有比这个更好的，不，更切实的批评么？

(原载《新月月刊》第四卷第六期，
一九三三年三月一日)

《近代散文钞》[①]

先讲近代,后讲散文,钞则草草了之。

钞的都是明末清初的文章,在我们不能"上知五百年"的人看来,已经算得太古时的遗迹了。假使"近代"这个名词,不仅含有时代的意思,而是指一种风格,像所谓"唐诗","宋诗"一样,不是 chronologically modern,而是 critically "modernistic",那末,明以前的文章,明以后的文章,够得上"冰雪小品"的,不知多多少少,何以偏偏又限止于明末清初?话虽这样说,不过是稍尽批评家的义务而已;对于沈先生搜辑的功夫,让我们读到许多不易见的文章,有良心的人都得感谢。我在别处说过,过去已是给现在支配着;同一件过去的事实,因为现在的不同,发生了两种意义,我们常常把过去来补足现代的缺陷,适应现代的嗜好,"黄金时代"不仅在将来,往往在过去,并且跟着现在转移;在西方,我举中世纪为例,在中国,我举明朝为例,这两个时代都正在翻过身来。沈先生这本书的出版,给我的说法一个有力的例证,我尤得

[①] 沈启无编。周作人序。北平人文书店出版。民国二十一(一九三二)年。价二元二角。

为自己忻幸。

"小品"文和"一品"文或"极品"文(本"一品当朝","官居极品"之意,取其有"纱帽气",即本书俞平伯先生《跋》所谓"代要人立言"之"正统"文也)的分别,当然并不是一个"说自己的话",一个"说人家的话";语言文字本来是先苏维埃而实行"共产"的,章实斋师老爷所谓"言公"是也,你的就是我的,我的不妨算你的,"自己""人家"的界限,极难分别。不读过詹姆士《大心理学》的人,也懂得这种困难。偏有一等人,用自己的嘴,说了人家的话,硬说嘴是自己的,所以话算不得人家的,你还有什么办法?并且用"言志"、"载道"等题材(subject – matter)来作 fundamental division,是极不妥当的。我们不必用理论来驳,只要看本书所钞的文章,便知道小品文也有载道说理之作,可见"小品"和"极品"的分疆,不在题材或内容而在格调(style)或形式了。这种"小品"文的格调,——我名之曰家常体(familiar style),因为它不衫不履得妙,跟"极品"文的蟒袍玉带踱着方步的,迥乎不同——由来远矣!其形成殆在魏晋之世乎?汉朝的文章是骈体的逐渐完成,只有司马迁是站在线外的,不过他的散文,并不是"家常体",要到唐人复古的时候,才有人去师法他;在魏晋六朝,骈体已成正统文字,却又横生出一种文体来,不骈不散,亦骈亦散,不文不白,亦文亦白,不为声律对偶所拘,亦不有意求摆脱声律对偶,一种最自在,最萧闲的文体,即我所谓家常体,试看《世说新语》,试看魏晋六朝人的书信,像王右军的《杂帖》。最妙是书信有用两体写的,譬如《江醴陵集》内《被黜为吴兴令辞笺诣建平王》、《狱中上建平王书》是绝好的骈体,而《与交友论隐书》、《报袁叔明书》便是绝好的家常体。把这种家常体的长信和唐宋八家类似之作以及汉文如司马迁《报任安书》、杨恽《报孙会宗书》、刘歆《让太常博士》相比较,便看得出家常体和通常所谓散体"古文"的不同来。向来闹着的魏晋六朝"文笔"之别,据我看,"笔"就是这种自由自在的家常体,介乎骈散雅(bookish)俗(vernacular)之间的一种文体,绝非唐以来不拘声韵的"古文"。韩愈复古,纯粹单行的散文变了正统;骈体文到了清朝方恢复地位,而家常体虽未经承认,却在笔记小说里,在书函里相沿不绝,到苏东坡、黄山谷的手里,大放光明(东坡、山谷的题跋,便是家常体,他作则为"古文"),以后便数着沈先生所钞的作者们了。本书中选书牍这一类的文字还嫌太少;书牍从魏晋时开始成为小巧玲珑的 the gentlest art 以来,是最符合"小品"条件的东西,无论在形式或内容,都比其他文体,如序记论说之类,"极品"的成分少有些。桐城派论"古文",不是说要避免"尺牍气"么? 这就是一个反证。

据沈先生《后记》讲,本书原名曰《冰雪小品》,我以为比《近代散文钞》来得妥当,至少可以不用"近代"那种招惹是非的名词。张宗子不是也选过一卷《冰雪文》么? 更有进者,本书所钞的都是冰清雪净的文章,并且是没有人注意到的冷文章——冰和雪总够得上冷了。古语云:"艳如桃李,冷若冰霜",霜雪一家,可以"连坐"的,一语双关,比"散文钞"有诗意得多。记得《青门簏稿·与金来书》曾云:"昨见足下抨击袁中郎文甚当,明季文章自有此尖新一派;临川滥觞,公安泛委,而倒澜于陈仲醇、王季重,仆戏谓此文章家清客陪堂也。"寥寥数语,当得本书一篇总论,"清客陪堂"云云,虽然过火,倒也是"小品"的绝好比喻。旧说清客有"十样景",谓其多才多艺,无所不能也,正是外国所谓"都来得的"(dilettante)一流人物,明人最有此种闲情逸致,在我们高谈"推克诺克拉西"(technocracy)的时代,这种人无疑地是"没落"的,吾故回应第一节曰:"太古时之遗迹也!"

(原载《新月月刊》第四卷第七期,
一九三三年六月一日)

读《道德定律的存在问题》书后

这是寄生在朱公谨先生那篇大文章上面的小文章,假使一个"街上人"(man in the street),空虚得像白纸,愚昧得像黑漆,对于这个问题没有理论和成见的,读了朱先生的精深的文章,他也许要提出几个问题来。这几个问题并不是向(to)朱先生提出的,是代(for)朱先生提出的,我当然不会解决这几个问题,否则我也不必提出来,但是,朱先生未必就能解决它们,因为俗语说:"聪明人是答不尽傻子的疑问的"(A fool can ask more questions than a wise man can answer)。

假使在自然定律里,遵守和存在一致,而在道德定律里,存在跟遵守无关,那末,在何种意义上,我们能说道德定律是存在着(In what sense can moral laws be said to "exist" or "subsist")?至少,道德定律的存在的"存在"跟自然定律的存在的"存在"有些差异,不管那个差异是多么微细。所以,我们似乎不妨"因道德定律之未为人遵守而怀疑道德定律本身之是否存在"(朱先生句)——注重在"存在"两字,不在"是否"两字。

在自然定律里,不遵守证明定律的不存在,但是在道德定律里,说来也奇,不遵守反足以证明定律的存在。当然,假使道德定律不存在,根本上无所谓遵守或不遵守了。道德定律之所以为道德定律,就在于它的不必遵守或可以不遵守,道德现象之所以为道德现象而不同于自然现象——简单地说,道德现象的 differentia——就在它包含着的自由(freedom)的成分。我们所以在"必然"之外加了"应然",在 indicative 之外加了 imperative(朱先生的名词),在 does 之外加了 ought to,就因为在自然现象里,我们只能这样干,没有第二条路可走,而在道德现象里,我们可以任意干,同时有一条以上的路,让我们自由选择着去走——不过在这许多路中,只有一条是"应当"走的,此外都是"可"走而不"当"走的。换句话说,自然定律是不得不遵守或必得遵守的,道德定律是可以不遵守或不必遵守的,假使道德定律跟自然定律同样的不得不遵守,那末,人类的道德行为,如忠孝奸欺之类,跟水流火烧同等,更何须于"必然"之外添个"应然"呢?

因此,我们对于"遵守"两个字,也发生疑问。我们上面说道德定律是可以不遵守的,此地所谓"可以"是什么意义? 我们要知道有道德现象中的"可以",有非道德现象中的"可以",在非道德现象里,"可以"的相对还是"可以",譬如说:"喝茶'可以'解渴,喝咖啡也'可以'解渴",这两个"可以"是平行的,它们的关系是"也"(both——and)的关系;在道德现象里,便不然了:"可以"的相对是"应当",譬如说:"你'可以'说谎话,但你'应当'说真话。"在这里,我们侧重在"应当","应当"和"可以"间的关系是"但"(although——but)的关系。假使你不遵守道德定律去做"可"做而不"当"做的事,道德定律并不因此而颠覆,反得借此证明它的权威来判断你为"不道德"。所以道德定律的须遵守正不亚于自然定律,违反道德定律也有处分的,你违反地心吸力的定律,想跳上天去(记得 F. C. S. Schielle: *Formal Logic* 中讲思想律,曾举此例),你的处分是跌伤或跌死;你违反摩西十诫,说谎骗人,你的处分是被判为"不道德",虽然这个处分没有跌死那样的显明,但是还是一个处分。所以,我们上面说"道德定律可以不遵守",我们是从违反自然定律的处分的观点来看违反道德定律的处分,比较之下,觉得违反道德定律的处分(moral punishment qua moral)不会影响到我们的生机现象,因此看得轻淡。不过,从道德定律的立场来看,这种处分也就够严重了。

这篇文章的根本概念是全盘接受了朱先生的,所以对于"定律"、"存在"等等都没有分析;这绝不是说"定律"、"存在"等等无须乎分析。对于道德标准的来源也没有能讲,虽然新读了 Westermark 教授大作 *Ethical Relativity* 的人不愁无话讲的。

(一九三三年)十月二十四日夜
(原载《光华大学半月刊》第二卷第二期,
一九三三年十月二十五日)

阙 题

这寥寥几句是因第三期上《读〈道德定律的存在问题〉书后》那篇洋洋大文中涉及第二期上我的那篇同题目的文章中的几点而做的。其实也不必做,因为我的答复还不出我那篇文章,略申明三点于下:(一)假使你是在注重事实和价值的分别,事实本身里的分别(像 causality 和 casualty)或价值本身里的分别(像 intrinsic 和 instrumental)似乎都不必提到,至少从我看来。(二)"可以"在我的文章里相当于 can 这个字,所以决不得"应该"相混,至少在我的文章里。(三)我的意思正是说道德定律跟自然定律或思想定律一般的不可"违反"或破坏,破坏它适足以证明它,我明说"moral punishment qua moral",似乎那位作者没有看到。

"正名"也好,"歪名"也好。我的意见是:只要你不把一个名词两歧地用(equivocation),稍有读书训练的人自能看出他的 system of reference 来,反过来说,不管那个名词在他人的文章里有什么 system of reference,只因为跟自己的意见不同,便手舞足蹈地说:"必也正名乎!"安知他人不可还敬一句?一个人对于一个字的一贯的(consistent)用法和许多人对于一个字的共同的(common)用法是并行不背的,柏拉图的"观念"(idea)不同洛克的"观念",不过,假使洛克执著他自己的"观念",说柏拉图"名不正",这不是"正名",这是一切经院派哲学的通病——预立定义的谬误(fallacy of initial definition)。

然而竟有人说是"正名"的!

然而竟有人说是"预立定义的谬误"!

然而还有人说是"正名"的!

由此观之,何去何从?似乎"正名"一"名"本身有些歪也。孔子不云乎:"必也正名乎",我也来抄一句《论语》。

(原载《光华大学半月刊》第二卷第四期,
一九三三年十一月二十五日)

论 复 古

读了郭绍虞先生大作《中国文学批评史》上册,发生好多感想,论复古也是一个①。目的倒并不在批评郭先生,也非为复古辩护,更不是反对复古,虽然郭先生是不甚许可复古的。我只想把历史的事实研究、分析,看它们能给我什么启示,能否使我对于复古采取和郭先生同样的态度。藐视复古似乎是极时髦的态度;假使我学不像时髦,这是我的不幸。我先引郭先生几句话,因为这几句话最引起我研究的兴味。第三页云:"文学观念经了以上两汉与魏晋南北朝两个时期的演进,于是渐归于明晰。可是,不几时复为逆流的进行,……一再复古。"第八页云:"因此文学方面,亦尽可不为传统的卫道观念所支配,而纯文学的进行遂得以绝无阻碍,文学观念亦得离开传统思想而趋于正确。"第十页云:"不过历史上的事实总是进化的,无论复古潮流怎样震荡一时……以成为逆流的进行,而此逆流的进行,也未尝不是进化历程中应有的步骤。"第三〇一页云:"凡是作家,总无有不知新

---

① 我自己的文学观念在《国风》第三卷第八期(即《中国文学小史序论》一文。——本书编者注)中讲过,现在大体上还是那个意思。但是在本文中,我绝对没有把我的文学观念来跟郭先生的较短长。

变的。刘昫这样不主尊古、不主法古……这当然因为他是史家。他本于历史的观念以批评文学,当然能知文学的进化,而不为批评界的复古潮流所动摇了。"够了,我说过不批评郭先生的,但是,有两点似乎可提出讨论,第一:郭先生以为文学要从"外形"来"认识"(第四页),所以,魏晋南北朝的文学观念是"正确"的观念;同时郭先生又主张"纯文学"才是"正确"的文学观念,而郭先生解释"纯文学"则云:"同样美而动人的文章(密圈是我冒昧加的)中间,更有'文''笔'之分:'笔'重在知,'文'重在情;……始与近人所云纯文学杂文学之分,其意义亦相似。"(第三页)我不大明白!好像是说,"杂文学""外形"虽跟"纯文学""同样美而动人",但是算不得"正确"的文学观念的根据,因为它的"内质"侧重在"知";反过来说,"纯文学"之所以能为"正确"文学观念的根据,倒并不在它的"外形"——因为"杂文学"也"同样"具有"美而动人"的能力——还是在它的"内质"的侧重"情"。说来说去,跟郭先生所不甚赞成的"复古派"一样,还是从"内质"来"认识"文学,当然"内质"的性质是换过,不是"道"而是"情"了。我不知道"知"和"情"的绝然分划有没有心理学上的证实,我不知道"内质"、"外形"的绝然分划有没有美学上的根据,我只觉得至少郭先生说话上前后有些矛盾,尽许他意思中间是始终一贯的。第二:郭先生以为"历史上的事实总是进化的";所以,"本于历史的观念以批评文学"的人像刘昫——不用说,还有郭先生自己——"当然能知文学的进化"。我希望我能像郭先生那般的肯定。"文学进化"是否就等于"事实进化"?"事实进化"只指着由简而繁,从单纯而变到错综,像斯宾塞尔所说。"文学进化"似乎在"事实"描写外更包含一个价值判断:"文学进化"不仅指(甲)后来的文学作品比先起的文学作品内容上来得复杂,结构上来得细密;并且指(乙)后来的文学作品比先起的文学作品价值上来得好,能引起更大或更高的美感。这两个意义是要分清楚的,虽然有"历史观念"的批评家常把他们搅在一起。(甲)是文学史的问题,譬如怎样词会出于乐府,小说会出于评话等等;(乙)才属于文学批评的范围。承认意义(甲)文体的更变并不就是承认意义(乙)文格的增进;反过来说,否认(乙)并不就否认(甲)。"后来居上"这句话至少在价值论里是难说的。举个眼前的例罢:从"内质"说来,郭先生的大作当然比刘昫的《旧唐书·文苑传序》精博得多了! 但是在"外形"的优美上,郭先生也高出于刘昫么? 恐怕郭先生自己就要谦让未遑的①。即使退一步专就"历史事实"而论,对于"进化"两字也得斟酌。"进化"包含着目标(destination or telos);除非我们能确定知道事物所趋向的最后目标,我们不能仓卒地把一切转变认为"进化"②。从现在郭先生主张魏晋的文学观念说来,唐宋的"复古"论自然是"逆流"或"退化"了;

---

① Brunetière 第一个把天演论介绍进文学批评,但是他从没有把文体的变化和文品的增高混为一事,参观 *L' Evolution des Genres dans I' Histoire de la Littérature* 第一章、第四章、第九章。又 Santayana: *Winds of Doctrine* 第五十九页。

② 即使对天演极抱乐观的生物学家像 Julian Huxley,对于文明的进步极抱乐观的史学家像 J. B. Bury 都不敢确定天演的目标;参观 Huxley: *Essays in Popular Science* 中 "Evolution and Purpose" 一文及 Bury: *The ldea of Progress* 第二页。若照 Krutch: *Modern Temper* 及 Sainsbury: *Theory of Polarity* 说来,则天演简直是一幕悲剧的开演了。

但是,假使有一天古典主义翻过身来(像在现代英国文学中一样)①,那末,郭先生主张魏晋的文学观念似乎也有被评为"逆流"的希望。在无穷尽、难捉摸的历史演变里,依照自己的好恶来定"顺流"、"逆流"的标准——这也许是顶好的个人主义,不过,无论如何,不能算是历史观。有"历史观念"的人"当然能知文学的进化";但是,因为他有"历史观念",他也爱恋着过去,他能了解过去的现在性(The presentness of the past),他知道过去并不跟随撕完的日历簿而一同消逝。

我在讨论"复古"说以前,还得借重郭先生的话来清理我自己的思想。第四页云:"不过同样的复古潮流中,而唐宋又各有其分界。……李汉序《韩昌黎集》云:'文者贯道之器也',此唐人之说;周敦颐《通书》云:'文者所以载道也',此宋人之说。所以文学观到了北宋,始把文学作为道学的附庸。"第七页云:"由极端尚质的语录体言之,则道学家之论文,重道轻文,以文为载道之工具,以文学为道学之附庸,又安足怪!"似乎北宋的文评,给道学家的"载道"观笼罩住了。然而不然!第五页云:"古文家之论文……只是把道字作幌子……至其所重视者还是在修词的工夫,这不仅唐代古文家是如此,即宋代的古文家亦未尝不如此。"(密圈又是我加的)真令我大吃一惊!原来宋代还有"古文家";原来"文以载道"等等,虽说是宋人之说,却又并不是宋人"古文家"之说。看到下文第三二三页,郭先生还明明告诉我们宋代的

---

① 参观 Max Eastman: *Literary Mind* 第一、二、三章。

古文家与道学家"各立统系以相角胜"呢！我不明白！大约郭先生又在独演矛攻盾的武艺了。我们无须问郭先生，道学家能否代表全部宋人，我们只须问：(一)道学家的"文以载道"说，能否被认为文学批评？一切学问都需要语言文字传达，而语言文字往往不能传达得适如其量；因此，不同的学科对于语言文字定下不同的条件，作不同的要求。这许多条件都为学科本身着想，并没有顾到文学，应用它们的范围只能限于该学科本身，所以，"文以载道"之说，在道学家的坐标系(system to reference)内算不得文学批评。假使我们要把此说认为文学批评，我们须依照它在文学家的坐标系里的意义——即郭先生所谓："古文家之论文，只把道字作幌子。"英国皇家学会成立时，有一条规则，略谓本会会员作文，不得修饰词藻，须同算学公式般的简质(of a mathematical plainness)云云。若援郭先生"道学家文评"之例，我们似乎还得补作"物理学家文评"、"数学家文评"等等，其奈地球上容不下这本大著作何！我们更有一个反证：郭先生把"极端尚质的语录"作为"道学家文评"的根据，假使如此，道学家在语录而外，不该再做诗古文了！最伟大的道学家像朱子(他的话郭先生在第三二四页上引过)不该做有韦、柳般精洁的五言诗，有欧、曾般雍容的古文，摹仿陈子昂《感遇》而作中国最精微的玄学诗《感兴》，更不该说"作诗先看李杜"以及《语类》中其他相类的话了！可见"文以载道"只限于道学的范围；道学家若谈文学，也会"文以贯道"的。(二)"文以载道"在道学家的意义上能否被认为"复古"？郭先生说："至于北宋，则变本加厉，主张文以载道，主张为道而作文,则便是以古昔圣贤的思想为标准了。"好像宋代道学家所谓"道"不过是"古昔圣贤的思想";直捷痛快得很!我们对此又可作三层的辩难:(甲)我们根本代宋儒否认"道"便是"古昔圣贤的思想"。从周敦颐《通书·诚上第一》所引《大传》"一阴一阳之谓道",徐积《荀子辩》"一阴一阳,天地之常道",以至《二程遗书》"上天之载,无声无臭……其理则谓之道",朱熹《答陆子静书》"器之理,则道也"等等,我们找不出郭先生把"道"释为"古昔圣贤的思想"的理由来。这不过"有书为证"的问题,我们不必多作援引。(乙)否认"道"便是"古昔圣贤的思想",并不就是否认"古昔圣贤的思想"可以算是"道"。此中包含一个极重大的关系,并非我咬文嚼字,假使"道"不过是"古昔圣贤的思想",那末,"道"的存亡全靠着"古昔圣贤"有无"思想","古昔圣贤"便是"道"的制作者;"载道"当然是"复古"了。但是,假使像《中庸章句》所说:"一理散为万事,放之则弥六合","古昔圣贤的思想"只是"道"的一部分,那末,"古昔圣贤"只能明道传道,不能创造道;所以《中庸章句》只说"传授心法"。因此(丙)"道"并不随"圣贤的思想"而生,也不随"圣贤的思想"而灭。像柏拉图的模型,它永远存在,无始无终,不生不灭,根本上就无时间性,更何所谓"古"和"今"①?假使道学家"文以载道"是"以古昔圣贤的思想为标准",理由是因为"古昔圣贤的思想"有合于道,并非因为道

---

① 冯友兰先生《中国哲学史》下册对于宋学的新解释为本文此处增添了不少的力量。

就是"古昔圣贤的思想"。换句话说,道学家在原则上并非"复古"。

惟其郭先生的书有极大的权威,所以我不敢轻轻放过一字一句。并且,因研究郭先生的议论,我触发许多意思。譬如:假使道学家并非"复古",那么,唐宋古文家也不得为"复古"。何以故?郭先生云:"唐人论文,以古昔圣贤的著作为标准;……所以虽主明道,而终偏于文;——所谓'上规姚姒浑浑无涯'云云,正可看出唐人学文的态度"(第四页)。道学家所求在"道",古文家所求在美(郭先生所谓"终偏于文")。"古昔圣贤的著作"可作"标准",就因它们在美学上的价值。按照英国新实在论,美和"道"是同性质的,是一样超出时间性的。所以,古文家的"上规姚姒",在原则上并非因为"姚姒"的古,还是因为"姚姒"的永久不变的美(至少从古文家的观点说来)。西洋古典主义者像 Boileau 说法古就是法"自然"(naturel)①,不是可作他山之鉴么?这一点我在本文下篇中还要细讲。

我希望在下篇中能证明(一)文学革命只是一种作用(function),跟内容和目的无关;因此(二)复古本身就是一种革新或革命;而(三)一切成功的文学革命都多少带些复古——推倒一个古代而另抬出旁一个古代;(四)若是不顾民族的保守性、历史的连续性,而把一个绝然新异的思想或作风介绍进来,这个革新定不会十分成功。这四点能否适合文学和思想以外的事物,我不

---

① 参观 Brunetière: *L'Evolution des Genres* 九十七页至一百零六页。

知道。日月无休息的运行,把我们最新的人物也推排成古老陈腐的东西;世界的推陈出新,把我们一批一批的淘汰。易卜生说得好:"年轻的人在外面敲着门呢!"这样看来,"必死必朽"的人就没有重见天日的希望么?不然!《新约全书》没有说过么?"为什么向死人堆中去找活人呢?——他不死了,他已在坟墓里站起来。"

(原载《大公报》,一九三四年十月十七日)

《不够知己》[1]

在过去的一年,温先生为《中国评论周报》写了二十多篇富有《春秋》笔法的当代中国名人小传,气坏了好多人,同时也有人捧腹绝倒的。温先生挑出十七篇,印成这本精巧玲珑的书。当初这许多文章在《周报》"亲切写真"栏(Intimate Portraits)中发表时,并没有温先生署名;可是我们看过温先生作品的人,那枝生龙活虎之笔到处都辨认得出,恰像温先生本书中描写吴宓先生所说:"入得《无双谱》的;见过一次,永远忘不了。"(Like nothing on earth; once seen, never forgotten.)

话虽这样说,天下事毕竟无独还有偶的,譬如,温先生的书名就极像兰姆(Lamb)一篇小品文的题目;读过兰姆小品第一辑的总该记得 Imperfect Sympathies 那篇妙文罢?不过,就文笔的作风而论,温先生绝不像兰姆——谁能学像兰姆呢?轻快、甘脆、尖刻,漂亮中带些顽皮,这许多都使我们想起夏士烈德(Hazlitt)的作风。真的,本书整个儿的体裁和方法是从夏士烈德(Hazlitt)

---

[1] 温源宁著。别发洋行出版,一九三五年。 Imperfect Understanding, by Wen Yuan-ning, Kelly and Walsh, LTD.

《时代精神》(*The Spirit of the Age*)一书脱胎换骨的,同样地从侧面来写人物,同样地若嘲若讽,同样地在讥讽中不失公平。此外,在风格上还有一种极微妙的相似,好比父子兄弟间面貌的类似,看得出,说不出,看得出,指不出,在若即若离之际,表现出它们彼此的关系。当然,夏士烈德的火气比温先生来得大;但是温先生的"肌理"(这是翁覃谿论诗的名词,把它来译 Edith Sitwell 所谓 texture,没有更好的成语了)似乎也不如夏士烈德来的稠密。这或许是时代为之;生在斯屈来治(Lytton Strachey)以后的人,写起小传一类的东西,终免不掉《缩本写真》(*Portraits in Miniatures*)的影响了。

温先生是弄文学的,本书所写又多半是文学家,所以在小传而外,本书中包含好多顶犀利的文学批评;夏士烈德不是也说过么:"余无他长,批评而已"?(来个注罢:夏士烈德此语与莎士比亚 Othello 一剧中 Iago 语全同。)顶有趣的是:温先生往往在论人之中,隐寓论文,一言不着,涵意无穷。例如徐志摩先生既死,没有常识的人捧他是雪莱,引起没有幽默的人骂他不是歌德;温先生此地只淡淡地说,志摩先生的恋爱极像雪莱。又如梁遇春先生的小品文,我们看来,老觉得他在掉书袋,够不上空灵的书卷气;温先生此地只说他人像兰姆。又如被好多人误解的吴宓先生,惟有温先生在此地为他讲比较公平的话:在一切旧体抒情诗作者中,吴先生是顶老实、顶严重、顶没有 Don Juan 式采花的气息的;我们偶尔看见他做得好的诗,往往像 Catullus 和 Donne,温先生想亦同有此感。

人生边上的边上

　　本书中名言隽语，络绎不绝。我怕译不好，索性不引，好在能读原文的，定能有目共赏。本书原是温先生的游戏文章，好比信笔洒出的几朵墨花，当不得《现代中国名人字典》用。在第五十一页上，有一个排字匠的小错误，"homme Sensuel moyen"三字给他颠倒了。

（原载《人间世》第二十九期，一九三五年六月五日）

《韩昌黎诗系年集释》①

韩愈的诗集有两个详细的清代注本:康熙时所刻顾嗣立的《昌黎先生诗集注》和乾隆时所刻方世举的《韩昌黎诗集编年笺注》。顾注比方注流行,可是不及方注精密,当时早被人挖苦②,现在也遭到本书作者的鄙夷(卷首六五页)。韩诗在清代是跟韩文一样走红的,诗人和学者接二连三的在上面花了工夫,校正和补充了前人的注释和评论。这许多分散甚至于埋藏在文集、选本、笔记、诗话等书里的资料由钱仲联先生广博的搜掘,长久的积累,仔细的编排,还加上一些自己的心得,成为这部著作。从此我们研究韩诗可以一编在手,省掉不少翻找和钞录的麻烦,比研究杜甫、李白、王维或李商隐的诗方便多了,因为还没有人对那些诗的清人集注做过钱先生这样大规模的补订。

韩愈在《进学解》里说:"贪多务得,细大不捐";又在《南山诗》里说:"团辞试提挈,挂一念万漏。"这几句话恰好是本地风光,可以应用在钱先生的这部书上。贪多的流弊是不能"应无尽

---

① 钱仲联著,上海古典文学出版社。——本书编者注
② 李绂《穆堂别稿》卷二五《王右丞全集笺注序》:"尝见吴中陋者注昌黎诗,首引'学而'篇释'学'字,不觉失笑……"

无"。于是陈曾寿、黄濬之流的绝不相干的作品都拉扯进来了,例如硬把陈曾寿的牡丹诗跟韩愈的《晚菊》诗攀上关系(三二三页)。挂漏的结果是不能"应有尽有";不过,我们知道,应无尽无也许还算容易,而应有尽有这件事实在不好办。"集释"这项工作最好由集体来负担,一个人总不免有见闻不到、收采不尽的地方。我们在这里不想列举细节①,只提出我们认为比较重要的几点,供作者参考。

搜辑很广的《诸家诗话》(卷首二四至六〇页)没有把清代中叶戚学标的批评网罗在里面,这是最可惋惜的事。他说过这样几句话:"硬语险语兼苦语,杂以奇字斑陆离……虞彝夏鼎嫌典重,往往破碎前人辞;有时任意自作故,究穷所出奚从知";下面还有个注解:"如'峙质能化貿'、'逞志纵猰㺄',用经不免破碎;'鲕沙'、'滂葩'、'瓠觓'、'敲飔',等字皆不见所出。"② 这段对韩诗的批评很有分量,也很有分寸,可以跟明末方以智对韩文的批评合看③,都一向为研究韩愈的人所忽略,而都指出了韩愈的

---

① 例如卷首二五页说《诗人玉屑》引魏泰《隐居诗话》所记与惠洪《冷斋夜话》略同,而《历代诗话》本《临汉隐居诗话》无之;那一段话见魏泰《东轩笔录》卷十二。又如五五〇页引《苕溪渔隐丛话》说韩愈咏樱桃跟王维咏樱桃"语意相似"而有"语病";姚旅《露书》卷三把这两首诗作了更细致的比较。

② 《景文堂诗集》卷四《读韩昌黎诗》。《景文堂诗集》的注解由戚氏的女婿和学生署名,但看来许多是作者的自注,就像《初学集》和《有学集》的注解一样。

③ 《通雅》卷八:"……皆对《广韵》钞撮,而又颠倒用之,故意聱牙";举了"瘢疣"、"婠妠"等等例证。参看《全唐文》卷八四五牛希济《文章论》讲韩愈影响之下所产生的"难文"。

一种坏习气。有些古代作者常常给我们一个印象,仿佛他们手边不备字典,所以对字义和字音都很马虎;也有些作者就像新弄到一本字典的小孩子,翻出各式各样的僻字怪字来刁难我们。后面一种人不知道字典不但是一座仓库,也是一所历史博物馆,有许多斑驳陆离的古董只好在里面陈列,把它们搬到日常生活来是不合用的。读韩愈的诗,正像读汉人的赋和其他受汉赋影响的作品①,我们只恨这些作家不能够学萨克利《名利场》里那位女主角的榜样,把他们手头的大字典从窗子里直扔出去。《诸家诗话》里采取了夏敬观的话:"多用骈字,出于司马相如扬雄之赋"(卷首五九页),因此更需要戚学标的话来补救这种一面之词②,至少那个注解是可以采用而无伤体例的。

钱先生在四条"简例"里为自己树立了相当高的标准(卷首六六页)。大体上看来,他的注释也达到了那个标准。我们有些感想,可以分四项来说。

第一:有些地方虽然"奇辞奥旨,远溯其朔",似乎还没有"窥古人文心所在"。例如《归彭城》诗的"刳肝以为纸,沥血以书辞"。方世举注引《拾遗记》里浮提国人沥血代墨的故事,《唐宋诗醇》引庾信经藏碑里"皮纸骨笔"的句子,钱先生因此引了一节

---

① 例如汤显祖的有些赋,佩服他的人也说有时简直像外国文一样难懂;参看沈际飞选《玉茗堂赋集》卷一《广意赋》批语。《书影》卷三引徐文长评汤《士不遇赋》,"以'四裔译字生'讥之,又云'此不过以古字易今字,以奇谲语易今语'云云。"

② 卷首四〇页引赵翼对韩诗"聱牙辘舌"的批评还抵消不了四九页、五五页引方东树和沈曾植对韩诗不"换用生僻""得力于书"的恭维。

《大智度论》,说是韩愈"语所本"(五七页)。这提出了一个很有趣味的问题。韩愈反对佛教出了名,免不得就有和尚做翻案文章,说辟佛的韩愈也参禅信佛,也少不了有笺注家在他的诗里找出暗用释典的词句来。据我们看,只有《嘲鼾睡》第一首里"有如阿鼻尸"那一句(二八九页)毫无疑义的用了释典;借佛经里的话来嘲笑佛教徒,就像把野鸭身上的羽毛制成雁翎箭去射野鸭,是最凑巧不过的事,只见得作者的俏皮,决不会坏掉他那块"攘斥佛老"的招牌的。其他像朱翌说《醉赠张秘书》诗里用了《楞严经》(一七九页),沈钦韩说《双鸟诗》里用了《观佛三昧经》(三六五页)等,我们都觉得很牵强①,只表示他们熟读佛经,并不能证明韩愈私贩印度货。钱先生也颇有他们这种倾向,不过他对《归彭城》诗的那个注解是寻到了线索的,只可惜没有推究下去。假如我们猜测得不错,那末在这两句诗里,韩愈并非引用释典,而是极力避免释典。"剥皮作纸,折骨为笔,血用和墨"② 这一类话在佛经里惯见,就在《大智度论》里也出现过好多次③。更重

---

① 我们只要把《醉赠张秘书》:"虽得一饷乐,有如聚飞蚊"跟秦观《淮海集》卷二《送张和叔》:"汝南如一器,百千聚飞蚊;终然鼓狂闹,啾啾竟谁闻"对照一下,就看出秦观是根据《楞严经》而韩愈的话跟《楞严经》无甚关系。如果要望文附会,我们可以"发现"好多暗用释典的地方,例如《赠刘师服》诗的"合口软嚼如牛呞"(三六九页),难道不可以说——难道竟可以说——是暗用《楞严经》卷五里憍梵钵提的故事么?

② 这是《贤愚经》卷一里的词句。

③ 在钱先生所引的那一节以外,《大智度论》卷十六《毗梨耶波罗蜜义》第二七、卷二八《欲住六神通释论》第四三等等都有这类的话。

要的是:六朝以来中国文人有关佛教的作品里也常常用到它,例如杨衒之的《洛阳伽蓝记》①、庾信的《陕州弘农郡五张寺经藏碑》②、或陆云公的《御讲般若经序》③;韩愈的同辈白居易在《苏州重玄寺法华浣石壁经碑文》里就说:"假使人刺血为墨,剥肤为纸。"④所以,尽管不读佛经,一个人也会知道这个流行的佛教成语。同时,要是"文房四宝"得向身体上榨取的话,皮肤就是现成的纸张,血液也是自来的墨水。所以,尽管不受到印度的外来影响,一个人也会有那种想像⑤。韩愈真是狭路上碰见了冤家;一方面他想用这种沉痛凄厉的说法,一方面又知道这跟释典不谋而合,生怕落了话柄,于是腾挪躲闪,十分狼狈。沥血代墨呢?那可以把《拾遗记》来替自己开脱,算得中国固有的传说。但是,除了皮肤,身体里什么东西可以代替纸张呢?从纸张想到"楮叶",从"楮叶"联想到中国古医书里所谓"肝叶"——《黄帝难经》的第四十一难不是说么:"肝独有两叶——应木叶也"⑥?就此拼凑出那个很费解、极不浑成、毫无现实感的句子"刳肝以为纸"

---

① 《洛阳伽蓝记》卷五《城北宋云宅》一节。
② 《庾子山集》卷十三倪璠的注解里也引了《洛阳伽蓝记》。
③ 《释文纪》卷二六。
④ 《白氏文集》卷六九。
⑤ 譬如莎士比亚《错上加错》(Comedy of Errors)第三幕第一场第十三行就设想皮肤是纸张,库尔梯屋斯(E. R. Curtius)《欧洲文学与中世纪拉丁文学》(Europäische Literatur und lateinisches Mittelalter)第二版第三四九页也引了十六、十七世纪诗歌里类似"沥血以书辞"的句子。
⑥ 王九思等《难经集注》卷四。

来了！讲到楮叶，我们也想起钱先生另一处的注释。《寄崔二十六立之》诗有"又论诸毛功"一句；钱先生引了三四个人的话，说这指"笔墨之事"，"毛"等于《毛颖传》的"毛"，又采取何焯的考订，说"诸毛"二字出于《三国志》张裕传所谓"诸毛绕涿居"（三七八页）。不追究那两个字的出处也罢，既然要考订追究，就应该明白刘备和张裕开的那个玩笑是句秽亵下流的粗话①。因此，韩愈在此地决不会有意识的用《三国志》里的那句话，除非他也像何焯那样，只看字面，一点不懂字义。我们一向疑心"诸"字是"褚"字之讹，就是《毛颖传》的"褚先生"，借指纸张，这样使词意都明顺一些。提出来聊备一说。

第二：有些地方"推求"作诗的"背境"，似乎并不需要。笺注家干的是细活儿，爱的是大场面；老为一首小诗布置了一个大而无边、也大而无当的"背境"，动不动说得它关系世道人心，仿佛很不愿意作者在个人的私事或家常琐事上花费一点喜怒哀乐。钱先生也颇有这个习惯。例如韩愈有一首《杂诗》，钱先生引了几位注家的话，说"为后进争名者发"，"讥时流不识文章本源……自慨独抱真识"（一七页）。我们试看："古史散左右，诗书置后前；岂殊蠹书虫，生死文字间！古道自愚蠢，古言自包缠；当今固殊古，谁与为欣欢？独携无言子，共升昆仑颠……"这明明是说自己用功读书忽然厌烦无聊起来了，要开开眼界、换换空气，那里是什么"讥时流"、骂"后进"呢？开头八句不就是《孟生

---

① 参看章炳麟《新方言》卷四论《尔雅·白州骠》条。

诗》所谓"尝读古人书,谓言古犹今",或者《答孟郊》诗所谓"规模背时利,文字觑天巧……古心虽自鞭,世路终难拗"么(七页、二七页、二八页)?可见"古言包缠"的"蠹书虫"是自叹,不是骂人,就等于《感春》诗的"今者无端读书史,智慧只足劳精神"(一六九页)。韩愈在《进学解》里的自我描写是:"口不绝吟于六艺之文,手不停披于百家之编……焚膏油以继晷,恒兀兀以穷年。"不过,假如这种勤勤恳恳的学者还不失为诗人的材料或者还有几分浪漫的气质,他对自己的生活准会有腻味和反感的时候,准会觉得闭门啃书太单调、没有意思,恰像好学多闻的浮士德想走出书斋到天空海阔的地方去①。吐露这种意思的作品在古人的诗集里常找得着,譬如跟韩愈气味相近而更加用功的朱熹就慨叹说:"川原红绿一时新,暮雨朝晴更可人。书册埋头无了日,不如抛却去寻春!"② 这跟韩愈的《杂诗》完全拍合。《杂诗》又说:"……遨嬉未云几,下已亿万年。向者夸夺子,万坟厌其巅;惜哉抱所见,白黑未及分!慷慨为悲咤,泪如九河翻;指摘相告语,虽还今谁亲?……""夸夺子"来得很突兀,其实跟"无言子"对照,指那些类似自己的夸多逞博的学者。"万坟厌其巅"是申说"生死文字间"的"死"字。"抱所见"就是甘心"愚蠢"和"包缠",不肯走出"文字间";"白黑未及分"是说一辈子也搞不明白"古史"和

---

① 歌德《浮士德》第一部第四一八行。
② 《朱子大全集》卷九《出山道中口占》;参看陆九渊《象山全集》卷三六《年谱》淳熙十五年十二月对这首诗的意见。

"诗书"里的道理,因为,正像韩愈在别处所讲:"古圣人言,其旨密微;笺注纷罗,颠倒是非!"①"今谁亲"的"今"字呼应"向者","谁"就是"谁与为欣欢"的"谁",从"亲"字上可以看出"夸夺子"指他平时的同道同伙而言:那些人给书本子纠缠住而又不想摆脱,害得他没有"欣欢"、"遨嬉"的伴侣,只好另找"无言子"去;不过,假如他们都死个精光,他就更凄凉寂寞了。所以,"泪如九河翻"正表示物伤其类。当然,《杂诗》里描写的厌倦心情只是暂时的,并没有发展成为像古代道家或唐代禅宗那种反对读书的理论。韩愈闹过一阵情绪,吐了一口闷气,也就完事,恰像拉磨的驴忽然站住不动,直着嗓子的叫,可是叫了几声,又乖乖的踏着陈迹去绕圈儿了。他到头来还是在"文字间"生活,像《秋怀》诗就又说:"不如觑文字,丹铅事点勘。"(二四二页)总而言之,这首《杂诗》也像钱先生在《夜歌》的注释里所谓"羌无事实,随诸家所解皆可通"(七三页)。只是既然"羌无事实",诸家附会本事的解释不仅"皆可通"而也"皆可省"了。

第三:注释里喜欢征引旁人的诗句来和韩愈的联系或比较,似乎还美中不足。引征的诗句未必都确当,这倒在其次;主要的是更应该多把韩愈自己的东西彼此联系,多找唐人的篇什来跟他的比较。顾嗣立《寒厅诗话》里讲韩愈"反用陈言"那一条就是前者的实例,很可以使我们了解韩愈写作的技术。钱先生尽管瞧不起顾注,对这条诗话很赏识;可惜他虽然一再引用它(卷首

---

① 《昌黎先生集》卷二四《施先生墓铭》。

三三页、一一〇页),却没有照样也来几条。譬如他在《送区弘南归》的注释里引了古人的话说:"'洪涛'言'春天',……奇语也。"(二五二页)其实韩愈用过各种写法来描摹天水相接的景象:"洪涛春天禹穴幽"(《刘生》,一〇四页),"洞庭连天九疑高"(《八月十五夜赠张功曹》,一二〇页),"湖波连天日相腾"(《永贞行》,一五五页),"高浪驾天输不尽"(《赠崔立之评事》,二四九页),"海气昏昏水拍天"(《题临泷寺》,四九五页),"洞庭漫汗,粘天无壁"①。创辟生动的"奇语"像"春天"、"驾天"、"拍天"、"粘天"都只用过一次,而"连天"那种平易寻常的说法倒是一用再用的。也许韩愈以为一般人用惯用熟的字法不妨在诗里再三出现,因为读者往往让它当面滑过,不会特别留心;字法愈崭新奇特,产生的印象愈深,读者愈容易注意到它的重见复出,作者就愈得对描摹的那个事物形态不断的增加体会,新上翻新,奇外出奇,跟自己来个竞赛,免得人家以为他技穷才尽。这不失为修词上一个颇耐寻味的小问题,也是在那些标新立异的诗文集里每每碰见的情况。至于把题材类似的唐人诗句来跟韩愈的相比呢,那可以衬托出韩愈在唐代诗人交响曲或者大合唱里所奏的乐器、所唱的音调,帮助我们认识他的特色。《石鼓歌》的注释里不就引蒋之翘的意见,说韩愈这首诗比韦应物的《石鼓歌》好么(三五一页)?假如也把韦应物《射雉》的"野田双雉起,翻射斗回鞭……羽分绣臆碎,头弰锦鞘悬"跟韩愈《雉带箭》的"冲人决起

---

① 《昌黎先生集》卷二二《祭河南张员外文》。

百余尺,红翎白镞随倾斜;将军仰笑军吏贺,五色离披马前堕"(五三页)对照一下,韦应物那首诗就也显得毫无生气,完全给韩愈的诗比下去了,韩愈确有他拿手独到的地方,恰像寓言里所说,山固然没有牙齿,咬不动果子,可是松鼠的背上也驮不起一座森林。这是一方面。另一方面,这种比较也可以使我们不至于错认了韩愈的特色。譬如《晚寄张十八助教周郎博士》有一句:"新月似磨镰";注释里引程学恂说:"'磨镰'俚甚矣!"又引张鸿说:"独擅新喻,公之擅场"(四五一页)。这都近乎大惊小怪。李白《鲁东门观刈蒲》诗早说:"挥镰若转月",韩愈只把它翻了个转。又如《感春》诗有两句:"艳姬蹋筵舞,清眸刺剑戟。"(四三一页)我们亲耳朵听见前辈先生讲过,只要看这两句,就断得定韩愈不会写温柔的风情诗:描摹《诗经》里所谓"美目盼兮"的情景,哪里用得着杀气腾腾的拈刀弄枪呢! 韩愈写不来那一类诗也许是真的,但是我们不该把这两句诗作为证据;因为在唐代,正像在西洋文艺复兴时代①,这是一种普通说法。例如李宣古《杜司空席上赋》:"能歌姹女颜如玉,解引萧郎眼似刀";李商隐《李夫人》第二首:"柔肠早被秋眸割";崔珏《有赠》第二首:"剑截眸中一寸光";张鷟《游仙窟》:"一眉犹叵耐,双眼定伤人";无名氏词:

---

① 那时候的情诗里往往说意中人的眼睛能"杀"(uccide)——像但丁《席上谈》(*Il Convito*)第二篇第一首,或能"割"(tagliate)——像波利齐亚诺(Poliziano)《敬爱诗》(*I Rspetti*)第二三首。莎士比亚《罗米欧与裘丽叶》第二幕第四场开首的说白里也讲罗米欧"给白面丫头的黑眼睛刺伤(stabbed)了"。

"两眼如刀,浑身似玉,风流第一佳人"等等①。孙汝听对"清眸刺剑戟"的解释就表示他不知道这是唐人的惯语;"刺"包含着教人心醉的意思,并非专指眼光的"俊快"或锐利,薛能《吴姬》第一首所谓"眼波娇利"可以参证。研究韩愈、孟郊、李贺等风格奇特的作家,我们得留神,别把现在看来稀罕而当时是一般共同的语言也归功于他们的自出心裁,或者归罪于他们的矫揉造作。

第四:对近人的诗话、诗评,似乎往往只有采用,不加订正。例如《谒衡岳庙》的注释里引了程学恂《韩诗臆说》的话:"后来惟苏子瞻解得此诗,所以能作《海市》诗"(一三〇页)。苏轼能作《海市》诗是否因为这个缘故,且撇开不谈,至少他把韩愈这首诗误"解"了! 韩愈说:"潜心默祷若有应,岂非正直能感通?""正直"是赞美南岳山神,钱先生所引何焯的话讲得很对:"谓岳神;《左传》:'神聪明正直……'"(一二九页);可是苏轼的《海市》诗里说韩愈:"自言正直动山鬼,岂知造物哀龙钟!"就仿佛韩愈在自夸"正直",不免冤枉他了②。又如《李花赠张十一署》的注释里引陈衍《石遗室诗话》,把王安石的名句来解释(一六四页),其实杨万里早给陆游提醒而作了同样的解释③。《次潼关》的注释里也引《石遗室诗话》挖苦王士禛的话,说他的"高秋华岳三峰出,晓日潼关四扇开"不过把韩愈的"日出潼关四扇开"和高启的

---

① 《强村遗书》第一种《云谣集杂曲子》所载《内家娇》第二首。
② 光聪谐《有不为斋随笔》卷壬有几条论韩诗,其中一条就批评苏轼那两句"失"了韩愈的本"意","殆欲成己之论,遂不恤改窜前人。"
③ 《诚斋集》卷二五《读退之李花诗》;《老学庵笔记》卷一。

"函关月落听鸡度,华岳云开立马看"凑和而成(四七三页);高启《送沈左司从汪参政分省陕西》当然是几百年来大家传诵和模仿的诗①,但是王士禛那一联和它无关,倒跟苏轼《华阴寄子由》的"三峰已过天浮翠,四扇行看日照扉"接近。《又寄周随州员外》的注释里说大家误解了白居易的诗句,韩愈并没有给硫磺毒死(五二七页),卷首又引了夏敬观《说韩》里对这一点的申说(六〇页)。从陶谷《清异录》里《火灵库》那一则看来②,韩愈服硫磺而死的传说在残唐五代已经发展为有头有尾的故事,不止是白居易那两句含糊空泛的诗了。那个故事王世贞一定看过③,而作《王弇州年谱》的钱大昕仿佛就没有知道④;注释里也许不该漏了它。

从上面一节里就可以想像,集释真不容易写。你不但要伺候韩愈本人,还得一一对付那些笺注家、批点家、评论家、考订家。他们给你许多帮助,可是也添你不少麻烦。他们本来各归各的个体活动,现在聚集一起,貌合心离,七张八嘴,你有责任去调停他们的争执,折中他们的分歧,综括它们的智慧,或者驳斥他们的错误——终得像韩愈所谓"分"个"白黑"。钱先生往往只邀请了大家来出席,却不去主持他们的会议;不过他的细心和耐

---

① 尤其因为明代那两部极有权威的选本里都收了它:李攀龙《古今诗删》卷二八,陈子龙《皇明诗选》卷十。
② 《清异录》卷二《药品门》。
③ 《弇州山人续稿》卷一八一《与华仲达书》。
④ 《十驾斋养新录》卷十六《卫中立字退之》条。

心的搜辑使他这部书比韩诗的一切旧注都来得丰富,完全能够代替顾注和方注。对于一个后起的注本,这也许是最低的要求,同时也算得很高的评价了。

(原载《文学研究》一九五八年第二期)

精印本《堂·吉诃德》引言

[德国]海因立许·海涅

我童年知识已开、颇能认字以后,第一部读的书就是萨费特赖的密圭尔·西万提斯所著《曼却郡敏慧的绅士堂·吉诃德的生平及事迹》①。一天清早,我从家里溜出来,急急上皇家花园去,可以从容自在看《堂·吉诃德》;那片刻的时光,我还回忆得很清楚。是五月里一个明媚的日子,秾丽的春天躺在静穆的晨光里,听那个娇柔献媚的夜莺向它颂赞。夜莺的颂歌唱得温存似的软和。醉心融骨似的热烈,最含羞的花苞就此开放,多情芳草和披着薄雾的阳光就吻得更忙,花木就都一片欢欣,颤动起来。在所谓"叹息小径"里,离瀑布不远,有一条长了苔衣的旧石凳,我坐下来,把这位勇士经历的大事情来娱乐我的小心灵。我孩子气,心眼老实,什么都信以为真。这位可怜的英雄给命运播弄得成

---

① 敏慧(scharfsinnig)。西万提斯的原字 ingenioso 是按照他那拉丁语根的意义用的:"有天才的","心思创辟的"。这种用法有它的理论根据。罗马哲学家赛尼加(Seneca)的权威著作《论心地平静》(*De Tranquillitate*)第十七章第十节里引征希腊旧说,以为"人不疯狂就作不出好诗","一切天才(ingenium)都带几分疯气",所以西万提斯写堂·吉诃德举动疯疯癫癫,而称他为 ingenioso ——"奇情妙想的"。在近代西欧语言里,这个字丧失本意,大家只解释为"聪慧"或"乖巧",跟堂·吉诃德的性格就不合拍了。——译者注(本文注释均为译者注。——编者)

了个笑柄,可是我以为这是理所当然。遭人嘲笑,跟身体受伤一样,都是英雄的本分;他遭人嘲笑害得我很难受,正像他受了伤叫我心里不忍。上帝创造天地,把讽刺搀在里面,大诗人在印刷成书的小天地里,也就学样;我还是个孩子,领会不到这种讽刺,看见这位好汉骑士,空有义侠心肠,只落得受了亏负,挨了棍子,便为他流辛酸的眼泪。我那时不大会看书,每个字都要高声念出来,所以花鸟林泉和我一起全听见了。这些淳朴无猜的天然品物,像小孩子一样,丝毫不知道天地间的讽刺,也一切当真,听了那苦命骑士当灾受罪,就陪着我哭。一株衰老不材的橡树微微啜泣,那瀑布的白色长髯飘扬得越发厉害,仿佛在诃斥人世的险恶。看到那头狮子无心迎斗,转身以屁股相向①,我们依然以为这位骑士的英雄气魄可敬可佩。愈是他身体又瘦又干,披挂破烂,坐骑蹩脚,愈见他的所作所为值得夸赞。我们瞧不起那些下流俗物,那种人花花绿绿,穿着绫罗,谈吐高雅,而且顶着公爵头衔②,却把一个才德远过他们的人取笑。我天天在花园里看这本奇书,到秋天就看完了;我愈读下去,就愈加器重,愈加爱慕杜尔辛妮亚的骑士。有一场比武真惨,这位骑士很丢脸,输在人家手里,我一辈子也忘不了念到这段情事的那一天。

那是个阴霾的日子,灰黯的天空里一阵阵都是气色凶恶的

---

① 见《堂·吉诃德》第二部第十七章。
② 《堂·吉诃德》第二部第三十章至五十七章写一位公爵和他夫人想出种种花样来作弄堂·吉诃德。

云,黄叶儿凄凄凉凉从树上落下来,憔悴的晚花奄奄待尽,头也抬不起,花上压着沉甸甸的泪珠,夜莺儿早已不知下落,望出去是一片衰盛无常的景象。我读到这位好汉骑士受了伤,摔得昏头昏脑,躺在地上。他没去掉面盔,就向那占上风的对手说话,声音有气无力,仿佛是坟墓里出来的。他说:"杜尔辛妮亚真是天下第一美人,我却是世上最倒霉的骑士。尽管我本领不行,真是真非不可以颠倒。骑士大爷,你举枪刺罢!"① 我看到这里,心都要碎了。

唉!那位光华耀眼的银月骑士,打败了天下最勇敢最义气的人的骑士,原来是一个乔装改扮的剃头匠!②

我在《游记》第四部里写了上面一段,描摹多年以前读《堂·吉诃德》的印象。如今又过了八年了。天呀!时光真是飘忽!我在屠赛尔道夫地方皇家花园的叹息小径里把这部书看完,还仿佛是昨天的事呢。这位伟大骑士的所作所受,依然叫我震惊倾倒。是不是好多年来,我的心始终没有变呢?还是绕了个巧妙的圈子,又回到童年的情思呢?后面这一说也许道着了,因为我记得每隔五年看一遍《堂·吉诃德》,印象每次不同。我发育得是个青年的时候,伸出稚嫩的手去采生命的玫瑰花,爬上峰巅去攀附太阳,夜里做的梦全是老鹰③ 和清白无瑕的少女,觉得

---

① 见《堂·吉诃德》第二部第六十四章。
② 乔装银月骑士的不是剃头匠,是堂·吉诃德同村一位大学生,在第二部第三章里就出现。
③ 从中世纪宗教画起,老鹰就是光荣的象征。

《堂·吉诃德》扫兴乏味,看见这部书就不耐烦似的把它搁在一边,后来我快成人,跟这位拥护杜尔辛妮亚的倒霉战士稍稍相安无事,而且嘲笑他起来了。我说,这家伙是个傻瓜。可是,说也奇怪,在人生的程途里,尤其是徘徊歧路的时候,那瘦骑士和那胖侍从总追踪在我后面。还记得那回上法国去游历。有一天我在驿车里发烧似的睡得很恍惚,清早醒来,朝雾朦胧,看见两个脸熟的人夹着我的车子齐驱并进。右面是曼却郡的堂·吉诃德,跨着他那匹行空绝迹的马罗齐南脱;左面是桑哥·潘查,骑的是他那头脚踏实地的灰色驴子。我们到了法国边境。区分国界的高杆上一面三色旗迎着我们飘荡,那位曼却郡的上等人恭恭敬敬鞠了个躬;第一批法国宪兵向我们走来,那好桑哥冷冷的点了点头。然后这两位朋友抢在我头里去,影踪都不见了,只有罗齐南脱的振奋长鸣和那驴子的应声酬答还偶然听得到。

这位好汉骑士想教早成陈迹的过去死里回生,就和现在的事物冲撞,可怜他的手脚以至背脊都擦痛了,所以堂·吉诃德主义是个笑话。这是我那时候的意见。后来我才知道还有桩不讨好的傻事,那便是要教未来赶早在当今出现,而且只凭一匹驽马,一副破盔甲,一个瘦弱残躯,却去攻打现时的紧要利害关头。聪明人见了这一种堂·吉诃德主义,像见了那一种堂·吉诃德主义一样,直把他那乖觉的头来摇。但是,土博索的杜尔辛妮亚真是天下第一美人,尽管我苦恼得很,躺在地上,我决不打消这句断语,我只能如此——银月骑士呀,改装的理发匠呀,你们举枪刺罢!

伟大的西万提斯写这部大作,抱着什么宗旨呢?那时候武侠小说风靡了西班牙，教士和官吏都禁止不了，是不是西万提斯只想把这种小说廓清呢？还是他要把人类一切激昂奋发的热情举动，尤其是武士的英风侠骨，都当作笑柄呢？[①] 显然他只是嘲讽那类小说，想点明它的荒谬无理，供大家笑骂，就此把它扫除。他非常成功。教堂里的儆诫和官厅里的威吓都不管事，然而穷文人的一枝笔见了效验。他断送了武侠小说；《堂·吉诃德》出世不多时，西班牙人全觉得那类小说索然无味，再也不出版了。不过，天才的那枝笔总比执笔的人还来得伟大，笔锋所及总远在作者意计之外。西万提斯不知不觉之中，对人类那种激昂奋发的热情，写了一部最伟大的讽刺。这是他没料到的，他这人自己就是位英雄，大半世光阴都消磨在骑士游侠的交锋里，身经勒邦土之役，损失了左手博来点勋名，可是他暮年还常常引为乐事。

关于这位大创作家《堂·吉诃德》著者的人品和生涯，写传记的人所知无几。通常那种琐记都是掇拾些东邻西舍嚼舌根娘儿

[①] 第一种说法是根据西万提斯在本书第一部"卷头语"里的声明和第二部第七十四章里堂·吉诃德的遗嘱来的，例如孟德斯鸠的《随感》(Pensèes Diverses) 里就说《堂·吉诃德》嘲笑的对象是西班牙的书籍——见"加尼埃经典丛书"(Classiques Garnier) 本《波斯人书札及其它》第四二九页。这种说法不很流行，十九世纪初叶一般都是第二种说法，例如拜伦长诗《堂·约翰》(Don Juan) 第十三篇第十一节说西万提斯笑掉了西班牙的骑士游侠；雨果在《克林威尔》(Cromwell) 有名的序文里称西万提斯为"插科打诨的荷马"，也是这个意思，后来在《莎士比亚论》第二卷第十三节又申说这一点；黑智尔《美学讲义》第二部第三分第三章第二节里细讲《堂·吉诃德》怎样把骑士游侠打趣取笑——见葛洛克纳 (H. Glockner) 主编《黑智尔全集》第十三册第二一四至五页。参看柯罗采 (B. Croce)《哲学·诗学·历史学》(Filosofia, Poesia, Storia) 第七八六至七页。

们的唾余,我们倒也不少了它。她们只看见个壳子,我们却看到这个人的本身,看到那真正的、无诈伪的、不诬妄的状貌。

萨费特赖的唐·密圭尔·西万提斯是个俊秀强壮的人。他气概高傲,心地宽阔。他眼睛的魔力真是出奇。恰像有人能够看透地面,知道底下埋的是财宝金银还是尸骸,这位大诗人会眼光照彻人的心胸,把里面的蕴蓄,瞧个明白。对好人呢,他这一瞥就像阳光,欣欣然耀得衷怀开朗;他这一瞥对坏人又像剑锋,恶狠狠把心肠割碎。他的眼光像追索似的射进人的灵魂,跟它问答,它不肯答话,就动酷刑;灵魂血淋淋的横在拷问架上,也许那躯壳还要做出一副贵人屈尊的样子。许多人不喜欢西万提斯,世途上大家都懒得推挽他,还有什么可怪呢?他从来没有富贵过;他朝山瞻礼,辛苦奔波,带回来的不是珍珠,只是几枚空贝壳。据说他不稀罕钱,我告诉你罢,他没钱的时候,就知道钱多么稀罕了。可是他不曾看得钱跟名誉一样贵重。他该了些债。他写过一篇诗神阿坡罗发给诗人的证书,第一节就说道:"诗人若说自己没有钱,大家得相信他的话,不应该再要他赌咒发誓。"① 他爱音乐,爱花,爱女人。他的恋爱往往很不得意,尤其在他还年轻的时候。他少年时给决绝无情的玫瑰花放刺扎伤了,是不是想到自己将来的伟大就可以慰情释痛呢?一个晴明的夏天下午,他这位风流小伙子跟一个十六岁的美人儿在太古河畔散步,他谈情说爱,那小姑娘一味的嘲笑。那时候,太阳还没下去,依然金光照耀,可是月亮已经

---

① 见西万提斯所作《巴拿所神山瞻礼记》(*Viaje del Parnaso*)。

升在天空,又小又淡,仿佛一抹白云。少年诗人对情人说道:"天上那黯然无色的小盘子,你瞧见没有?它的影子落在咱们脚边这条河心里。这条河仿佛是可怜那月亮,才肯在雄放的奔流里映带着它那苦恼的形象,有时候水波澎湃,还像瞧它不起,要把它抛向岸上。可是到天黑了瞧罢!夜色一起,那个黯淡的小盘子会愈来愈亮,光华遍照全河,这些翻腾荡涤的波浪见了那颗灿烂星辰就要颤抖,又贪又爱的向着它汹涌。"

诗人的身世该向他作品里去追究,因为他在作品里吐露了隐衷。上文说西万提斯当了好一辈子的兵,这从他作品里处处看得出来,在他的剧本里比在《堂·吉诃德》里还要清楚。罗马人那句话,"生活就是打仗"①,对他很切,有两层意义。斐利普二世替上帝挣面子,自己使性子,以兵为戏,各处行凶;在那些战事里,西万提斯好多次当个小兵,跟人家交战。他整个青年供那位旧教的大护法驱使,他为旧教的权利亲自出马。根据这种事实,我们可以猜想他对旧教的权利也是十分关切的。有人说他只为惧怕宗教法庭,所以《堂·吉诃德》里不敢叙述当时新教的思想;那种事实就把这个流行颇广的议论推翻了。西万提斯决不是那样;他是罗马教会的忠心孩子,不仅在好多骑士游侠的交锋里,他身体为它的圣旗流血,并且他给异教徒俘虏多年,整个灵魂受到殉道的苦难。

关于西万提斯在亚尔杰那一段,可巧我们知道些细节,看出

---

① 赛尼加语,见《箴规友人书》(*Epistulae morales*)第九十六函第五节。

来这个大诗人也是大英雄。有位不露圭角的写意人物哄得奥古斯德大帝和德国一切学究先生都以为他是个诗人,而且以为诗人全没有胆气①;对他这种曼妙动听的无稽之谈,西万提斯的俘虏生涯是一个光芒万丈的反证。真诗人也一定是真英雄,他怀着西班牙人所谓"第二种勇敢"的那种坚忍。这个高贵的卡斯的利安人身为亚尔杰总督的奴隶,一心一意要重获自由,再接再厉的安排下泼天大胆的计策,面对险阻艰难,泰然自若,到举事不成,拚着一死,挨着严刑,不肯半个字供出他的同谋来。这种情景真是壮烈极了。他身体的主人是个杀人不怕血腥的,可是看了这种大气魄和高品节,也只可以放下屠刀。这头老虎保全了那个已入樊笼的狮子。他只消一句话,就能教那可怕的"独臂汉"送命,可是他见了面就战战栗栗。亚尔杰人全知道西万提斯,称他为"独臂汉";总督也承认,要知道了这个独臂西班牙人是关锁得严严密密,他才能安心睡觉,才保得他的辖下、他的军队和奴隶不会出乱子。

上文说西万提斯一辈子只当个小兵。不过他在行伍里露了头角,奥地利的堂·约翰是他的统帅,也另眼相看。所以他从意大利回国,身边有几封极增光彩的保举信,都是写给西班

---

① 这指罗马诗人霍拉茨(Horaz)。霍拉茨《抒情诗集》(*Carminum*)第二卷第七首是自庆生还的诗,说斐利壁(Philippi)之战,他自己在败军里,顾不得羞耻,掷了盾牌逃命。海涅在《一八四九年十月》(*Im Oktober 1849*)那首诗里也嘲笑霍拉茨这件事。"不露圭角"(glatt)影射霍拉茨《讽刺诗集》(*Sermonum*)第二卷第七首所谓哲人应该"光润、圆转"。

牙皇帝的,一力推荐西万提斯这个人才堪大用。亚尔杰的海盗在地中海上把他掳去,看见这些信,以为他是了不起的要人,就此勒索一大笔赎身钱。他家里千方百计,辛勤刻苦,也凑不出那笔款子去赎他回来,这位苦命诗人只好在桎梏之中,多挨些日子,多受些罪了。那些信原因为他是个非常人,表示器重,偏偏替他种了新的祸根;命运女神那狠毒婆娘就这样作弄他到死,天才以为不必仗她提拔也能够声名显赫,就惹下她一辈子的仇恨。

天才的潦倒不遇,是瞎碰瞎撞似的偶然如此呢?还是他内心和环境的性质使他必然如此呢?是他的心灵跟现实冲突呢?还是那粗鲁的现实恃强凌弱,向他高尚的心灵开仗呢?

社会是个共和国。一个人要努力上进,大伙儿就笑呀,骂呀,逼得他退转。没有人可以比旁人好,比旁人聪明。谁要凭他那百折不回的天才,高出于凡夫众人之上,社会就排斥他,把他嘲笑糟蹋,一点儿不肯放松,闪得他到后来零丁孤独,闷守在自己的思想里。

不错,社会有共和主义的本性①。一切尊贵的东西,在精

---

① 下面这段话针对着政论家布尔纳(Karl Ludwig Börne)那一派的议论。海涅这篇文章是在巴黎写的,在十九世纪的三十年代,布尔纳是流亡在巴黎的德国民主人士的领袖;海涅看到了这种小资产阶级急进分子的褊狭的意见和平均主义的思想,就跟布尔纳有分歧——见《苏联大百科全书》里《海涅》一篇的德译单行本第八至九页,又汉歇尔书店(Henschelverlag)出版的《马克思、恩格斯论文艺》第五三五页。海涅在《布尔纳回忆录》第一卷里记载布尔纳贱视歌德和其他作家,在第一卷和第四卷里都说布尔纳写的文章,句子短促,没有音节,单调稚气,可以跟下面这段话参观。

神方面也好,在物质方面也好,都惹得它深恶痛绝。精神方面的尊贵往往要凭借物质方面的尊贵,这是出于寻常揣度之外的。七月革命以后,社会上一切关系都显出共和主义的精神,我们就亲切悟出上面讲的道理。我们的共和主义者憎恨大诗人的桂冠,不亚于大皇帝的紫袍。他们想铲除人类智力上的差歧;他们既然把国土上苗长的思想都当作国民公产,只可以出了告示,要大家的文章风格也一律平等。好文章的确贬了价,据说含有贵族风味;我们又常听见这种议论:"真正的民主主义者写的文章跟人民一样,要真,要质,要拙。"① 对许多讲实干的人说来,这事好办;但是拙劣的文章并非人人会写,一个写惯好文章的人更其不会,旁人就要发话了:"他是位贵族,是个爱好形式的人,是艺术的朋友,人民的仇敌。"他们真心这样主张,很像圣希爱罗尼默司以为自己的好文笔就是罪恶,把自己痛加鞭挞②。

在《堂·吉诃德》里听不见反对旧教的声音,反对君主极权的声音也一样听不见。那些听见这种声音的批评家显然错了。有一派人,把绝对服从君主这件事加以诗意的理想化;西万提斯就

---

① "质"和"拙"原文是 schlicht und schlecht。海涅的《随感录》(*Gedanken und Einfälle*)里也有四条跟这一段相类的话。

② 圣希爱罗尼默司(Hieronymus)《书信集》第二十二函第三十节说做了个梦,梦见上帝责备他是个西赛罗文笔的模拟者(Ciceronianus),算不得基督教信徒,醒来痛悔前非,把自己打了一顿,发誓不看异端邪说(《罗伯古典丛书》本《书信选》第一二六页)。

属于那一派。这里的君主是西班牙皇帝,那时候巍巍赫赫,光芒普照大地。一个当小兵的也觉得沾了威光,宁愿不顾一己的自由,要教卡斯的利亚民族逞遂那夸强好胜的心愿。

那时候西班牙在政治上的伟大很能够教本国文人变得胸襟高远。在西班牙诗人的心境里,有如在卡尔五世的国境里,太阳不落①。跟摩尔人的恶战已经收场;内战以后,诗歌会盛极一时,恰像暴雨初晴,花香最烈。英国伊丽沙伯时代就有这种情景,那时候西班牙也诗派勃兴,大可以相提并论。英国有莎士比亚,西班牙有西万提斯,都是出类拔萃的人物。

伊丽沙伯时代的英国诗人都仿佛一家人似的,彼此有相像之处,三代斐利普治下的西班牙诗人也是这样。要像我们讲的那种独创一格,莎士比亚和西万提斯都说不上。他们跟并世的人两样,并非他们别具情感思想,别有表达的手法,而只因为他们比旁人深至得多,真挚得多,感受愈加敏锐,力量愈加雄厚;在他们的作品里,诗的精髓分外饱满洋溢。

这两位诗人不仅是当时开的花,而且替后世伏了根。大家因为莎士比亚的作品在德国和现在的法国起了影响,就推他为后世戏剧艺术的开山祖师。我们也应该推尊西万提斯为近代小说的开山。我有些随感,让我说来。

初期小说,所谓武侠小说,从中世纪的诗歌发源。那种叙事

---

① 相传这是西班牙皇帝卡尔五世的豪语,席勒的名剧《堂·卡洛斯》(*Don Carlos*)第一幕第六场就用进去了。

诗的主角都出于卡尔大帝和"圣盘"等连环传说①，小说一上来不过把这些诗歌化成散文，内容老是骑士的奇遇。这是描写贵族的小说，登场的不是荒幻神奇的人物，就是靴子上有黄金踢马刺的骑士；人民的踪影一点也没有。这种武侠小说愈来愈糟，变到荒谬绝伦，西万提斯凭《堂·吉诃德》一书把它推倒。但是他一面写讽刺，拆了旧小说的台，一面就给我们所谓近代小说的新型创作立下模范。大诗人的手段总是这样，一面除旧，一面布新，决不会有所破而无所立。西万提斯在武侠小说里安插了对下层阶级的真实描画，搀和了人民的生活，开创了近代小说。他并世的文人全喜欢模写至卑极贱的俗人穷汉怎样过活，不独他一人如此。那时候西班牙的画家跟诗人也有同好；缪利罗偷了天上最圣洁的颜色来画圣母像②，但是他为地面上的肮脏景物写真，也同样的衷心喜爱。也许这些高贵的西班牙人醉心的是技巧，所以把个捉虱的小化子画来逼真，也很志得意满，就跟造了个圣母像一般。或者是相映成趣，惹得那些头等贵人，像漂亮的弄臣圭费陀，显赫的权臣孟陀查之流，都写小说，刻划起衣衫褴褛的乞丐和流氓来了③。也许这种人在自己的境地里过得腻味，就

---

① 卡尔大帝一称查理曼《七二四——八一四），统一西欧；"圣盘"是耶稣基督"最后的晚餐"用的家伙。中世纪有许多诗歌讲卡尔大帝和他手下十二位大将的伟绩，或者讲骑士寻觅"圣盘"的故事。

② 缪利罗的(Murillo)《圣母升天像》最有名。

③ 指无名氏一说是孟陀查(Diego Hurtado de Mendoza)所作《小癞子》(*Lazarillo de Tormas*)和圭费陀(Francisco de Quevedo)所作《混蛋传》(*La Vida del Buscon*)。《堂·吉诃德》第一部第二十二章讲到《小癞子》。

异想天开,置身在绝然相反的人生境界里,正像许多德国作家也流露出这种设身处地的欲望,小说里专写华贵生涯,主角不是个伯爵,就是位子爵。西万提斯却没有一味写凡俗人物的偏向;他把高超的事物和平常的事物合在一起,互相烘染衬托,上流人的成分跟平民的成分一般重要。英国人模仿他最早,到如今还学他的榜样。可是在英国小说里,找不到这种上流人的、武侠的、贵族的成分①。自从理查特孙称霸文坛以后,英国小说家都缺乏诗意,而且那时候的风气迂腐拘谨,一点儿不许对普通人民的生活作透彻的描写,海峡彼岸就出现了市民小说,反映市民阶级那种平淡的生活琐屑。英国读者从此淹没在这种下劣的读物里,近来才有一位伟大的苏格兰人崛起,来了个小说里的革命,或者竟是复辟。当初小说里只是骑士的世界,西万提斯才把民主的成分安放进去;后来只有全无诗意的庸俗市民在小说里安身立命了,瓦尔德·司各脱就把走失的贵族成分又找了回来。《堂·吉诃德》里那种美妙的配比匀称使人惊叹,司各脱走一条跟

---

① 海涅对《堂·吉诃德》的人民性还没有估量得适当。这部小说里把贵族写得极不堪,读者都像英国散文家兰姆那样,痛恨那位"一钱不值的贵人"(*Last Essays of Elia*: "*Barrenness of the Imaginative Faculty in the Productions of Modern Art*".);海涅自己在上文里也就骂过"顶着公爵头衔"的"下流俗物"。第二部第十六章里说得明明白白:"管他什么王爷爵爷,一个无知小子就总是下流之辈。"第一部第二十一章讲世界上一类下降的人和一类上升的人,更表示西万提斯看到贵族封建势力的必然没落。至于对当时社会制度的愤慨,书里到处流露,例如第二部第二十章讲世界上只有有钱的跟没钱的两种人那一段。斐尔丁把《堂·吉诃德》作为自己写小说的模范,甚至《汤姆·琼斯》第一卷第九章里那个自注就像是翻译上面引的"管他什么王爷爵爷——"这一句。

西万提斯相反的途径,然而在小说里恢复了这种匀称。

英国第二位大诗人在这方面的功劳,我相信大家还没见到。就文学而论,就他的天才杰作而论,他那种保皇守旧的偏向和成见都有好处①。他的杰作到处得人赞赏,有人模仿,把市民小说的死灰阴影直挤到流通图书馆的冷角落里去了。如果不承认司各脱手创历史小说,倒去找德国方面的先例,那就不对。历史小说的特色是贵族的成分跟民主的成分和谐配合,民主的成分独霸,就搅乱了这种和谐。司各脱把贵族的成分重新配合进去,调和得尽善尽美,不像我们德国小说家在作品里反把民主的成分一笔勾销,走入迷途,回向西万提斯以前盛行的那类武侠小说。以上种种,大家都没有看明白。从前诗人产生"迦利亚的亚马迭斯"这一类的奇谈野史②,我们的德·拉·穆脱·傅该只能算落在他们后面的追随者③。这位男爵大人居然在《堂·吉诃德》出世二百年以后还写他的武侠小说,我不但叹佩他的才情,而且叹佩他的胆量。他的作品问世风行,恰逢德国一个特殊时期。偏爱

---

① 《苏联大百科全书》里《海涅》一篇德译单行本第十二至十三页指出海涅世界观里的矛盾,对工人阶级的胜利又期待又担忧;伊尔倍格(Werner Ilberg)《我们的海涅》第一四四至一四五页指出海涅由于他的阶级出身和他所处的时代,对无产阶级的态度是两面性的;他认识到社会革命的必然性,可是他还是个唯美主义者,是个贵族。这种认为小说里该有贵族成分的主张正是海涅两面性的例子。

② 《堂·吉诃德》第一部第六章对"迦利亚的亚马迭斯"(*Amadis de Galla*)以及相类的野史一一给了评定。

③ 海涅在《论浪漫派》第三卷第四节里详细说明这一点,甚至把西万提斯给堂·吉诃德的头衔也转送给德·拉·穆脱·傅该(der ingeniose Hidalgo Friedrich de la Fonqué)。

武士游侠和古代封建社会的形形色色,这在文学上有什么意义呢?我以为是这样:德国人民要跟中世纪永诀,可是我们多情善感,在诀别的时候,接了一个吻。我们嘴唇印在那块古董墓碑上,那是最后一次。不用说,那一次我们好多人的举动都很傻里傻气。这一派里的小伙子鲁德维希·悌克掘开死鬼祖宗的坟墓,把棺材当摇篮似的摇着,嘴里疯疯癫癫,呢呢牙牙的唱道:"睡觉罢! 爷爷小宝贝,睡觉罢!"①

我称瓦尔德·司各脱为英国第二位大诗人,称他的小说为杰作。不过我只极口推崇他的天才,绝不会把他那些作品跟西万提斯的这部伟大小说比拟。要讲史诗的天才,西万提斯远在司各脱之上。上文说过,他是个信奉旧教的作者,也许因此他的心境就有一种广漠的、史诗风味的恬静,不生一点儿疑惑,仿佛是晶莹澄澈的一片天空,覆盖在他构撰出来的那些五光十色的东西上面,一丝儿没有缺口。并且沉静也是西班牙民族的本色。司各脱就不然了。他那个教会把神圣的事物都要当剧烈争论的材料,加上他自己是位律师,又有苏格兰人的脾气,行动和争论都是家常便饭,所以他小说里的戏剧成分太强,就跟他的生活和性格一样。我们所谓小说的这一类创作决不能学他。西班牙人的功勋是产生最好的小说,正如产生最好的戏剧应当归功于英国人。

那末,还剩下来什么锦标给德国人呢? 有的,我们是世界上第一号抒情诗人。德国人这样美丽的抒情诗,谁都没有。现在各

---

① 《论浪漫派》第二卷第二节论悌克(Tieck)就是发挥这个意思。

国人都政务匆忙,到那些事办完以后,我们愿意德国人、英国人、西班牙人、意大利人大家都上绿叶成阴的树林子里去唱歌,请夜莺儿评判。在这番歌唱比赛里,我深信歌德的抒情诗会得头奖。

西万提斯、莎士比亚、歌德成了个三头统治,在纪事、戏剧、抒情这三类创作里各各登峰造极。把我们那位伟大的同国人推尊为尽善尽美的抒情诗人,这件事该让本文作者来干。歌德屹立在抒情诗两股末流的中间:一派以我的名字命名,那真是桩憾事;另一派从许瓦伯地方得名①。两派都立下功劳,间接出了力使德国诗歌大盛。第一派对德国抒情诗里理想主义的偏向来了个对症下药,把心思才力引向坚朴的现实,还把感情空浮的裴德拉楷主义铲除②。我们一向认为裴德拉楷主义就是抒情诗里的堂·吉诃德习气。许瓦伯派也间接挽救了德国诗。也许全亏了许瓦伯派,雄健的诗歌才可能在德国北部出现,因为那种萎靡枯淡的志诚虔信像一股湿气似的,给这个诗派吸收个干净了。许都脱卡脱城就好比德国文艺女神的排泄口子③。

我说这伟大的三头统治在戏剧、小说和抒情诗里有最高的成就,并非对其他大诗人的作品有什么挑剔,要问:"哪一位诗人更来得伟大?"那真是最笨不过了。火焰就是火焰,不能掂斤播

---

① 许瓦伯诗派(die Schwäbische Schule)以乌朗德(Ludwig Uhland)为首,用民歌的风格歌咏民间的习俗和宗教。海涅在《论浪漫派》第三卷第五节里对乌朗德很嘲笑。

② 十四世纪意大利诗人裴德拉楷(Francesco Petrarca)歌咏理想的恋爱对象,在西欧文学上有极大的影响。

③ 许都脱卡脱(Stuttgart)是一个出版中心。

两来考较它们的轻重。只有跟杂货铺子里俗物一般识见,才想把一架称干酪的破天平去权衡天才。别说古代作者,就是许多近代作者也有诗火熊熊的作品,可以跟那三个人的杰作比美。不过莎士比亚、西万提斯和歌德这三个名字总是并举齐称的,隐隐然有什么绳子把它们串在一起。他们的创作里流露出一种类似的精神:运行着永久不灭的仁慈,就像上帝的呼吸;发扬了不自矜炫的谦德,仿佛是大自然。歌德使人想起莎士比亚,也常使人想起西万提斯。甚至是他文笔的特色也和西万提斯的相似,都是随便不拘束的散文,点缀着极可爱的、快意的讽刺。他们的毛病也相像,笔下都很絮烦,都偶或有那种长句子,冗长得像皇帝出行,前拥后簇着一大队。一句浩浩荡荡的句子里,往往只有一点儿意思,仿佛一辆金彩辉煌的宫廷大车,架上六匹盛装丽饰的马,一路行来,好不隆重。不过这点儿意思,就算比不上皇帝,也总相当于一位贵人。

关于西万提斯的才情以及他这部书的影响,我不能多谈。关于这部小说在艺术上的价值,此地更不能多谈,因为仔细讲起来就牵涉到美学的范围很广。我只要叫大家注意这本书的体裁和书里两个中心人物。体裁是游记,也是这类创作天造地设的体裁。我想起古代第一部小说、亚普莱厄斯的《金驴记》来了①。

---

① 《堂·吉诃德》第一卷第三十五章里跟皮酒袋厮杀的故事就是根据《金驴记》第二卷第三十二节至第三卷第九节。参看汤麦斯·曼(Thomas Mann)《航海时读〈堂·吉诃德〉日记》(*Meerfahrt mit Don Quixote*)里一九三四年五月二十四日论西万提斯受《金驴记》以及其他古希腊传记影响的那一节。

后世创作家觉得这种体裁太没有变化,就用我们今天所谓小说的布局来补救那个缺陷。不过大多数小说家都不会自出心裁,只好布局辗转借用,至少也是把旁人的布局借来,稍为改头换面。因此翻来覆去老是这一类角色、情景和关键,到后来读者就不大爱看小说了。这种陈腐的小说布局沉闷得很,大家得另打主意,有一时又遁逃到上古原始的那种游记体里去。不过要是有位自出心裁的作家创了个新鲜的小说布局,游记体就会完全废除。在文学里,也像在政治里,一切转移全按照运动力和反运动力的规律。

名叫堂·吉诃德和桑哥·潘查那两位人物呢?他们俩从头到底彼此学嘴学样,衬得可笑,可是彼此也相济相成,妙不可言。所以两口儿合起来才算得这部小说的真正主人公。这也见得这位创作家在艺术上的识力以及他那深厚的才力。旁的文人写小说,只有一个主角云游四海;作者势必假借独白呀,书信呀,日记呀,好让人知道这位主角的心思观感。西万提斯可以随处来一段毫不牵强的对话;那两位人物一开口就是彼此学舌头取笑,作者的用意因此更彰著了。西万提斯的小说所以妙夺天然,都承这两位的情,从此大家纷纷模仿,整整一套小说从这两个角色里生发出来,就像从一颗种子里长出那种印度大树,枝叶纷披,花香果灿,枝头上还有猴子跟珍禽异鸟。

不过把一切都算是婢学夫人似的模仿,也不免冤枉。我们在生活里常碰见一对人物:一个像堂·吉诃德,有诗意,爱冒险;一个像桑哥·潘查,一半出于忠心,一半也为了私利,跟住那一个人,同甘共苦。把这一对写到书里去,那真是顺手拈来。他们俩在艺术里种种乔装改扮,也像在人生里一样;要认出他们的本来面目,就得注意本质和心灵上的标记,不能拘泥着表面以及外附的事物。这种例子举不胜举。在堂·约翰和莱柏瑞罗两个身上①,也许像在拜伦爵士和他的亲随弗莱邱身上②,我们不就找到了堂·吉诃德和桑哥·潘查么?在瓦尔德才的骑士和他的卡斯拜·喇哩哗哩身上③,正如在许多文人和他们的出版家身上,我们不都看出来这两种人物以及他们的相互关系么?出版家瞧明白作家的一团傻气,但是其中有实在利益可图,也就死心塌地跟着到理想境界里去乱闯乱跑。书店大老板桑哥干他那行营生,往往吃耳光当饱,却仍旧肥肥胖胖,只是那个好汉骑士一天天瘦下去了。

堂·吉诃德和他的侍从这两种人不但男人里有,我在女人里也常碰见。我尤其记得一位美丽的英国女郎和她的朋友,她们

---

① 西班牙的悌尔所·德·穆利那(Tirso de Molina)第一个把贪花浪子唐·约翰(Don Juan)的事编成剧本,戏里的亲随名叫卡泰利农(Catalinon),是个不重要的角色。意大利的奇各尼尼(G. A. Cicognini)写的《石像来宾》(Il Convitato di Pietra)那本戏里把亲随这个角色发展到相当于桑哥的地位,亲随名叫巴塞利诺(Passarino)。从此在莫里哀等的剧本里,堂·约翰的亲随也是个要角,只是名字又换了。莱柏瑞罗(Leporello)是莫查特(Mozart)歌剧里给他的名字。

② 据拜伦给他母亲的信,威廉·弗莱邱(William Fletcher)懒惰懦怯,贪吃爱喝,确和桑哥相似。见泼洛塞罗(R. E. Prothero)编《拜伦书信与日记》第一三一函、一三二函、一四一函、一五一函。

③ 瓦尔德才骑士(Ritter von Waldsee)和卡斯巴·喇哩哗哩(Kaspar Larifari)是恒斯累(K. J. Hensler)所作《多瑙河边小娘子》(Das Donauweibchen)里的角色。

俩是结伴从伦敦一家寄宿女学堂里逃出来的。这位女郎痴情洋溢,皮肤白净,要走遍世界去找一颗男人的心,像她在溶溶月夜里梦想的那样高贵。她那朋友又矮又黑,想趁机捞个丈夫到手,尽管他不是一位出众的意中人,至少也得模样儿漂亮。我仿佛还看见那女郎的纤削腰身站在白雷敦海滩上,含情的蓝眼睛脉脉望着汪洋大海的法兰西彼岸。这时候,那位朋友正砸着榛子,把仁儿吃得满口香甜,把壳儿掷在水里。

至于这两种人彼此间的情形,别说在其他艺术家的杰作里,就是在人生里也没有西万提斯笔下写来那样风光细腻。这一位的性情体态,一枝一节全跟那一位的相反相连,恰成对照。每一个特色都等于学样学嘴似的取笑。是的,甚至罗齐南脱和桑哥的灰色驴子,正跟那位骑士和他的侍从一样,也是相形之下,言外大有讽刺;这两头牲口象征的意义,多少跟那两个人物相同。主仆两人讲的话,就像他们的心思,也是个极明显的对比。翻译家有个非解答不可的难题,我这里得提一下,那便是怎样把好桑哥那种家常粗俗、疙瘩噜苏的话翻成德文。好桑哥老爱支离破碎的引用谚语,常常胡引乱用。这就教人想起所罗门王的那些俳优,想起马尔可夫来了[①],因为马尔可夫要把可怜的理想主义跟常人从经验得来的智慧对照,

---

[①] 马尔可夫(Markolf)是所罗门王宫里最有名的俳优。欧洲中世纪流传着许多故事,都讲"智不可及"的所罗门难不倒"愚不可及"的马尔可夫,有首十四世纪的德文诗就叫《所罗门与马尔可夫》。

也就用些简短的格言成语。堂·吉诃德讲起话来可就不同,他讲的是文雅的、上流人的话,而且句法完整,有一种庄重的风度,见得是位高贵绅士。有时候,句子铺排得太长,这位骑士的话就譬如一位高扬着脸儿的命妇,穿了一身袖子裙子都鼓出来的绸缎衣裳,拖着綷縩长裾。可是美丽、文雅和欢乐这三位女神摇身变了小跟班,嘻嘻哈哈,捧起那长裾一角,那些长句子的收梢也一变而为韵致盎然了。

堂·吉诃德和桑哥·潘查的词令可用几句话来概括:前面一位讲起话来,就像他本人那样,老是骑了一匹高大的马;后面一位讲起话来,也像他自己那样,只跨着一头低贱的驴子。

此外有一件事要谈。在我作序的这部《堂·吉诃德》新译本里,出版家妆点了些插画。德国印行插图的文学书籍,这还是第一部。在英国,插图是照例应有的东西,非常吃香,在法国尤其如此。我们德国人万事认真,都想寻根究柢,就要问了:"这类插图对真正艺术有什么裨益呢?"我以为没有什么。当然,画家那种敏快轻灵、善于创物造形的妙手,将诗人笔下的人物把握住了,依样模写出来,这一点在插画里是看得见的;或者看书看得乏了,有插图来打个岔子,也是别饶趣味的。不过插画也是一种征象,见得图画这门独立的艺术倒了架子,下降而为繁华粉饰的工具了。因为在插图里,画家不但能够或者容易把事物轻描淡写,而且他只应该这样,轮不到他来无微不至的刻划。至于古书里的木刻画,那别有用意,不能跟插图一概而论。

这个本子的插画根据东尼·约翰诺的图样,都是他从英法两国旧版画里套制的。东尼·约翰诺名不虚传①,所以这些画的意匠和手法又雅致又特色,尽管轻描淡写,我们也瞧得出这位画家深得那位创作家的用心。每一章第一个字母的花样和章末的点缀都很有巧思奇想;妆饰的花纹大多采用摩尔民族的图案,当然画家在这里面寓寄着深微的诗意。对摩尔人清平时代的那种思古幽情,的确在《堂·吉诃德》全书里如隐如现,仿佛远远衬托的一片美丽背景。东尼·约翰诺列在巴黎最出色、最重要的画家里,不过他是生在德国的。

《堂·吉诃德》是很有画意的书,可是说也奇怪,竟还没个画家向这样一部书里找些题目,来一套独立的图画。是不是这部书的才思太空灵奇幻了,所以画家捉摸不到那些五颜六色、轻盈飘忽的东西呢?我想不是。不管《堂·吉诃德》多少空灵奇幻,它总在坚牢的、地生土长的现实上面奠基立础,要不然,就不会是部人民的书。也许还有深奥的意义,躲在作者搬演给我们看的那些人物背后,不是画家描摹得出的,因此他捉不住这种深意来照样写真,只会画个外貌,尽管很引人注目,总只是个外貌。这话对不对呢?看来正是这个道理。试为《堂·吉诃德》作图的画家很多。我看见的英国人、西班牙人以及从前法国人这类手笔,实在讨厌。至于德国画家呢,我该提起我们那位伟大的大尼埃尔·休度维基。他画了一套《堂·吉诃德》的图片,由贝尔格镂上铜版,附在贝尔都黑

---

① 海涅在《一八三一年巴黎画展补记》里对东尼·约翰诺(Tony Johannot)有较详细的批评。约翰诺画的海涅像颇有名。

的译本一起①。里面有很好的东西。那时候的画家有种误会,以为西班牙人的衣服就像戏台上的照例装束,休度维基也不免上了大当。不过我们处处瞧得出他懂透了《堂·吉诃德》。这就教我喜欢这位艺术家;为他份上,为西万提斯份上,我对这件事都很惬意。我的两位朋友要好,我总很高兴,恰像我的两个怨家打架,我也总很快心。休度维基那时候,文学正在草创,要的是激昂奋发的热情,讽刺是不当景的;这种时代跟《堂·吉诃德》气味很不相投。何况比起别的画家来,休度维基更是他那时代的儿子,在那个时代里生的根,只属于那个时代,承它培养,得它了解,蒙它器重。然而西万提斯笔下的人物在那时候竟会有人知赏,这就证明他好;休度维基在那时候竟会是堂·吉诃德和桑哥·潘查这类人物的知音,这也见得他很不错了。

在最近的《堂·吉诃德》图像里,我喜欢讲一讲德冈的几幅简笔画,他是法国现存画家里最有创造力的人②。可是只有德国人才会把《堂·吉诃德》懂个彻头彻尾。有一天,我在蒙马脱尔马路上一家画铺子的橱窗里,看见一幅画,是那位曼却郡的上等人在书房里的景象,仿着大师亚道尔夫·许罗陀的笔意;我看到那幅画,就满腔高兴,起了方才说的那个感想。

一八三七年狂欢节作于巴黎

---

① 附有大尼埃尔·休度维基(Daniel Chodowiecki)图画的贝尔都黑(F. J. Bertuch)译本在一七七五年出版。
② 海涅在《一八三一年巴黎画展》里,对德冈(A. G. Decamps)非常赞许。

译者后记：海涅对《堂·吉诃德》的评论主要见于三处。第一是《游记》(*Reisebilder*)第四部第三分第十五至十七章；他在一八三〇年写的，称赞堂·吉诃德的性格，并且自比于这个典型人物。第二是《论浪漫派》(*Die romantische Schule*)法文本的第二卷第二节，一八三三年写的；他把《堂·吉诃德》、《哈姆雷特》和《浮士德》三部杰作相提并论，仿佛替屠格涅夫的名著《论堂·吉诃德与哈姆雷特》开了先路（参见Émile Montégut, *Types littéraires et fantaisies ésthetique*(1882): *Don Quixote, Hamlet, Werther, Wilhelm Meister: 4 Types of Aesthetic Ideals* .)。第三就是这里翻译的《精印本〈堂·吉诃德〉引言》(*Einleitung zur Prachtausgabe des "Don Quichotte"*)，海涅在一八三七年为一个德文新译本写的，把《游记》的第十六章删改了几个字，作为本文开头一段。虽然他在两封信里都说到作《引言》的时候，自己正害流行性感冒，写得很不得意，可是这篇文章代表他对《堂·吉诃德》的最成熟的见解和最周到的分析，不失为十九世纪西欧经典文评里关于这部小说的一篇重要文献。今年恰逢《堂·吉诃德》出版的三百五十周年，这个《引言》也许有点参考的价值，因此根据古斯大夫·楷贝勒斯(Gustav Karpeles)所编《海涅全集》译出来，加了些注解；《引言》见全集第八册第二一二至二三四页，那两封信见第九册第七〇页又第七九页。

（原载《文学研究集刊》，

人民文学出版社一九五六年一月版）

关于巴尔札克

[法]左拉

[虽然巴尔札克是保王党和天主教徒,他却花了毕生精力为共和国、]为未来的自由社会和自由信仰[开路]。……巴尔札克没有知道自己是位民主主义者;传说里有个遭到天罚的人,他的恶毒咒诅都会变成甘言软语的祈祷,巴尔札克就跟那个人一模一样,自以为讨几条绳子来绞死人民,而其实是为人民要求自由。……所以《人间喜剧》是这么一回事:讽刺贵族和资产阶级,展览当时那场混打乱吵的情景,把永远结束的过去和正在开展的未来两者之间的现状作了戏剧性的描述。依我看来,巴尔札克事实上已经瞭望到了光华灿烂的共和国。共和国是命运注定要来的,是全部作品所流露的结论,是贵族无耻和资产阶级无能的后果。假如追究一下,巴尔札克把民族里生气蓬勃的力量给与哪一个阶级,我们就发现他把这种力量给了那个伟大的缺席者——人民。他也只可以这样做。他的识见非常高明,他对真理的爱好非常热烈,他就不能不抨击那些昏蛋和脓包。尽管他有保王党的政见和天主教的信仰,可是他把贵人和富翁描摹得都在他那嘻笑怒骂的笔锋下送命。他的作品就像一条引向人民

的大路,路面上撒布着废墟遗迹。

后记:

左拉早年写的批评文章大多数还埋没在各种已成古董的小报纸里,并没有收进《全集》的那九本"批评著作"里去。因此研究左拉的人不曾留心到这部分资料。拉诺(Armand Lanoux)在他的极风行的《左拉先生,您好!》(*Bonjour, Monsieur Zola*!)(一九五四)第三九一页上说自己参考了无数已印行和未印行的材料,但从全书看来,他就忽略了这些集外文。号称最详博的《左拉评传》(一九五三)的作者海敏士(F. W. J. Hemmings)也在他那本书出版以后,才下了一番工夫,把左拉投过稿的七种巴黎旧报仔细翻检,做了提要和摘录,发表在一九五六年六月号的《美国现代语文学会集刊》(PMLA)里,题目是《左拉的报章文字习作》(*Zola's Apprenticeship to Journalism*)。上面译的一节见《集刊》第三五三——四页,原来登载在一八七〇年五月十三日的《号召报》(*Le Rappel*)上,加方括弧的半句是海敏士的英文撮要,其余全是左拉的原文;整节的意思可以说跟恩格斯在一八八八年四月写给玛克瑞德·哈克纳斯(Magaret Harkness)信里的话大致暗合(见人民文学出版社《马恩列斯论文艺》第二一——二二页)。

(原载《古典文艺理论译丛》第二辑,
人民文学出版社一九五七年)

弗·德·桑克梯斯文论三则

译者案：弗朗契斯戈·德·桑克梯斯(Francesco De Sanctis)(一八一七——一八八七)，十九世纪意大利最重要的批评家。早年参加爱国运动，争取意大利的统一和反对异族的统治，曾两度坐牢并流亡出国。意大利统一以后，任教育部部长，后任奈波利(Napoli)大学比较文学教授。著作甚多，最有名的是《意大利文学史》(*Storia della letteratura italiana*)(一八七○——一八七二)和身后出版的未定稿《十九世纪意大利文学史》(*Storia della letteratura italiana nel secolo xix*)。贯串在德·桑克梯斯的文学史和批评论文里的基本概念之一，就是作家的意图跟作品的效果往往不相符合，以至彼此矛盾。这个概念在近代西洋文评里发生很大的影响，克罗采(B. Croce)《诗论》(*La Poesia*)甚至说这是德·桑克梯斯在文评的方法论上最卓著的贡献(《诗论》第五版三○六至三○七页)。现代英美资产阶级文评家常说的"意图的迷误(intentional fallacy)"就是德·桑克梯斯这个论点的发展。下面选译了三节有关这个问题的议论。

1. 论但丁

在《神曲》里，正像在一切艺术品里，作者意图中的世界和作品实现出来的世界,或者说作者的愿望和作者的实践,是有区分的。一个人做事,不会顺着自己的心愿,只可以按照自己的能力。诗人的写作总不能脱离他那时代的文艺理论、形式、思想以及大家注意的问题。愈是小作家,愈能确切地表现出他意图中的世界,例如布罗内托·拉丁尼(Brunetto Latini)和费德利哥·弗来齐(Federigo Frezzi)①。在他们的作品里,一切都简单明了、有条理、不矛盾,现实变成了一个空虚的外象。一位真正的艺术家写起诗来,矛盾就会爆发,所出现的不是他的意图的世界而是艺术的世界。……

但丁的世界是以道德观念为基础的。道德观念并不是强加在故事情节上面的一个外来概念,它是故事情节的世界里内在的东西,是它固有的概念;没有了道德观念,故事情节就丧失它的存在的理由。这种基础是真实的,是和故事情节打成一片的;要说有缺点,那就是故事情节本身的缺点。可是但丁不从诗人而从哲学家的角度来考虑这个问题,他越出了故事情节的范围。他觉得作品里存在着道德观念还不够,得加上关于这个观念的指示和阐明。这还不算数。他要使这个观念发展而为一套哲学、一个把概念配比组合起来的系统。这个观念不复是故事情节的基础或含蕴的意义,像物质里含蕴着的精神;它本身成为作

---

① 拉丁尼(一二二〇——一二九四),学者兼诗人,但丁的老师;曾作长篇寓意诗,写自己在自然界、道德界、快乐陷阱等等里的经历,未完成。弗来齐(一三四六——一四一六),诗人;仿但丁《神曲》作长篇寓意诗,写在爱情、道德、魔鬼、罪恶等四国的经历。——译者注(本文注释均为译者注。——编者)

品的内容,成为故事情节,成为作品的目的。这样,生动活泼的现实就要在空泛的哲理里消失,作品变成蒙着故事情节的面纱的道德和政治教本。一个自然而又通俗的诗人变成一个博学和道貌岸然的诗人。……

但丁并没有心手一贯;他做的是一回事,而他意图的是另一回事。不管一个人是否情愿或有无其他意图,他是怎样的人,就做怎样的事。但丁是诗人,虽然他纠缠在抽象概念里,把它们砌筑在一起,他却留下无数漏洞,放进了空气和光亮。囿于当时的风气,他给一个错误观念牵引着,越出了故事情节而走进了纯粹概念的世界,以此作为自己的意图所在,而把整个现实拉过来作为这些概念的外象。但是,当他接触到现实,他就发现了自己,有了创造力,他的天才找到了素料,那些空虚的外象也生长了血肉、有了生命。我们简直可以说,假如没有那个庄严神圣的意图像铅球似的系在它们身上、时常妨碍着行动,它们竟是自由和独立的活物了。只有这个实现出来的世界是有活气和生命的,在它的光辉里,诗人所珍爱的意图的世界像烟雾一样消散。

译自罗索(L. Russo)编《意大利作家论》

(*Gli Scrittori italiani*)上册选载德·桑克梯斯《意大利文学史》。

2. 论亚历桑德罗·孟佐尼(Alessandro Manzoni)[①]

灵感和理论——或者说,艺术的自在流行和批评的深思

[①] 孟佐尼(一七八五——一八七三),诗人兼小说家,所作历史小说《未婚夫妇》(*I Promessi Sposi*)最为传诵。

熟虑——二者之间的斗争是个有趣味的而且很有教育意义的景象。艺术家知道自己要创作些什么,但是他不会意识到怎样去创作它。创作的活动是不受他管束的,结果常常出于他意想之外。假如有缺点的话,那缺点大多在于作者被自己的意想或先入为主的理论所渗透了。孟佐尼就是这样的,但丁和塔索也是这样。亏得他们的天才把他们从他们的理论里拯救出来。……

孟佐尼把艺术的真实和事物的或历史的真实混淆在一起,他对理想的看法也同样糊涂。他所谓理想是一个跟他心目中的现实事物隔离的世界、一个完美圆满的宗教和道德世界;他所谓历史真实是沾不上这个世界的一点儿边的。比起理想世界来,大自然和历史都是有缺陷的。因此,应该由艺术来改变大自然和历史,产生一种理想的真实,以符合于那个世界。但是,这么一来,事物的真实又将作何下落呢?……

事物还是理想?两者得分个胜负,不是事物吞灭了理想,就是理想吞灭了事物。……大作家随任着灵感,往往可以胜利地解脱自加的约束。事物的真实就不成为他达到艺术的真实的障碍;在艺术的这种更深刻、更丰富的真实里,他不知不觉地走进了他所追求的孤立在现实之外或现实之上的理想世界。……

正因为孟佐尼违背了自己的思想体系才成为艺术家,我们不妨一反他本人的做法:我们称扬他的艺术而谴责他的思想体系。这是根据艺术里的天经地义来的:天才并不自觉,它的施展并不依赖思想系统,而且常常违反作者的思想系统。

> 译自罗索编《意大利作家论》下册选载德·桑克梯斯《十九世纪意大利文学史》。

3. 论吉亚古谟·来欧巴地(Giacomo Leopardi)[①]

他产生的效果正跟他的意图相反。他不相信有进步,可是他恰恰使你要求进步;他不相信有自由,可是他恰恰使你爱慕自由。他把爱情、荣誉、道德等等一笔勾销说都是幻觉,可是他在你心里挑动了对这些东西的无穷的欲望。……他是个怀疑主义者,但是他偏偏使你有了信仰;他不信人类的将来会比现在好,但是他偏偏引起你对前途的热烈向往,激发你去干崇高的事业。他鄙薄人类,而他本人高尚、温柔和纯洁的品性正使人类增加了光荣和身份。

> 译自比尼(W.Bini)编《历代批评家对于意大利经典作家的评价(*I Classici italiani nella storia della critica*)》第二册引德·桑克梯斯《叔本华与来欧巴地》。

(原载《文汇报》,一九六二年八月十五日)

---

① 来欧巴地(一七九八——一八三七),诗人兼学者,多病残废,作品里充满厌世情绪。

外国理论家作家论形象思维[*]

一、西欧古典部分

前 言

在西欧的文艺理论和哲学著作里,"形象思维"是个不经见的名词。黑格尔《美学》中文译本第一卷第六页所谓"创作和形象思维的自由性"在原文里是:"die Freiheit der Produktion und der Gestaltungen"[①];译为"形象思维"的那个字只是"形成"、"完形"或"构成形体"的意思,现代西方资产阶级心理学派中很流行的"形

---

[*] 《外国理论家作家论形象思维》,中国社会科学出版社一九七九年一月第一版。其中西欧古典部分,标明由"钱锺书、杨绛、柳鸣九、刘若端选译";西欧及美国现代部分,标明由"钱锺书、杨绛选译"。据向柳鸣九、刘若端先生了解,全文内容由钱锺书、杨绛先生选定,并完成大部分翻译。为了提携后辈,他们请柳鸣九初译了"伏佛纳尔格"一段,请刘若端初译了"柯尔立治"、"弗洛伊德"两段,并对译文作了认真的校译改定。"狄德罗"、"黑格尔"和"渥兹渥斯"三篇因分别采用了陆达成、徐继增先生;朱光潜先生和曹葆华先生的译文,本书在编选时删去。——本书编者注

① 黑格尔《美学》,一九五五年建设(Aufbau)出版社版,第五二页。

态心理学"或"格式心理学"（Gestaltpsychologie），正是用同一个字命名。英国现代作家林赛（Jack Lindsay）用了"形象思维"（imaged thought）这个名词，马上声明那是俄国文评里的术语①；这也表示它在西欧至今还是一个陌生的名称。

大体说来，所谓"形象思维"相当于古希腊人的 phantasia 和古罗马人的 imaginatio。在中世纪和文艺复兴时期，phantasia 和 imaginatio 两字并用，也没有意义上的差别；十六、十七世纪古典主义理论家还继承着那种用法。但是，早在中世纪后期，已有个别作者以这两个字分别指程度上不同的两种心理活动：phantasia 指高级的、富于创造性的想像，而 imaginatio 则指低级的幻想或梦想。在后来的浪漫主义理论里，这个区别被肯定下来而普遍推广。该注意的是，这里又产生了地域性的差歧；德、意作者一般以 phantasie, fantasia 指高级的想像，而以 Einbildungskraft, immaginazione 指低级的幻想（例如黑格尔《美学》朱译本三四八页）；英、法作者恰恰相反，常以 imagination 指高级的想像，而以 fancy, fantaisie 指低级的幻想（例如柯尔立治《文学生涯》，见下面选录）②。同时，常译为"直觉"的 Intuition, Anschauung 那个字也有两种意义：一是笛卡尔、洛克的用法，可以译为"直觉"（例如在柏格森的著作里）；二是莱布尼茨、康德的而还保存在许多美学或

---

① 《三十年代以后》（*After the 30's*）第一四五页。
② 据毕促罗索（A. Pizzorusso）《法国浪漫主义先期文学研究》（*Studi sulla letteratura dell'età preromantica in Francia*）的考订，儒贝尔（Joubert）是很早（在一八○七年）这样区分的法国作者。

文论著作里的用法,应当更确切地译为"形象"、"对事物的具体印象"、"感象"、"形象观感"之类(例如在克罗齐的著作里)①。因此,在下面选辑的材料里,假如原作者以 phantasia 和 imaginātio 两字混同使用,那末我们一律译为"想像";假如原作者以两字分别使用,那末我们按照作者的语文习惯或语气,译文里一律以"想像"或"创造的想像"指高级的心理活动,而以"幻想"指低级的心理活动;假如作者用 intuition 一字是沿袭着莱布尼茨给予的意义(见下面选录),那末我们就不译为"直觉"而译为"形象"或"形象观感"。译名未必确当,但是这样办也许可以免于张冠李戴或节外生枝,不至于合其所当分或分其所当合了。

下面选译了有关这个问题的一些比较有影响或有代表性的资料。由于知识、材料、时间的限制,严重的疏漏和缺略一定不少,有待于将来的补正。譬如中世纪思想家大亚尔贝尔德斯(Albertus Magnus)是最早区别"想像"和"幻想"的人,文艺复兴时期思想家毕柯·德拉·米朗杜拉(Pico della Mirandola)是最早写专论反对"想像"的人,然而我们没有找到他们的原著或第二手的、章句比较完整的引文,暂时只好付缺。

这些不完备的资料也许足够使人看出"想像"这个重要概念在美学和文评史里发展历程的概貌。古希腊文艺理论忽视"想像",亚里士多德《诗学》里没有只字片言提到它;古希腊哲学和

---

① 参看洛克《人类理解力论》,泼令格尔-巴的生(A.S.Pringle-Pattison)编本第二九二页注;奥尔齐尼(G.N.G.Orsini)《克罗齐》第三二——三四页。

心理学对"想像"歧视甚至敌视。只有阿波罗尼阿斯的议论是个例外：把"想像"和造型艺术联系起来而且给以很高的地位。后世古典主义的看法基本上受这两种论点的支配，在二者之间依违摇摆。古典主义的理论家一方面承认"想像"是文艺创作的主要特征，另一方面又贬斥它是理智的仇敌，是正确认识事物的障碍，把它和错觉、疯狂归为一类。"家里的疯婆子"（la loca de la casa）从十六世纪起就成为"想像"的流行的代称词①。但是，由于但丁在他的名作《神曲》里对"崇高的想像"（l'alta fantasia）表示的企仰②，意大利首先有个别文论家开始重视"想像"，加以研究分析，企图抬高它在精神活动里的位置，导引了后来浪漫主义的主张。十七世纪末，莱布尼茨发现在一切思维里，有些观念是抽去形象的，而有些观念是包含形象的，于是创造了一个和现代文论所谓"形象思维"表面上相似的名词。十八世纪初，维柯认为诗歌完全出于"想像"而哲学完全出于理智，两者不但分庭抗礼，而且简直进行着"你死我活"的竞争，于是提示了一种和现代文论所夸大的"形象思维"实质上相似的理论。到了十九世纪，随着浪漫主义运动的进展，"想像"的地位愈来愈高，没有或者很少人再否认或贬低它的作用了。有些思想家和作家——例如谢林（见下面选录）——甚至说概念或逻辑思维也得依靠"想像"。

---

① 详见《生活与语言》杂志（*Vie et language*）一九六〇年一月和七月两号里有关这个成语的考订。
② 《天堂》篇第三三节第一四二行。

他们企图使"想像"渗透或吞并理智,颂赞它是最主要、最必需的心理功能。因此,"错误和虚诞的女主人"(巴斯楷尔语,见下面选录)屡经提拔,高升而为人类"一切功能中的女皇陛下"(波德莱亚语,见下面选录)。

这些不完备的资料也足够使人看出古典理论家在这个问题上还没有能作出实事求是的、细致精密的科学分析。他们常常受了"功能心理学"的束缚,多少有倾向把精神在不同方面的活动抽象和片面化,分割为许多不同的精神功能,许多独立或者孤立甚至对立的功能。这个倾向伴随着二十世纪的开始而进一步发展①,维柯的理论获得了系统性的发挥,从事于形象的"想像"和从事于逻辑概念的理智仿佛遭到了更加严厉的隔离监禁,彼此不许接触,而且"想像"不仅和"理智"分家,甚至还和清醒的意识分家,成为在睡梦里表现的典型的"潜意识"活动——一切这些都不属于"古典"资料的范围了。

---

① 弗洛伊德《释梦》(*Die Traumdeutung*)出版于一九〇〇年,克罗齐《美学》出版于一九〇二年。

亚里士多德

（Aristotle，公元前三八四——前三二二，古希腊）

想像不同于感觉和判断。想像里蕴蓄着感觉，而判断里又蕴蓄着想像。显然，想像和判断是不同的思想方式。想像是可以随心所欲的，……而获得结论① 是不由我们作主的，结论有正确和错误之别。想像不是感觉。有现实的感觉，有可能的感觉，例如有正见到的和能见到的事物；但是，即使没有现实的和可能的感觉，想像依然可以发生，例如梦中见物。……一切感觉都是真实的，而许多想像是虚假的。假如我们的感觉官能正确地起作用，我们不会说："我想像那是一个人"；只有在我们的感觉不很明确的时候，我们才那样说。上面说过，我们闭上眼睛，一样可以见到幻象。知识或理智是永远正确的，想像不能和它相比，是可能错误的。……想像的东西在心里牢不可去，和感觉很相似，因此动物就会按照想像而采取行动，像有些畜类，那是由于它们缺乏智力，还像有些人，那是由于他们受了感情、疾病或睡眠的影响。

——《心灵论》第三卷第三章，《罗伯(Loeb)古典丛书》本第一五七页起。

---

① 按指判断。

显然,记忆和想像属于心灵的同一部分。一切可以想像的东西本质上都是记忆里的东西。

> ——《记忆和回忆》一章,同前版本第二九三页。

想像就是萎褪了的感觉①。

> ——《修辞学》第一卷第一一章,同前版本第一一七页。

---

① 这句简单的话成为后世经验论派关于想像的重要论据,参看下面霍布斯选录。

阿波罗尼阿斯

(Apollonius,公元一世纪中期,古希腊)

赛斯沛西翁问:"……你们的菲狄亚斯和伯拉克西特列斯①是不是到天上去模写了各个神道的状貌,然后在他们的艺术品里照样复制的?还是另有什么东西主持和指导着他们的造形过程呢?"阿波罗尼阿斯回答:"是有那末一个富于智慧和才能的东西指导着他们。""那是什么呢?难道还不是摹拟么?""是想像。它造作了那些艺术品,它的巧妙和智慧远远超过摹拟。摹仿只会仿制它所见到的事物,而想像连它所没有见过的事物也能创造,因为它能从现实里推演出理想。"

——斐罗斯屈拉德斯(Philostratus)《阿波罗尼阿斯传》第六卷第一九章,《罗伯古典丛书》本第七七——七九页。

---

① 希腊大雕刻家。

汤 密 达 诺

（B. Tomitano，意大利）

正像普遍性的概念是理智的对象，由感觉所认识到的个体事物的彼此类似就是想像的对象。因此，有一个学者曾说，想像是应用在个体事物上的理智，而理智就是应用在普遍性概念上的想像；这是一种不甚符合哲学而很有诗意的说法。……想像是一种心理功能，它像纯洁而经琢磨的水晶，照映出感觉所获得的具体事物的形象。

——《德斯干语言论》（*Della lingua thoscana*，一五四五），译自哈德威（B. Hathaway）《批评的时代》（*The Age of Criticism*）第三一二页引文。

龙 沙

(Ronsard,一五二四——一五八五,法国)

创造不是别的,正是想像力里自然产生的好东西,它能悬拟出各种可以想像得到的观念和事物形象——天上的和地上的、有生命的和无生命的事物,然后把它们表现、描写和模仿出来。……创造是一切东西的本源,诗歌的结构追随着它,如影随形。我教你创造美丽和伟大的东西,意思并非指那种荒诞和阴沉的创造。那种创造出来的东西彼此间不相联系,就像疯子和发高烧病人的纷乱的幻梦;这些人的想像力受了损伤,因此就臆造出无数杂乱零碎的奇形怪象。

> ——《法国诗学要略》(*Abrégé de l'art poétique françois*,一五六五),《七星(Pléiade)丛书》本《龙沙全集》第二册第九九九页。

乌阿尔德

(J. Huarte,一五三〇——一五九二,西班牙)

想像力是从人身的热度里产生的。那种胡说和病狂的人的知识是属于想像的。这种知识不属于理智和记忆。既然疯狂、忧郁都是头脑热旺的病症,那末,我们有理由肯定想像也就是热度构成的。好的想像能产生一切由形象、比喻、和谐和比例所构成的技术和学艺,那就是:诗歌、雄辩、音乐和说教。我们把诗歌这门学问隶属于想像,用意就是要大家知道那些善于作诗的人是和理智隔离很远的。一个人闹恋爱,就马上会大作其诗;因为诗歌属于想像,而恋爱产生热度,也就使想像力增高。

——《论适合于各种学艺的才能》
(*Examen de ingenios para las scienzias*,一五七八),译自迦司德(G. Castor)《七星派诗论》(*Pléiade Poetics*)第一三八页引文。

蒙　田

（Montaigne，一五三三——一五九二，法国）

　　学士们说："强烈的想像会产生真实的事件"。有些人深深感到想像的力量很大，我就是那种人。人人都会被它摇撼，但是没有人会被它震倒。想像所产生的印象透入我的心里；我对付的方法是躲避它，而不是抵抗它。我只想和头脑清醒、心情愉快的人生活在一起。因为我设身处地，常把旁人的痛苦变为我亲身的痛苦，让旁人的情感篡夺了我本心的情感。一个咳嗽不停的人会使我觉得自己的肺和喉咙都不舒服。……奇迹、幻象、魔术等等非常可怪的事物所以会有人相信，看来主要出于想像首先对庸夫俗子疲软的心灵所施展的威力。他们被摆布得什么都相信，自以为看见了明明并未看见的东西。……畜类和人类一样，也受着想像力的支配①。主人死了，狗也跟着恹恹而死，就是一个例证。我们也看到狗在睡梦中吠叫或骚动，或向马寻衅，或自己之间吵架。

　　　　　　——《想像的力量》(*De la Force de l'Imagination*，一五八〇)，见《散文集》第一卷第二一章，《七星丛书》本第一一〇页起。

---

①　换句话说，使人类区别于畜类的是理智。参看上面亚里士多德和下面让·保罗的选录。

马 佐 尼

（G. Mazzoni，一五四八——一五九八，意大利）

想像是作梦和作诗逼真时共同需要的一种心理功能。……诗人所追求的逼真具有这样的性质：诗人随心逞意的虚构。因此，它必然是一种依照意愿来构想的功能的产物。这个功能绝不会是理智；依照事物性质来构想时，理智才是必需的。精细的斯各都斯① 在他的著作里反复说得很好：理智是自然的而不是自由的功能②。所以，适宜于创造的功能就是想像力。我们这里所说的意思，亚里士多德在《心灵论》卷二里首先讲过③："我们有能力不仅想像出可能的事物，而且想像出不可能的事物，例如三首三身的人或长着翅膀的人……正像在图书里可以画出任何奇形怪状的动物，我们心里也可以把它拟想出来。不但如此，我们想到大祸临头，马上就会意气沮丧，通身颤抖，面无人色；反过来说，我们认为心愿将遂或利益可以到手，就会恢复勇气，兴高采烈而欢呼。但是，假如我们不过在想像中虚构或悬拟那些事态，譬如设想自己遭到厉害的地震或碰上凶恶的野兽，那末心

---

① 中世纪英国经院哲学家。
② 其实这就是亚里士多德的意思：想像随着我们的心愿，而判断不由我们自主。（见上面选录）
③ 这是赛密斯惕乌斯（Themistius）解释亚里士多德的话，不是《心灵论》里的本文。

里就并不觉得恐怖,正像图书里的、幻想里的以及任意拼凑而杜撰出来的事物不会影响我们的行动一样。所以我们能够把想像和思想或理解区别。"假如我没有错误,我们可以由此明白:主管着诗歌里的情节的真正功能就是想像,只有它能使我们产生那些虚构的东西而又把它们配搭一起。必然的结论就是:诗歌由虚构和想像的东西组成,因为它是以想像力为根据的。

——《神曲的辩护》(*Della difesa della Comedia di Dante*,一五八七),译自吉而勃德(A. H. Gilbert)编《柏拉图至德莱登文评选》(*Literary Criticism: Plato to Dryden*)第三八六——三八七页。

莎士比亚

(Shakespeare,一五六四——一六一六,英国)

疯子、情人和诗人都是满脑子结结实实的想像。疯子看见的魔鬼,比广大的地狱里所能容纳的还多。情人和疯子一样癫狂,他从一个埃及人的脸上会看到海伦的美。诗人转动着眼睛,眼睛里带着精妙的疯狂,从天上看到地下,地下看到天上。他的想像为从来没人知道的东西构成形体,他笔下又描出它们的状貌,使虚无杳渺的东西有了确切的寄寓和名目。

——《仲夏夜之梦》(一六〇〇)第五幕一场第七——一七行。

培　根

（Bacon，一五六一——一六二六，英国）

　　人的智力是学问的基础。学问的不同部门和人的三种智力互相关连：历史和记忆、诗和想像、哲学和理智是各各关联的。……诗是一门学问，在文字的韵律方面大部分有限制，但在其他方面极端自由，并且和想像确有关系。想像因为不受物质规律的束缚，可以随意把自然界里分开的东西联合，联合的东西分开。这就在事物间造成不合法的配偶和离异。……诗就它的文字或内容可有两个意义。就文字而论，诗不过是一种文体的性质，属于修辞的范围，和这里所讲的无关。就内容而论，上文已经说过，诗是一门主要的学问。诗无非是虚构的历史，它的体裁可用散文，也可用韵文。

　　有一种迷惑人的方法不凭论旨的错综巧妙，而凭印象的强烈深刻。它不是混淆理智，却是用想像的力量来主宰理智。

——《学问的推进》(Advancement of Learning，一六〇五)第二卷，《人人丛书》本第六九页起。

霍 布 斯

(T. Hobbes,一五八八——一六七九,英国)

东西拿走或者眼睛闭上以后,我们仍然保留着这件东西的形象,只是比当前看见的时候模糊些。这就是罗马人所谓"想像"(imagination),这个字原是从视觉的形象来的,然后不大恰当地应用于其他感觉。可是希腊人称为"幻想"(fancy),指"显现的形态",这就对各种感觉都适用。所以"想像"无非是"正在衰减的感觉"(decaying sense),人和许多别的动物不论在清醒和睡眠的时候都有。……

我们说到"正在衰减的感觉"的时候,如果说的是这种感觉本身——我指"幻想"本身,那么我们称它为"想像",上文已经说过。可是我们如果要说它的衰减,指出这个感觉在渐渐消失,指出它已经陈旧,已经过去,那么我们就称它为"记忆"。所以想像和记忆原是一件东西,由于不同方面的看法而有不同的名称。

许多的记忆,或者记忆里的许多事物称为经验。想像只是感官里曾经感受到的东西,或者是全部一下子感受的,或者是逐部一次次感受的。想像全部一下子曾在感觉里呈现的东西,就是"单纯"的想像,例如想像以前见过的一个人或一只马。另一种是"组合"(compounded)的想像,例如我们一次看见一个人,又一次看见一只马,我们心灵里就拟想出一个马身人首的怪物。一个人如果把他对自己本人的想像和他对别人所作所为的想像合在一起,例如想像自己是赫喀琉斯或亚历山大,小说迷往往如此,这就是组合的想像。说得更确当些,这只是心灵的捏造。……

睡眠里的想像我们称为"梦"。这种想像以及其他各种想像都全部或分别在感觉里存在过。……

有时候,事物之间相似的地方是常人观察不到的,谁能观察到,人家就说他"聪明"。"聪明"在这里指"善于想像"。观察事物之间的差异和不同,叫作辨别、分析,或判断。有时候事物之间不同的地方不容易看出来,谁能看出来,人家就说他善于判断。……想像没有判断的帮助不是值得赞扬的品德,但是判断和察别无须想像的帮助,本身就值得赞扬。……

好的诗歌,不论史诗或戏剧,不论十四行诗、讽刺短诗,或其他体裁,里面判断和想像二者都是必需的。可是想像应该更重要些,因为狂放的想像能讨人喜欢,但是不要狂放得没有分寸以致讨厌。

好的历史里应该是判断更重要,因为历史的好处在于它有条理,真实,能选出知道了最有益的事情。这里想像是没用的,除非作为词藻。……

论证、劝导以及各种严格推求真理的过程里全靠用判断,除非有时候需要借一个适当的比喻来启人领悟,那才需要想像。不过这里绝对不用隐喻,因为它公然以欺蒙为目的,在劝导和推理的时候运用隐喻是要上当的。

——《利维坦》(*Leviathan*,一六五一)第一卷第二章、八章,乔治·罗特列治书店(George Routledge)版第三页起,又第四〇页起。

巴斯楷尔

（B. Pascal，一六二三——一六六二，法国）

想像——这是人性里欺骗的部分，是错误和虚诳的女主人；正因为它偶尔老实，所以它尤其刁猾。……我不谈疯子，我讲的是那些最智慧的人；在他们中间，想像有潜移默诱的大本领。理性大声疾呼，也是枉然，因为它不会增饰事物。这个高傲的功能是理性的仇敌，喜欢把理性管束、压制，以表示自己的威权；它已经变成人的第二天性了。

想像荒唐地把小事物扩大，以致塞满了我们的心灵；它也狂妄地把大事物缩减到和自己一般尺度，例如它讲到上帝的时候。

〔由于想像〕我们把虚无变成永久而把永久变成虚无。这在我们的心里有着活生生的根子，我们的理性对它无能为力。

——《思感录》(*Pensées*，一六七〇)第八二、八三、一九五（乙）节，勃伦许维格（L. Brunschvicg）编《巴斯楷尔全集》第一三册第一一二页、一五页、一二三页。

马勒勃朗许

（N. Malebranche，法国）

我们的感觉器官是纤维组成的，这些纤维的末梢一端在身体的表面和皮肤上，另一端在头脑里。激动这些纤维可以有两种方式：或从头脑里那一端开始，或从身体表面那一端开始。纤维的激动必然传播于头脑而使心灵领会到一些事物。假如事物的印象先激动了身体表面的神经纤维而后传播到头脑里，那么心灵就有感觉，而且断定这个感觉是外来的，换句话说，它认识到所感觉的事物是当前存在的。但是，假如由于身体里活动力的流行或其他原因，单单头脑里的纤维受到轻微的震荡，那么心灵就有想像，而且断定这个想像并非外来而是在头脑里的，换句话说，它认识到想像的事物不是当前存在的。这就是感觉和想像的区别。……受了断食、熬夜、发高烧或剧烈感情的影响，有些人身体里的活动力往往搅乱得很厉害，头脑里的纤维就仿佛受了外物的激动一样。于是这些人把想像当作感觉，把想像里的事物误为眼前的事物。……

心灵产生形象的这个功能包含着两种东西：一是心灵方面的，一是身体方面的。前者指意志的活动和操纵；后者指产生形象的身体活动力和印刻着那些形象的头脑纤维对意志的服从。……[泛称的想像]或出于心灵的主动想像(l'imagination active)，或出于身体的被动想像(l'imagination passive)。

头脑里纤维的脆弱是一个主要障碍,使我们不能致力于探究比较隐秘的真理。纤维的脆弱是一般妇女的特征,因此她们对于刺激感觉的东西有高度的领悟。选定时装,判断语言的用法,辨别社交里的举止和礼貌——这些事都得让妇女来做。在这些问题上,她们比男人更渊博、更敏捷、更精细。一切依靠鉴别力来判断的事物都属于她们的领域。但是只要碰到稍为艰深的真理,她们一般就无法探索。她们不能理解任何抽象的东西。她们不会运用她们的想像力来推究复杂和困难的问题。她们只注意到事物的皮毛。

——《真理探究论》(Traité de la Recherche de la Vérité,一六七四)第二卷第一部第一章、第二部第一章、阿谛埃(Hatier)书店《普及经典丛书》节本第一一———一二页、二四页。

莱布尼茨

（G. W. Leibniz，一六四六——一七一六，德国）

认识可以分为暧昧的和显明的；显明的认识又可以分为混乱的和清晰的；清晰的认识又可以分为足够的和不足够的；足够的认识又可以分为符号的和形象的(cognitio vel symbolica vel intuitiva)。既足够而又有形象是最完善的认识①。……尤其在作较长的分析时，我们常常不去注视(intuemur)②事物的具体性质而用符号来代替它。……我常称这种思维为瞎子眼睛的或符号的思维(cogitatio caeca vel symbolica)，在几何和代数里，我们就是这样思维的；其实我们几乎随时随地都运用这种思维方式。假如一个观念在我们心里已经牢固地形成，我们提起它，就不会同时想到一切组成它的属性；但是，只要可能或者尽可能想到一些，我就称这种认识为形象的认识。

——《关于认识、真理和观念的沉
思》(*Meditationes de Cognitio-*

---

① 莱布尼茨在这一节和下一节里，都不是讲"想像"和文艺，但是他的术语和基本概念被后世文论家借用了，例如克罗齐《美学》开宗明义就可以说是用莱布尼茨的语言来表达维柯的思想："认识有两种：形象认识(conoscenza intuitiva)和逻辑认识，得自想像的认识和得自理智的认识。"(《美学》一九五八年十版第三页)

② 正像通常译为"想像"的 imaginatio 一样（见上面霍布斯选录），通常译为"直觉"的 intuitio 那个字也是从视觉来的，拉丁文本意是"定睛观看"。

> *ne,Veritateet Ideis*,一六八四),盖尔哈德(C. J. Gerhardt)编《莱布尼茨哲学著作集》第四册第四二二——四二三页。

我们的大部分思想可以说是聋了耳朵的(pensées sourdes),我在拉丁文里称它们为"瞎了眼睛的思想"。那就是说,这些思想完全没有感性和感情的内容(vides de perception et de sentiment),而只赤裸裸地运用着符号,例如那些用代数来计算的人只偶或在心目中见到他们所探究的几何形体。一般说来,文字的作用和算术或代数里的符号相同。我们推理时,常常只是运用文字语言,心目中几乎没有具体事物。这种认识不能动人;要使人感动,非带些生气活力不行。

> ——《理解力新论》(*Nouveaux Essais sur l' Entendement*,一七〇九年写毕,一七六五年出版)第二卷第二一章第三五节,同前版本第五册第一七一页。

洛　克
（Locke，一六三二——一七〇四，英国）

　　这种简单观念是我们知识的原料，是上述的感觉和思考那两个活动向心灵提供和资给的。理解里储藏了这些简单概念，就能够使它们重现，把它们彼此比较，或者用各种各样几乎数不尽的方式把它们拼合起来，而随心所欲地产生新的复杂观念。但是，赋有最高卓的天才和最广大的理解力的人，不管他的思想多么敏捷而善于变化，也没有本领在心里创造或构成一个不从感觉或思考得来的新的简单观念；同样，理解不管花多大的气力，也不能消灭心里已存在的简单观念。人在他的理解的小天地里所行使的主宰权，和他在具体事物的大世界里的主宰权差不多；在大世界里，他的本领，不管多么巧妙，只限于把现成的材料分开和合拢，既不能创出丝毫新的物质，也不能灭掉一点点已有的物质。

　　幻想的观念是简单观念的组合；那些简单观念在实在事物里从未结合或一起出现过，例如马头合上人身而成的理性动物，像神话所描写的怪物。

　　　　——《人类理解力论》（一六九〇）第二卷第二章、三〇章，泼令格尔—巴的生（A. S. Pringle‑Pattison）编本第五一——五四页、二〇九页。

慕拉多利

（L.A.Muratori，一六七二——一七五〇，意大利）

想像力是心灵里那种领会和认识具体事物的功能,更准确地说,是领会和认识具体事物形象的功能。我们把这种功能归之于灵魂的低级部分,因此不妨称它为"低等的领会"。灵魂还有一种对事物的"高等的领会",属于高级的理性或神性部分,通称为理解力。想像的职责只是去领略事物,不是去探究它们的真伪;探究事物的真伪是理解的职责。在我们思想的时候,想像和理解一起合作,低级功能从自己的仓库里向高级功能供给事物的形象或影像,免得它再去请教感觉。有时,低级功能自己也可以利用那些形象去悬想曾经接触过的事物,或者从旧影像里构造出新影像来,因为它具有这种创造新形象的本领。……假如我们要把拟想的东西表达出来而公诸于世,那么想像力会神速地供给语言文字,使旁人耳闻或目睹我们的思想。……形象的构成有三个方式。第一是神奇和深入的理解力本身构成形象,想像力不过提供了一些种子。第二是理解力和想像力联合起来,构成形象。第三是想像力不和理解力商量,单独构成形象。第一种例如想像力领略而又保存着许多人的形象,理解力看到了这些形象,把它们综合归纳,从低等领略所收集的若干个别形象里提炼出一个尚未存在的普遍形象,譬如说:"一切人都会笑。"……第三种例如我们睡梦、情感猛烈或精神错乱时的经验。……我要讲的是第二种。……想像力既然和理解力结合,就必然要求带些真实性,它们所产生和能产生的形象可分三类。第一类是想像力和理解力双方都直接认为真实的形象,譬如描绘得生动而确切的天际长虹,或勇士比武,或一匹骏马。这种形象表现了感觉向想像力所提供的真实状况,同时也是理解力所承认的真实状况。第二类是想像力和理解力双方直接认为只是逼似真实的形象,譬如特洛伊城失陷时的悲惨景象,奥兰都的疯狂等虚构情节①,想像和理解都觉得完全可能而且逼真。第三类是想像直接认为真实或逼似真实的形象,而理解力只间接认为那样。譬如我们看见一道清溪在风光明媚的地方流过,蜿蜒无极,就想像溪水爱上了这片花香草绿的胜地,舍不得和它分离。据想像看来,这是真实或逼似真实的。理解力也可以从那个形象里觉察到风景宜人以及溪流依依不舍的真实情况,但只是间接而非直接地觉察,因为那是个比喻,不能当真。……

　　想像力受了感情的影响,对有些形象也直接认为真实或逼似真实。诗人的宝库里满满地贮藏着这类形象。……想像力把无生命的东西看成有生命的东西。情人为他的爱情对象所激动,心目中充满了这种形象。例如他的热情使他以为自己和意中人作伴调情是世界上最大的幸福,一切事物,甚至一朵花一棵草,都旁观艳羡,动心叹气。……这种幻象是被爱情颠倒的想像所产生的。诗人的想像产生了这种幻觉,就把它表现出来,让旁

---

① 见于荷马和阿利奥斯多(Ariosto)的史诗。

人清楚地看到他强烈的爱情。

——《论意大利最完美的诗歌》(*Della perfetta poesia italiana*,一七〇六)第一卷第一四章、一五章,译自卡利特(E. F. Carritt)选《各派美学》(*Philosophies of Beauty*)第六一——六四页。

艾 迪 生

(J. Addison,一六七二——一七一九,英国)

我们一切感觉里最完美、最愉快的是视觉。它用最多种多样的观念来充实心灵;它隔着最大的距离来接触外界的东西;它也是能经久地连续运动而不感到疲劳,对本身的享受不感到厌倦。触觉确能给人以幅度、形状以及其他随视觉而来的各种观念,除掉色彩的观念,可是触觉的功用在探索东西的数量、体积和距离方面有很大的限制。我们的视觉仿佛天生是为弥补这一切缺陷的。我们可以把它当作一种更细致、更广泛的触觉。它能分布到无尽数的物体上,能包揽最庞大的形象,能摸索到宇宙间最遥远的部分。

把观念供给想像的就是这个感官。我所谓"想像或幻想的快乐"(我把"想像"和"幻想"混杂着用),就指由看见的东西所产生的快感:或者是我们眼前确有这些东西,或者是凭绘画、雕像或描写等等在我们心灵上唤起了对这些东西的观念。我们想像里没有一个形象不是先从视觉进来的。可是我们有本领在接受了这些形象之后,把它们保留、修改并且组合成想像里最喜爱的各式各种图样和幻象。一个身在囹圄的人靠他这点本领,就能够把自然界最绮丽的风景来娱乐自己。……

文字如果选择得好,力量非常大。一篇描写往往能引起我们许多生动的观念,甚至比所描写的东西本身引起的还多。凭文字的渲染描绘,读者在想像里看到的一幅景象,比这个景象实际上在他眼前呈现时更加鲜明生动。在这种情形之下,诗人似乎是胜过了大自然。诗人确实是在摹仿自然的景物,可是他加深了渲染,增添了它的美,使整幅景致生气勃勃,因而从这些东西本身发生出来的形象,和诗人表达出来的形象相形之下,就显得浅弱和模糊了。这里大概有个缘故。我们在观察一件东西的时候,想像里只印上了眼中所见的那一方面。可是诗人凭他的描写,可以任意把这件东西呈现在我们眼前,使我们看到当初注意不到或观察不到的许多方面。我们看一件东西的时候,对这件东西的观念大概是两三个简单的观念所组成的。可是诗人在描摹这件东西的时候,或者给我们一个更复杂的观念,或者使我们所产生的观念全是最能深入想像的。

有一点也许值得在这里指出。为什么几个读者尽管熟悉同一种语言,也都了解文字的意义,而对于同一篇描写会各有不同的欣赏?我们看到有人读了一段描写深受感动,另有人却草草读过,漠然无动于中;有人觉得这段描写非常逼真,另有人却看不出任何逼真或像真的地方。这种不同的衡鉴,或是因为有人的想像比别人的更完美,或是因为读者联系在文字上的观念各有不同。一个人对一篇描写如要真能欣赏,并且给以恰当的评价,他必须有天赋的好想像,而且必须把表达同一句话的各种字眼的力量和劲道仔细斟酌过,因而能辨别哪些字最意味深长,最能表达出它本身的观念,这些字和别的字结合着用,又会生出什么新的力量和美感。想像必须是热(warm)的,才能够使它从外界的东西所收到的形象留下模印。判断必须敏锐,才能够辨别哪些表现的方式最能尽量把这些形象体现得生动,装点得美妙。一个人如果在这两方面欠缺了一方面,他虽然能从一篇描写里得到个笼统的观念,决不能清清楚楚地把美妙之处一一看出来。好比一个近视眼可以模糊看见眼前的景物,却分不出其中各别的部分,也看不清里面绚烂和谐的五光十色。……

一个人想像事物的能力比别人高强,究竟是因为他灵魂比别人完美,还是因为他脑子的质地比别人细致呢?这个问题是无须探索的。不过有一点可以肯定。一个伟大的作家必须天生有健全和壮盛的想像力,才能够从外界的事物取得生动的观念,把这些观念长期保留,及时把它们组合成最能打动读者想像的词藻和描写。诗人应该费尽苦心去培养自己的想像力,正好比哲学家应当费尽苦心去培养自己的理解力。

——《旁观者》(The Spectator)第四一一、四一六、四一七期(一七一二年六月),《人人丛书》本第六册第五六页起。

维　柯

（G. Vico，一六六八——一七四四，意大利）

我收到了阁下写的几首十四行诗和一首游戏诗。……阁下所处的是一个被分析方法搞得太细碎、被苛刻标准搞得太僵滞的时代。使这个时代僵滞的是一种哲学，它麻痹了心灵里一切来自肉体的功能，尤其是想像；想像在今天被憎厌为人类各种错误之母。换句话说，在阁下所处的时代里，有一种学问把最好的诗的丰富多彩冻结起来了。诗只能用狂放淋漓的兴会来解释，它只遵守感觉的判决，主动地模拟和描绘事物、习俗和情感，强烈地用形象把它们表现出来而活泼地感受它们。

——《致盖拉多·德衣·安琪奥利（Gherardo degli Angioli）书》（一七二五），李却第（Riccardo Ricciardi）书店《意大利文学丛书》本《维柯集》第一二一页。

推理力愈薄弱，想像力就愈雄厚。

诗的最高工作就是使无知的事物具有知觉和情感；小孩子有个特征，他们手里拿着没有生命的东西，把它们当作活人一般，和它们谈话取乐。

上面这条语言学兼哲学的定理证明：在世界的儿童时期，人都是天生的大诗人。

原始人就像人类的儿童,他们对于事物还不会构成理智的类概念(generi intelligibili),因此他们有一种自然的需要去创造出诗意的人物。这种人物就是以形象来表示的类概念或普遍概念(generi o universali fantastici)①;它们仿佛就是典范或理想的图像,可以收纳一切相似的个别事物。

小孩子们的记忆力最强,因此他们的想像力也特别生动。想像不过是扩大或加以组合的记忆②。

诗的性质决定了任何人不能既是大诗人,又是大哲学家,因为哲学把心灵从感觉里抽拔出来,而诗才应该使整个心灵沉浸在感觉里。哲学要超越普遍概念,而诗才应该深入个别事物。

——《新学问》(*Scienza nuova*)改订本(一七三〇)第一八五——七、二〇九、二一一、八二一条,同前版本第四四九页、四五三页、四五四页、七四五页。

---

① Fantastici 保持着希腊语根的原意:表象、形象(见上面霍布斯选录);维柯的用字是最讲究字根和语源的。参看奥沃巴赫(E. Auerbach)对维柯的这个名词的阐释,见《献给许必泽的语言和文学研究论文集》(*Studia Philologica et litteraria in Honorem L. Spitzer*)第三六页。

② 参看上面霍布斯选录里所谓"组合的想像"。维柯这里的意见,后来意大利诗人巴斯柯立(G. Pascoli)在有名的《小孩子》(*Il Fanciullino*,一八九七)那篇文章里大加发挥,认为诗人必须是"小孩子"。

  一个有才能的人不会是大哲学家兼大诗人。有人会反对说：但丁既是意大利诗祖、诗王，却又是精博的神学家。我们的回答是：但丁产生在意大利已有诗歌的时代；假如他生在更野蛮的九、十、十一或十二世纪的意大利，既不懂经院哲学，又不通拉丁文，那末他就会是个更伟大的诗人，意大利语言也许可以把他抬出来和荷马相比；而古罗马就没有诗人可相比拟，因为桓吉尔没有生在野蛮的时代①。

——同前版本第九五四页编者注引
《新学问》原本（一七二五）第三
一四条。

---

① 诗歌只能产生于原始野蛮时代这个意见，后来赫尔德（J. H. Herder）开始在《断片》(*Fragmente*)初辑（一七六六）里加以宣扬，使成为浪漫主义运动里的一个流行观念。

布莱丁格

(J. J. Breitinger,一七〇一——一七七六,德国)

视觉器官通过光线和颜色所能把握的一切东西,绘画家会收纳在他所用以模拟的材料里。以诗歌来描绘的艺术也是如此:一切可用文字和词藻有色有声地、具形具体地、深刻生动地摹写出来的东西,一切在想像——灵魂的眼睛(das Auge der Seele)①里印刻下的东西,它有本领向生活和自然界里去拟仿。

——《批判诗学》(*Kritische Dichtkunst*,一七四〇),译自马克瓦德(B. Markwardt)《德国诗学史》(*Geschichte der deutschen Poetik*)第二册第七九页引文。

---

① 儒贝尔(Joubert)《思感录》(*Pensées*,一八三八)里常被称引的名句:"想像是灵魂的眼睛"(l'oeil de l'âme)(阿谛埃书店《普及经典丛书》本第二三页),比布莱丁格的这一节晚得多了。

伏佛纳尔格

(L. de Vauvenargues,一七一五——一七四七,法国)

心灵里,有三种值得注意的功能,即想像、思考与记忆。

凭形象的方式来产生对事物的观念,并借助形象来表达思想的那种禀赋(le don de concevoir les choses d'une manière figurée, et de rendre ses pensées par des images),我称之为想像。因此,想像总诉诸于人的感官;它是艺术的创造者,是精神的装饰品。

对自己的观念加以省察、检查、修改或用各种不同的方式予以组合的能力,则谓之思考。它是推理和判断的根本。

记忆储藏了想像和思考的宝贵的积聚。其功用无可置疑,不必多说。在多数情况下,推理只不过是运用记忆中的事物:我们正是在记忆中事物的基础上,构成自己的思想。记忆中的事物是一切言辞的基础和材料。倘若记忆不再供给材料,心灵便会在艰辛的摸索中萎顿塞滞。对记忆力好的人,有一种由来已久的成见,那是因为揣想他们只知容纳和整理不可胜数的回忆,对种种印象都兼收并蓄,心里多的是别人的思想,自己的却没有多少;但是实际上却有好些范例否定了这种臆测。在这里合理的结论只能是:记忆应以精神活动成适当的比例,否则,就会偏于不及或流于过度,两类弊端,必居其一。

——《人类心灵的认识》(*Connaissance de l' esprit humain*,一七四六)第一卷第二节,阿谛埃书店《普及经典丛书》本《伏佛纳尔格选集》第一一页。

伏 尔 泰

(Voltaire,一六九四——一七七八,法国)

想像是每个有感觉的人都能切身体会的一种能力,是在脑子里拟想出可以感觉到的事物的能力。这种机能与记忆有关。我们看到人、动物、花园,这些知觉便通过感官而进入头脑;记忆将它们保存起来;想像又将它们加以组合。古希腊人称文艺的女神为"记忆的女儿"①,其原因便在这里。

特别重要的是该指出,这种把观念吸取进来加以保存、予以组合的机能,属于我们所不能解释的事物之列。我们的存在中这种看不见的活动,受制于自然,而不受制于我们自己。

想像这种天赋,也许是我们借以构成观念、甚至是最抽象的观念的惟一工具。……

想像有两种:一种简单地保存对事物的印象;另一种将这些意象千变万化地排列组合。前者称为消极想像(l'imagination passive),后者称为积极想像(l'imagination active)②。消极想像比记忆超出不了多少;它是人与动物所具有的。因此,猎人与他的猎狗同样都能在梦境里追逐野物,听见号角声,猎人会发出叫

---

① 本事见赫希俄德(Hesiod)《神谱》第五六——五七行、九一五行。
② 原文虽然沿用了马勒勃朗许的名词,而涵意却和霍布斯的区别相同,所以译名不能和上面马勒勃朗许选录里一致。

喊,猎狗也会吠将起来。这时,人和狗的所为超过了回忆,因为梦幻根本不是忠实的意象。这种想像也能将对象加以组合;但是这里没有一点理性的作用,这是颠倒错乱的记忆。……

积极想像把思考、组合与记忆结合起来。它把彼此不相干的事物联系在一起,把混合在一起的事物分离开,将它们加以组合,加以修改;它看起来好像是在创造,其实它只是在整理;因为人不能自己制造观念,他只能修改观念。

因此,积极想像实际上和消极想像一样,不取决于我们自己。一个证明就是:如果你要一百个同样无知的人去想像某种新的机器,一定就会有九十九个人什么也想像不出来,即使他们费尽了脑筋也无济于事。如果剩下的那个人想像出了某种东西,那他得天独厚不是显而易见的吗?这便是我们所谓"天才",从这种天赋中我们可以看到某种灵感和神奇。

这种天赋,在艺术中,在一幅画、一首诗的结构中,就成为创造的想像。它不能脱离记忆而存在,但是,它把记忆当作一种工具,用来创造它的一切作品。

看到了有人用一根木棒掀起一块用手推不动的大石头,积极想像就能创造出各种各样的杠杆,然后还能创造出各种复合的动力机,这种机械只不过是杠杆的改装而已;必须首先在心灵里设想出机器及其效能,然后才能付诸实现。

并非如俗人所说的那样,这种想像如同记忆,也是判断力之敌。恰巧相反,它只有和深锐的判断力一道才能发挥作用;它不停地组合自己的图案,纠正自己的错误,秩序井然地建立起自己的建筑物。实用数学里也有令人惊奇的想像,阿基米德的想像至少与荷马的相等。正是凭借这种想像,诗人才创造出他的人物,赋予他们个性和激情;才构造出他的故事情节,将它铺展开来,把纠葛加紧,然后酝酿冲突的解决;这种创作活动正需要最深刻而又最细致的判断力。……

积极想像的第二种机能是对细节的想像,世人一般称之为想像。是这种想像使谈话妙趣横生;因为它不断地把人们最喜爱的东西,即新奇的事物呈现在心灵之前。冷漠的心灵所勾画不出来的,它都能描绘得栩栩如生。它运用最令人惊奇的情节;它举出各种各样的事例;如果这种才能又与对一切才能都适宜的平实自然结合在一起而表现出来,便会获得一致的推崇。人的机体是这般的奇妙,喝酒有时能使他产生想像,但喝醉了又消除想像;这是使人惭愧的,但也使人惊奇。为什么一点点使人失去核算能力的某种饮料,却能产生奇妙的想像呢?

特别是在诗里,这种对细节、对形貌的想像,应该居于统治地位;这种想像在别的地方令人喜爱,而在诗里却千万不能缺少,在荷马、维吉尔、贺拉斯的作品里,几乎全都是形象,甚至无须去特别注意。……

虽然说记忆得到滋养、经过运用,就能成为一切想像之源泉,这点记忆一旦装载过多,反倒会叫想像窒息。因此,那些脑子里装满了名词术语、年代日期的人,就没有组合种种意象所需要的资料,那些整天计算或者俗务缠身的人,其想像一般总是很贫乏的。

当想像过于热烈、过于纷乱的时候，它便堕入疯狂；但是我们已经指出，这种头脑器官的毛病，一般总是属于那种限于从事物得到深刻印象的消极想像，而那种能将种种观念加以组合的积极操作的想像里倒不常有；因为积极想像总是需要判断力，而消极想像是不依赖判断的。

> ——《哲学词典》(*Dictionnaire Philosophique*，一七六四)"想像"条，德苏伯(Th. Desoeb)书店版《伏尔泰全集》第一四卷第一二七六页起。

康 笛 雅 克

(E. de Condillac,一七一五——一七八〇,法国)

假如我们凭借思考去发现事物彼此差异的属性,那么,凭借着同样的思考(par la même réflexion),我们也可以把分散在几个事物里的属性集合在一个事物里。例如诗人就是那样拟想出一个从未存在的英雄人物。因此,这种拟想出来的观念是些形象,只在心灵里存在。产生这些形象的思考活动名为想像。

——《逻辑学》(*Logique*,一七八〇),勒儒瓦(G. Le Roy)编《康笛雅克哲学著作集》第二册第三八五页。

黎 瓦 罗

(A. de Rivarol,一七五三——一八〇一,法国)

诗人不过是个非常聪明、非常生气勃勃的野蛮人,一切观念都以形象的方式呈现在他的心目里(toutes les idées se présentent en images)①。

<blockquote>
——黎瓦罗死于一八〇一年,这是人家追记他说的一句话,见德毕杜尔(V. H. Debidour)编《黎瓦罗政治及文学著作选》第五八页。
</blockquote>

---

① 参看上面维柯选录。

康　德

（Kant，一七二四——一八〇四，德国）

　　就它的自由而说，想像力并非被联想律约束住而只能照样复制的；它能够创造和自己活动，首创出各种可能的感象，赋予以随心所欲的模样。……但是，假如说想像力既自由而又合于规律，说它有自主权，那就是一种自相矛盾的说法。只有理解力才能提供规律。

　　想像力是一个创造性的认识功能；它有本领，能从真正的自然界所呈供的素材里创造出另一个想像的自然界。……诗人企图使极乐世界、地狱界、永存、创世等等那些无迹无象的情事的理性观念变而为具形具体（Vernunftideen zu Versinnlichen）。至于死亡、嫉妒、罪恶、爱情、名誉等等那些人生经验里有例可找的情事，诗人又超越经验的限制，运用想像力使它们具有圆满完善的、自然界里无可比例的形象；这种想像和理性所提示的典范互相竞赛，看谁能达到最伟大的境界。

　　在美术里，想像是否比判断更重要呢？有想像，艺术只能算是有"才"；有了判断，艺术才能说得上是"美"。因此，在衡量一种艺术是否艺术的时候，我们首先得把判断重视为不可缺少的条件。……美术需要想像和理解、才情和鉴别力。

——《判断力批判》（一七九〇）第一
卷后记、第二卷第四九、五〇节，卡锡娄(E. Cassirer)主编《康德集》第五册第三一一页、三八九——三九一页、三九四——三九五页。

歌　德

(Goethe,一七四九——一八三二,德国)

这里[康德的哲学里]列举了感觉、理解和理性作为我们获得观念的主要功能,却忘掉了想像,因而产生了一个无可弥补的缺陷。想像是我们精神本质里的第四个主要功能:它以记忆的方式去补助感觉;它以经验的方式为理解提供世界观;它为理性观念塑造或发明了形象(bildet oder findet Gestalten zu den Vernunftideen)①,鼓舞整个人类——假若没有它,人类会沉陷在黯然无生气的状态里。想像为它的三个姊妹功能这样效劳,同时它也被它的那些亲戚引进了真理和真实的领域。感觉给它以刻画清楚的、确定的形象;理解对它的创造力加以节制;理性使它获得完全保障,在思想观念上立下基础而不致成为梦境幻象的游戏。想像超出感觉之上而又为感觉所吸引。但是想像一发觉向上还有理性,就牢牢地依贴着这个最高领导者。……透入一切的、妆饰一切的想像不断地愈吸收感觉里的养料,就愈有吸引力;它愈和理性结合,就愈高贵。到了极境,就出现了真正的诗,也就是

---

① 参看上面康德选录里词意类似的说法。这些以及下面谢林选录里所谓"理智的形象"都足以表示黑格尔《美学》里"理念的感性体现"那个有名的主张只是当时德国流行的意见。事实上,维柯的"以形象的普遍概念"早已说明了那个意思。

真正的哲学。

> ——《致玛丽亚·包洛芙娜(Maria Paulowna)公爵夫人书》(一八一七),译自季尔诺斯(W. Girnus)编《歌德论文艺》(*Goethe über Kunst und Literatur*)第一五三——一五五页。

想像力只受艺术——尤其是诗——的节制。有想像力而没有鉴别力是世上最可怕的事。

诗指示出自然界的各种秘密,企图用形象(durchs Bild)来解决它们;哲学指示出理性的各种秘密,企图用文字来解决它们。

> ——《慧语集》(*Spruchweisheit in Vers und Prosa*),神寺(Der Tempel)出版社版《歌德集》第三册第三七一——三七二页、四四八页。

谢　林

（F. W. J. Schelling，一七七五——一八五四，德国）

绝对不自觉的和非客观的活动只有在想像力的美学活动里才能获得反映。……一切哲学都是创造性的。哲学和诗同样依赖心灵的创造力，所不同者只是创造力的方向彼此各异而已。

[自觉的和不自觉的]这两种彼此矛盾的活动的无限分裂是哲学的出发点。但是，这个分裂也正是创造一切美的事物的基础，在每一个艺术表现里，这个分裂会获得完全解决。哲学家说，有一种奇妙的功能，把一个无限度的矛盾在创造性的形象里解决。这是什么功能呢？我们至今未能把这个机能解释得十分明白，因为只有在艺术才能里它才完全显露出来。凭借了这个创造性的功能，艺术能作一桩不可能的事：在一个有限度的作品里去解决一个无限度的矛盾。这个创造性的功能正是诗才。诗才的最初力量是原始的形象观感；反过来说，要能以最高力量去重新构成创造性的形象，那才成为我们所谓诗才。在两方面活动的同一功能、使我们思考矛盾的事物而把它们把握在一起的唯一功能就是——想像力。

——《超经验的唯心论大系》(*System des transzendentalen Idealismus*，一八〇〇)引言第四节、第六部第三节，韦司(O. Weiss)编《谢林选集》

第二册第二五页、三〇〇页。

把想像和幻想对比之下,我认为:幻想吸收了艺术成品而加工制造;想像能作具体表现,相应地使艺术品具有在外物世界出现的形象,把它们从本身发射出去。两者之间的关系正像理性和理智的形象观感之间的关系。观念是在理性里而且由理性所提供的素材构成的,而理智的形象观感能在内心世界里表现具体事物。在艺术里,这种理智的形象(die intellektuelle Anschauung)就是想像。

——《艺术哲学》(*Philosophie der Kunst*,一八〇二年初次讲、一八五九年出版)第二部第三一节附说,同前版本第三册第四三页。

让·保罗

（Jean Paul，一七六三——一八二五，德国）

幻想之于想像，有如散文之于诗歌。幻想不过是一种力量增强的、色泽明朗的回忆；畜类在做梦和自惊自扰的时候，也会幻想。幻想所产生的形象只仿佛现实世界里的纷纷落叶飘聚在一起；发高烧、神经病、酒醉都能使那些幻象长得结结实实、肥肥胖胖，凝固成为形体，走出内心世界而进入外物世界。

想像却高出于此。它是心性里无所不在的灵魂，是其他心理功能的基本精髓。因此，伟大的想像力可以向其他某一功能（譬如妙语、巧思等）流通、输送，但是没有其他功能可以扩充而成为想像力。……其他功能和经验只能从大自然的书册里撕下片楮零叶，而想像力能使一切片段的事物变为完全的整体，使缺陷世界变为圆满世界；它能使一切事物都完整化，甚至也使无限的、无所不包的宇宙变得完整。……想像能使理智里的绝对和无限的观念比较亲切地、形象地向生命有限的人类呈现。……就在日常生活里，想像也施展了它的增饰渲染的本领。他对老远的过去生涯放射着光芒，就像雷雨过后挂着长虹，颜色灿烂、境地恬静，使我们可望而不可即。它是主管恋爱的女神，是主管青春的女神。

——《美学入门》（*Vorschule der Aesthetik*，一八〇四）第六至七节，密勒（N. Miller）编《让·保罗集》第五册第四七——四九页。

柯 尔 立 治

(Coleridge,一七七二———一八三四,英国)

我把人的功能分列在不同的感觉和能力下面:例如,视觉、听觉、触觉等;摹仿的能力(自主的和不自主的);想像力,或造成形象和改造形象的能力;幻想力,或拼合和联系的能力;理解力,或约束、证实和体会的能力;思辨的理性,一称创造理论和科学的能力(vis theoretica et scientifica),或我们凭先验的①原则,使一切知识具有统一性、必然性和普通性的能力;意志,或实践的理性;选择的功能和意志的感觉力(这和道德的意志和选择不同);……

我把想像分作第一性和第二性的两种。第一性的想像是一切人类知觉的活功能和原动力,是无限的"我的存在"(I am)②中永恒创造活动在有限的心灵③ 里的重演。第二性的想像是第一性想像的回声,它和自觉的意志并存,它的功用和第一性想像的功用性质相同,但程度和起作用的方式有异。它溶化、分解、分散,于是重新创造。如果这一步办不到,它还是不顾一切,

---

① "先验的"(a priori)这个名词通常被人误解。"先验的知识"并不是说未有经验,先有知识;只是说:我们由经验得到知识之后,知道这一点知识早已存在,否则无从经验到。我必须从经验中得知自己有眼睛,但我的理智向我证实:我必是先已有了眼睛,方能有此经验。——作者原注(节译)

② 指上帝。

③ 指人类。

致力于理想化和统一化。它根本是有活力的,尽管它的对象的事物(作为事物而论)根本都是凝固的、死的。

幻想却相反。它只是搬弄些死的、固定的东西。幻想其实无非就是从时间和空间的秩序里解放出来的一种记忆。我们的意志在实践里的表现,我们称为选择。幻想和选择交和在一起,也受到选择的修改。不过幻想和普通的记忆一样,都只能从联想的规律所产生的现成资料里获取素材。……

假如能从外界制定规律,诗就不成其为诗,而堕落为机械性的技巧了。那就是依式成形(morphosis),不是匠心自运(poiesis)。生长和生产的能力本身里就具有想像的规律。

——《文学生涯》(*Biographia Literaria*,一八一七)第一二章、一三章、一八章,萧克罗斯(J. Shawcross)编本第一册第一九三——一九四页、二〇二页、第二册第六五页。

莱欧巴迪

(G. Leopardi,一七九八——一八三七,意大利)

创造力是想像力里一个通常的、主要的、特具的属性和部分。大哲学家和重要真理的伟大发现者都全靠这个功能。我们可以说,荷马和但丁的诗歌、牛顿的数学原理和自然哲学出自同一源泉、同一才能,只是这个才能使用在不同的方面,受不同的环境和习惯的影响和支配而已[①]。在大自然里,人心机构的体系和安排是最简单不过的,模型、花样以及组合的元素都没有多少,然而产生的成果却多得数不清,又因环境、习惯和偶然的机缘而千变万化。我们于是大大增加了人心体系里的成分、部分和动力的数目,区别和分剖出许多功能和元素,愈分愈繁。事实上,这些功能和元素是统一而不可分割的,尽管它们产生,也永远能产生不仅新鲜的、不同的而且完全相反的成果。所以,想像就是理智的源泉,也就是温情、热情和诗的源泉。……想像和理智是二而一的。通过习惯、环境和天生的气质,理智学会所谓想

---

① 参看上面谢林选录;二十世纪著作里最早系统地申说这个论点的是李博(T. Ribot)的《创造性的想像力论》(*Essai sur l' Imagination Créatrice*,一九〇〇)。牛顿若不从事科学研究而从事文学创作,是否可以成为大诗人? ——这是十八世纪以来常有人讨论的问题,莱欧巴迪的意见和约翰生的相同,而和康德以及柯尔立治的相反。参看约翰生《诗人列传》,希尔(G. B. Hill)编本第五册第三五页;《判断力批判》第四七节,前引版本第三八四页;柯尔立治《书信集》,格立格士(E. L. Griggs)编本第二册第七〇九页。

像;它也同样地学会所谓思考。

——一八二一年十一月二十日笔记,弗洛拉(F. Flora)编莱欧巴迪《随笔》(*Zibaldone di pensieri*)第一册第一三一〇——一三一一页。

波德莱亚

(C. Baudelaire,一八二一——一八六七,法国)

这个"一切功能中的皇后"真是个神秘的功能！它牵涉到其他一切功能；它刺激了它们，使它们互相斗争。有时候，它和其他的功能非常相像，几乎无从分辨，可是它始终保持着自己的特色。……

它是分析，它是综合，但是善于剖析并且颇能归结的人很可能缺乏想像力。它是这些功能，又不纯然是这些功能。它是感受力，但是人感受很灵敏，或许过度地灵敏，却并没有想像力。人对于颜色、轮廓、声音、香味会有精神上的感觉，就因为受了想像的指示。它在开天辟地的时候创造了比喻和隐喻。它分解了整个宇宙，然后用积聚和整理的材料，按照只有在它灵魂深处才找得到的规律，重新创造一个世界，产生出新鲜的感觉。它既然创造了世界(我相信即使在宗教的意义上也可以这么说)，按理就应该做个世界的主宰。一个战士如果没有想像力，就成了个什么样的战士呢？他可以是个良好的士兵，不过如要叫他指挥军队就打不了胜仗。造就好比一个诗人或小说家不以想像力为主导，而譬如说，以熟悉文字、观察事物为主导。一个外交家如果没有想像力，就成了什么样的外交家呢？他对于过去历史上的条约和联盟可以很熟悉，而对于将来的条约和联盟就无从设想。一个学者如果没有想像力呢？他对于传授给他的东西都可以学到,但是对于还未发现的规律就摸索不到。想像是真实的皇后,"可能的事"也属于真实的领域。想像确实和无限性有紧密的关系。

如果没有想像,一切功能不论多么坚强,多么敏锐,都是枉然的。可是次要的功能如果软弱,在强烈的想像力的刺激下,这缺陷也就无关紧要。任何功能都缺少不了想像,而想像却可以弥补任何功能的不足。往往某一种功能要用许多不适合于事物的方法连连探索试验,才会有所收获,而想像力却能够简捷了当地猜度出来。……

我把以上种种了不起的优越性归之于想像力,我不想侮辱读者再加解释,不过有一点必须说明。好的想像力要储藏着大量的观察成果,才算有了最好的帮手,也就最有力量,在和理想竞争时最能逞强取胜。

——《一八五九年画展》(*Salon de 1859*)第三节,《七星丛书》本《波德莱亚全集》第七七三——七七四页。

在浪漫主义的混乱年代,也就是热情泛滥的年代,有一句时常引用的套话:"从心里出来的诗"(La poésie du cœur)。这就是把全权交给热情,认为热情是万无一失的。这一个美学上的错误替法国文学造成了多少胡说和诡辩啊!心里有热情,心里有忠诚,也有罪恶,只有想像里才有诗。……

心的敏感对于作诗并不完全有利,有时候非常敏感的心对作诗也许还会有害。想像的敏感却是另一种性质。它会迅速地、主动地选择、判断、比较,避免这一点,寻求那一点。这种敏感就是通常所谓"鉴别力"(Goût);在诗里我们避丑恶而求美善的能力就是从"鉴别力"那里来的。

  ——《论郭悌逸》(*Théophile Gautier*,一八五九)第三节,同前版本第一〇三二——一〇三三页。

二、西欧及美国现代部分

前 言

形象思维作为文艺创作的固有规律,在西方古典文论中,从亚里士多德以来就有所论述,如我们在本资料的第一部分所看到的。虽然在用词的含义上不完全一致,但多数作家,特别在进入十九世纪浪漫主义时期以后,都强调想像在创作中的支配作用,实际上就是肯定了形象思维。

自二十世纪以来,随着心理学作为一门独立科学的发展,想像也作为心理活动的一个独立部门得到专门的研究和详尽的论述,这种论述有时还借助实验的成果而表达得十分科学、严谨。但是,正如本世纪初的法国学者李博所感叹的,这种论述往往集中于研讨被动的、复现的想像,而极少论及那种对众多具体意象进行组合、加工从而创造出一个新的整体的"创造性想像"。李博本人的《论创造性想像》一书的出版第一次填补了心理学科学的这个空白,其中论述了创造性想像这种特殊心理活动的各个方面——它的能动性,它的理智的、感情的、下意识的诸因素,它由低级到高级的发展,它的发展规律和它的不同类型等等。古典作家提出的命题,如维柯关于拟人化的提示,也在李博笔下有详尽的发挥。李博还特别论述了感情在文艺创作中的作用——感情因素作为创作的原动力和感情状态作为创作材料的双重作用,这些都是古典作家在关于想像的理论中未能充分说及的。

关于理性概念在想像中的作用,亦即形象思维与逻辑思维的区别与联系问题是形象思维理论中的一个重要方面。古典作家不是像早期的巴斯楷尔那样贬低想像,就是把理性、概念与想像对立起来,把想像膨胀为一种神秘的、超然的东西,而竭力贬低理性因素,如维柯说"推力愈薄弱,想像力就越雄厚"。现代西方美学的重要代表克罗齐接受了维柯的影响,继承了康德、黑格尔主观唯心主义的观念,把"形象认识"和直觉在文艺创作中的作用提到绝对的地位,提出"形象认识"可以脱离对象成为对"可能存在事物的想像",而文艺创作相应地能使这种脱离对象的想像获得"客观存在";这就在理论上为唯我主义的、"为艺术而艺术"的文艺观开了方便之门。但是克罗齐在理论上肯定了形象认识,澄清了过去美学流派中关于形象思维与抽象思维的混淆,对形象认识的特点做了富有启发性的论述,丰富了西方美学的思想园地。

弗洛伊德在他的心理分析学说的庞大体系中也涉及了创作过程的形象认识问题。他把形象认识不仅从理性而且从"清醒状态"中排除出去;完全驱赶入梦的境界,照他说来,正是这类的想像把人们"内心的生活"塑造为"外界的形象"即创作过程。这样,他把形象认识驱入梦境导致他强调艺术的"白昼梦"的性质,要求描写下意识、包括下意识的性心理,这对西方意识流小说乃至整个西方现代派文学的发展都有很大的影响。威尔赖特属于所谓的神话仪式学派,把文艺看作集体潜意识的象征,也可以算是心理分析学派的一个支流。《燃烧的源泉》一书的特点在于从象征语言的角度阐明神话是认识世界的一种方式。这里选择的一节提出了想像力在"认识外界和营造外界"时的四种形式,即论述了想像力与对象的关系。

美国的约翰·杜威继承了威廉·詹姆士的实用主义,发展为当代的工具主义;他在自己的体系中主观唯心地把概念看作是整顿和条理化客观世界的工具。这里选译的《艺术即经验》一书的一节强调了想像在一切有意识的经验里的作用。

此外,这里选译的法国存在主义哲学家让·保罗·萨特《想像的事物》一书的片断,就想像、追忆、意识、存在的区别与联系做了细致的论述。

李　博

(Th. Ribot, 一八三九——一九一六, 法国)

　　如果从理智方面来看想像,就是说,如果考虑到想像的要素是从认识那里借来的,那末,想像便有两种基本的活动方式:其一是消极的、预备性的,即分解(dissociation);其二是积极的、建设性的,即结合(association)。

　　分解即是古代心理学家所指的抽象化,他们充分认识到它对我们研究的题目所具有的重要意义。尽管如此,我还是宁可用"分解"一词,因为它的意义更广泛。分解标明一个种类,而抽象化只不过是其中的一类。分解是自发的活动,性质更为彻底。抽象化严格说来只作用于孤立的思想状态,分解却另外还作用于一系列的思想状态,把它切细、捣碎、融化,并通过这种准备工作,使之宜于进入新的组合。

　　知觉是一种综合活动,正因为它是一种复杂的状态,分解(或抽象)即以胚胎形式存在于知觉之中。每个人按照自己的秉性和当时的印象而以各不相同的方式去知觉。画家、猎人、商贩或者对这匹马没有兴趣的人,对于同一匹马不会以相同的方式去观看,此一人所感兴趣的特征,另一人却会完全忽视。

…………

　　思想秩序中创造性的想像里,根本的、基础的要素,就是以类比来进行思维(Penser par analogie)的功能,换句话说,就是借事物之间的、亦往往是偶然的相似关系来进行思维。我们这里所说的类比，即是指相似的一种不完整的形式，因为，相似是一个种类，而类比是其中的一种。……

类比——这种不稳定的、波动的、式样繁复的方法——能造成一些最意想不到的、最新颖的组合。凭着几乎无限的弹性，它同样可以产生荒谬的比拟和很独特的创造。

谈到了以类比进行的思维方式之后，让我们再来看看这种思维为了创造而采取的方法。表面看来，问题颇为紊乱复杂。类比的例子非常多，各不相同，全凭主观，以至在创造的工作中简直无法找到任何规律性。尽管如此，还是可以归纳为两种主要的类型或方式，一种是拟人化，一种是转变或变化。

拟人化是原始的方法：它是彻底的，它的性质永远不变，但是它的应用是暂时的，从我们自己推而至于其他的东西。它赋予万物以生命，它假定有生命的甚至无生命的一切，都具有和我们相似的要求、激情和愿望，并且这些感情就像在我们身上一样，也都为着某种目的而活动着。拟人化这种精神状态对于成年的文明人是不可理解的，但是人们又必须承认它，因为有无数的事实都证明它的存在。恕我以下不再举例说明。这些事实尽人皆知，它们充斥在人类学者、原始地区旅行者和神话学者的著作中。此外，我们大家在生命开始的时候，在幼年，都不可避免地经历过以为万物皆有灵的阶段。儿童心理学的著作里，很多这方面的论述，使人对此不能再有什么怀疑；儿童赋予万物以生命，他愈有想像力，就愈加如此。然而，这种情况，在文明人身上不过暂时发生,而在原始人身上,则固定下来,经常发生作用。这种拟人化的方法,是无穷无尽的源泉,从中迸发出大多数的神话、大堆的迷信和大量的文艺创作;总之,即"人通过类比"而创造出来的一切。

转变或变化是一种普遍的、永久的、形式多样的方法,它不是从思维着的主体推移到对象,而是从一个对象到另一个对象,由一物到另一物。它的作用在于通过部分的相似而形成转变。这一作用有赖于两个基础。有时它依靠知觉所提供的不确切的相似:例如云变成山,山变成怪异的动物,风声变成哀怨之声等等。有时则是感情的相似占主导:知觉中的事物激发起某种感情,转而成为这种感情的标记、象征或可塑之形象:如雄狮代表勇敢、猫代表狡猾、丝桐代表悲哀等等。无疑这一切都是谬误的、主观臆造的,然而想像的作用就在于创造而不在于认识。谁都知道,这个方法创造了比喻、寓言和象征;但是人们切不要以为这一切只是艺术领域或语言发展的领域中才有。这种情况每时每刻都在实际生活中、在机械、工业商业和科学的发明中出现。

所比较的事物之间,存在着各种比例不同的相似和差异。类比既然如前所述,是相似的一种不完整的形式,那末,我们要指出,它当然也就包括着各种不同程度的相似或差异。最低程度的情况,是借模糊、荒诞的相似来比拟,而最高程度的情况,则是类比接近于精确的相似,这也就是接近严格意义上的认识了。譬如在机械和科学发明中便是如此。由此可见,想像常常代替理性,或者如歌德所说的那样,成为"理性的先驱",就毫不足怪了。在创造性的想像和理性的探讨之间,有着性质上的相同之处:两者都具有抓住相似之处的功能。另一方面,精确的方法为主导或模糊的方法为主导,从根本上把"思想家"和"想像家"区别了开来。……

1. 创造性想像的所有一切形式,都包含感情因素。

这个论断,为一些权威的心理学家所不同意,他们认为:"用文艺的形式来表达的想像里有感情的成分;用机械的和知识的形式来表达的想像里没有感情的成分。"这肯定是一种谬误,其原因在于把两种不同的情形混淆起来了,或者是没有加以正确的分析。非文艺性的创造里,感情运动的作用是简单的;如果是文艺性的创造,感情因素的作用则是双重的。

让我们先来看看形式最普通的创造。在这里,感情因素是原始的、初发的;这是因为一切创造总要以某种需要、某种愿望、某种用心、某种没有满足的冲动、甚至常常以某种痛苦的孕育为它的前提。这里的感情因素至多是同时并存的,也就是说,不论表现为愉快或为痛苦,为希望、为烦恼、为愤怒等等,它总伴随着创造的每个阶段或整个发展过程。创造者全凭偶然,会尝受激昂兴奋和灰心沮丧的种种滋味;会一时感受到失败的打击,一时尝到成功的欢乐,最后又得到从艰难的孕育中解放出来的满足。我不相信人们可以在"抽象地"、不带任何感情成分的情况下进行创造,因为人类的本性不容许这种奇迹。

现在,让我们来看看艺术性的创造(以及与此相近的一些创造形式)的特殊情况。在这里,我们可以看到最初还是感情因素作为原动力,然后感情因素又配合着创造的不同阶段。但是,除此以外,这些感情状态,还要成为创造的材料。诗人、小说家、剧作家、音乐家,甚至雕刻家和画家,都能感受到自己所创造的人物的情感和欲望,和所创造的人物完全融合为一,这是一个众所周知的事实,几乎也是一条规律了。因此,在这第二种情形中,有两道感情之流:一道构成激情,这是艺术的材料;另一道则激起创造的热情,随着创造而发展。

我们以上所区分的这两种情况之间的不同,正在于此,也仅仅在于此。文艺性的创造有它特有的感情材料,丝毫也不影响一般创造的心理结构。其他形式的想像中没有它,并不妨碍感情成分随时随处存在于其他想像中的必然性。

2. 一切感情的气质,不论它们怎样,都能影响创造性的想像。

在这个论断上,我也遇到了反对者,特别是奥尔采特－尼文(Olzelt－Newin),他在他简明而充实的论想像的专著①中,把感情划分为两大类,一类是强旺或激发的,一类是虚弱或压抑的。他认为只有第一类感情能够影响创造,唯有它才有这个优点;但是,即使作者的论述只限于文艺的想像而言,他这个论点也是难以成立的,因为事实与此完全相反,而且,显而易见,所有一切形

---

① 《论想像所呈现的观念》(*Ueber Phantasievorstellungen*),一八八九年,格拉茨,第四八页。

式的感情,都是发动创造的因素,没有任何例外。

谁也不会否认,恐惧是虚弱感情的典型。但是,难道不正是由于恐惧,才产生出种种的幻影、无数的迷信以及那些完全是非理性的、想入非非的宗教习惯?

愤怒的感情,一旦发展得狂暴、激烈,就成为一种破坏性的力量,这一点似乎否定了我的论点;但是,风暴往往持续不久,等风暴过去,取而代之的,便是一些缓和的理性化的形式,它们是原来愤怒之情的种种不同的状态,由激烈而缓和,其中包括企羡、嫉妒、敌视以及预谋的报复等等。这些精神状态,不就产生了很多阴谋诡计、各种的创造吗?即使以文艺性的创造而言,难道还须再引述古人所说的"用愤怒写诗"吗?

欢乐之情富于创造力,那是无须证明的。至于爱情,大家都知道它的作用在于要创造一个想像的意中人,来代替那个真实的爱情对象;而当激情消失之后,幻想破灭的情人就发现自己面对着赤裸裸的现实。

忧愁按理属于压抑的感情之列,但是,它对创造的影响,和任何其他感情的影响是等量齐观的。大家不是都知道,忧郁,甚至深沉的痛苦,曾使诗人、音乐家、画家、雕刻家产生最美好的灵感吗?不是还有一种艺术公然而且故意地悲观厌世吗?而且这种影响并不仅仅限于文艺创造:有人敢肯定害忧郁的以及迫害狂的人是没有想像的吗?他们病态的感情正是他们那些奇思异想层出不穷的根源。

总之,人们称为"自我意识"(self-feeling)的这种复杂的感情,最后可以归结为两点:其一是因肯定自我力量以及因感到这种力量的发扬而来的愉快,其二是因自我力量遭到阻碍、受到削弱而产生的苦恼,正是这种复杂的感情直接把我们导向作为创造之基本条件的动因。首先,在这种个人感情中,有一种自己成为动因、也就是说因成为创造者而来的愉快;而一切创造者对于非创造者都有一种优越感。不论他的创造多么微不足道,也使他觉得自己高于那些一无发现的人。虽然人们说不求功利是文艺创造特有的标志,简直说的令人厌烦了,但应该承认,如格罗斯正确地指出的那样①,艺术家不仅仅是为了创造的愉快去从事创造,而是为了超过其他的才智之士去进行创造的。创造是"自我意识"的自然而然的演绎,而伴随着创造而来的愉快,是胜利的愉快。

——《论创造性的想像》(*Essai sur l' Imagination Créatrice*)第一、二章,一九二六年,第十三至三〇页。作者李博系法国哲学家,心理学家。一八七六年创办《哲学杂志》,一八八五至一八八九年间先后任巴黎大学,法兰西公学教授,所著除《论创造性的想像》外,尚有《感情心理学》(一八九六)和《感情逻辑学》(一九〇五)等。

---

① 格罗斯(Groos):《动物的游戏》(*Die Spiele der Tiere*),一八九六年,耶纳,第二九四——三〇一页,有对于这个问题的很好的讨论。

弗洛伊德

(Sig. Freud, 一八五六——一九三九,奥地利)

按照许来马赫(F. Schleiermacher)的说法(《心理学》,一八六二,第三五一页),清醒状态的特征,就是思想活动用概念而不用形象。那么,梦主要是用形象来思维(denkt der Traum hauptsächlich im Bildem)①;当睡眠临近的时候,就可以观察到,随意的活动变得愈来愈困难,而不随意的观念纷纷出现,那些观念都属于形象一类。梦的两个特性是:1.不再能进行我们自觉有意的观念活动;2.与这种散漫的心理状态往往联在一起的形象的浮现;对梦所作的心理分析迫使我们把它们当作梦生活的主要特征来认识。

在梦中,人主要地是用视觉的形象来思维——但是也并非毫无例外。在梦中人也利用听觉的形象,而且,在更小的程度上,也利用那些属于其他感官的印象。许多事物也仅仅作为思想或观念而发生在梦中(正像它们正常地发生在清醒的生活中一样)——也许,也就是说,是作为言语表现的残余而出现的。……

观念的变为幻觉并不是梦不同于清醒生活中的相应思想的唯一方面。梦还用这些形象构成一种**情境**,表现出一件正在发

---

① 弗洛伊德的大弟子朗克阐述说:"在梦里,思想变化而为形象",见所著《艺术家》(*Der Künstler*)第三版,一九一八年,第九页。

生的事情，有如司壁达（W. Spitta）所说（《人类心灵睡眠和作梦时的情况》，一八八二，第一册第一四五页），梦把一个观念"戏剧化"了。但是，要完全理解梦的这个特征，我们得进一步认识下列的事实：在梦中———一般地说，因为有些例外情况需要特殊的观察——我们似乎不是在**思想**而是**经历**，换句话说，我们完全把那些幻觉信以为真。到我们醒来，判断力才告诉我们，我们并没有经历什么，而只是用一种特殊的方法思想过，或者说，作过梦。就是这一特征使真的梦区别于白天的梦想，白天的梦想是绝不会与现实混淆的。……

休纳（A. K. Scherner）指出（《梦的生活》，一八六一），在梦里自我的集中核心——自发能力——被剥夺了神经的力量，这种分散的结果影响了认识、感觉、意志和思维等各种过程，使这些心灵的功能的残余不再具有真正的心理特征而变成仅仅是机械结构。反之，那种可以称之为"想像"（phantasie）的心理活动，由理智的支配和任何缓和的控制中解放出来，一跃而占有无限权威的地位。虽然梦里的想像利用醒时的最后记忆作为它的建筑材料，但是它用它们建成的东西，与清醒的生活中的那些东西没有任何相似之处；它出现在梦中不仅具有复制的能力，而且具有**新创**的能力。它的特征就是它所给予梦的那些特殊的特性。它喜欢那些无节制的、夸张的和可怕的东西。但是，同时，由于摆脱了思想的范畴的障碍，它就更为柔顺、灵活、善于变化。它对于柔情的细微差别和热烈的感情有极为敏锐的感应，而且迅速地把我们内心的生活塑造为外界的形象（äussere plastische Anschaulichkeit)。梦里的想像是缺乏概念的语言(Begriffssprache)的;它要说的话必须用形象表达出来。……

当我们沉睡时,"不随意的观念"浮现出来。这是由于某一种影响我们清醒时的观念的趋势的有意的(无疑地也是有批判力的)活动松弛了(我们经常认为这种松弛是"疲倦"的结果)。当这些无意的观念浮现时,它们就变成视觉的和听觉的形象(参看前面许来马赫的意见)。……

对那些似乎是自由出现的观念采取必要的心理态度,而且抛弃那种正常地起着反对它们的作用的批判的功能,这对某些人来说似乎是很难办到的。"不随意的思想"容易解除那种设法阻止它们浮现的最猛烈的抵抗力。如果我们能相信那位伟大的诗人兼哲学家弗利德利希·席勒的话,诗的创作必然要求一种确实与此相似的态度。在他一七八八年十二月一日写给柯纳(Körner)的信中有一段,我们感谢朗克(Otto Rank)把它发掘出来。他的朋友怨恨自己写不出东西,席勒回答说:"你抱怨的原因,在我看,似乎是在于你的理智给你的想像加上了拘束。我要用一个比喻把我的意思说得更具体些。当观念涌进来时,如果理智仿佛就在门口给予他们太严密的检查,这似乎是一种坏事,而且对心灵的创作活动是有害的。孤立地看,一个思想可能显得非常琐细或非常荒诞;但是它可能由于它所引进的思想变得重要,而且与其他看来也很离奇的思想连接起来,可能结果会形成一种最有效的连锁。理智对这一切不可能下判断,除非它把那个思想保留下来直到足以把它和其他思想联系起来观察。反之,凡是创造性心灵所在之地,理智——依我看来——放松了它在门口的监督,观念就乱七八糟地冲入,只有在这时候,它才能把它们整个集团来审看和检查。你们这些批评家,或者,不论你们自称为什么,对一切真正创造性心灵中所存在的这种顷刻的、暂时的神志纷乱现象感到羞耻、感到害怕,这种神志纷乱的时间的长或短,就是有精心的艺术家和作梦的人的区别。你抱怨你的创作没有结果,这是因为你剔除得太早,你辨别得太严。"

——《释梦》(*Die Traumdeutung*)第一、二章,六版(一九二一)第三四至三五页、第五八页、第七一至七二页。作者弗洛伊德是奥地利精神病医师,弗洛伊德主义和精神分析学的创始人。一八七三年开始在维也纳学医,一八八五年到巴黎听法国精神病医师夏戈讲学,接受了他关于精神病是一种无器官性病变的心理病症的观点。后来他试验用暗示催眠术治疗癔病患者,并逐步创立了精神分析学,在西方引起重大的影响。所著除《释梦》外,尚有《精神分析学概论》(一九一六)、《我与它》(一九二三)和《幻想中的未来》(一九二七)等。

克 罗 齐

(B.Croce,一八六六——一九五二,意大利)

认识有两种方式:形象认识(conoscenza intuitiva)①或逻辑认识,来自想像(fantasia)的认识②或来自理智(intelletto)的认识,对个体的认识或对共相的认识,对个别事物的认识或对事物间关系的认识———一句话,产生形象(immagini)的认识或产生概念的认识。……

自古以来有一门关于理智的认识的学问,大家公认它而毫无异议,那就是逻辑学。但是只有很少人支吾畏缩地承认形象认识也能成为一门学问。逻辑认识仿佛寓言里那头狮子,把该和大伙分享的东西整个儿都霸占了③;它虽然没有咬死了同伙吞下肚去,却只肯让它充当门房或婢女之类的卑微配角。大家以为,离开了理智认识的指导,形象认识哪里行呢?仆人没有主

---

① 参看第一部分前言里关于 intuizione 一名词的两个意义。克罗齐自己为避免混淆起见,主张分别用两个字:intuizione(形象观感)和 intúito(直觉),见所著《逻辑学》(Logica)第二版,第八九页。

② 克罗齐在《美学简论》(Aesthetica in nuce)里申明他用 fantasia 指创造的想像,而用 immaginazione 指游戏的幻想,见他的自选集《哲学、诗学、史学》(Filosofia. Poesia. Storia),第一九八页。

③ 《伊索寓言》里讲狮子和驴子等一同打猎,到平分猎物的时候,自己独占全份。

子是不行的。虽然主子用得着仆人,而仆人少不了主子,因为他依靠主子才能生活。形象观感是盲目的,非借用理智的眼睛不可。

我们该牢牢记住的第一点是:形象认识不需要主子,不需要依靠任何人。形象认识自己的眼睛很好,不必借旁人的光。当然,和形象掺合在一起的概念是找得到的。但是,也有许多形象观感,一点不掺合什么成分;这证明概念和形象的掺合不是必需的。一幅绘画里的月夜的景色、一张地图上的某一地方的轮廓、一个柔和动人的音乐主题、一首如嗟如叹的抒情小诗的词句,还有我们平时发问、命令和悲悼所用的语言,这种种都是丝毫没有理智联系的形象感觉。不管我们对这些事例怎样看法,尽管我们承认文明人的大部分形象观感里都渗透了概念的成分,还有更重要、更决定性的一点应该指出。假如概念真和形象掺合或混一了,那末它们就不再能算是概念,它们丧失了独立自主。它们一度曾是概念,而现在变为形象的组成部分。例如悲剧和喜剧里的角色常常讲些富于哲理的格言,但是这种哲理在剧本里所起的不是抽象概念的作用而是具体表现出某一角色的性格的作用;正像一幅画像里人物脸上的红颜色并不等于物理学家所讲的颜色,而是画中人的特征。事物的组成部分的性质应该取决于事物的全体。一部文艺作品里可能充满了哲学概念,它也可能比一篇哲学论文包含着更丰富、更深奥的哲学概念;同样,一篇哲学论文里很可能充满了以至洋溢着形象和对事物的描摹刻划。虽然如此,文艺作品的整个效果仍然是形象,而哲学论文的整个效果仍然是概念。《未婚夫妻》①里有许多关于道德的议论和分析，但并不因此而丧失它的整个特性——单纯的故事和形象。有些哲学家例如叔本华的著作里随处都是故事和嘲讽，却并不因此而改变了它们的特性——理智性的论文。科学或理智成品和文艺或形象成品的差别在于作者所追求的整个效果。整个效果决定和指导作品的各个部分，我们不应该把各个部分孤立、抽象地考虑。……

一般人常把形象观感了解为感觉，了解为对当前真实事物的认识、对一件认为实在的东西的知觉。当然，感觉也是形象观感。我感觉到自己此刻写作所在的屋子、当前的墨水瓶和纸张、手里的笔、接触和使用为我身体的工具的各样事物（我身体是真实存在的，因为它在动笔）：这些感觉都是形象。然而我脑子里此刻还有我在另一个城市、另一个屋子里用另一种纸、笔、墨水写作的形象，那也是形象观感。这表示就形象观感的性质而论，事物的真实存在与否是次要的、非根本的区别。假如我们设想一个人第一次心里发生形象，那些形象只可能是当前事物的形象，换句话说，只可能是对真实事物的感觉。但是，真实事物的认识必须以真实形象和虚幻形象的辨别为基础；一个人初次心里有形象的时候还不会辨别真幻，所以他有的只是纯粹的形象，不是感觉，因为对他说来，无所谓真实或虚幻。对他说来，一切

---

① 《未婚夫妻》(*I Promessi Sposi*，一八二五——一八二七)，意大利诗人孟佐尼所作的长篇小说。

都真,也就是一切都幻。小孩子很难分清真实和虚假、实事和寓言,觉得彼此都是一样;小孩子的心理可以使我们约略模糊地了解那种原始的心理状态。形象观感就是对真实存在事物的感觉和对可能存在事物的想像二者的无区别的混合。在形象观感时,我们不把自己作为经验的主体而和外界事物对立,我们只使我们的印象——不论什么印象——获得客观存在。

——《美学》(*Estetica*,一九〇二)一章,十版(一九五八)第三至六页。作者克罗齐系意大利哲学家、文学评论家、历史学家。毕业于罗马大学。一九〇三年创办《评论》杂志。曾任参议员(一九〇一)、教育部长(一九二〇——一九二一)等职。二次大战期间积极参加反对墨索里尼法西斯政权的运动。一九四七年当选为自由党领袖、制宪议会代表,同年,在那不勒斯创建意大利历史研究院。著作涉及历史、文学史、哲学等方面,共八十余部。其中有《美学》(一九〇二)、《逻辑学》(一九〇九)、《实践的哲学》(一九〇九)和《美学原理》(一九一三)等。

杜　威

（J. Dewey，一八五九——一九五二，美国）

艺术家把他们直接经验到的东西的性质作为题材。运用理智去探讨的人和这些性质间隔一层,须要通过记号;记号象征这些性质,但这些性质如果当前呈现,记号就没有意义了。这两种人在思想方法和感情上有很大的根本区别,但同样都依靠具有感情的思想和下意识里的酝酿。直接用颜色、声调、形象来思维和用文字来思维在技巧上是不同的方法。但如果因为图画和交响乐不能变为文字,或者诗歌不能变为散文,而把思想看作文字或散文所独霸的东西,那就是迷信了。假如文字能充分表达一切意义,就不会有绘画和音乐的艺术。有些价值、有些意义的确只能用当前看得见、听得到的属性来表达。如果要追问:不能用语言表达的意义究竟是什么意义,那就是否认这种意义的特殊存在。……

雕塑家不单单凭内心来想像他的雕像,他是凭灰泥、大理石、青铜来想像的。音乐家、画家或建筑家究竟是用听得到、看得见的形象来表达他最初的、具有感情的观念呢,还是一面工作,一面凭他使用的媒介物来表达呢? 这个问题不大重要,因为形象是在媒介物上逐渐发展出来的。艺术家无论在想像里,或者在具体的素材里,都在支配和安排这个媒介物。不管怎么样,在物体上的操作过程发展了想像;同时,想像依凭着具体素材而生发出来。……

"想像"和"美"分享了一种颇成问题的光荣,两者在热情而无知的美学著作里成为主要论题。在人类有贡献的各种活动里,想像最最被人看成一个特殊的、独立自足的功能,好像它具有神秘的效力,和其他功能不同。不过,据艺术品的创造推断起来,想像是指激发和渗透一切创造和观察过程的一种性质。它是把许多东西看成和感觉成为一个整体的一种方式。它是广泛而普遍地把种种兴趣交合在心灵和外界接触的一个点上。旧的、熟悉的东西在感受中成为新鲜东西的时候,里面就有想像。新鲜东西创造出来之后,遥远的、奇异的就变成了天下最自然而不可避免的东西。心灵和外面世界的接触总带着几分冒险,这几分冒险就是想像。……

我不大理解柯尔立治所讲的想像和幻想的分别究竟是什么意义。可是一个人如果故意替寻常事物套上不寻常的外衣,把它化装成奇形怪状,像幽灵鬼怪一样,这种经验无疑的和上文所讲的不同。在这类的情况下,心灵和素材没有着着实实结合而互相渗透,心灵大体上还是超然的,它在玩弄素材,没有果断地掌握素材。这份素材太单薄,不能促使含有价值和意义的意愿(disposition)运用出全部力量来。这份素材的阻力不够大,所以心灵只是轻浮地玩弄着它。……

审美的经验是想像的。这点事实,加上对想像的性质的误会,模糊了以下一点更重要的事实:一切有意识的经验都必定多少有些想像的性质。生物和环境的彼此起作用是一切经验的根本。从过去经验里获得的意义渗入了这个经验,才使它成为有意识的经验;成为感性的事物。只有通过想像的门径,过去经验里获得的意义才能渗和到当前的互起作用里去。换句话说,我们已经看到,有意识地把新的和旧的配合调整就是想像。生物和环境的互起作用在动植物界里都有。惟有从实际上不存在而想像里存在的事物获得意义和价值,向此时此地呈现的事物引申,那才是人的经验和有意识的经验。……

……产生一件实用的东西也非有想像不可。发明蒸汽机的时候,发明者就是对目前某些材料看到了前所未见的关系和可能性。他用新方式组合了这些原料,把想像的可能性体现出来,于是自然界就有了蒸汽机这件东西。蒸汽机和其他物质构成的东西一样有物质的效果。蒸汽起了物理作用,发生了一切膨胀气体在一定的物质条件下所发生的结果。蒸汽机和美术品不同之点在于它起作用的条件是由人来设计安排的。

艺术品却和机器不同。它不仅是想像的结果,它只在想像里而不在物质世界起作用。它的作用是把直接经验加以集中和扩大。换句话说,构成美术品的物质直接表现了想像所唤起的意义,它不像机器里由新方式组合的物质仅仅是个工具,供人用来达到机器本身之外的目的。想像所唤起、聚集、结合的种种意义由美术成品体现出来,在当时当地和自我互相影响。所以艺术品激发了鉴赏者照样也在想像里唤起这些意义而加以组合。它不仅仅是外界行动的推动力,不仅仅是导致外界行动的工具。……

想像力是结合艺术品里一切因素的能力,它把各各不同的因素造成一个整体。我们在其他经验里着重表现和部分实现出来的因素,在美的经验里都融合在一起。在这个一下子全都完整的经验里,我们的各种因素完全融合为一,各别之处全融化了。我们的意识里不觉得有任何各别的因素。

可是美学往往从组成经验的某一个因素出发,企图单独用一个因素来解释美的经验,如感觉、感情、理智、活动力。这就是没把想像当作融合一切因素的功能,而只把它看作一种特殊的功能了。

——《艺术的经验观》(Art as Experience,一九三四)四章、一一章、一二章,第七三至七五页、第二六七至二六八页、第二七二至二七五页。作者杜威系美国实用主义哲学家、教育学家,曾先后在美国米尼苏达、密执安、芝加哥和哥伦比亚等大学任教(一八八八——一九〇四)。根据他的工具主义和实用主义哲学理论创办了一所实验学校,实行他的教学法。所著尚有《学校与社会》(一八九九)、《民主与教育》(一九一六)、《逻辑学,探讨的学说》(一九三八)等。

萨 特

(J.P.Sartre,一九〇五——一九八〇,法国)

想像时的意识所提供的和认识时的意识所提供的有根本性的不同。换句话说,一件事物作为想像和同件事物被认为真实属于两种不同性质的存在方式。当然,假使我现在想起披埃尔的形象①,我的想像意识里也包含着他这时候事实上的所在地,譬如说,远在柏林或伦敦。但是,这位正在伦敦的披埃尔既然作为一个形象而向我呈现(m'apparaît en image),也就是作为一个不在当前的事物而向我呈现(m'apparaît absent)。想像中的事物按原则说是不在当前的,按本质说是不存在的;这是它和感觉中的事物的区别。……

记忆所提供的和想像所提供的也有本质上的不同。假如我追思到自己的一桩往事,我是把它回忆起来,而不是把它想像出来。换句话说,我并非认为它当前不在(donné - absent),而只认为它过去曾在(donné - présent au passé)。披埃尔昨晚告别时和我拉手,这件事已成过去,然而它并未因成为往事而就此成为虚事;它只仿佛年老退休,虽然过时,始终真实存在。它以过去的

---

① 萨特常把披埃尔这个人作为例证;在他的主要哲学著作《存在与虚无》(*L'Être et le Néant*,一九四三)里,一开头(第四四——四六页)就举披埃尔不在咖啡馆里为"虚无"的事例。

方式存在,那也是真实存在的方式之一。……假使我想像披埃尔此刻在柏林可能怎样,或者更简单地想像此刻的——不是昨晚告别时的——披埃尔怎样,我就把捉着一个不在当前呈现的事物或一个恰恰呈现为当前把捉不到的事物。我把捉着的只是虚无;换句话说,我使这个虚无有了地位。在这个意义上,可见关于披埃尔此刻在柏林干些什么等等的想像是和关于我所认为全不存在的半人半马怪物的想像比较接近,而和关于披埃尔那天把别时的情况的回忆是不类似的。……

想像不是意识借以获得经验的一个额外增加的功能。想像正是体现自由时的整个意识;意识在事物界里所面临的一切具体和真实的境地都充满着想像的成分,因为这些境地的呈现总是超溢出真实的。……

试以查理八世的画像为例。画里的查理八世是一件事物。但是,他当然和那张画幅、画布和层层叠叠的颜色绝不是一回事。假使我们只注意画布和画框子本身,那末查理八世就不能作为审美的对象而呈现。这并非因为他给那张画幅掩盖住了,而是因为他根本不可能向认识真实事物的意识呈现的。……常听人说,艺术家先有一个出现为形象的观念(une idée en une image),然后把它实现(réalise)在画布上。的确,艺术家从内心的形象出发,这个形象既然在他的心里,人家就瞧不见它;而他结果产生了一件事物,让人人可以观赏。这样就造成一个错觉:大家以为他从想像而过渡到真实。这是不对的。我们得反复申明:画笔的涂抹痕迹、画布的厚薄和纹理粗细、颜色上的油漆,这些才是真实事物。但是这些恰恰不是艺术欣赏的对象。……事实上，画家没有使他的内心形象外现而为真实事物，他只利用物体构造了一个仿型（un analogue matériel），让每个人从这个仿型去把捉那个内心形象。尽管它具有外界的仿型，内心形象仍然是内心形象①。……

图画是那样，诗歌、小说和戏剧更显而易见是那样。不用说，小说家、诗人和戏剧家都用语言文字来为不真实存在的事物构造仿型（analoga verbaux）；也不用说，扮演哈姆雷特的演员也用他自己、他整个身体来作为那个想像人物的仿型。这可以使我们最后解决那个有名的关于"演员的反论"的争辩②。有些作家坚持说，演员对自己扮演的角色并不信以为真。另有些人根据许多例证，说演员把做戏当真，受他们所扮演的主角的摆布。据我们看来，这两派说法并不彼此排除。假使"信以为真"的意思是"认识为真人真事"，那末演员显然并不认为自己就是哈姆雷特。但是，这不等于说他不施展出通身的劲道来产生一个哈姆雷特。他运用自己的一切情感、一切气力和一切动作来为哈姆雷特的情感和举动构成仿型。……他扮演得热闹头上，很可能真正伤心落泪。那没有关系。他自己明白，观众也一样明白，这些眼泪是哈姆雷特的眼泪，换句话说，只是虚构的眼泪的仿

---

① 这种论调和克罗齐的很相近，因此评论家常说萨特继承了克罗齐的美学主张，参看瑞德（M. Rader）《近代美学论文选》（*A Modern Book of Esthetics*）第三版，一九六四年，第二一二、二一五页。

② 指狄德罗的有名论文。

型。……不是角色在演员身上实现(se réalise),倒是演员在角色身上幻化(s'irréalise)。

——《想像的事物》(*L' Imaginaire*)四部结论,二五版(一九四八)自第二二九页起。作者萨特系法国著名的存在主义哲学家、文学家。曾在德国的法兰西学院学习哲学,受海德格尔影响较深。一九四三年,在《存在与虚无》中表达了存在主义哲学观点,从此成为西方思想界和文学界知名的有影响的人物。一九四六年,创办《现代》杂志。主要著作有小说《厌恶》(一九三八)、《自由之途》(一九四五),剧本《肮脏的手》(一九四八)、《魔鬼与上帝》(一九五一)以及政论、杂文《存在主义是一种人道主义》(一九四六)、《状况种种》(一九四七——一九四九)等。

威 尔 赖 特

(P. Wheelwright,一九〇一——一九七〇,美国)

心灵有主动的、感应的、统合的能力,据我看来,外在世界从心灵的这种能力获得意义和价值,事实上一般有四种主要方式。换句话说,想像力既在认识外界又在营造外界的作用,共有四个方面。第一是把事物独特化和强烈化;这是和事物"面临的想像"(confrontative imagination)。第二是给事物以风格,对它保持适当距离;这是"风格的想像"(stylistic imagination)。第三是把个体事物当作普遍性的体现和透露;这是"典型的想像"(archetypal imagination)。第四是把不同的因素合并成某种统一;这是"比喻的想像"(metaphoric imagination)。

面临事物的想像

我们直接在经验里接触到的事物,最初总是简单的。如果你超出了你对人类的一般概念,直接认识了别尔·司密斯,了解了他此刻心上的某种悲哀或热情,你就是超出了一般概念,而进入真实的具体存在。工艺化和机关化生活所助长的一个大害就是忘记了个人的存在,把个人只当作普遍中的一个实例。当然,概括有时候是实际上必需的。不过我们如果太习惯于概括,甚至于把概括出来的观念来代替这个光明灿烂的世界的本身,不论这是为商业上的功效,或政治上的需要,或挂上科学的招牌,结果总是歪曲了人类的理性。……我们每一个人都是独特的,每个人都是具体的存在,有他的本质,和任何别人不完全相同。每一个经验,每一个美感的或痛苦的一刹那,也都是独特的。……诗的语言是要直截了当、而且像经验里那么明确地说出具体的独特之处。布莱克说:"独特化是优点的唯一标志。"……亲切地见到经验里各别和独特的地方是想像的成就。……这里,想像的能力不是用来混合种种各别之处——至少这不是主要目的,却是要把切身的经验强烈化。……实证哲学的思想方法着重"我与它",(I—it)的关系。按这个关系,知识的对象都被看作理论上可以解释、可以操纵的。诗人(我们每人也多少都有些纯粹诗人作用)却不然。他会把他外在世界的每一件真正有意义的东西当作"你"(thou)①。认真把一件东西当作"你"有两个意思:一,为这件东西本身的价值而非常看重它;二,认为自己和它可以对换身份,让它用"我"的身份说话,而我自己成为听它说话的人。有时候可以用修辞学上的拟人法和顿呼法作为表现这种关系的措辞征象。……想像觉察到当前个别事物的根本个性,就施展活动——这就是说,他就去掌握和表达这个根本个性。如果想像对经验里所碰到的事物有极深切的了解,因而在我们与外物之间立刻建立起"我与你"(I—thou)的关系,那么它这种活动就特别明显。

---

① 作者原有长注,说这是用布贝尔(Martin Buber)《我与你》(*Ich und Du*)的理论。布贝尔是当代颇有影响的犹太籍反动哲学家,存在主义创始人之一。他把"我与你"代表人与人的关系,认为实际生活里一个人常把旁人不当人而当物看待,变为"我与它"(Ich und Es)的关系。

保持距离的想像

……不必脸上做出表情、叹气、拍肩，也能有"我与你"的关系。……懂得保持适当距离是想像的成就，也有助于达到文明的生活，无论在生活上或艺术上，这都是风格的基本因素。① ……画家要高瞻远瞩，必须有空间的距离。亚里士多德在研究为什么悲剧以古代史实为结构中心最有效果时，提出了时间的距离。不仅须有空间和时间的距离，还须有一种对整个经验到的事所保持的距离。这就是把"那个事件和实际在场的自我脱开"，于是带着新的客观性来看那件事。所以保持距离同时有消极和积极的两方面：一方面是不愿意理会事物的实际状况；一方面是把这种和实际隔离而圈出来的经验再加工精制。我们的经验有几个面浮现在意识的表面上，这多少是因为习惯，也有几分是因为实际需要。在一般的实际情况里，我们的注意力只寄放在那些浮现的部分上。我们该注意而没注意的地方很多很多。艺术的目标是要使我们"突然从没注意到的反面看到这件事物"。……成功的艺术需保持多大的距离呢？这就不容易回答。距离太大，会打断艺术品和我们准备好的感受境界之间的循环。距离不足，会损害艺术体会的美感的性质。演出《奥赛罗》的时候，理想的看客既不缺乏嫉妒的感情能力，也不当场就被嫉妒的苦恼狠狠侵袭。……要有风格，须要使通常策动人

---

① 作者原有长注，申明这是用布娄（Edward Bullough）有名的论文论"心理距离"（Psychic Distance）的意思。这一节里有引号的词句都是从那篇文章里来的。

的意志力镇静下来,把普通的联想遮蔽起来。……

典型的想像

亚里士多德对诗和历史的区别是有名的;他着重在诗的典型性上。我们对这种典型性的功用往往因为重点放得不对而模糊了它的意义。我敢说,很少几位诗人会完全赞同布鲁内悌耶① 的话。他说:"诗是什么?无非就是由感觉的形象所显现出来的形而上学罢了。"譬如像但丁、斯宾塞和特拉亨②,他们也许对这句话谨慎地打了些折扣而表示承认和赞成。可是很难想像荷马或乔叟或莎士比亚或几乎所有的二十世纪诗人会承认和赞成。如果一首诗里确实具有或含有普遍意义,那么,对这个意义的认识和感应当然是重要的。……普遍概念由什么途径进入诗里去是个问题。最好不要像抽象的普遍概念,永远一个样儿,虽然暂时和诗的语言合在一起也毫无改变。如果一首诗里所掌握的只是抽象的普遍概念,表现着抽象的性质,那首诗就是说教的;如果诗里从始至终系统地用象征,那就是寓言诗。……进入诗里的普遍概念是具体的,并且是根本含蓄在诗里的。这就是说,普遍概念和表现它的文字分不开,也不能用逻辑来解释,否则就会歪曲它的意义。因为它的普遍性只通过具体的比拟而存在,不是通过界说或定义。《俄狄浦斯王》和《李尔王》有重要的类似之处,我们读这两个剧本的时候能体会到。那时候,我们对

---

① 布鲁内悌耶(F. Brunetière),十九世纪后期法国批评家。
② Thomas Traherne,十七世纪英国宗教诗人。

一个剧本的记忆和对另一个剧本的反应都是不自觉的,说不清楚的。如果要用批评文字把两个剧本的类似之处陈述出来,那就多么笨拙呢!……有些细节特别富有典型性,换句话说,它们是"杰出的例子",带着丰富的特性来充当其他细节的代表。……这种"杰出的例子"是歌德文艺观念的基本原则。……他说:

"诗人或者从普遍概念出发,然后寻觅适当的细节;或者从细节里看出它的普遍概念来。二者有极大的区别。前一个方法产生了寓言。寓言里面的细节只能充当例子,只能充当普遍概念的榜样。二者相形之下,是后一个方法表达了诗的真正本质。这个方法在写出细节的时候并不单独地想到或说到典型,可是它抓住了细节生动之处,隐隐把典型也一起抓住了。"……

比喻的想像

在典型的想像和比喻的想像里都有某种混合的过程,某种语言文字的交融过程。在典型的想像里,那是形象和观念、具体和概括、个体和典型的结合。在比喻的想像里,那是两个或两个以上具体形象的结合;这些形象可能带着些感情和理智的联系。什么是比喻?……心灵把呈现给它认识的不同类的素材加以组合的时候,会起康德所设想的那种作用:就是说,它有一种化异为同的方法,在组合素材的过程里,使素材彼此间的根本差异简直失去效力。① 结果就得到一个统一的概念。我们看到的世界

---

① 上文原有注,引康德《纯理性批判》论"统觉"(Apperzeption)。

是秩序井然、合乎理性的：它有因有果，有本质和属性，有可以衡量的空间和时间或"时——空"，有必然和或然等等。这番综合表现出我们和外界有了实际的活的接触，这是一个基于生命的综合。可是这种综合里自然而然地保持着异类固有的性质（即各异类不同之处）。因此这个有意义的整体、这个不是机械而是活的整体里还保存着异类的性质。……逻辑的意义或文字的意义（例如科学上和日常生活所应用的）代表通常老一套的联想。在进行人世间大部分的工作时，这种联想显然是必需的，但在经验里的应用范围就未免狭窄。新鲜的联想能产生新鲜的意义。诗能促动和指导人的联想能力，使它保持活跃，随时能起作用，这样就确实产生出新的意义来。诗对语言的功用主要就在这里。这些新的意义离开了这首诗的文字就会丧失它的存在，但是在这首诗的文字里却是真确实在的。

——《燃烧的泉源》(*The Burning Fountain*, 一九五四)第五章, 第七六至一〇〇页。作者威尔赖特系美国哲学家, 曾先后任普林斯顿大学哲学讲师、纽约大学哲学教授、加里佛尼亚大学哲学及人文学教授。主要著作尚有《伦理学评介》(一九三五)、《哲学之路》(一九五四)、《隐喻与真实》(一九六二)等。

石语

书名由作者题签

绛检得余旧稿,纸已破碎,病中为之粘衬,圆女又钉成此小册子。槐聚记。一九九四年四月四日。

石　语

民国二十四年五月十日,石遗丈八十生辰,置酒苏州胭脂桥寓庐,予登堂拜寿。席散告别,丈怃然曰:"子将西渡,予欲南归,残年远道,恐此生无复见期。"余以金石之坚,松柏之寿,善颂善祷。丈亦意解。是年冬,余在牛津,丈寄诗来,有"青眼高歌久,于君慰已奢"等语,余复书谢。以后音讯遂疏。二十六年夏,得许大千信,则丈以疝气卒矣。欷歔惝怳,为诗以哭。中日战事寻起,而家而国,丧乱弘多,遂无暇传其人,论其志行学问。息壤在彼,斯愿不知何日偿也。犹忆二十一年阴历除夕,丈招予度岁,谈燕甚欢。退记所言,多足与黄曾樾《谈艺录》相发。因发箧陈稿,重为理董。知人论世,或可取裁;偶有愚见,随文附注。至丈奖饰之语,亦略仍其旧,一以著当时酬答之实,二以见老辈爱才之心,本不妄自菲薄,亦何至借重声价。题曰《石语》。天遗一老,文出双关。今也木坏山颓,兰成词赋,遂无韩陵片石堪共语矣。呜呼!

民国二十七年二月八日默存记于巴黎客寓。

石　语

陈衍石遗说　钱锺书默存记

余早岁学为骈体文，不能工也，然已足伤诗古文之格矣，遂抛去不为。凡擅骈文者，其诗、古文皆不工。余弟子黄秋岳，骈文集有清一代之大成，而散文不能成语，是其例也。丈言时，指客座壁上所悬秋岳撰《七十寿屏》云：此尤渠生平第一篇好文字。<small>锺书按：黄文结构，全仿彭甘亭《钱可庐寿序》。</small>

为学总须根柢经史，否则道听途说，东涂西抹，必有露马脚狐尾之日。交好中远如严几道、林琴南，近如冒鹤亭，皆不免空疏之讥。几道乃留洋海军学生，用夏变夷，修文偃武，半路出家，未宜苛论。琴南一代宗匠，在京师大学时授《仪礼》，不识"淆"字，欲易为"酒"字；<small>锺书按："淆"一作"淯"，《越缦堂日记》第十八册四十六页训释最备。</small>又以"生弓"

为不词,诸如此类,卤莽灭裂,予先后为遮丑掩羞,不知多少。琴南反致书余弟子刘东明云:"汝师诗学自是专门名家,而于古文全然门外汉,足下有志古文,舍老夫安归"云云,大可嗤笑。琴南既殁,其门人朱某记乃师谈艺语为一书,印刷甚精,开卷即云:"解经须望文生义,望文生义即以经解经之谓";又曰:"读经有害古文"。皆荒谬绝伦语。余亟嘱其弟子毁书劈板,毋贻琴南声名之玷。其弟子未能从也。按:朱名羲胄,潜江人。其书名《文微》。石遗书与朱答书均附卷末。"望文生义"条遵石遗语删去,而于"经与古文"之辨,则斩斩不相下。畏庐书多陈腐空泛,有一则云:"东坡每诮东野诗如食小鱼,此外无他语。"真呫呫怪事。且极诋桐城派。盖暮年侈泰,不无弇州所云舞阳、绛、灌既贵而讳屠狗吹箫之意也。朱氏笔舌謇吃,绝无学问。答石遗书有云:"张和仲纂《千百年眼》一千卷",可笑。鹤亭天资敏慧,而早年便专心并力作名士,未能向学用功。前日为胡展堂诗集求序,作书与余,力称胡诗之佳,有云:"公读其诗,当喜心翻倒也。"夫"喜心翻倒"出杜诗"喜心翻倒极,呜咽泪沾巾",乃喜极悲来之意,鹤亭误认为"喜极拜倒",岂老夫膝如此易

按:后见琴南致李拔丈诗,亦云然。且曰:"吾之诗于石遗,不过缓行几步耳。"

陈简斋《得席大光书因以诗迓之》云"喜心翻倒相迎地"。季康注。

按:孝鲁见此语予云:原函作"喜心倒极"。又按:鹤亭挽石遗诗,遂有"我好名君好利"之语,盖反唇也。

屈邪？按：《小仓山房尺牍·答相国、与书巢》两札皆有此语,是随园已误用矣。

琴南最怕人骂,以其中有所不足也。余尝谓之曰："夫谤满天下,名亦随之,君何畏焉？"任京师大学教习时,谬误百出。黄秋岳、梁众异尝集沈涛园许,议作《畏庐弟子记》。沈为二子改名,一曰"无畏",一曰"火庐"。畏庐闻之大恐,求解于予焉。

曾履川尝欲学文于畏庐,畏庐高坐而进之曰："古文之道难矣,老夫致力斯事五十年,仅几乎成耳。"履川大不悦,以为先生五十年所得尔尔,弟子老寿未必及先生,更从何处讨生活耶？去而就吴北江。北江托乃翁之荫,文学造诣,实逊畏庐,而善诱励后进,门下转盛于畏庐也。按：北江庶出,少不为家人所容,虽依托乃父为名高,而时时有怨望之词。

章太炎黄季刚师弟,皆矜心好诋,而遇余均极厚。季刚不知在何处曾从学于江叔海,尝谓余曰："叔海无所不知,而亦一无所知。"叔海倾心东洋人,好拾其说,讲古学。余语叔海云,此等事不如让梁卓如出头地。叔海不快。锺书对曰："叔海《慎所立斋诗文集》有季刚与奚度青题词,皆自居弟子。叔海议论确有近任公者,任公推王荆公为第一大政治家,叔海《半山寺诗》用意亦同。"丈曰:信有此耶?按:《半山寺诗》云:"理财心本殊桑孔,绍述谋应罪卞京。今日尚留新法在,后儒底事浪讥评。"自注曰:"保甲免役,至今行之,不独社仓为青苗遗法也。"按:范肯堂伯子诗集有《东坡生日诗》,极推荆公而斥东坡之立异,此郭匏庐所谓"不谓闭门范伯子,已曾奋笔诤东坡"也。盖任公推荆舒,实为戊戌变政解嘲,伯子亦有同感耳。叔海则翻案也。又按:叔海《东游绝句》论童蒙教本,与石遗《童孙诗》针锋相对,当时忘记,未能对丈言之。江诗云:"花笑爷同桃太郎,教科书颇近荒唐。须知道本在粗浅,高语精微毋乃狂。"陈诗云:"《千家诗》是潜夫选,《三字经》原伯厚成。绝世文人从此出,教科坊本漫争鸣。"

清华教诗学者,按:时余肄业清华。闻为黄晦闻,此君才薄如纸,七言近体较可讽咏,终不免干枯竭蹶。又闻其撰曹子建阮嗣宗诗笺,此等诗何用注释乎?

王壬秋人品极低,仪表亦恶,世兄知之乎?锺书对曰:"想是矮子。"丈笑曰:何以知之?曰:"忆王死,沪报有滑稽挽诗云:'学富文中子,形同武大郎',以此揣而得之。"曰:是矣。其人嘻皮笑脸,大类小花面。著作惟《湘军志》可观,此外经学词章,可取者鲜。余诗话仅采其诗二句,今亦忘作何许语。锺书对曰:"似是'独惭携短剑,真为看山来。'"曰:世兄记性好。

人以"优孟衣冠"讥壬秋诗,夫"优孟衣冠",亦谈何容易。壬秋之作,学古往往阑入今语,正苦不纯粹耳。至以"泥金捷报"入诗,按:参观黄曾樾记《谈艺录》。岂不使通人齿冷!锺书对曰:"湘绮晚年作品,纯乎打油体。早年《夜雪集》中七言绝句,已不免英雄欺人矣。即如《圆明园词》此老压卷之作,尚有'即令福海冤如海,谁信神州尚有神'等语,宁非俳体乎?"按:此种句法庾信最多,湘绮想学而得其短处耳。丈曰:世兄记得多。按:《湘绮楼日记》第三十册,自称其诗"不古不唐不清,适成自由体",可谓有自知之明。其诗中俗语有甚于"泥金捷报"者,余别有检举,当时未及。

钟嵘《诗品》乃湖外伪体之圣经,予作评议,所以捣钝贼之巢穴也,然亦以此为湘绮门下所骂。锺书对曰:"有沃邱仲子自称王氏弟子,作《当代名人传》,于丈甚多微词。又有杨晢子之弟杨钧,字重子,与兄同出王门,作《草堂之灵》,亦讥公不读唐诗。"丈大笑曰:王学实少通材。锺书问曰:"丈于陈伯弢、宋芸子以为何如?抱碧斋之精洁,问琴阁之风华,所谓智过其师、青出于蓝者耶？"丈曰：世兄言或是，惜老夫于二家著述，所见不多。

论诗必须诗人，知此中甘苦者，方能不中不远，否则附庸风雅，开口便错，钟嵘是其例也。按：详见《诗品平议》卷下。此说实发于曹子建《与杨德祖书》，余别有考论。详见拙作《中国文学批评之假设》一文。余刻清人五种诗评皆秘本，按：五种者：竹垞批少陵、覃谿批渔洋、籜石批樊榭、杜园说杜、仲则诗话。有裨学人不浅。锺书对曰："《粟香随笔》备录覃谿为戴可亭评《渔洋精华录》，与公所得，似非一本。"丈曰：得闲可示我。又缪筱山《烟画东堂小品》亦有覃溪批《渔洋精华录》，均大同小异。

余作《元诗纪事》，煞费经营，以材料少，搜集匪易，不比樊榭《宋诗纪事》之俯拾即是也。锺书问曰："有陈田者，作《明诗纪事》，极为淹雅，不知何人？"丈曰：田字松山，贵州人，官御史。家中堆床塞屋，皆明人别集。《纪事》一书，盖罄一家之财力，聚一生之精神为之。余怂恿其刊板，陈尚秘不肯示人也。余《近代诗钞》中选陈诗二首，世兄岂忘之耶？余欲为《文士传》，记交游中学问博通而声名黯淡者，陈其一焉。

陈散原诗，予所不喜。凡诗必须使人读得、懂得，方能传得。散原之作，数十年后恐鲜过问者。早作尚有沉忧孤愤一段意思,而千篇一律,亦自可厌。近作稍平易,盖老去才退,并艰深亦不能为矣。为散原体者,有一捷径,所谓避熟避俗是也。言草木不曰柳暗花明,而曰花高柳大;言鸟不言紫燕黄莺,而曰乌鸦鸥枭;言兽切忌虎豹熊罴,并马牛亦说不得,只好请教犬豕耳。丈言毕,抚掌大笑。

易实甫尚有灵机,曾重伯实多滞气。锺书对曰:"古人云,'沉博绝丽',重伯只做到前两字。"丈曰:然。

世兄诗才清妙,又佐以博闻强志,惜下笔太矜持。夫老年人须矜持,方免老手颓唐之讥,年富力强时,宜放笔直干,有不择地而流、挟泥沙而下之概,虽拳曲臃肿,亦不妨有作耳。按:丈言颇中余病痛。

郑苏戡诗专作高腔,然有顿挫故佳。而亦少变化,更喜作宗社党语,极可厌。近来行为益复丧心病狂,余与绝交久矣。按:时一二八沪战方剧。

陈弢庵是翰苑出色人才,做八股文、赋试帖诗、写白折子,皆拿手当行。二十年刮垢磨光,诗文卓然可观,字亦有涪翁气息。

锺书曰:"丈《匹园诗》所谓'黄书楹帖苏书扁,亚字阑干卍字文'者也。"丈大笑曰:世兄记老夫诗熟。锺书曰:"㧑庵书终似放脚娘姨,不甚自在。梁武帝评羊欣所谓'举止羞涩'者有之。"丈曰:此乃结习难除,不能怪他。科举之学,不知销却多少才人精力。今人谓学校起而旧学衰,直是胡说。老辈须中进士,方能专力经史学问,即令早达,亦已掷十数年光阴于无用。学校中英算格致,既较八股为有益,书本师友均视昔日为易得,故眼中英髦,骎骎突过老辈。当年如学海堂、诂经精舍等文集,今日学校高才所作,有过无不及。以老夫为例,弱冠橐笔漫游,作幕处馆,穷年累月,舍己耘人,惟至欲动笔时,心所疑难,不得不事翻检。然正以无师自通,亦免于今日学生讲义笔记耳学之弊焉。按:所见先辈中为此论者,惟丈一人,通达可佩,惜学校中人未足当此也。

按:"娘姨"二字出处见《萝藦亭札记》卷十六。

赵尧生与余至交,恨近来音问不通。其诗沉挚凄凉,力透纸背,求之侪辈,豁焉寡俦。余前日于卧室悬其赠余楹帖,清夜梦回,忽思得联语悲苦,大似哀挽。悬处适有余小像,则似遗容,非吉兆也,亟撤之。

按:此过相标榜。尧生诗甚粗率,石遗称之,有深誉,此卢询祖对卢思道语用意。

锺书问曰:"联语是'一灯说法悬孤月,五夜招魂向四围'否?"丈曰:何以知之?曰:"读公《诗话》知之。汪辟畺作《光宣诗坛点将录》,亦引此为丈赞语也。"丈点首,因朗吟尧生此诗一过,于末语"老无他路欲安归",尤三复不置。按:后晤辟畺,知丈以《点将录》中仅比之为神机军师朱武,颇不悦。余亦以为辟畺过也。李审言不免饾饤,所谓可愧在碎者是矣。渠自比子部杂家,杂也可,碎也不可。

作文难于作诗,伪魏晋体及桐城文皆无出息人所为,又散文中杂以骈语,如阳湖派所为亦非体。按:丈《诗话》中论李莼客文已有此说,实语病也。

唐蔚芝学问文章,皆有纱帽气,须人为之打锣喝道。余作《茹经堂三集序》驳姚惜抱考订义理词章三分之说,而别出事功一类,即不以文学归之也。

叶长青余所不喜,人尚聪明,而浮躁不切实。其先世数代皆短寿,长青惟有修相以延年耳。新撰《文心雕龙》《诗品》二注,多拾余牙慧。序中有斥梁任公语,亦余向来持论如此。任公专工作策论上条陈,他人万言不能详尽者,任公只须用五千字,斯其绝技耳。

陈柱尊人尚好学,下笔亦快,惟大言不惭,尝与予言,其诗有意于李杜苏黄外别树一帜。余笑而存之。锺书曰:"柱尊真可当土匪名士之号。"丈曰:品题极切。

结婚须用新法,旧法不知造成几许怨耦。若余先室人之兼容德才,则譬如买彩票,暗中摸索,必有一头奖,未可据为典要。又如苏堪堂堂一表,而其妻乃淮军将领之女,秃发跛足,侏身麻面,性又悍妒无匹。苏堪纳妾,余求一见,其妻自屏风后大吼曰:"我家无此混帐东西!"苏堪亦殊有杖落地而心茫然之意。清季国事日非,苏戡中宵即起,托词锻炼筋骨,备万一起用上阵,实就其妾宿也。为妻所破,诟谇之声,闻于户外。苏戡大言欺世,家之不齐,安能救国乎! 按:苏戡香艳诗见欧阳仲涛《食字居脞谈》,载《大中华》杂志。 按:王阳明戚继光尚惧内,苏堪不必论矣。

女子身材不可太娇小,太娇小者,中年必发胖,侏肥不玲珑矣。

少年女子自有生香活色,不必涂泽。若浓施朱白,则必其本质有不堪示人者,亦犹文之有伪魏晋体也。

晚饭后随丈入其卧室,指吴昌硕画轴、杨惺吾书联谓锺书曰:东洋人最崇拜此二人书画。又曰:它人谓余屋内联语多流连光景,少持家勤俭语,余自有勤俭对,人不知耳。因出示一联云:"园小栽花俭,窗虚月到勤"。自撰句而叟厂为书者。按:余有《和牌字韵》云:"醉频中圣任耽酒,博亦犹贤偶斗牌。"亦圣贤对之别调。

丈先后赠余诗三首,其二藏家中,遭乱,恐不可问,仅记一联云:"仍温同被榻,共对一炉灰。"盖二十三年阴历除夕招余与中行同到苏州度岁也。其一则寄余海外,故在行滕中。余二十一年春在北平得丈赐书问病并示《人日思家怀人》诗,亦敬答一首,以少作删未入集,兹并录于后。

寄默存贤伉俪 二十四年十二月
石遗老人

青眼高歌久,于君慰已奢。
旁行书满腹,同梦笔生花。
对影前身月,双烟一气霞。
乘槎过万里,不是浪浮家。

敬简石遗诗老 二十一年三月

默 存

新诗高妙绝跻攀,欲和徒嗟笔力孱。
自分不才当被弃,漫因多病颇相关。
半年行脚三冬负,万卷撑肠一字悭。
那得从公参句律,孤灯悬月起痴顽。

　　二十一年春,丈点定拙诗,宠之以序。诗既从删,序录于左。

　　三十年来,海内文人治诗者众矣,求其卓然独立自成一家者盖寡。何者?治诗第于诗求之,宜其不过尔尔也。默存精外国语言文字,强记深思,博览载籍,文章渊雅,不屑屑枵然张架子。喜治诗,有性情,有兴会,有作多以示余。余以为性情兴会固与生俱来,根柢阅历必与年俱进。然性情兴趣亦往往先入为主而不自觉。而及其弥永而弥广,有不能自为限量者。未臻其境,遽发为牢愁,遁为旷达,流为绮靡,入于僻涩,皆非深造逢源之道也。默存勉之。以子之强志博览,不亟亟于尽发其覆,性情兴会有不弥广弥永独立自成一家者,吾不信也。石遗老人书。

丈《诗话》续编有论拙诗二则,其书已行世,故不复录。余挽诗二律,已存集中,故亦不录。

石语终